HEYNE BÜCHER

HEYNE ALLGEMEINE REIHE
Nr. 01/6976

Titel der amerikanischen Originalausgabe
LOVE ONLY ONCE
Deutsche Übersetzung von Uschi Gnade

13. Auflage

Printed in Germany 1995
Umschlaggestaltung: Atelier Ingrid Schütz, München
Satz: IBV Satz- und Datentechnik GmbH, Berlin
Druck und Bindung: Elsnerdruck, Berlin

ISBN 3-453-00750-6

1.

London, 1817

Die Finger, die den Cognacschwenker hielten, waren lang und zartgliedrig. Selena Eddington war eitel, was ihre Hände anging. Sie zeigte sie betont vor, wenn sich ihr eine Gelegenheit dazu bot, so wie in diesem Moment. Sie brachte Nicholas die Karaffe, statt mit seinem Glas zu ihr zu gehen. Das diente zugleich einem weiteren Zweck. Sie konnte sich vor ihn, der sich auf dem blauen Plüschsofa zurückgelehnt hatte, hinstellen – das Feuer im Rücken, das ihre Figur durch das Abendkleid aus feinem Musselin als provokative Silhouette hervorhob. Selbst ein hartgesottener Lebemann wie Nicholas Eden wußte einen reizvollen Körper zu schätzen.

Ein großer Rubin blinkte an ihrer linken Hand, als sie sein Glas nahm und den Cognac einschenkte. Ihr Ehering. Sie trug ihn immer noch voller Stolz, obwohl sie jetzt schon seit zwei Jahren verwitwet war. Weitere Rubine zierten ihren Hals, aber selbst diese funkelnden Edelsteine lenkten nicht von ihrem außerordentlich tiefen Dekolleté ab, von dem nicht mehr als sieben Zentimeter Stoff zur hochangesetzten Taille reichten, unter der das Empirekleid in geradem Schnitt bis zu ihren schmalen Fesseln fiel. Die Farbe des Kleides war ein sattes, leuchtendes Magentarot, das nicht nur zu den Rubinen, sondern auch zu Selena vorzüglich paßte.

»Hörst du mir überhaupt zu, Nicky?«

Nicholas machte einen aufreizend versonnenen Eindruck, den sie in letzter Zeit immer häufiger an ihm feststellte. Er hatte nicht ein Wort von dem, was sie gesagt hatte, gehört, sondern war in Gedanken versunken, die sich mit Sicherheit nicht um sie drehten. Er hatte sie nicht einmal angesehen, als sie ihm den Cognac eingeschenkt hatte.

»Also, wirklich, Nicky, wie du dich in Luft auflöst und mich allein zurückläßt, wenn wir zu zweit sind – schmeichelhaft ist das nicht gerade.« Sie blieb beharrlich vor ihm stehen, bis er aufblickte.

»Was soll denn das heißen, meine Liebe?« Ihre haselnußbraunen Augen blitzten auf. Sie hätte am liebsten mit dem Fuß aufgestampft, wenn sie es gewagt hätte, ihm ihr überschäumendes Temperament zu zeigen. Wie provozierend er war, wie gleichgültig, wie – unmöglich! Wenn er nur nicht eine so gute Partie gewesen wäre...

Sie achtete auf ihre Haltung und sagte mit ruhiger Stimme: »Der Ball, Nicky. Ich rede schon seit einer Weile davon, aber du hörst mir nicht zu. Wenn du willst, kann ich das Thema wechseln, aber nur, wenn du mir versprichst, daß du mich morgen abend nicht zu spät abholst.«

»Welcher Ball?«

Selena schnappte Luft. Sie war wirklich erstaunt. Er war nicht trickreich, und er war auch nicht blasiert. Dieser Mann, der sie so in Rage bringen konnte, hatte wirklich keine Ahnung, wovon sie redete.

»Mach dich nicht über mich lustig, Nicky. Der Shepford-Ball. Du weißt, wie sehr ich mich schon darauf freue.«

»Ach ja«, sagte er trocken. »Der Ball, der alles bisher Dagewesene überbieten wird, und das ist erst der Anfang der Saison.«

Sie tat so, als hätte sie seinen Tonfall nicht bemerkt. »Du weißt auch, wie lange ich auf eine Einladung zu einem Abend bei der Herzogin von Shepford gewartet habe. Und morgen gibt sie ihren größten Ball seit Jahren. Alles, was Rang und Namen hat, wird erscheinen.«

»Ja, und?«

Selena zählte stumm bis fünf. »Und ich sterbe, wenn ich auch nur ein kleines bißchen zu spät komme.«

Seine Lippen verzogen sich zu dem vertrauten spöttischen Lächeln. »Du stirbst viel zu oft, meine Liebe. Du solltest den gesellschaftlichen Wirbel nicht so ernst nehmen.«

»Soll ich vielleicht so sein wie du?«

Sie hätte diese Bemerkung zurückgenommen, wenn sie dazu in der Lage gewesen wäre. Ihre Wut stand kurz vor dem Ausbruch, und zu dieser Katastrophe durfte es nicht kommen. Sie wußte, wie sehr er jeden Gefühlsüberschwang von allen Seiten ablehnte – obwohl er durchaus akzeptierte, daß er selbst seinem Zorn Luft machte, was manchmal ausgesprochen unerfreulich sein konnte.,

Nicholas zuckte lediglich die Achseln. »Du kannst mich als einen Exzentriker bezeichnen, meine Liebe, als einen der wenigen, die sich einen Dreck um diesen ganzen Haufen scheren.«

Wie wahr das doch war! Er mißachtete und beleidigte ganz nach Lust und Laune jeden. Er freundete sich an, mit wem er Lust hatte, sogar mit übel beleumundeten Subjekten, mit denen sich die Gesellschaft nicht abgab. Und er verlor nie auch nur ein freundliches Wort, wenn es sich gehört hätte. Er war wirklich genauso arrogant, wie die Leute es behaupteten. Aber er konnte auch umwerfend charmant sein – wenn er Lust hatte.

Wundersamerweise konnte Selena ihre Wut zügeln. »Jedenfalls hast du mir versprochen, mich zu dem Shepford-Ball zu begleiten, Nicky.«

»So, habe ich das getan?« fragte er gedehnt.

»Ja, das hast du getan«, brachte sie mühsam mit ruhiger Stimme heraus. »Und du wirst mir jetzt versprechen, daß du mich morgen keine Sekunde zu spät abholst, ja?«

Wieder zuckte er die Achseln. »Wie könnte ich dir so etwas versprechen, meine Liebe? Ich bin kein Hellseher. Wie soll ich wissen, daß morgen nichts eintrifft, was mich aufhalten würde?«

Sie war nahe daran, lauf aufzuschreien. Es gab nichts, was ihn aufhalten könnte, außer seiner eigenen perfiden Teilnahmslosigkeit, und das wußten sie alle beide. Es war einfach unerträglich!

Selena fällte eine spontane Entscheidung und sagte nonchalant: »Nun gut, Nicky. Da dieser Ball mir so wichtig ist und ich mich nicht auf dich verlassen kann, werde ich mir einen anderen Begleiter suchen und hoffen, daß du irgendwann auch auf dem Ball erscheinst.« Das Spiel, das er mit ihr spielte, beherrschte sie ebenfalls.

»In so kurzer Zeit willst du jemanden finden?« fragte er.

»Bezweifelst du, daß es mir gelingen wird?« fragte sie herausfordernd.

Er lächelte, und sein Blick schweifte abschätzig über ihre Figur. »Nein, ich glaube sogar, daß es dir keinerlei Schwierigkeiten bereiten wird, einen Ersatz für mich zu finden.«

Selena kehrte ihm den Rücken zu, ehe er sehen konnte, wie tief er sie mit dieser Bemerkung verletzte. Wollte er sie warnen? Oh, wie selbstsicher er war. Es wäre ihm recht geschehen, wenn sie die Beziehung abbrach. Das hatte noch keine seiner Mätressen getan. Er war immer derjenige, der bestimmte, was getan wurde. Wie würde er wohl reagieren, wenn sie ihn fallenließ? Würde er in Wut geraten? Würde er sich dann zum Handeln gezwungen sehen? Das war eine ernsthafte Überlegung wert.

Nicholas Eden machte es sich noch bequemer auf dem Sofa und beobachtete, wie Selena ihr Sherryglas nahm und sich dann mit dem Rücken zu ihm auf das dicke Fell vor dem Feuer legte. Seine Lippen verzogen sich zynisch. Wie verlockend ihre Pose war, aber natürlich wußte sie das selbst. Selena wußte immer ganz genau, was sie tat.

Sie hielten sich im Stadthaus ihrer Freundin Marie auf, nachdem sie mit Marie und ihrem derzeitigen Liebhaber ein köstliches Abendessen zu sich genommen und etwa eine Stunde Whist gespielt hatten. Und dann waren sie in den behaglichen Salon gegangen. Marie und ihr glühender Gentleman hatten sich bald darauf in eines der Zimmer im oberen Stockwerk zurückgezogen und Nicholas und Selena sich selbst überlassen. Wie viele vergleichbare Nächte hatten sie schon verbracht? Der einzige Unterschied war, daß die Gräfin jedesmal einen anderen Liebhaber hatte. Sie lebte ein gefährliches Leben, wenn ihr Mann, der Earl, gerade nicht in der Stadt war.

Doch der heutige Abend unterschied sich durch etwas anderes von den vorangegangenen. Das Zimmer war so romantisch wie immer, ein Feuer knisterte im Kamin, eine Lampe, die heruntergedreht worden war, brannte in einer Ecke, guter Cognac stand bereit, das Personal hatte sich diskret entfernt, und Selena war so verführerisch wie eh und je. Aber heute abend langweilte sich Nicholas. So einfach war das. Er verspürte nicht den Wunsch, das Sofa zu verlassen und sich zu Selena auf das Fell zu legen.

Sein Interesse an Selena ließ schon seit einer ganzen Weile nach. Seine Unlust, heute abend mit ihr zu schlafen, bestätigte ihn in dem Gefühl, daß es an der Zeit war, diese Affäre zu beenden. Dieses Verhältnis hatte ohnehin schon länger gedauert als die meisten seiner Beziehungen, schon fast drei Monate. Vielleicht war das auch der Grund, warum er sie gern verlassen wollte, obwohl er noch keinen geeigneten Ersatz gefunden hatte.

Im Moment gab es niemanden, auf den er gern Jagd gemacht hätte. Selena stellte die Damen in seinem Bekanntenkreis entschieden in den Schatten, wenn man von den vereinzelten Frauen absah, die in ihre Ehemänner verliebt waren und seinem Charme daher nicht erlagen. Aber sein Jagdrevier beschränkte sich ja nicht nur auf verheiratete

Frauen, die sich mit ihren Ehemännern langweilten, wahrhaftig nicht. Er war skrupellos genug, die bezaubernd unschuldigen Mädchen, die ihre erste oder zweite Ballsaison mitmachten, zu betören. Wenn die zarten jungen Damen anfällig für ihn waren und ihm erlagen, waren sie nicht sicher vor Nicholas. Wenn sie von ihm ins Bett gezogen werden wollten, dann kam er ihren Wünschen gern nach, solange die Affären der Aufmerksamkeit ihrer Eltern entgingen. Das waren natürlich seine weitaus kürzesten Tändeleien, aber sie stellten gleichzeitig auch die größte Herausforderung dar.

In jüngeren, draufgängerischeren Jahren hatte er drei Jungfrauen vernascht. Die eine, die Tochter eines Herzogs, war schleunigst mit einem Vetter zweiten Grades oder mit einem anderen Glücklichen verheiratet worden. Die beiden anderen hatte man ähnlich schnell unter die Haube gebracht, ehe es zu einem ausgewachsenen Skandal gekommen war. Was keineswegs heißen sollte, daß der Klatsch nicht in voller Blüte stand, wenn es um eine dieser Affären ging. Aber da die erzürnten Familien keine Forderung zum Duell aussprachen, kursierten nur Gerüchte. Tatsache war, daß die jeweiligen Väter allesamt nicht wagten, Nicholas zum Duell zu fordern. Er hatte sich zu diesem Zeitpunkt bereits mit zwei aufgebrachten Ehemännern duelliert und gesiegt.

Er war nicht stolz auf die Defloration dreier unschuldiger Mädchen und auch nicht darauf, zwei Männer verwundet zu haben, deren einziger Fehler darin lag, daß sie leichtfertige Frauen hatten. Aber er verspürte auch keine Schuldgefühle. Wenn die Debütantinnen so dumm gewesen waren, sich ihm ohne Eheversprechen hinzugeben, war das eben der Lauf der Dinge. Und die Frauen der Adligen hatten ganz genau gewußt, was sie taten.

Es hieß über Nicholas, er würde sich nicht weiter darum sorgen, wer zu Schaden kam, während er seinen persönlichen Genuß suchte. Vielleicht stimmte das, vielleicht auch nicht. Niemand kannte Nicholas gut genug, um das mit Sicherheit behaupten zu können. Nicht einmal er selbst wußte in manchen Fällen, warum er dieses oder jenes tat.

Jedenfalls mußte er für seinen Ruf auch bezahlen. Väter mit Adelstiteln, die ranghöher als der seine waren, hätten ihn für ihre Töchter nicht in Betracht gezogen. Nur die ganz Verwegenen und auch die Menschen, die nach einem reichen Mann für ihre Töchter suchten, hatten Nicholas' Namen auf der Gästeliste stehen.

Aber er hielt gar nicht Ausschau nach einer Braut. Er glaubte schon längst, er hätte nicht das Recht, einer jungen Frau aus guter Familie und von Adel, wie es seinem Titel entsprach, einen Antrag zu machen. Aller Wahrscheinlichkeit nach würde er niemals heiraten. Niemand wußte, warum der Vicomte von Montieth sich seinem Junggesellenleben verschrieben hatte, und daher gab es immer noch zahllose hoffnungsvolle junge Frauen, die ihn einfangen und bessern wollten.

Lady Selena Eddington gehörte zu diesen optimistischen Damen. Sie bemühte sich sehr, es nicht zu zeigen, aber er wußte, wann eine Frau auf seinen Titel versessen war. Bei ihrem ersten Anlauf war sie mit einem Baron verheiratet gewesen, und jetzt wollte sie höher hinaus. Sie war auffallend schön. Kurzes schwarzes Haar schmiegte sich, ganz der neuesten Mode entsprechend, in Ringellöckchen an ihr ovales Gesicht. Die zarte Haut betonte ihre ausdrucksvollen haselnußbraunen Augen. Vierundzwanzig, amüsant, verführerisch, eine bezaubernde Frau. Es war gewiß nicht ihre Schuld, daß Nicholas sie nicht mehr begehrte.

Keiner Frau war es je gelungen, seine Glut für längere Zeit zu entflammen. Er hatte damit gerechnet, daß diese Affäre abklingen würde. So war es immer. Das einzige, was ihn überraschte, war seine Bereitwilligkeit, sie zu beenden, ehe eine neue Eroberung in seinem Blickfeld auftauchte. Diese Entscheidung würde ihn dazu zwingen, eine Zeitlang am Gesellschaftsleben teilzunehmen, bis jemand sein Interesse weckte, und Nicholas haßte es, sich bei diesen Anlässen umsehen zu müssen.

Vielleicht war der morgige Ball genau die richtige Lösung. Dort würden sich Dutzende von Debütantinnen einfinden, da die Saison gerade erst eröffnet wurde. Nicholas seufzte. Mit siebenundzwanzig und nach sieben Jahren eines Lebens, das ihm schal wurde, hatte er den Geschmack an unschuldigen jungen Mädchen verloren.

Er entschloß sich, heute nacht nicht mit Selena zu brechen, denn sie war ohnehin schon wegen des Balles verärgert, und die gesamte Wut, die er ihr zutraute, würde sich dann über ihn ergießen. Solche überschwenglichen Gefühle fand er widerwärtig, da er selbst von Natur aus übermäßig leidenschaftlich veranlagt war. Die Frauen konnten sich nicht mit ihm messen, wenn er wirklich in Wut geriet. Sie lösten sich immer in Tränen auf, und das ekelte ihn genauso. Nein, er wollte es ihr morgen abend sagen, wenn er sie auf dem Ball sah. Sie würde es nicht wagen, ihm in der Öffentlichkeit eine Szene zu machen.

Selena hielt ihr Kristallglas mit dem Sherry gegen das Feuer und dachte, daß die bernsteinfarbene Flüssigkeit an Nicholas' Augen erinnerte. So schimmerten sie, wenn er in einer extremen Verfassung war – wie in jenen Tagen, als er begonnen hatte, Jagd auf sie zu machen. Aber sie nahmen diese honiggoldene Färbung auch an, wenn er sich über irgend etwas ärgerte oder freute. Wenn er gerade nichts Bestimmtes empfand, wenn er ruhig oder gleichgültig war, ähnelte das rötliche Braun seiner Augen frisch geputztem Kupfer. Beunruhigend wirkten diese Augen allerdings immer, denn selbst wenn sie dunkler wurden, strahlte immer noch ein inneres Licht darin. Diese verwirrenden Augen hoben sich von seiner dunklen Haut und seinen außergewöhnlich langen schwarzen Wimpern ab. Seine Haut hatte einen dunklen Goldton, von Natur her, und außerdem war er von der Sonne gebräunt, da er sich leidenschaftlich gern an der frischen Luft aufhielt. Das braune Haar mit den goldenen Spitzen bewahrte ihn davor, finster zu erscheinen. Seine Frisur war ein wenig zerzaust, wie es gerade der Mode entsprach, und da er von Natur aus welliges Haar besaß, wirkte es bei einer bestimmten Beleuchtung fast getönt.

Eigentlich war es unverschämt von ihm, so gut auszusehen, daß schon bei seinem Anblick die Mädchenherzen schneller schlugen. Selena hatte es oft genug beobachtet. In seiner Gegenwart verwandelten sich junge Mädchen in kichernde Hohlköpfe. Ältere Frauen ließen ihm mit ihren Blicken deutliche Aufforderungen zukommen. Kein Wunder, daß er einem solche Schwierigkeiten bereitete... Zweifellos hatten ihm seit seiner Volljährigkeit, wenn nicht schon eher, hübsche Frauen zu Füßen gelegen. Und nicht nur sein Gesicht stellte eine unwiderstehliche Verlockung dar. Warum kann er nicht klein oder sogar pummelig sein, fragte sie sich, oder irgendeinen anderen Makel haben, der seine verheerende Wirkung abschwächen würde? Aber nein, die derzeitige Mode der hautengen Hosen und der kurzen Jacketts wirkte an ihm, als wäre sie nur für ihn erschaffen worden. Nicholas Eden zwängten diese Jacketts nicht ein, und er hatte es auch nicht nötig, sich die Schultern zu polstern. Sein Körper war fantastisch – muskulös und doch schlank, großgewachsen und doch graziös in seinen Bewegungen, der Körper eines feurigen Athleten.

Wenn es doch bloß nicht so gewesen wäre... Dann hätte Selenas Herz nicht gar so sehr gepocht, wenn er sie mit diesen sherryfarbenen Augen ansah. Sie wollte ihn mit aller Macht vor den Altar schleifen. Denn er war nicht nur der bestaussehende Mann, den sie kannte, sondern zudem der vierte Vicomte Eden von Montieth und zu allem Überfluß auch noch reich – dazu geschaffen, Befehle zu erteilen, und diesen Umstand betonte er auf anmaßende Weise.

Aber womit konnte sie ihn rumkriegen? Irgendwie mußte es ihr gelingen, denn sie erkannte mit qualvoller Deutlichkeit, daß er das Interesse an ihr verlor. Was konnte sie tun, um die Flamme wieder zu entfachen? Nackt durch den Hyde Park reiten? Bei einem dieser Schwarzen Sabbats mitmachen, über die so viel geflüstert wurde und von denen es hieß, sie wären nur Vorwände für Orgien? Sich noch skandalöser betragen als er? Sie konnte bei Whites oder bei Brooks eindringen – das würde ihn wirklich schockieren. In diesen Etablissements, die ganz den Männern vorbehalten waren, hatten Frauen keinen Zutritt. Oder vielleicht konnte sie auch anfangen, ihn zu ignorieren. Oder gar ... Bei Gott, ja, ihn wegen eines anderen Mannes sitzenlassen! Das würde ihn umbringen! Er wäre unfähig, diesen Angriff auf seine Eitelkeit wegzustecken. Damit könnte sie seinen Zorn und seine Eifersucht wachrufen, und er würde sofort von ihr fordern, daß sie ihn heiratete!

Bei diesem Gedanken wurde Selena ganz aufgeregt. Es mußte klappen. Es durfte einfach nicht schiefgehen. Sie hatte ohnehin keine andere Wahl, als es auf einen Versuch ankommen zu lassen. Wenn es mißglückte, hatte sie auch nichts verloren, denn so, wie die Dinge jetzt standen, würde er sie ohnehin verlassen.

Sie drehte sich auf die andere Seite, um ihn ansehen zu können, und stellte fest, daß er sich auf dem Sofa ausgestreckt, die Füße mit den Stiefeln auf eine Seitenlehne gelegt und am anderen Ende seine Hände hinter dem Kopf gefaltet hatte. Er würde einfach einschlafen! fantastisch! Sie konnte sich nicht erinnern, jemals eine derartige Beleidigung erfahren zu haben. Nicht einmal der Mann, mit dem sie zwei Ehejahre verbracht hatte, war je in ihrer Gegenwart eingeschlafen. Ja, sie mußte endlich krasse Maßnahmen ergreifen.

»Nicholas?« Sie sprach seinen Namen leise aus, und er entwortete ihr auf der Stelle. Wenigstens hatte er noch nicht geschlafen. »Nicholas, ich habe mir Gedanken über unsere Beziehung gemacht.«

»Ach, wirklich, Selena?«

Sie zuckte zusammen, als sie seine gelangweilte Stimme hörte. »Ja«, fuhr sie tapfer fort. »Und ich bin zu einem Schluß gekommen. Angesichts deiner fehlenden – sagen wir mal, *Wärme* – glaube ich, daß ein anderer mich mehr zu schätzen wüßte.«

»Ja, zweifellos.«

Sie runzelte die Stirn. Er nahm es nur allzugut auf. »Ja, also, ich habe in der letzten Zeit mehrere Anträge bekommen und mich entschlossen...« Sie machte eine kleine Pause, ehe sie sich zu einer Lüge hinreißen ließ, und dann schloß sie die Augen und sprudelte heraus: »Ich habe mich entschlossen, dich zu verlassen und eins dieser Angebote anzunehmen.«

Sie wartete ein paar Sekunden, bis sie die Augen wieder aufschlug. Nicholas hatte sich nicht von der Stelle gerührt, und es dauerte noch eine volle Minute, bis er endlich in Bewegung geriet. Er setzte sich langsam auf und heftete seinen Blick auf ihre Augen. Sie hielt den Atem an. Sein Gesichtsausdruck war unleserlich.

Er nahm sein leeres Glas vom Tisch und hielt es ihr hin. »Wärst du so nett, meine Liebe?«

»Ja, natürlich.« Sie sprang auf, um seiner Bitte Folge zu leisten, und sie überlegte sich noch nicht einmal, wie tyrannisch es von ihm war, von ihr zu erwarten, daß sie ihn bediente.

»Wer ist der Glückliche?«

Selena zuckte zusammen und schüttete Cognac auf den

Tisch. War seine Stimme schärfer geworden, oder handelte es sich bei dieser Vermutung um reines Wunschdenken von ihrer Seite?

»Er zieht es vor, unsere Abmachung diskret zu behandeln, und daher wirst du sicher verstehen, daß ich dir seinen Namen nicht nenne.«

»Er ist verheiratet?«

Sie brachte ihm das Glas, das dank ihrer Nervosität bis zum Rand gefüllt und kaum zu transportieren war. »Nein. Ich habe sogar allen Grund zu glauben, daß sich aus dieser Beziehung mehr entwickeln wird. Wie ich schon sagte, will er lediglich die Diskretion wahren – vorerst.«

Ihr wurde sofort klar, daß sie damit nicht hätte kommen dürfen. Sie und Nicholas waren ebenfalls diskret gewesen und hatten sich wegen des Personals nie in ihrem Haus geliebt, obgleich er sie dort besucht hatte, und auch sein Haus in der Park Lane hatten sie nie dafür benutzt. Und doch wußte jeder, daß sie seine Mätresse war. Man brauchte nur dreimal hintereinander mit Nicholas Eden gesehen zu werden, und schon wurde einem ein Verhältnis mit ihm unterstellt.

»Erwarte nicht von mir, daß ich seinen Wunsch mißachte, Nicholas«, sagte sie mit einem halbherzigen Lächeln. «du wirst früh genug erfahren, wer es ist.«

»Dann erklär mir doch bitte, warum du mir seinen Namen nicht gleich nennst.«

Wußte er, daß sie log? Ja, er wußte es. Sie erkannte es an seinem Verhalten. Und wer zum Teufel hätte Nicholas wirklich ersetzen können? Seit er ihr Begleiter war, gingen ihr alle Männer aus ihrem Bekanntenkreis aus dem Weg.

»Du bist einfach widerlich, Nicholas.« Selena ging zum Angriff über. »Wer er ist, spielt doch für dich gewiß keine Rolle, denn mir ist aufgefallen – wenn es mir auch weh tut, das zuzugeben – daß deine Glut in letzter Zeit erloschen ist. Offenbar interessiere ich dich nicht mehr. Dein Verhalten läßt keine andere Schlußfolgerung zu.«

Sie hatte ihm eine Möglichkeit gegeben, alles abzustreiten. Nichts war erreicht.

»Was soll das heißen?« fragte er mit scharfer Stimme. »Geht es um diesen verfluchten Ball? Ist es das?«

»Natürlich nicht«, erwiderte sie empört.

»Nein?« fragte er provozierend. »Du glaubst, du kannst mich mit der Geschichte, die du mir erzählst, dazu zwingen, dich morgen abend zu diesem Ereignis zu begleiten. Daraus wird nichts, meine Liebe.«

Sein kolossales Ego würde ihr den Todesstoß geben, soviel stand fest. Dieser eingebildete Kerl! Er konnte einfach nicht glauben, daß sie ihm einen anderen vorziehen könnte.

Nicholas zog überraschet seine dunklen Augenbrauen hoch, und Selena stellte entsetzt fest, daß sie ihre Überlegungen laut ausgesprochen hatte. Sie war schockiert, aber dann festigte sich ihre Entschlossenheit.

»Es ist nun mal wahr«, sagte sie dreist, und sie entfernte sich von ihm und ging wieder auf das Feuer zu, dessen Hitze es fast mit ihrem glühenden Zorn aufnehmen konnte. Er hatte es nicht verdient, geliebt zu werden.

»Es tut mir leid, Nicholas«, sagte sie nach einer Weile, aber sie wagte es nicht, ihn anzusehen. »Ich wollte unser Verhältnis nicht im Unfrieden beenden. Du warst wirklich wunderbar – die meiste Zeit jedenfalls. Meine Güte«, seufzte sie. »Darin bist du wirklich ein Experte. Besser geht es doch nicht, oder?«

Nicholas hätte fast laut gelacht. »Für einen Amateur ist es nicht schlecht, meine Liebe.«

»Gut«, sagte sie fröhlicher und riskierte einen Seitenblick auf ihn. Er sah sie mit einem breiten Grinsen an. Verdammt noch mal, er kaufte ihr die Geschichte immer noch nicht ab. »Zweifle ruhig an mir, Lord Montieth, aber du wirst es ja selbst sehen, stimmt's? Du solltest nur nicht allzusehr überrascht sein, wenn du mich mit meinem neuen Begleiter siehst.«

Sie wandte sich wieder dem Feuer zu, und als sie sich das nächste Mal zu ihm umdrehte, war er verschwunden.

2.

Das Haus der Malorys am Grosvenor Square war hell erleuchtet, und die meisten Bewohner hielten sich in ihren Schlafzimmern auf, um ihre Vorbereitungen für den Ball des Herzogs und der Herzogin von Shepford zu treffen. Die Dienstboten waren geschäftiger als sonst und liefen von einem Ende des Hauses ans andere.

Lord Marshall wünschte eine entschieden besser gestärkte Krawatte. Lady Clare wollte einen kleinen Snack. Sie war den ganzen Tag über zu nervös gewesen, um etwas zu essen. Lady Diana brauchte einen heißen Punsch zur Beruhigung. Man mußte ihr zugute halten, daß es ihre erste Ballsaison und zudem noch der allererste Ball war. Sie hatte seit zwei Tagen nichts mehr gegessen. Lord Travis brauchte Hilfe, weil er sein neues Rüschenhemd nicht fand. Lady Amy benötigte nichts weiter als Aufmunterung. Sie war die einzige in der ganzen Familie, die noch zu jung war, um den Ball zu besuchen, selbst einen Maskenball, auf dem sie ohnehin niemand erkannt hätte. Wie gräßlich es doch war, fünfzehn zu sein!

Als einzige Person, die kein Kind des Hauses war, machte sich Lady Regina Ashton für den Ball fertig. Lord Edward Malorys Nichte und eine Kusine ersten Grades seiner umfangreichen Nachkommenschaft. Natürlich hatte Lady Regina eine eigene Zofe, die sie bediente, wenn sie etwas brauchte, aber offensichtlich brauchte sie nichts, denn niemand hatte die beiden in der letzten Stunde auch nur gesehen.

Seit Stunden war das Haus ein geschäftiger Bienenstock. Lord und Lady Malory hatten wesentlich eher begonnen, sich zurechtzumachen, da sie zu dem offiziellen Bankett eingeladen waren, das vor dem Ball für einige Auserwählte veranstaltet wurde. Sie hatten das Haus vor rund einer Stunde verlassen. Die beiden Malory-Söhne würden ihre Schwester und ihre Kusine begleiten, eine große Verantwortung für die jungen Männer, von denen einer gerade aus der Universität kam, wogegen der andere sie noch besuchte.

Marshall Malory hatte sich gar nicht darauf gefreut, die weiblichen Familienangehörigen zu dem Ball zu begleiten, bis heute ganz unerwartet eine Freundin darum gebeten hatte, in der Kutsche der Familie Malory mitfahren zu dürfen. Er war überglücklich über das Ansinnen dieser speziellen Dame.

Hals über Kopf hatte er sich in sie verliebt, als er sie im letzten Jahr während der Semesterferien erstmals getroffen hatte. Damals hatte sie ihn in keiner Weise ermutigt. Aber jetzt hatte er die Schule hinter sich gebracht und war einundzwanzig Jahre alt, ein vollwertiger Mann. Ja, wirklich, schließlich konnte er jetzt sogar einen eigenen Hausstand begründen, wenn er das beabsichtigte. Er konnte eine gewisse Dame fragen, ob sie ihn heiraten wollte. Wie wunderbar es doch war, endlich volljährig zu sein!

Lady Clare dachte ebenfalls über Altersfragen nach. Sie war zwanzig, so gräßlich es auch war, sich das klarzumachen. Ihre dritte Ballsaison brach gerade an, und es stand ihr trotzdem noch bevor, einen Ehemann zu finden oder sich wenigstens zu verloben. Sie hatte ein paar Anträge bekommen, das schon, aber von niemandem, den sie ernsthaft in Erwägung gezogen hätte. Eigentlich war sie recht hüsch, ein ganz heller Typ – mit heller Haut und hellen Haaren. Genau darin lag das Problem. Sie war – nun ja, eben hübsch und nichts weiter, nicht einmal annähernd eine so auffallende Erscheinung wie ihre Kusine Regina, und sie neigte dazu, in Gegenwart des jüngeren Mädchens zu verblassen. Und was ihr Los noch verschlimmerte – sie mußte auch diese zweite Ballsaison gemeinsam mit Regina verbringen.

Clare schäumte vor Wut. Ihre Kusine hätte längst heiraten sollen. Sie hatte Dutzende von Anträgen bekommen. Und es war auch nicht so, als hätte sie es nicht gewollt. Sie schien nur allzu gewillt zu sein, sich zu verheiraten, und sich noch sehnlicher als Clare zu wünschen, eine Familie zu gründen. Aber auf die eine oder andere Weise waren alle diese Anträge im Sand verlaufen. Selbst eine Europareise im letzten Jahr hatte keine Eheschließung nach sich gezogen. Regina war vor einer Woche nach London zurückgekehrt und immer noch auf der Suche.

Dieses Jahr würde als Konkurrenz auch noch Clares Schwester Diana hinzukommen. Da sie noch nicht ganz achtzehn war, wäre es möglich gewesen, sie dazu zu bringen, daß sie noch ein Jahr wartete, ehe sie Bälle besuchte. Aber ihre Eltern fanden, Diana sei alt genug, um ihren Spaß zu haben. Es war ihr jedoch ausdrücklich verboten worden, sich ernsthafte Gedanken über irgendwelche jungen Männer zu machen. Sie war noch zu jung, um zu heiraten, aber sie durfte sich amüsieren, soviel sie Lust hatte.

Als nächstes werden meine Eltern die fünfzehnjährige Amy für erwachsen erklären, wenn sie sechzehn ist, dachte Clare mit zunehmendem Mißmut. Sie sah es schon auf sich zukommen! Wenn sie bis dahin noch keinen Mann gefunden hatte, würde sie sich im nächsten Jahr gegen Diana *und* Amy behaupten müssen. Amy war eine ebenso auffallende und ausdrucksstarke Erscheinung wie

Regina, der gleiche dunkle Typ, der bei den Malorys so selten vorkam. Clare mußte in dieser Saison einen Mann finden, koste es, was es wolle.

Sie ahnte wenig davon, aber mit denselben Gefühlen ging ihre schöne Kusine an die Ballsaison heran. Regina Ashton starrte ihr Spiegelbild an, während ihre Zofe Meg ihr langes schwarzes Haar hochrollte, um seine wahre Länge zu verbergen und es modischer zu frisieren. Regina sah nicht das verblüffende Kobaltblau ihrer leicht schräg geschnittenen Augen oder ihre vollen Lippen, die beinah geschürzt waren, auch nicht ihre fast eine Spur zu weiße Haut, zu der ihr dunkles Haar und ihre langen, kohlrabenschwarzen Wimpern einen so dramatischen Kontrast bildeten. Sie sah Männer, ganze Heerscharen von Männern, Legionen von Männern vor ihren Augen vorbeimarschieren – Franzosen, Schweizer, Österreicher, Italiener, Engländer – und sie fragte sich, warum sie immer noch nicht verheiratet war. Mit Sicherheit lag es nicht daran, daß sie sich zu wenig bemühte.

Reggie, wie sie allenthalben genannt wurde, hatte die Auswahl unter so vielen Männern gehabt, daß es wirklich schon peinlich war. Es hatte mindestens ein Dutzend gegeben, bei denen sie sicher gewesen war, daß sie glücklich mit ihnen werden konnte, mindestens zwei Dutzend, bei denen sie geglaubt hatte, sie wäre dabei, sich in sie zu verlieben, und unzählige, die einfach aus dem einen oder anderen Grund nicht in Frage kamen. Und die, bei denen Reggie das Gefühl gehabt hatte, sie kämen in Frage, waren genau die, bei denen ihre Onkel die Auffassung vertraten, sie kämen unter keinen Umständen ind Frage.

Es hatte ja solche Nachteile, vier Onkel zu haben, die sie von Herzen liebten! Sie ihrerseits betete sie an, alle vier. Jason, jetzt fünfundvierzig, war schon im Alter von sechzehn das Familienoberhaupt geworden und für seine drei Brüder und seine einzige Schwester, Reggies Mutter, verantwortlich. Er nahm seine Verantwortung ernst – zeitweilig sogar zu ernst.

Edward war das genaue Gegenteil, gutgelaunt, fröhlich, leichtfertig, nachsichtig. Ein Jahr jünger als Jason, hatte er geheiratet, als er zweiundzwanzig gewesen war, lange vor dem ältesten Bruder. Er hattte mit Tante Charlotte fünf Kinder, drei Töchter und zwei Söhne. Vetter Travis war mit seinen neunzehn Jahren in Reggies Alter und das mittlere von Edwards Kindern. Travis, Reggie und Onkel Jasons einziger Sohn waren ihr Leben lang Spielgefährten gewesen.

Reggies Mutter, Melissa, war viel jünger als ihre beiden großen Brüder gewesen, umfast sieben Jahre. Aber zwei Jahre nach ihrer Geburt hatte James das Licht der Welt erblickt.

James war der unbändige Bruder, derjenige, der »zum Teufel damit« sagte und seine eigenen Wege ging. Jetzt, nach seinem fünfunddreißigsten Geburtstag galt es als ungeschriebenes Gesetz, daß nicht einmal sein Name genannt werden durfte. Was Jason und Edward anging, existierte James überhaupt nicht. Aber Reggie liebte ihn immer noch, trotz seiner schrecklichen Sünden. Sie vermißte ihn sehr und konnte ihn nur heimlich treffen. In den vergangenen neun Jahren hatte sie ihn nur sechsmal gesehen, das letzte Mal vor mehr als zwei Jahren.

Anthony war, um der Wahrheit gerecht zu werden, ihr Lieblingsonkel – außerdem der einzige außer Reggie, Amy und der Mutter, der das dunkle Haar und die kobaltblauen Augen der Großmutter geerbt hatte, von der man munkelte, sie wäre eine Zigeunerin gewesen. Natürlich wollte kein Familienangehöriger diesen skandalösen Umstand bestätigen. Vielleicht mochte Reggie ihn am liebsten, weil er so sorglos war wie sie selbst.

Anthony war mit seinen vierunddreißig und als das Nesthäkchen der Familie eher so etwas wie ein Bruder, weniger ein Onkel, und außerdem amüsanterweise der notorischste Lebemann der Londoner Gesellschaft, seit sein Bruder James die Stadt verlassen hatte. Aber im Gegensatz zu James, der viel von Jason hatte und absolut rücksichtslos sein konnte, besaß Anthony einige Eigenschaften von Edward. Er war forsch und kühn, ein unglaublicher Charmeur. Ihn interessierte nicht die Spur, wie andere über ihn dachten, aber auf seine persönliche Art tat er alles, um denen zu gefallen, die ihm wichtig waren.

Reggie lächelte. Trotz all seiner Mätressen und seiner exotischen Freunde, mit denen er sich umgab, trotz all der Skandale, die ihn umrankten, und der Duelle, die er ausgefochten hatte, trotz der wüsten Wetten, die er abgeschlossen hatte – sie hielt Anthony für den liebenswertesten Heuchler, den man sich nur denken konnte. Wenn einer seiner Gaunerfreunde sie auch nur ansah, stand ihm eine Kampfansage bevor. Selbst die schlimmsten Wüstlinge lernten, ihre Gedanken zu verbergen, wenn sie ihren Onkel besuchte. Statt dessen mußten sie sich auf ein harmloses Geplänkel beschränken, und damit hatte es sich. Wenn Onkel Jason je erfahren hätte, daß sie mit manchen der Männer, die sie dort kennengelernt hatte, auch nur im selben Raum gewesen war, wären die Köpfe gerollt, allen anderen voran Tonys Kopf. Doch Jason erfuhr es nie, und Edward hegte zwar einen Verdacht, aber er war nicht so streng wie Jason.

Ihre vier Onkel behandelten sie weniger wie ihre Nichte, sondern weit mehr wie eine Tochter, da alle vier sie nach dem Tod ihrer Eltern, als Reggie erst zwei Jahre alt gewesen war, aufgezogen hatten. Seit ihrem sechsten Lebensjahr war sie buchstäblich unter ihnen aufgeteilt worden. Edward, James und Anthony hatten damals schon in London gelebt. Sie stritten heftig mit Jason, weil er darauf bestand, sie bei sich auf dem Land zu behalten.

Schließlich gab er nach und gestattete ihr, sechs Monate im Jahr bei Edward zu leben, was hieß, daß sie auch ihre beiden jüngeren Onkel oft sehen konnte.

Als sie elf war, fand Anthony, er wäre jetzt alt genug, um auch seinen Anteil an ihrer Zeit für sich zu beanspruchen. Ihm wurden die Sommermonate zugestanden, die Zeit, die ganz dem Spielen diente. Mit Freuden brachte er das Opfer, sein Junggesellenhaus alljährlich in ein Zuhause zu verwandeln, und das war leicht zu bewerkstelligen, denn wenn Reggie kam, brachte sie ihre Zofe, ihr Kindermädchen und ihre Gouvernante mit. Anthony und Reggie aßen zweimal in der Woche mit Edward und seiner Familie zu Abend. Trotz allem konnte diese Häuslichkeit bei Anthony nie den Wunsch auslösen, selbst zu heiraten. Er war nach wie vor Junggeselle. Und seit sie volljährig war, ziemte es sich nicht mehr, daß sie einen Teil des Jahres bei ihm verbrachte, was hieß, daß sie ihn nur noch unregelmäßig sah.

Aber schließlich, dachte sie, würde sie ja bald verheiratet sein. Es war nicht gerade das, was sie sich wirklich wünschte. Viel lieber hätte sie noch ein paar Jahre ihren Spaß gehabt. Aber es war das, was ihre Onkel wollten. Sie nahmen an, daß sie sich danach sehnte, einen passenden Mann zu finden und eine Familie zu gründen. War es denn nicht das, was sich jedes junge Mädchen wünschte? Sie setzten sich wirklich alle zusammen, um das zu diskutieren, und ganz gleich, wie deutlich sie auch verkündete, sie wäre noch nicht soweit, den Schoß der Familie zu verlassen – die guten Absichten der Onkel siegten über ihre Einwände, und schließlich gab sie klein bei.

Von dem Moment an tat sie alles, was in ihrer Macht stand, um ihnen eine Freude zu machen, weil sie alle so furchtbar gern mochte. Sie brachte einen Freier nach dem anderen an, aber einer ihrer Onkel hatte an jedem etwas auszusetzen. Reggie setzte ihre Suche in Europa fort, aber da war sie es längst überdrüssig, jeden Mann, den sie kennenlernte, mit kritischen Blicken zu mustern. Sie konnte keine Freundschaften schließen, keinen Spaß haben. Jeder Mann mußte sorgsam seziert und analysiert werden. Taugte er zum Ehemann? War er der große Magier, den alle ihre Onkel billigen würden?

Sie fing schon an zu fürchten, daß es einen solchen Mann nicht gab, und sie glaubte, diese besessene Suche nicht mehr durchzuhalten, wenn sie keine Verschnaufpause bekam. Sie wollte Onkel Tony sehen, den einzigen, der sie verstehen, der sich bei Jason für sie einsetzen würde. Aber Tony war bei ihrer Rückkehr nach London zu Besuch bei einem Freund auf dem Lande gewesen und erst gestern spät abends zurückgekommen.

Reggie war im Laufe des Tages zweimal zu seinem Haus gefahren, ohne ihn anzutreffen. Daher hatte sie ihm eine Nachricht hinterlassen, die er inzwischen eigentlich gelesen haben mußte. Warum also war er noch nicht gekommen?

In dem Moment, in dem sie sich diese Frage stellte, hörte sie eine Kutsche vor dem Haus vorfahren. Sie lachte erfreut.

»Endlich!«

»Nein, nein«, sagte Meg. »Ich bin noch nicht fertig. Ich kann dir sagen, daß es nicht gerade leicht ist, dein Haar aufzustecken. Ich finde immer noch, du solltest es dir schneiden lassen. Damit sparst du uns beiden eine Menge Zeit.«

»Das ist jetzt ganz egal, Meg.« Reggie sprang auf, und ein paar Haarnadeln fielen auf den Boden. »Onkel Tony ist da.«

»Du kannst doch so nicht fortlaufen!« Megs Tonfall war entrüstet.

Aber Reggie beachtete sie nicht und eilte aus ihrem Zimmer. Sie hörte Megs lautes »Regina!«, das hinter ihr her schallte, aber sie machte sich nichts daraus. Sie rannte, bis sie die Treppe ins Untergeschoß erreicht hatte, doch dann wurde sie sich ihrer Aufmachung bewußt. Hastig trat sie hinter eine Ecke, blieb aber stehen, weil sie nicht bereit war, wieder in ihr Zimmer zu gehen, ehe sie die Stimme ihres Onkels gehört hatte. Aber darauf wartete sie vergeblich. Statt dessen erklang eine Frauenstimme, und als sie einen vorsichtigen Blick um die Ecke warf, stellte sie enttäuscht fest, daß der Butler eine Dame und nicht Onkel Tony einließ. Sie erkannte die Frau als Lady Dingsbums, die Reggie vor ein paar Tagen im Hyde Park kennengelernt hatte. Mist! Wo zum Teufel steckte Tony?

In diesem Augenblick zerrte Meg an ihrem Arm und zog sie wieder durch den Gang. Meg nahm sich Freiheiten heraus, soviel stand fest, aber das war kein Wunder, denn sie kannte Reggie schon so lange wie Tess, das Kindermädchen, nämlich schon immer.

»Hat man so was Skandalöses schon mal gesehen!« schalt Meg, als sie Reggie wieder auf den Stuhl vor der kleinen Frisierkommode drückte. «Da stehst du in deinen Unterhosen! Wir haben dich wahrhaft besser erzogen.«

»Ich dachte doch bloß, es ist Onkel Tony.«

»Das ist keine Entschuldigung.«

»Ich weiß, aber ich muß ihn heute noch sehen. Du weißt selbst, warum, Meg. Onkel Tony ist der einzige, der mir helfen kann. Er wird Onkel Jason einen Brief schreiben, und dann kann ich mich endlich einmal ausruhen.«

»Und was glaubst du, kann er dem Marquis schreiben, was dir etwas nutzen würde?«

Reggie grinste. »Ich möchte ihnen vorschlagen, daß sie mir einen Mann aussuchen.«

Meg schüttelte den Kopf und seufzte. »Den Mann, den sie für dich aussuchen, wirst du nicht mögen, Mädchen.«

»Das kann sein. Aber inzwischen ist es mir einfach egal. Es wäre ja schön, wenn ich mir selbst einen Mann aussuchen könnte, aber ich habe nur zu schnell lernen müssen, daß meine Wahl niemanden interessiert, wenn meine Onkel der Meinung sind, es sei eine schlechte Wahl. Ich treibe diesen Aufwand jetzt seit einem vollen Jahr, und ich habe so viele Partys, Abendgesellschaften und Bälle besucht, daß ich sie jetzt hasse. Ich hätte nie geglaubt, ich würde das einmal sagen. Schließlich konnte ich es gar nicht erwarten, auf meinem ersten Ball zu tanzen.«

»Das ist verständlich, mein Liebes«, redete Meg ihr gut zu.

»Wenn Onkel Tony es nur versteht und bereit ist, mir zu helfen, verlange ich gar nicht mehr. Ich will nichts anderes, als mich aufs Land zurückzuziehen, wieder ein ruhiges Leben zu führen – ob mit oder ohne Mann. Wenn ich heute abend den richtigen Mann finden könnte, würde ich ihn gleich morgen heiraten. Ich täte *alles*, um diesem gesellschaftlichen Rummel zu entkommen. Aber ich weiß, daß es so nicht kommt, und daher ist es die zweitbeste Möglichkeit, wenn meine Onkel einen Ehemann für mich finden. Wie ich sie kenne, wird das Jahre dauern. Sie können sich nämlich nie über etwas einig werden. Und bis dahin gehe ich nach Hause. Nach Haverston.«

»Ich wüßte nicht, was dein Onkel Tony für dich tun könnte, was du nicht auch selbst tun kannst. Du hast doch keine Angst vor dem Marquis. Du kannst diesen Mann um den kleinen Finger wickeln, wenn du es dir in den Kopf setzt. Hast du es nicht schon oft genug getan? Du brauchst ihm doch nur zu sagen, wie unglücklich du bist, und schon wird er...«

»Das kann ich nicht tun!« protestierte Reggie atemlos. »Ich könnte Onkel Jason niemals das Gefühl geben, daß er mich unglücklich gemacht hat. Das würde er sich nie verzeihen!«

»Du bist zu gutherzig und denkst zu wenig an dich selbst, Mädchen«, murrte Meg. »Dann willst du dich also weiterhin elend fühlen?«

»Nein. Sieh mal, deshalb will ich doch nur, daß Onkel Tony Onkel Jason schreibt. Wenn ich es täte und er trotzdem darauf beharren würde, daß ich hierbleibe, was hätte ich dann erreicht? Aber wenn er auf Tonys Brief nicht eingeht, dann weiß ich, daß aus diesem Plan nichts wird, und dann kann ich mir immer noch etwas anderes einfallen lassen.«

»Ich bin sicher, daß du Lord Anthony heute abend auf dem Ball triffst.«

»Nein. Er verabscheut Bälle. Eher täte er sich etwas an, als einen Ball zu besuchen, selbst wenn er meinetwegen kommen sollte. O Mist! Ich fürchte, es muß wohl doch bis morgen warten.« Meg runzelte die Stirn und wandte ihren Blick ab. »Was ist denn los? Du weißt etwas, was ich nicht weiß«, sagte Reggie.

Meg zuckte mit den Schultern. »Es ist nur ... Na ja, Lord Anthony wird morgen früh schon wieder fort sein und erst in drei bis vier Tagen zurückkommen. Aber so lange kannst du wirklich noch warten.«

»Wer hat gesagt, daß er fort ist?«

»Ich habe gehört, wie Lord Edward seiner Frau erzählt hat, der Marquis hätte ihn zu sich bestellt. Er wird wieder mal zusammengestaucht, weil er sich in irgendeine Klemme gebracht hat.«

»Nein!« Dann fragte Reggie hilflos: »Du glaubst aber nicht, daß er schon fort ist, oder?«

»Nein, ganz bestimmt nicht.« Meg grinste. »Der Spitzbube hat es doch nicht eilig, seinem älteren Bruder gegenüberzutreten. Er wird die Abreise so lange wie möglich hinausschieben, da bin ich ganz sicher.«

»Dann *muß* ich ihn heute abend noch sehen. Das ist ja perfekt. Er kann Onkel Jason viel besser überzeugen, wenn er persönlich vor ihm steht, als wenn er ihm einen Brief schreibt.«

»Aber du kannst jetzt unmöglich zu Lord Anthony gehen. Ihr müßt bald zu dem Ball fahren.«

»Dann hilf mir eben, das Kleid ganz schnell überzuziehen. Tony wohnt nur ein paar Straßen weiter. Ich kann die Kutsche nehmen und wieder da sein, ehe meine Vettern und Kusinen aufbruchsbereit sind.«

Als Reggie ein paar Minuten später die Stufen hinunterstürmte, waren jedoch die anderen schon fertig und warteten auf sie. Das war unangenehm, aber nicht weiter erschreckend. Sie nahm ihren ältesten Vetter zur Seite, als sie den Salon betrat, und die anderen lächelte sie zur Begrüßung flüchtig an. »Marshall, es ist mir wirklich ganz furchtbar unangenehm, dich darum bitten zu müssen, aber ich brauche die Kutsche ganz dringend noch ein paar Minuten, ehe wir alle abfahren.«

»Was?«

Sie hatte geflüstert, aber sein lauter Ausruf hatte die Blicke aller auf sie gezogen. Sie seufzte. »Also wirklich, Marshall, du brauchst nicht gleich so zu tun, als hätte ich etwas Unmäßiges von dir verlangt.«

Marshall, der augenblicklich wahrnahm, daß sie beobachtet wurden, war entgeistert, weil er momentan die Selbstbeherrschung verloren hatte. Er nahm seine gesamte Würde zusammen und sagte in dem vernünftigsten Tonfall, den er aufbieten konnte: »Wir warten bereits seit zehn Minuten auf dich, und jetzt schlägst du ernstlich vor, daß wir noch länger warten sollen?«

Von drei Seiten wurde entrüstet geschnaubt, aber Reggie bedachte ihre übrigen Vettern und Kusinen mit keinem Blick. »Ich würde nicht darum bitten, wenn es nicht wichtig wäre, Marshall. Es wird nicht länger als eine halbe Stunde dauern ... Ich meine, länger als eine Stunde brauche ich gewiß nicht. Ich muß Onkel Anthony sehen.«

»Nein, nein, nein!« Das kam von Diana, die kaum jemals ihre Stimme erhob. »Wie kannst du nur so rücksichtslos sein, Reggie? Das sieht dir gar nicht ähnlich. Wir kämen alle zu spät. Wir sollten jetzt sofort aufbrechen.«

»Unsinn«, erwiderte Reggie. »Ihr wollt doch nicht die ersten Gäste sein, oder doch?«

»Wir wollen jedenfalls auch nicht als letzte eintreffen«, fiel Clare mißmutig ein. »Der Ball beginnt in einer halben Stunde, und genauso lange dauert die Fahrt. Was ist denn so wichtig, daß du Onkel Anthony jetzt sofort sehen mußt?«

»Es ist etwas Persönliches. Und es kann nicht warten. Er bricht morgen in aller Frühe nach Haverston auf. Wenn ich nicht jetzt sofort hinfahre, kann ich ihn vorher nicht mehr sprechen.«

»Bis er zurückkommt«, sagte Clare. »Und ich wüßte nicht, warum es nicht solange warten kann.«

»Das kann es eben nicht«, sagte Reggie. Sie sah ihre Kusinen an, die fest entschlossen waren, sich ihr zu widersetzen, und auch Lady Dingsbums wirkte ganz empört. Reggie gab nach. »Also gut. Dann miete ich mir eben eine Kutsche. Wenn du nur bitte einen der Lakaien losschickst, damit er einen Kutscher sucht, der mich abholt, Marshall... Ich treffe euch dann auf dem Ball, sowie ich fertig bin.«

»Das kommt gar nicht in Frage.« Marshall war verärgert. Es war typisch für seine Kusine, daß sie versuchte, ihn in eine Dummheit hineinzuziehen, damit er als der Älteste derjenige war, der hinterher den Ärger bekam. Diesmal nicht, bei Gott nicht. Er war älter und klüger, und sie konnte ihn nicht mehr beschwatzen und einwickeln, wie sie es früher getan hatte. »Ein gemietetes Transportmittel? Am Abend? Das ist nicht sicher, und das weißt du selbst, Reggie.«

»Travis kann mit mir kommen.«

»Travis will aber nicht«, wandte der vorgeschlagene Begleiter eilig ein. »Und du brauchst dir gar nicht die Mühe machen, mich mit deinen babyblauen Augen anzusehen, Reggie. Ich habe auch keine Lust, zu spät zu dem Ball zu kommen.«

»Bitte, Travis.«

»Nein.«

Reggie sah in all diese erbarmungslosen Gesichter. Sie wollte nicht nachgeben. »Dann gehe ich eben nicht zu dem Ball. Ich wollte ohnehin nie hingehen.«

»O nein.« Marshall schüttelte streng den Kopf. »Ich kenne dich zu gut, liebe Kusine. Sobald wir das Haus verlassen hätten, würdest du dich rausschleichen und zu Onkel Anthony rüberlaufen. Vater würde mich umbringen.«

»So unvernünftig bin ich nicht, Marshall«, versicherte sie spitz. »Ich werde Tony noch eine Nachricht schicken und ihn hier erwarten.«

»Und wenn er nicht kommt?« wandte Marshall ein. »Er hat Besseres zu tun, als nach deiner Pfeife zu tanzen. Vielleicht ist er auch gar nicht zu Hause. Nein. Du kommst mit, und damit ist das Thema beendet.«

»Nein, ich komme nicht mit.«

»Doch, du wirst mitkommen!«

»Sie kann meine Kutsche benutzen.« Alle Blicke wandten sich dem Gast zu. »Mein Kutscher und der Diener sind schon seit Jahren bei mir. Ich kann mich darauf verlassen, daß sie die junge Dame sicher an den Ort bringen, an dem sie etwas zu erledigen hat, und anschließend zu dem Ball.«

Reggies Lächeln war strahlend. »Fantastisch! Sie sind wirklich meine Rettung, Lady...?«

»Eddington«, stellte sich die Frau vor, die soeben eingetreten war. »Wir haben uns Anfang der Woche getroffen.«

»Ja, im Park. Ich erinnere mich sehr wohl. Ich bin nur furchtbar vergeßlich, was Namen angeht, nachdem ich in diesem letzten Jahr so viele Menschen kennengelernt habe. Ich kann Ihnen gar nicht genug danken.«

»Nicht der Rede wert. Es freut mich, wenn ich Ihnen gefällig sein kann.«

Selena war überglücklich – ihr war alles recht, wenn sie sich nur um Himmels willen endlich auf den Weg machten. Sie fand es schon schlimm genug, daß Marshall Malory sie zu *dem* Ball der Saison begleiten würde. Aber er hatte sich als einziger von einem Dutzend Männern, denen sie an diesem Morgen Nachrichten zugeschickt hatte, nicht mit dem einen oder anderen Vorwand aus der Affäre gezogen. Malory, jünger als sie, war ihre letzte Zuflucht gewesen. Und jetzt geriet sie mitten in einen Familienkrach hinein, nur wegen dieses jungen Dings.

»Da hast du es, Marshall«, sagte Reggie gerade. »Dagegen kannst du doch bestimmt nichts einwenden.«

»Nein, wohl kaum«, bestätigte er mürrisch. »Aber denk daran, daß du von einer halben Stunde gesprochen hast, Kusine. Ich kann dir nur raten, bei den Shepfords zu sein, ehe Vater zufällig bemerkt, daß du nicht da bist. Andernfalls ist der Teufel los, und das weißt du genau.«

3.

»Aber ich meine es ganz ernst, Tony!« erklärte Reggie, während sie ihn in seinem Wohnzimmer besorgt anschaute. »Wie kannst du bloß an mir zweifeln? Es ist wirklich eine Notlage, Tony.« Er war der einzige ihrer Onkel, der darauf bestand, daß sie ihn schlicht mit seinem Vornamen ansprach.

Sie hatte zwanzig Minuten warten müssen, bis es gelungen war, ihn aufzuwecken, denn er hatte den ganzen Tag mit Trinken und Spielen in seinem Club zugebracht und war dann heimgekommen und sofort ins Bett gefallen. Weitere zehn Minuten waren mit dem Versuch vergeudet worden, ihn dazu zu bringen, daß er ihr endlich glaubte, wie ernst es ihr war. Ihre dreißig Minuten waren bereits abgelaufen, und sie hatte kaum ihr eigentliches Anliegen ausgesprochen. Marshall würde sie umbringen.

»Jetzt hör aber auf, Kätzchen! Du wärst noch keine Woche auf dem Land und würdest schon das gute alte London und seine Lebenslust vermissen. Wenn du eine Ruhepause brauchst, dann erzähl dem guten Eddie, daß du krank bist oder sonst was. Wenn du ein paar Tage lang allein in deinem Zimmer warst, wirst du mir dankbar sein, daß ich dich jetzt nicht ernst nehme.«

»Ich habe das ganze letzte Jahr über nichts anderes als dieses flotte Leben gehabt«, fuhr Reggie entschlossen fort. »Ich bin auf meiner Europareise von einer Party zur nächsten gereist, nicht von einem Land in ein anderes. Und es geht nicht nur darum, daß ich diese ständigen gesellschaftlichen Ereignisse satt habe, Tony. Damit käme ich wirklich noch zurecht. Mein Vorschlag geht auch nicht dahin, daß ich die ganze Ballsaison in Haverston verbringen will, nur ein par Wochen, damit ich mich erholen kann. Diese Jagd auf einen Mann bringt mich um. Wirklich!«

»Niemand hat gesagt, daß du den ersten Mann, den du kennenlernst, gleich heiraten mußt, Kätzchen«, erwiderte Anthony begütigend.

»Den ersten Mann? Es waren schon Hunderte, Tony. Du kannst ruhig wissen, daß sie mich inzwischen den ›kalten Fisch‹ nennen.«

»Um Gottes willen, wer nennt dich so?«

»Der Name ist absolut angemessen. Ich war kalt und abweisend. Das mußte ich sein, weil ich nicht bereit bin, einem Mann Hoffnungen zu machen, wo keine bestehen.«

»Wovon, zum Teufel, sprichst du eigentlich?« fragte Anthony barsch.

»Ich habe Sir John Dodsley schon längst vor Ende der letzten Ballsaison engagiert.«

»Diesen alten Taugenichts? Für was engagiert?«

»Als eine Art Ratgeber, könnte man vielleicht sagen«, gestand sie ein. »Dieser alte Taugenichts, wie du ihn nennst, kennt Gott und die Welt. Und außerdem weiß er alles über jeden. Nachdem mein sechster ernsthafter Freier von dir und deinen Brüdern abgelehnt worden ist, fand ich, es sei sinnlos, weiterhin mich selbst oder irgendwelche jungen Männer zu enttäuschen, indem ich all das noch öfter durchmache. Ich habe Dodsley dafür bezahlt, daß er zu jeder Einladung, die ich annehme, auch erscheint. Er hatte eine Liste dessen, was dir und deinen Brüdern bei einem Mann mißfallen könnte, und bei so ziemlich jedem Mann, den ich kennenlernte, schüttelte er den Kopf. Das hat mir Zeit erspart und mich vor Enttäuschungen bewahrt, aber es hat mir auch diesen strittigen Spitznamen eingetragen. Es ist unmöglich, Tony. Ich kann es Jason recht machen, aber dir nicht... Dir, aber Edward nicht. Dem Himmel sei Dank, daß Onkel James nicht auch noch hier ist und seiner Meinung Ausdruck verleiht. Es gibt nicht einen Mann auf dieser Welt, der euch allen passen würde.«

»Das ist doch absurd«, protestierte er. »Ich könnte ein Dutzend Männer aus dem Handgelenk schütteln, die absolut in Ordnung wären.«

»Wären sie das wirklich, Tony?« fragte sie mit zarter Stimme. »Würdest du es wirklich gerne sehen, wenn ich einen von ihnen heiraten würde?«

Er schnitt ein bekümmertes Gesicht und grinste dann plötzlich. »Nein, ich glaube nicht.«

»Dann siehst du also ein, weshalb ich in einer mißlichen Lage bin?«

»Aber willst du denn nicht heiraten, Kätzchen?«

»Natürlich will ich heiraten. Und ich bin sicher, daß der

Mann, den du und deine Brüder für mich aussuchen, mich sehr glücklich machen wird.«

»Was?« Er funkelte sie an. »O nein, das kommt nicht in Frage. Du wird *mir* doch nicht diese Verantwortung aufladen, Reggie!«

»Gut, dann eben nicht«, willigte sie ein. »Dann überlassen wir es eben Onkel Jason.«

»Sei nicht albern. Er würde dich mit einem solchen Tyrannen verheiraten, wie er selbst einer ist.«

Reggie lachte. »Jetzt hör aber auf, Tony. Du weißt, daß das nicht wahr ist.«

»Na ja, aber fast«, murrte er.

»Verstehst du, Tony, wenigstens müßte *ich* dann nicht mehr jeden Mann, den ich kennenlerne, vor euch zitieren. Ich will wieder meine Freude haben, mit einem Mann reden können, ohne ihn zu analysieren, mit ihm tanzen, ohne mich zu fragen, ob mein Tanzpartner sich als Ehemann eignet. Es ist so weit gekommen, daß ich mich bei jedem Mann, den ich auch nur ansehe, frage: Soll ich den heiraten? Könnte ich ihn lieben? Wäre er so gut und so freundlich zu mir wie...« Sie unterbrach sich errötend.

»Wie?« drängte er sie.

»Ach, meinetwegen kannst du es ruhig wissen«, sagte sie seufzend. »Ich vergleiche jeden Mann mit dir und meinen anderen Onkeln. Dafür kann ich nichts. Ich wünschte fast, ihr hättet mich alle weniger gern. Ihr habt mich übermäßig verwöhnt. Ich will, daß mein Mann eine Mischung aus euch allen ist.«

»Was haben wir bloß mit dir angestellt?«

Er wollte in lautes Gelächter ausbrechen, und sie verlor die Geduld. »Du findest das wohl ziemlich komisch? Ich habe den Eindruck, dich interessiert dieses Problem überhaupt nicht. Und wenn ihr mir keine Ruhepause gebt, dann schwöre ich dir, daß ich versuchen werde, Onkel James zu erreichen, damit er mich fortbringt.«

Das ernüchterte ihn augenblicklich. Er verstand sich zwar mit James am besten, doch selbst er war wütend gewesen und hatte seinem Bruder nie verziehen, was er getan hatte.

»Sag das nicht, Reggie«, warnte er sie. »Du kannst im Moment nicht klar denken. Wenn du James in diese Sache hineinziehst, machst du alles noch schlimmer, nicht besser.«

Sie bohrte erbarmungslos weiter. »Dann wirst du also Onkel Jason sagen, daß ich für einige Zeit nach Hause kommen möchte? Daß ich es satt habe, mich nach einem Mann umzusehen, und daß ich abwarte, bis ihr drei euch drauf einigen könnt, wen ich heiraten soll?«

»Verflucht, Reggie, Jason wird davon genauso wenig halten wie ich. Du solltest deine eigene Wahl treffen, jemanden finden, den du liebst.«

»Das habe ich doch schon probiert.« Es entstand eine peinliche Stille.

Anthony zog ein finsteres Gesicht. »Lord Medhurst war ein großspuriger Trottel!«

»Wie konnte ich das wissen? Ich habe ihn für den Richtigen gehalten und mich verliebt.«

»Du hättest Newel haben können, wenn Eddie nicht davon überzeugt gewesen wäre, daß er einen miserablen Vater abgeben wird«, fuhr Tony finster fort.

»Ja, und? Onkel Edward hat zweifellos recht gehabt. Wieder einmal einer meiner Versuche, mich zu verlieben.«

»Du weißt wirklich, wie man andere in Depressionen stürzt. Wir wollten doch nur das Beste für dich, Kätzchen.«

»Das weiß ich, und dafür liebe ich euch ja auch. Ich bin absolut sicher, daß ich einen Mann, den ihr alle drei für einen perfekten Ehemann haltet, anbeten werde.«

»So, wirklich?« Er grinste. »Ich bin mir da nicht so sicher. Wenn Jason sich beispielsweise einverstanden erklären sollte, auf deinen Vorschlag einzugehen, dann wird er alles tun, um einen Mann zu finden, der nicht die geringste Ähnlichkeit mit mir hat.« Er scherzte. Wenn es irgend jemanden gab, der sich für sie niemanden wünschte, der Ähnlichkeit mit ihm selbst hatte, so war das Tony persönlich.

Sie lachte. »Du kannst meinen Mann schließlich immer noch ändern, Tony – wenn ich endlich unter der Haube bin.«

4.

Percival Alden schrie triumphierend auf, als er sein Pferd am Rande des Green Park auf der Piccadilly-Seite zügelte. »Somit schuldest du mir zwanzig Pfund, Nick!« rief er über seine Schulter, als der Vicomte ihn auf seinem Braunen eingeholt hatte. Nicholas Eden sah Percy finster an.

Sie ritten im Kreis herum. Die beiden Freunde kamen gerade von Boodles und hatten ein ausgezeichnetes Kartenspiel hinter sich gebracht, als Percy auf seinen neuen schwarzen Hengst zu sprechen gekommen war. Vom Alkohol umnebelt, hatte er die Herausforderung angenommen, und sie hatten ihre Pferde holen lassen.

»Weißt du eigentlich, daß wir uns beide das Genick hätten brechen können?« verkündete Nicholas einigermaßen vernünftig, während seine Sicht getrübt war und er fast alles doppelt sah. »Erinnere mich daran, daß ich so was nie wieder tue, ja?«

Percy fand das furchtbar komisch und fing an, so laut zu lachen, daß er beinah das Gleichgewicht verloren hätte. »Als könnte dich jemand von dem abhalten, was du dir in den Kopf gesetzt hast, vor allem, wenn du angesäuselt bist! Aber mach dir nichts daraus, Kumpel. Morgen früh erinnerst du dich wahrscheinlich gar nicht mehr an diesen verwegenen Streich, und wenn doch, glaubst du bestimmt, du hättest dich getäuscht. Ach, wo zum Teufel war dieser verdammte Mond, als wir ihn gebraucht hätten?«

Nicholas blickte zu der silbernen Scheibe hinauf, die gerade in diesem Moment hinter einer Wolkenbank herauskam. Sein Kopf schwirrte. Verdammt! Das Rennen hätte ihn ernüchtern sollen.

Er richtete seinen verschwommenen Blick auf seinen Freund. »Wieviel willst du für das Tier haben, Percy?«

»Ich denke gar nicht daran, es zu verkaufen. Mit diesem Hengst gewinne ich noch mehr Rennen.«

»Wieviel?« wiederholte Nicholas hartnäckig.

»Ich habe zweihundertfünfzig dafür bezahlt, aber...«

»Dreihundert.«

»Es ist nicht zu verkaufen.«

»Vierhundert.«

»Jetzt hör aber auf, Nick«, protestierte Percy.

»Fünfhundert.«

»Morgen lasse ich es dir bringen.«

Nicholas strahle vor Zufriedenheit.

»Ich hätte durchhalten sollen, bis du auf tausend gehst«, sagte Percy, der ebenfalls breit grinste. »Aber schließlich weiß ich, wo ich für zweihundertfünfzig seinen Bruder bekommen kann. Und ich will dich doch nicht übervorteilen.«

Nicholas lachte. »Du vergeudest dein Talent, Percy. Du solltest dir einen Job auf dem Smithfield Market besorgen und Pferdefleisch verkaufen.«

»Und meiner lieben Mutter noch einen Grund liefern, den Tag zu verfluchen, an dem sie mich geboren hat? Nein, danke. Ich mache so weiter wie bisher und übervorteile harte Geschäftsleute wie dich, um dabei anständige

Gewinne zu erzielen. Außerdem macht es mehr Spaß. Und da wir gerade von Spaß sprechen – solltest du nicht heute abend bei den Shepfords erscheinen?«

»Verdammter Mist«, knurrte Nicholas. »Warum mußtest du mich ausgerechnet daran erinnern?«

»Als gute Tat des Tages.«

»Ich würde keinen Fuß in dieses Haus setzen, wenn ich meinem Vögelchen nicht die Flügel stutzen müßte«, vertraute Nicholas ihm an.

»Sie hat dir wohl das Gefieder zerzaust?«

»Kannst du dir vorstellen, daß sie wirklich glaubt, sie könnte mich eifersüchtig machen?« fragte Nicholas entrüstet.

»Dich? Eifersüchtig?« höhnte Percy. »Den Tag würde ich gern erleben, darauf kannst du wetten.«

»Du bist herzlich eingeladen, mitzukommen und dir meinen Auftritt anzusehen. Ich habe vor, Lady E. einen ganz beachtlichen Auftritt zu servieren, ehe wir quitt sind«, sagte Nicholas finster.

»Du wirst den armen Kerl doch nicht zum Duell herausfordern, oder?«

»Gütiger Himmel, wegen einer Frau? Nein, natürlich nicht. Aber sie wird es glauben, während ich ihm in Wirklichkeit meinen Segen gebe. Dann kann sie sich selbst ihre Dummheit vorwerfen, denn von mir wird sie nichts mehr sehen.«

»Das ist eine neue Art, so was anzupacken«, sagte Percy versonnen. »Ich muß es mir merken und es auch mal ausprobieren. Sieh mal, warum erteilst du mir nicht deinen Segen? Eine gutaussehende Frau, Lady E....« Er sah auf die Straße. «Da wir gerade davon sprechen – steht da drüben nicht ihre Kutsche?«

Nicholas folgte seiner Blickrichtung und sah die grellbemalte Kutsche in Rosa und Grün, die er so gut kannte. »Unmöglich«, murmelte er. »Sie würde lieber sterben, als zu spät zu diesem Ball zu erscheinen, und der hat schon längst begonnen.«

»Ich kenne niemanden sonst, der eine so schön bemalte Kutsche hat«, bemerkte Percy. »Und ich habe mir schon überlegt, ob ich meine nicht auch in diesen Farben anmalen soll.«

Nicholas warf ihm einen entsetzten Blick zu, ehe er wieder auf die Straße schaute. »Wen kennen wir, der in dieser Straße wohnt?« fragte er seinen Freund.

»Mir fällt niemand ein...«, begann Percy. »Warte mal! Ich glaube, ich weiß, vor wessen Haus sie angehalten hat. Das Haus gehört dem jungen Malory – wie heißt er schnell noch mal? Du weißt schon, nicht der ganz Wilde, der schon seit Jahren nicht mehr hier ist, sondern der andere – der großartige Schütze... Ja, jetzt habe ich's! Anthony, Lord Anthony! Gütiger Himmel! Du glaubst doch nicht etwas, daß sie dich mit *ihm* eifersüchtig machen will? Nicht einmal du wagst es, dich mit ihm anzulegen, Nick.«

Nicholas antwortete nicht. Langsam, ganz langsam, verließ er den Park und überquerte die Straße. Wenn sich Selena tatsächlich in diesem Haus aufhielt, dann wußte sie, daß er sie entdecken würde, denn er kam jeden Abend auf dem Heimweg von seinem Club hier vorbei. An diesem Abend waren sie auf der Piccadilly-Seite aus dem Park geritten, und die Kutsche wäre ihm gar nicht aufgefallen, wenn Percy sie nicht bemerkt hätte. Aber jetzt war seine Neugier geweckt.

Saß Selena im Wagen und wartete darauf, daß er vorbeikäme? Oder hatte sie etwa keinen Begleiter für ihren verfluchten Ball finden können und war jetzt entschlossen, ihn doch dorthin zu schleifen? Es war ausgeschlossen, daß sie Anthony Malory kannte, der mit seinen Kumpeln einer völlig anderen Welt angehörte, einer Horde von Wüstlingen, die der Gesellschaft einen Schock nach dem anderen versetzten. Nicholas hatte zwar selbst einen befleckten Ruf, aber nicht einmal ihn hätte man zu diesen Tunichtguten gezählt.

Und wenn sie Malory doch irgendwo begegnet war? Aber ausgerechnet heute nacht würde sie sich niemals hier rumtreiben. Dazu bedeutete ihr der Shepford-Ball zuviel. Seit einem Monat sprach sie von nichts anderem.

Oder hatte sie ein Stelldichein mit Malory? Nicholas zügelte sein Pferd drei Häuser weiter am Randstein. Percy holte ihn ein und sah in bestürzt an. »Das, was ich vorhin sagte, war keine Herausforderung. Du hast doch nicht etwa vor, eine Dummheit anzustellen, oder?«

»Ich habe mir nur etwas überlegt, Percy«, erwiderte Nicholas grinsend. »Wenn Lady E. wirklich dort drinnen ist, dann wird sie jeden Augenblick herauskommen.«

»Woher willst du das wissen?«

»Der Ball. Sie wird vielleicht zu spät kommen, aber sie wird ihn nicht verpassen, sie nicht. Oder vielleicht doch – ganz entgegen ihren Absichten. Eine Frau sollte sich nicht so sehr auf etwas versteifen, daß sie den Mann in ihrem Leben ignoriert. Diese Lektion sollte ihr unmißverständlich erteilt werden, findest du nicht? Ja, unmißverständlich. Absolut unmißverständlich. Damit sie denselben Fehler nicht noch einmal macht.«

»Montieth! Was zum Teufel hast du vor?« fragte Percy besorgt.

Nicholas antwortete nicht, weil seine Aufmerksamkeit auf die Haustür gelenkt wurde, die sich nun öffnete. Sein Grinsen wurde breiter, als Selena Eddington auf die Straße trat. Eine schwarze Halbmaske, die sie mit den Händen vor ihr Gesicht hielt, verdeckte ihre Augen, aber dieses schwarze Haar hätte er überall erkannt. Sie trug ein langes Cape mit Pelzbesatz, das am Hals geschlossen und über ihre Schultern zurückgeworfen war, und darunter schimmerte ein bezauberndes roséfarbenes Gewand. Nicholas war entgeistert. Rosé? Das war keine ihrer Farben.

Sie bezeichnete sie herablassend als die Farbe der Unschuld, etwas, das sie schon vor langem ohne Reue verloren hatte. Er nahm an, daß sie die Herzogin von Shepford mit ihrer Jugend beeindrucken wollte.

Sie drehte sich zu dem Mann um, der hinter ihr stand, und Nicholas erkannte Anthony Malory, den er nur zu oft in den Clubs sah. Allerdings war er nicht mit ihm befreundet. Selena findet ihn mit Sicherheit äußerst attraktiv, überlegte Nicholas. Nun, er wünschte ihr Glück. Malory war ein noch eingefleischterer Junggeselle als er selbst. Den würde sie nie vor einen Altar schleifen. Ob ihr das wohl klar war?

Er beobachtete belustigt, wie sie Malory umarmte und ihm dann einen flüchtigen Kuß gab. Offensichtlich begleitete er sie nicht zu dem Ball, denn er trug einen Hausmantel.

»Wie reimst du dir das zusammen?« fragte Percy beunruhigt. Er lenkte sein Pferd noch etwas näher zu Nicholas. »Es ist doch Lady E., oder?«

»Ja, und du tust mir einen großen Gefallen, wenn du die Kutsche so lange wie möglich davon abhälst zu wenden, Percy.«

»Verdammt, was hast du denn vor?«

»Ich will Lady E. zu mir nach Hause bringen, was denn sonst?« entgegnete Nicholas lachend. »Ich schneide ihr den Weg ab. Treffen wir uns in der Park Lane.«

»Der Teufel soll dich holen, Nick!« rief Percy. »Da steht Malory!«

»Ja, aber er wird mich nicht zu Fuß verfolgen, oder? und wenn er sich gerade mit ihr abgegeben hat, muß er unbewaffnet sein. Dieses kleine Schauspiel wird ihm Freude bereiten.«

»Tu es nicht, Nick.«

Aber Nicholas war nicht nüchtern genug, um klar zu denken. Er ritt auf die Kutsche zu und dicht davor auf den

Bürgersteig, wobei er alle Beteiligten damit überrumpelte, daß er zwischen dem Haus und dem Wagen hindurchritt. Er bückte sich, packte Selena und zerrte sie auf sein Pferd.

Wunderbar gemacht, gratulierte er sich selbst. Besser hätte er es nüchtern auch nicht machen können. Hinter ihm ertönten Schreie, aber er ritt nicht langsamer. Die Frau, die er über sein Pferd gezogen hatte, fing an zu schreien, aber er stopfte ihr eilig sein weißes Seidentaschentuch in den Mund, um ihre Schreie zu ersticken, und dann band er mit seiner Krawatte ihre Handgelenke zusammen.

Sie wand sich so heftig, daß sie abzustürzen drohte, und daher zerrte er an ihr, bis sie vor ihm saß. Dann zog er ihr das Cape über das Gesicht und verschnürte sie wie ein Bündel. Zufrieden grinste er, als sie um eine Ecke bogen und durch die Park Lane ritten. »Anscheinend werden wir nicht verfolgt, meine Liebe. Vielleicht hat Tovey, dein Kutscher, mich erkannt und weiß, daß du in guten Händen bist.« Er hörte die gedämpften Laute, die sie unter dem Cape von sich gab. »Ja, ich weiß, daß du sauer auf mich bist, Selena. Aber tröste dich damit, daß du vor Wut toben kannst, wenn ich die wieder gehen lasse – morgen früh.«

Wieder fing sie an, sich zu wehren, aber wenig später hielt er das Pferd vor seinem Haus in der Park Lane an. Percival Alden hatte am Rande der großen dunklen Weite des Hyde Parks auf der anderen Straßenseite Stellung bezogen, und nur er sah, wie Nicholas sich das Bündel über die Schulter warf und ins Haus trug. Sein Butler bemühte sich, nicht allzu verblüfft zu wirken.

Percy folgte ihm ins Haus. »Sie haben die Verfolgung gar nicht erst aufgenommen.«

»Ach, das bedeutet doch nur, daß der Kutscher mich erkannt hat.« Nicholas lachte laut auf. »Wahrscheinlich hat er Malory inzwischen erklärt, daß die Dame und ich miteinander befreundet sind.«

»Ich kann immer noch nicht glauben, daß du das getan hast, Nick. Das wird sie dir nie verzeihen.«

»Ich weiß. Und jetzt sei ein guter Kerl und komm mit mir nach oben, damit du ein paar Lampen anzünden kannst, ehe ich mein Gepäck ablege.« Er blieb gerade lange genug stehen, um seinem Butler zuzugrinsen, der die Füße anstarrte, die über die Schulter seiner Lordschaft hingen. »Sagen Sie meinem Kammerdiener, er soll meine Abendgarderobe bereitlegen, Tyndale. Ich will das Haus in zehn Minuten verlassen. Und wenn aus irgendwelchen Gründen jemand zu Besuch kommt, sagen Sie ihm, daß ich bereits vor einer Stunde zum Ball des Herzogs von Shepford aufgebrochen bin.«

»Selbstverständlich, Mylord.«

»Du gehst doch noch hin?« fragte Percy erstaunt, als er mit dem Butler hinter Nicholas die Treppe hinaufstieg.

»Ja, natürlich. Ich habe vor, die ganze Nacht durchzutanzen.« Nicholas betrat ein Schlafzimmer im zweiten Stock des Hauses und inspizierte es eilig, um sicherzugehen, daß sich keine Wertsachen darin befanden, die Selena in ihrem Zorn zertrümmern könnte. Als er zufrieden festgestellt hatte, daß sich ihr dazu wenig Gelegenheit bot, beauftragte er Tyndale, den Schlüssel zu holen, und bedeutete Percy, die Lampe auf dem Kaminsims anzuzünden.

»Sei ein braves Mädchen, meine Liebe, und stell dich nicht zu sehr an.« Er tätschelte auf vertrauliche Art ihren Hintern. »Wenn du anfängst zu schreien oder Dummheiten machst, ist Tyndale gezwungen, etwas dagegen zu unternehmen. Ich bin sicher, daß es dir mißfallen würde, für die nächsten Stunden ans Bett gefesselt zu werden.«

Er scheuchte Percy hinaus, ehe er sie auf das Bett fallen ließ. Dann löste er die Krawatte von ihren Handgelenken, verließ das Zimmer und schloß mit einem leisen Klicken die Tür. Er wußte, daß sie den Knebel früher oder später aus ihrem Mund ziehen würde, aber dann war er nicht mehr da und brauchte sich ihr Gezeter nicht anzuhören.

»Komm, Percy. Ich habe einen Abendanzug für dich, wenn du mit mir auf den Ball kommen möchtest.«

Percy schüttelte verwirrt den Kopf, während er Nicholas zu dessen Gemächern im ersten Stock folgte. »Ich könnte mitkommen, aber ich verstehe nicht, warum du den Ball besuchst, wenn sie doch nicht da ist.«

»Das ist die Krönung des Ganzen.« Nicholas lachte in sich hinein. »Wozu ist es gut, daß Lady E. den Ball verpaßt, wenn sie nicht morgen von ihren lieben Freundinnen hört, daß ich vom Moment meiner Ankunft bis zu meinem Verschwinden keinen einzigen Tanz ausgelassen habe?«

»Das ist grausam, Montieth.«

»Nicht grausamer als ihre Entscheidung, mich für Malory fallen zu lassen.«

»Aber das stört dich doch gar nicht«, wandte Percy ein, der außer sich war.

»Nein, es stört mich nicht. Aber es verlangt doch nach *irgend*einer Reaktion, findest du nicht? Schließlich wäre sie am Boden zerschmettert, wenn ich nichts dergleichen getan hätte.«

»Wenn sie sich hätte aussuchen können, wie du reagierst, Montieth, dann glaube ich nicht, daß ihre Wahl *darauf* gefallen wäre.«

»Da hast du vermutlich recht. Aber es ist immer noch besser, als wenn ich Malory zum Duell auffordern würde. Oder bist du etwa anderer Meinung?«

»Himmel, nein!« Percy war aufrichtig erschrocken. »Gegen den hättest du nicht die geringste Chance!«

»So, glaubst du das?« murmelte Nicholas. »Hm, vielleicht nicht. Schließlich hat er mehr Übung als ich. Aber wir werden nie erfahren, wer der Sieger gewesen wäre, oder?«

5.

Reggie fürchtete sich nicht. Sie hatte genug gehört, um zu wissen, daß ihr Entführer ein Edelmann war. Er ging davon aus, daß ihr Kutscher ihn erkannt hatte, und insofern stellte er keine wirkliche Bedrohung dar. Nein, ihr würde nichts zustoßen.

Noch etwas anderes veranlaßte sie, genüßlich und gehässig zu lächeln. Der Mann hatte einen grauenhaften Irrtum begangen. Er hielt sie für eine andere – Selena hatte er sie genannt. »Ich bin es nur«, hatte er gesagt, als müßte sie seine Stimme mit Leichtigkeit erkennen.

Selena? Wieso glaubte dieser Mann, sie wäre Selena? Er hatte sie schlicht und einfach vom Bürgersteig aufgegriffen, und wie kam er also dazu... *»Der Kutscher hat mich erkannt!«* Gütiger Himmel, Lady Eddington! Er kannte die Kutsche, und daher hielt er sie für Lady Eddington.

Das war von unschätzbarem Wert. Er würde sich auf den Ball der Shepfords begeben – und, *voilà,* dort würde er Lady Eddingtom zusammen mit Reggies Vettern und Kusinen vorfinden. Wie gern würde sie sein Gesicht sehen... In jüngeren Jahren hatte auch sie ihren Mitmenschen mit Vorliebe solche Streiche gespielt.

Und dann würde er sich eilig auf den Heimweg machen, sich überschwenglich entschuldigen und sie um Verzeihung bitten. Er würde sie anflehen, kein Wort darüber zu verlieren. Und sie würde einwilligen müssen, weil schließlich ihr Ruf auf dem Spiel stand. Sie würde den Ball besuchen und ganz einfach sagen, sie wäre länger bei Onkel Anthony gewesen, als sie es vorgehabt hatte. Niemand würde je erfahren, daß sie entführt worden war.

Nachdem sie den Knebel und die Krawatte entfernt hatte, streckte sie sich auf dem Bett aus. Sie war völlig gelassen und kostete das Abenteuer aus. Es war nicht ihr erstes, nein, keineswegs. Sie hatte ihr Leben lang Abenteuer bestanden. Angefangen hatte es, als sie sieben Jahre alt gewesen war und im Winter auf dem zugefrorenen See von Haverston eingebrochen war. Sie wäre ertrunken, wenn nicht einer der Stallknechte ihre Rufe gehört und sie aus dem Wasser gezogen hätte. Im Jahr darauf hatte derselbe Junge einen wilden Keiler abgelenkt, der sie auf einen Baum gejagt hatte. Der Keiler hatte sich auf ihn gestürzt, und während er schnell wieder gesund wurde und seinen Freunden beglückt alle Einzelheiten dieser dramatischen Rettung erzählte, wurde ihr der Wald für ein Jahr verboten.

Nein, selbst die fast fromme Hingabe, mit der sich ihre Onkel ihrer Kindheit gewidmet hatten, war dem Schicksal nicht hinderlich gewesen, und Reggie hatte in neunzehn Jahren mehr Abenteuer hinter sich gebracht als die meisten Männer in einem ganzen Leben. Als sie sich in ihrem elegant eingerichteten Gefängnis umsah, in dem sie nun vorübergehend eingesperrt war, lächelte sie. Wie sie wußte, träumten junge Frauen von Abenteuern, sehnten sich danach, von gutaussehenden Fremden, die auf Pferden einherkamen, hochgehoben und entführt zu werden, aber sie hatte es in Wirklichkeit erlebt. Sogar zweimal, denn der Streich des heutigen Abends war nichts Neues für sie.

Vor zwei Jahren, mit siebzehn, war sie auf der Straße nach Bath von drei maskierten Wegelagerern überfallen und von dem kühnsten verschleppt worden. Gott sei Dank, daß ihr verwegener ältester Vetter Derek an diesem

Tag auch in der Kutsche gesessen hatte. Er hatte eines der Pferde losgebunden, wutentbrannt die Verfolgung ihres Entführers aufgenommen und Reggie davor bewahrt... Wovor auch immer, jedenfalls vor den Absichten des Fremden.

Und davor hatte sie im Alter von zwölf Jahren ein Abenteuer auf hoher See überstanden. Sie war für einen ganzen Sommer entführt worden und hatte auf dem Meer gräßliche Stürme und sogar eine ganz unglaubliche Schlacht miterlebt.

Jetzt wurde ihr also wieder ein Abenteuer geboten, und zwar diesmal ein lustiges, bei dem sie sich recht sicher fühlte – und dann richtete sie sich kerzengerade auf. Onkel Tony! Er wußte davon! Plötzlich war es gar nicht mehr komisch. Wenn er dahinterkam, wer ihr Entführer war, würde er hier auftauchen und die Tür eintreten. Das würde einen Klatsch ohne Ende nach sich ziehen, und dann war es aus mit ihr. Anthony Malory würde es dem Mann auch nicht leichtmachen. Er würde den armen Kerl zu einem Duell herausfordern und ihn töten, ob es nun ein Irrtum gewesen war oder nicht.

Reggie stand auf und lief im Zimmer umher. Sie war barfuß. Ach, du meine Güte, die Lage spitzte sich ganz übel zu. Sie ging immer wieder auf und ab und sah sich das Zimmer näher an, um sich zu zerstreuen. Der Raum war in gedämpften Grün- und Brauntönen gehalten, ein paar moderne Chippendalemöbel standen herum. Ihr Cape hing über einem Sessel, ihre Schuhe standen auf dem Boden davor, und ihre Maske war auf den Polstersitz geworfen worden. Von dem einzigen Fenster aus sah man auf den Garten, der jetzt dunkel und voller Schatten dalag. Sie brachte ihre Frisur vor einem Spiegel in Ordnung, der von Blättern und Blüten im Rocaille-Stil umrahmt war.

Würde Tyndale sie wirklich fesseln und knebeln, wenn sie anfing, um Hilfe zu schreien? Es war ihr lieber, wenn sie das nicht so genau wußte. Sie fragte sich auch, warum Nick so lange brauchte, um zu merken, daß er sie mit jemandem verwechselt hatte. Die Minuten tickten auf der Meißner Uhr, die das Kaminsims schmückte.

Nicholas sah sie in den Armen eines Gecken in leuchtend grünem Satin, der sich entsetzlich mit Selenas pflaumenfarbenem Abendkleid biß, einen Walzer tanzen. Diese Farbzusammenstellung machte sie zu einem Paar, das man auf der gesteckt vollen Tanzfläche kaum übersehen konnte.

»Jetzt hol mich doch der Teufel«, knurrte Nicholas.

Percy, der neben ihm stand, drückte sich deutlicher aus. »O mein Gott! Du hast es wirklich getan, und ich wußte, daß du es nicht hättest tun sollen, aber du hast es getan, und jetzt kannst du sehen, was du tust.«

»Halt den Mund, Percy.«

»Das *ist* sie doch, oder? Wer in Gottes Namen ist dann das Vögelchen, das du bei dir zu Hause in den Käfig gesperrt hast? Du hast Malory die Mätresse gestohlen, so ist es doch? Er wird dich umbringen, Nick«, teilte Percy ihm mit. »Er wird dich verdammt noch mal umbringen, genau das und nichts anderes.«

Nicholas stand kurz davor, seinen leicht erregbaren Freund zu ermorden. »Du kannst aber auch nicht einen Moment lang den Mund halten, nein? Du mußt reden und reden. Das einzige, was auf mich zukommt, ist die Strafpredigt einer wütenden Frau, die ich in meinem ganzen Leben noch nicht gesehen habe. Lord Malory wird mich nicht wegen einer solchen dämlichen Verwechslung zum Duell herausfordern. Wer ist denn überhaupt zu Schaden gekommen?«

»Der Ruf der Dame, Nick. Wenn das rauskommt...«

»Wie soll es denn rauskommen? Benutz mal deinen Verstand, alter Junge. Wenn sie Malorys Mätresse ist, welchen Ruf hat sie dann noch zu verlieren? Was ich allerdings wirklich gern wüßte – was hatte sie in Lady Eddingtons Kutsche zu suchen?« Er seufzte, ganz der mißverstandene Mann, der zum Narren gehalten worden war. »Ich mache mich am besten gleich auf den Heimweg und lasse sie raus – ganz gleich, wer sie ist.«

»Brauchst du Hilfe?« Percy grinste. »Ich würde zu gern wissen, wer sie ist.«

»Ich halte es für unwahrscheinlich, daß sie in umgänglicher Stimmung ist, und muß froh sein, wenn mir nur eine Vase an den Kopf geworfen wird.«

»Danke, das darfst du allein hinter dich bringen. Du kannst es mir ja morgen ganz genau erzählen.«

»Ich dachte mir schon, daß du dich drücken würdest«, sagte Nicholas trocken.

In aller Eile fuhr er nach Hause. Inzwischen war er ziemlich ernüchtert und bereute den gesamten Verlauf des Abends zutiefst. Er hoffte, die geheimnisvolle Dame würde Sinn für Humor haben.

Tyndale öffnete ihm die Tür und nahm seinen Umhang, den Hut und die Handschuhe entgegen. »Hat es irgendwelche Probleme gegeben?« fragte Nicholas und wartete vergeblich auf eine lange Liste von Schwierigkeiten.

»Absolut nicht, Mylord.«

»Kein Lärm?«

»Nichts dergleichen.«

Nicholas holte tief Atem. Sie sparte sich wahrscheinlich ihre gesamte Wut für ihn auf. »Lassen Sie die Kutsche vorfahren, Tyndale«, befahl er, ehe er die Treppe hinaufstieg.

Im zweiten Stock herrschte Grabesstille. Die Dienstboten hatten keinen Grund, sich in diesem Teil des Hauses nach Einbruch der Dunkelheit aufzuhalten. Lucy, das hübsche Zimmermädchen, auf das er in letzter Zeit ein Auge geworfen hatte, würde sich nicht nach oben wagen, wenn nicht nach ihm geschickt wurde, und Harris, sein

Kammerdiener, schlief jetzt sicher im ersten Stock und rechnete damit, daß sein Herr wesentlich später zurückkehren würde. Wenigstens befand sich außer Tyndale niemand im Haus, der etwas von der Anwesenheit der Dame wußte. Das war immerhin etwas.

Nicholas blieb einen Moment lang vor Reggies Tür stehen, ehe er sie aufschloß und eilig aufriß. Er rechnete mit einem Schlag in sein Gesicht, aber der Schlag, der ihn bei ihrem Anblick traf, saß mindestens ebensogut.

Sie stand am Fenster, wie in einem Bilderrahmen, und sah ihn auf eine verblüffend direkte Art an. In ihrem Blick lag keine Scheu, und dieses zarte, edle, herzförmige Gesicht verriet auch keine Angst. Die Augen waren beunruhigend, leicht exotisch angehauchte Mandelaugen. Derart dunkelblaue Augen in diesem hellen Gesicht, so blau und so klar, wie eingefärbte Kristalle. Die Lippen weich und voll, und die Nase gerade und schmal. Diese ungewöhnlichen Augen wurden von pechschwarzen langen Wimpern umrahmt, und darüber wölbten sich zarte schwarze Brauen. Ihr Haar war rabenschwarz und umgab ihr Gesicht in kleinen Kringellöckchen, was ihrer hellen Haut den Schimmer von poliertem Elfenbein verlieh.

Sie war atemberaubend. Die Schönheit hörte keineswegs bei ihrem Gesicht auf. Sie war zwar zierlich, aber ihre Gestalt hatte nichts Kindliches an sich. Feste, junge Brüste preßten sich gegen den dünnen Musselin ihres roséfarbenen Abendkleides, das nicht so tief ausgeschnitten war wie manche anderen Kleider und genau den Punkt erreichte, an dem es nicht provozierend, aber doch verführerischer als alles war, was er in London bisher gesehen hatte. Er wollte den roséfarbenen Musselin ein paar Zentimeter weit hinunterziehen und zusehen, wie diese bezaubernden Brüste sich befreiten. Jetzt traf ihn der nächste Schlag, als er feststellte, daß seine Männlichkeit sich gegen seinen Willen regte. Himmel, seit seiner Jugend hatte er nicht mehr derart die Kontrolle über sich verloren!

Er bemühte sich verzweifelt, wieder alles in seine Gewalt zu bekommen, und er suchte nach irgend etwas, was er sagen könnte. »Hallo«, war alles, was ihm einfiel.

Aus seinem Tonfall war ein »Was haben wir denn da?« herauszuhören, und Reggie lächelte unwillkürlich. Er sah fantastisch aus, einfach fantastisch. Es lag nicht nur an seinem Gesicht, wenngleich auch das umwerfend war. Von diesem Mann ging eine magnetische sexuelle Anziehungskraft aus, die zutiefst beunruhigend wirkte. Er gefiel ihr sogar noch besser als Onkel Anthony, den sie bis dahin als den attraktivsten Mann auf Erden betrachtet hatte.

Der Vergleich war beruhigend. Er erinnerte sie an Onkel Tony, nicht nur in seiner Größe und seinem Äußeren, sondern auch in der Art, wie er sie abschätzend musterte. Seine Mundwinkel zogen sich zufrieden nach oben. Wie oft hatte sie beobachtet, daß ihr Onkel Frauen auf eben diese Art begutachtet hatte. Nun, dann ist er wohl ein Lebemann, sagte sie sich. Wer sonst hätte seine Mätresse von der Türschwelle eines anderen Mannes entführt? War er eifersüchtig gewesen, weil er geglaubt hatte, daß seine Mätresse und Onkel Anthony zusammen ... Oh, das versprach eine äußerst amüsante Situation zu werden.

»Selber hallo«, sagte Reggie verschmitzt. »Ich habe schon angefangen, mich zu fragen, wann Sie die Verwechslung wohl bemerken würden. Sie haben sich reichlich Zeit gelassen.«

»Ich bezweifle, daß es wirklich eine Verwechslung war. Sie sehen gar nicht so aus, als hätte ich mich geirrt. Sie sehen sogar ganz so aus, als hätte ich ausnahmsweise endlich einmal das Richtige getan.«

Er schloß leise die Tür und lehnte sich dagegen. Diese

wunderbaren Bernsteinaugen wanderten dreist von Kopf bis Fuß über ihren Körper. Ein junges Mädchen war absolut nicht sicher, wenn es mit einem Mann seines Kalibers allein in einem Raum war, und das erkannte Reggie jetzt. Und doch empfand sie aus irgendwelchen Gründen, die sie selbst nicht durchschaute, keine Angst vor ihrem Entführer. Skandalöserweise fragte sie sich sogar, ob es wohl wirklich so schrecklich wäre, ihre Tugend an ihn zu verlieren. In welcher leichtfertigen Stimmung sie plötzlich war!

Sie musterte die Tür und seine großgewachsene Gestalt, die ihr diesen einzigen Ausgang versperrte. »Pfui, schämen Sie sich, mein Herr. Ich hoffe doch, daß Sie nicht vorhaben, mich noch mehr zu kompromittieren, als Sie es bereits getan haben.«

»Wenn Sie es zulassen, werde ich es tun. Wie denken Sie darüber? Überlegen Sie sich die Antwort ganz genau«, sagte er mit einem umwerfenden Lächeln. »Mein Herz ist in Gefahr.«

Sie kicherte vor Begeisterung. »Quatsch! Lebemänner wie Sie haben gar kein Herz. Das weiß doch jeder.«

Nicholas war bezaubert. Konnte sie denn nichts, was er sagte, aus der Fassung bringen?

»Sie verletzen mich, meine Liebste, wenn Sie mein Herz mit dem Malorys vergleichen.«

»Im Traum nicht, Sir«, versicherte sie ihm. »Tonys Herz ist so wankelmütig, wie es nur irgend geht. Das Herz eines jeden anderen Mannes ist beständiger als seines. Sogar Ihres«, sagte sie trocken.

Und *das* aus dem Mund der Mätresse dieses Mannes? Nicholas konnte sein Glück nicht fassen. Sie hatte noch nicht einmal den Eindruck gemacht, als wäre sie verdrossen, nahm ganz schlicht hin, daß Malory ihr nie treu sein würde. War sie reif für einen Liebhaberwechsel?

»Interessiert es Sie denn gar nicht, warum ich Sie hierhergebracht habe?« fragte er. Warum war sie nicht außer sich?

»O nein«, erwiderte sie unbeschwert. »Dahinter bin ich bereits selbst gekommen.«

»So, wirklich?« Er war belustigt und wartete auf irgendeine merkwürdige Erklärung, die sie sich zurechtgelegt hatte.

»Sie haben mich für Lady Eddington gehalten«, sagte sie, »und Sie wollten, daß sie den Shepford-Ball verpaßt, während Sie hingehen und keinen Tanz auslassen. Das stimmt doch?«

Nicholas schüttelte sich. »Was?«

»Haben Sie keinen Tanz ausgelassen?«

»Ich habe überhaupt nicht getanzt.«

»Sie müssen sie wohl dort gesehen haben. Ich wünschte, ich hätte Ihr Gesicht beobachten können.« Wieder kicherte sie. »Waren Sie nicht furchtbar überrascht?«

»Äh – furchtbar«, gab er zu. Er konnte es einfach nicht glauben. Wie zum Teufel hatte sie sich all das zusammenreimen können? Was hatte er bloß gesagt, als er sie hierhergetragen hatte? »Jetzt bin ich Ihnen gegenüber in einer ungünstigen Lage. Anscheinend habe ich vorhin eine ganze Menge zu Ihnen gesagt.«

»Erinnern Sie sich denn nicht?«

»Nicht allzu deutlich«, gestand er matt. »Ich fürchte, ich war ziemlich angetrunken.«

»Wenn das so ist, nehme ich an, daß Sie damit entschuldigt sind, oder? Aber soviel haben Sie gar nicht gesagt. Es hilft schon, wenn man die Leute kennt, um die es geht, verstehen Sie.«

»Sie *kennen* Lady Eddington?«

»Ja. Nicht allzugut natürlich. Ich habe sie erst in der letzten Woche kennengelernt. Aber sie war so freundlich, mir heute abend ihre Kutsche zu leihen.«

In dem Moment löste er sich plötzlich von der Tür und durchquerte das Zimmer, bis er wenige Zentimeter vor ihr stand. Aus der Nähe war sie sogar noch hübscher. Zu seinem Erstaunen wich sie nicht vor ihm zurück, sondern blickte zu ihm auf, als setzte sie ihr volles Vertrauen in ihn.

»Wer sind Sie?« fragte er. Es war ein heiseres Flüstern.

»Regina Ashton.«

»Ashton?« Er runzelte nachdenklich die Stirn. »Ist das nicht der Familienname des Earl von Penwich?«

»Ja, genau. Kennen Sie ihn etwa?«

»Nein. Er besitzt ein Stück Land, das an meines grenzt und das ich seit etlichen Jahren zu kaufen versuche, aber dieser großspurige... Er reagiert gar nicht erst auf meine Anfragen. Sie sind doch nicht etwa mit ihm verwandt, oder?«

»Doch, leider ja. Aber zumindest sind es keine allzu nahen Bande.«

Nicholas grinste. »Die meisten Damen würden sich nicht darüber beklagen, mit einem Earl verwandt zu sein.«

»Wirklich? Dann kennen sie wohl den derzeitigen Earl von Penwich nicht. Ich kann von Glück sagen, daß ich den Mann seit vielen Jahren nicht mehr gesehen habe, aber ich bezweifle, daß er sich allzusehr verändert hat. Er ist in der Tat ein großspuriger...«

Er grinste. »Aber wer sind Ihre Eltern?«

»Ich bin eine Waise, Sir.«

»Das tut mir leid.«

»Mir auch. Aber ich habe bezaubernde Verwandte mütterlicherseits, die sich um mich gekümmert haben. Und jetzt ist es nur gerecht, wenn sie mir sagen, wer Sie sind.«

»Nicholas Eden.«

»Der vierte Vicomte von Montieth? Ach, du meine Güte, von Ihnen habe ich allerdings schon einiges gehört.«

»Alles skandalöse Lügen, das versichere ich Ihnen.«

»Das bezweifle ich.« Sie lächelte ihn an. »Aber Sie brauchen nicht zu fürchten, daß ich schlecht über Sie denke. Schließlich ist kein anderer so schlimm wie Tony – oder wie sein Bruder James – und ich liebe beide von Herzen.«

»Beide? Tony *und* James Malory?« Er war total verdutzt. »Gütiger Himmel, Sie wollen damit doch nicht etwa sagen, daß Sie auch James Malorys Mätresse sind?«

Ihre Augen wurden kugelrund. Sie biß sich auf die Zunge, aber es half nichts. Sie brach gegen ihren Willen in Gelächter aus.

»Ich kann daran nichts komisch finden«, bemerkte Nicholas kühl.

»Doch, es ist komisch, und wie! Ich hatte schon Angst, Sie könnten glauben, daß Tony und ich... Oh, das ist einfach prima! Das muß ich Tony erzählen... Nein, lieber doch nicht. Er wird es gar nicht komisch finden. Ihr Männer seid manchmal so steif«, seufzte sie. »Sehen Sie, er ist nämlich mein Onkel.«

»Wenn Sie es vorziehen, ihn als solchen zu bezeichnen...«

Sie lachte wieder. »Sie glauben mir nicht, stimmt's?«

»Meine liebe Miß Ashton...«

»Lady Ashton«, verbesserte sie ihn.

»Nun gut – Lady Ashton. Ich muß Ihnen mitteilen, daß Jason Malorys Sohn, Derek Malory, einer meiner engsten Freunde ist...«

»Ja, das weiß ich.«

»Das wissen Sie?«

»Ja, und eigentlich ist er sogar Ihr bester Freund. Sie gingen mit ihm in die Schule, wenngleich Sie auch ein paar Jahre vor ihm fertig waren. Und Sie faßten eine Zuneigung zu ihm, als andere ihn nicht mochten. Dafür liebt er Sie. Ich liebte Sie auch, weil Sie sich mit ihm angefreundet hatten, obwohl ich damals, als er es mir erzählte, erst elf war und Sie nicht kannte. Was glauben Sie denn, wo ich von Ihnen erfahren habe, Lord Montieth? Vetter Derek sprach die ganze Zeit nur über Sie, wenn er in den Ferien nach Hause kam.«

»Und warum hat er Sie dann nie erwähnt?« fauchte Nicholas.

»Warum hätte er über mich reden sollen?« fragte sie. »Ich bin sicher, daß Sie und er besseren Gesprächsstoff als die Kinder Ihrer Familie hatten.«

Nicholas zog ein finsteres Gesicht. »Sie könnten sich das alles ausgedacht haben.«

»Natürlich.« Sie beließ es dabei und unternahm keinen Versuch, ihn zu überzeugen.

Ihre Augen sprühten vor Lachen. Verdammt, sie war so schön. »Wie alt sind Sie?« fragte er.

»Sie sind also nicht mehr wütend?«

»War ich wütend?«

»Ja, sicher.« Sie lächelte. »Ich kann mir allerdings nicht vorstellen, warum. *Ich* bin hier doch diejenige, die wütend sein müßte. Und ich bin neunzehn, wenn Sie es unbedingt wissen wollen, obgleich Sie mich das nicht hätten fragen dürfen.«

Er wurde wieder gelöster. Sie war wunderbar. Er hielt es kaum aus. Er wollte sie in seine Arme ziehen, und doch war es ihm zuwider, sie an die Unziemlichkeiten ihrer Lage zu erinnern.

»Ist das Ihre erste Ballsaison, Regina?«

Es gefiel ihr, wie er ihren Namen aussprach. »Sie gestehen mir also zu, daß ich bin, wer ich zu sein behaupte?«

»Das muß ich wohl.«

»Sie brauchen deshalb nicht gleich so enttäuscht zu sein«, gab sie zurück.

»Ich bin am Boden zerstört, wenn Sie es unbedingt wissen wollen.« Seine Stimme wurde wieder heiserer, und er gestattete es sich, einen Finger über ihre Wange gleiten zu lassen, zart, um sie nicht zu erschrecken. »Ich will nicht, daß du ein unschuldiges Mädchen bist. Ich will, daß du ganz genau weißt, wovon ich spreche, wenn ich dir sage, daß ich dich lieben will, Regina.«

Ihr Herz schlug schneller. »Wirklich?« flüsterte sie, und ihr Herz schlug schneller. Sie durfte ihre Beherrschung nicht verlieren. »Ja, natürlich wollen Sie das«, neckte sie ihn. »Ich dachte mir doch, daß ich diesen Ausdruck in Ihrem Blick gesehen habe.«

Seine Hand fiel herunter, und seine Augen verengten sich. »Und woher sollten Sie diesen Ausdruck kennen?«

»Ach, du meine Güte, jetzt sind Sie schon wieder wütend«, sagte sie voller Unschuld.

»Zum Teufel noch mal!« stieß er hervor. »Können Sie denn nicht einen Moment lang ernst sein?«

»Wenn ich ernst werde, Lord Montieth, dann bekommen wir beide Schwierigkeiten.«

Ihre dunklen Augen waren unlesbar. Gütiger Himmel, unter dieser übersprudelnden Oberfläche war ein ganz anderes Mädchen verborgen.

Sie ging an ihm vorbei und blieb mitten im Zimmer stehen, und als sie sich wieder zu ihm umdrehte, waren das verschmitzte Lächeln und das spöttische Funkeln in ihre Augen zurückgekehrt.

»Es ist meine zweite Ballsaison, und ich habe viele Männer kennengelernt, die genauso unzüchtig sind wie Sie«, versicherte sie ihm.

»Das glaube ich nicht.«

»Daß es Männer gibt, die genauso unsittlich sind wie Sie?«

»Daß das Ihre zweite Ballsaison ist. Sind Sie verheiratet?«

»Sie spielen darauf an, daß ich es sein sollte, weil ich schon im letzten Jahr in die Gesellschaft eingeführt worden bin? Das ist ganz einfach. Was meine Familie angeht, ist niemand gut genug für mich. Was äußerst lästig ist, das kann ich Ihnen versichern.«

Nicholas lachte. »Es ist ein Jammer, daß ich im letzten Jahr in die Karibik gesegelt bin, um die Ländereien zu inspizieren, die ich dort besitze. Ich hätte Sie eher kennengelernt, wenn ich hiergeblieben wäre.«

»Hätten Sie sich um meine Hand bemüht?«

»Ich hätte mich um – einen Teil von Ihnen bemüht.«

Zum ersten Mal errötete Reggie. »Das war zu dreist.«

»Aber noch lange nicht so dreist, wie ich es gern wäre.«

Oh, er ist wirklich gefährlich, dachte Reggie. Attraktiv charmant, gerissen. Warum also fürchtete sie sich nicht davor, mit Nicholas Eden allein zu sein? Der gesunde Menschenverstand sagte ihr, daß sie sich hätte fürchten müssen.

Sie sah atemlos zu, wie er auf sie zukam, wieder den Abstand zwischen ihnen verringerte. Sie rührte sich nicht von der Stelle, und er lächelte. Eine winzige Ader pochte direkt unter ihrer Kehle, und er verspürte ein übermächtiges Verlangen, seine Zunge darüber gleiten zu lassen und zu spüren, wie dort ihr Puls schlug.

»Ich frage mich, ob Sie wirklich so unschuldig sind, wie Sie es von sich behaupten, Regina Ashton.«

Sie durfte ihm nicht nachgeben, ganz gleich, wie sehr er seinen Zauber auch auf sie wirken ließ. »Da Sie wissen, wer meine Familie ist, können Sie das doch wirklich nicht bezweifeln, Lord Montieth.«

»Sie sind überhaupt nicht in Panik geraten, als ich Sie hierhergebracht habe«, platzte er heraus. »Wie kommt das?« Er musterte aufmerksam ihr Gesicht.

»Vermutlich habe ich erkannt, daß es ein Scherz war. Am Anfang habe ich mir allerdings Sorgen gemacht, weil ich dachte, Onkel Tony könnte dahinterkommen, wohin Sie mich gebracht haben, und er könnte hier anklopfen, ehe Sie wieder dasind und mich freilassen. Das wäre ein schönes Durcheinander gewesen! Ich wüßte nicht, wie wir ein Geheimnis wie dieses lange hätten hüten können, und es hätte damit enden können, daß Sie mich heiraten müssen. Was für ein Jammer, denn wir würden wirklich nicht zusammen passen.«

»So, wir passen also nicht zusammen?« fragte er belustigt.

»Aber gewiß nicht!« rief sie mit gespieltem Entsetzen. »Ich würde mich rasend in Sie verlieben, während Sie weiterhin ein über beleumdeter Lebemann wären und mir das Herz brächen.«

»Sie haben zweifellos recht«, seufzte er und ging auf ihr Spiel ein. »Ich würde einen schrecklichen Ehemann abgeben. Und ganz nebenbei ist es auch unwahrscheinlich, daß ich mich zu einer Eheschließung zwingen lassen würde.«

»Nicht einmal dann, wenn Sie meinen Ruf ruiniert haben?«

Seine Mundwinkel zogen sich nach unten. »Nicht einmal dann.«

Offensichtlich gefiel ihr seine Antwort nicht, und er ärgerte sich über sich selbst, weil er unnötigerweise so aufrichtig gewesen war. Dieser Zorn ließ seine leuchtenden Bernsteinaugen noch heller strahlen, als schimmerte hinter ihnen ein unnatürliches Licht. Sie erschauerte und fragte sich, wie er wohl wäre, wenn er wirklich in Wut geriet.

»Ist Ihnen kalt?« fragte er, als er sah, daß sie die Gänsehaut auf ihren Armen rieb. Würde er es wagen, sie an seine Brust zu ziehen?

Sie griff nach ihrem Cape und hängte es sich lose um die schmalen Schultern. »Ich glaube, es ist jetzt Zeit...«

»Ich habe Sie erschreckt«, sagte er mit zarter Stimme. »Das war nicht meine Absicht.«

»Ich fürchte, ich weiß ganz genau, was Ihre Absichten sind, Sir«, erwiderte Reggie.

Sie bückte sich, um ihre Schuhe anzuziehen, und als sie sich wiederaufrichtete, fand sie sich in seinen Armen wieder – so schnell, daß sie geküßt wurde, ehe sie auch nur Luft holen konnte. Er schmeckte nach Schnaps, süß und berauschend. Oh, sie hatte ja gewußt, daß es so sein würde, so himmlisch.

Noch nie war sie mit soviel Gefühl oder mit solcher Verwegenheit geküßt worden. Er preßte ihre zarte Gestalt an sich und ließ sie zum ersten Mal in ihrem Leben spüren, wie sich männliche Erregung anfühlte. Sie war schockiert und erregt, und ihre Brüste prickelten dort, wo sie sich gegen sein Jackett preßten. Was war dieses andere tiefere Gefühl, das ganz aus ihrem Innern kam?

Seine Lippen glitten über ihre Wange und auf ihren Hals hinunter, und dort küßte er den pochenden Puls, zog die Haut zwischen seine Lippen und saugte unendlich zart daran.

»Das dürfen Sie nicht tun«, flüsterte Reggie mühsam. Es klang überhaupt nicht wie ihre eigene Stimme.

»Doch, ich muß es tun, meine Liebe, ich muß es wirklich tun.« Er hob sie auf seine Arme.

Sie schnappte nach Luft. Was hier geschah, fand sie überhaupt nicht mehr komisch. Seine Lippen streiften wieder ihre Kehle, und sie stöhnte.

»Lassen Sie mich runter«, sagte sie atemlos. »Derek wird Sie dafür hassen.«

»Das ist mir gleich.«

»Mein Onkel wird Sie umbringen.«

»Das ist es wert.«

Jetzt reichte es ihr. »Darüber werden Sie anders denken, wenn Sie erst zum Duell gegen ihn antreten. Und jetzt lassen Sie mich *runter*, Lord Montieth.«

Nicholas stellte sie sachte auf den Boden, ganz behutsam, und ihr Körper glitt verführerisch an seinem hinab. »Es würde dir also etwas ausmachen?«

Er preßte sie dicht an sich, und die Hitze seines Körpers brachte sie aus der Fassung. »Gewiß. Ich will Sie doch nicht wegen eines – eines harmlosen Streichs sterben sehen.«

»So würdest du es bezeichnen, wenn ich mit dir schlafe?« fragte er lachend.

»Das meine ich nicht – sondern daß Sie mich hierhergebracht haben. So, wie die Dinge stehen, wird es mir schon höllisch schwerfallen, Tony einzureden, er sollte die ganze Angelegenheit besser vergessen.«

»Sie wollen mich also beschützen?« fragte Nicholas leise.

Reggie stieß ihn von sich, weil sie nicht in der Lage war, einen klaren Gedanken zu fassen, wenn sich sein Körper an sie schmiegte. Ihr Cape war auf den Boden gefallen, und er hob es galant auf und reichte es ihr mit einer Verbeugung.

Sie seufzte. »Wenn Tony nicht weiß, daß Sie derjenige sind, der mich verschleppt hat, werde ich ihm Ihren Namen nicht nennen. Wenn er es weiß, werde ich vermutlich mein Bestes tun, um Ihre Haut zu retten. Aber ich beharre darauf, daß Sie mich jetzt sofort zu ihm zurückbringen, eher er Dummheiten anstellt – indem er zum Beispiel irgend jemandem erzählt, ich wäre verschollen.«

»Wenigstens machen Sie mir Hoffnungen«, sagte Nicholas lächelnd. »Ich gebe zwar vielleicht keinen guten Ehemann ab, aber man hat mir gesagt, ich sei ein ausgezeichneter Liebhaber. Werden Sie mich in Betracht ziehen?«

Sie war schockiert. »Ich will keinen Liebhaber.«

»Ich werde Ihnen in dieser Ballsaison auf den Fersen sein müssen, bis Sie es sich anders überlegen«, warnte er sie.

Er ist unverbesserlich, dachte sie, als er sie endlich aus dem Haus begleitete, unverbesserlich und äußerst verführerisch. Tony war gut beraten, wenn er sich bei Onkel Jason erfolgreich für sie einsetzte, denn Nicholas Eden konnte ein Mädchen zu Fall bringen.

6.

»Es tut mir leid, daß Sie den Ball verpaßt haben.« Nicholas ließ seine Kutsche wenige Häuser neben Anthony Malorys Haustür anhalten. Seine Augen liebkosten Reggies Gesicht.

Sie lächelte. »Ich wette, Sie bedauern noch viel mehr, daß Lady Eddington ihn nicht verpaßt hat.«

»Die Wette würden Sie verlieren«, erwiderte er seufzend. »Ich weiß ohnehin nicht, warum ich das getan habe. Vermutlich war der Alkohol schuld. Aber das spielt jetzt wohl keine Rolle mehr.«

»Unsinn! Sie waren eifersüchtig, als Sie glaubten, daß sie Tony besucht.«

»Schon wieder falsch. Ich war in meinem ganzen Leben noch nicht eifersüchtig, auf nichts und auf niemanden.«

»Wie schön für Sie.«

»Sie glauben mir nicht?«

»Ich kann mir keinen anderen Grund denken, aus dem Sie Ihre Mätresse einen Abend lang einsperren wollten. Sie hatten noch nicht einmal vor, den Abend mit ihr gemeinsam zu verbringen.«

»Sie sagen das so weltgewandt«, meinte er lachend.

Sie errötete. »Jedenfalls braucht es Ihnen nicht leid zu tun, daß ich den Ball verpaßt habe. Mir tut es auch nicht leid.«

»Weil Sie mich statt dessen kennengelernt haben?« wagte er sich vor. »Sie machen mir immer größere Hoffnungen.«

Sie richtete sich steif auf. »Es widerstrebt mir, Sie zu enttäuschen, Lord Montieth, aber das ist nicht der Grund. Ich wäre heute abend ebenso gern einfach zu Hause geblieben.«

»Ich auch, wenn Sie bei mir gewesen wären. Aber wir haben ja noch Zeit. Noch können wir umkehren und wieder zu mir gehen.«

Sie schüttelte den Kopf. Am liebsten hätte sie gelacht. Seit sie ihn getroffen hatte, verspürte sie einen fortwährenden albernen Lachreiz, vor lauter Freude. Sie sprudelte über. Aber sie wußte, daß sie nicht mehr länger mit ihm zusammen sein durfte.

»Ich muß gehen«, sagte sie leise.

»Ja, so wird es wohl sein.« Seine Finger schlossen sich um ihre Hand, an der sie einen Handschuh trug, aber er machte keine Anstalten, ihr beim Aussteigen aus der Kutsche behilflich zu sein. Statt dessen drückte er ihre Finger und hielt sie fest. »Ich möchte dich noch einmal küssen.«

»Nein.«

»Nur ein Gutenachtkuß.«

»Nein.«

Seine freie Hand berührte ihre Wange. Er hatte sich nicht die Mühe gemacht, Handschuhe oder Hut zu holen, ehe sie sein Haus verlassen hatten, und seine bloßen Finger lagen heiß auf ihrer Wange. Sie konnte sich nicht von der Stelle rühren und wartete atemlos darauf, daß er sich den Kuß rauben würde, den sie ihm verweigert hatte.

Er tat es auf eine Weise, wie sie nie zuvor geküßt worden war. Warm und meisterlich kosteten seine Lippen ihren Mund, bis sie die Besinnung zu verlieren glaubte.

»Und jetzt geh«, sagte er grob, »ehe ich mich vergesse.« Seine Stimme war belegt vor Leidenschaft.

Reggie war ganz benommen, als er ihr aus der Kutsche half und sie zum Haus ihres Onkels führte. »Sie sollten lieber nicht mitkommen«, flüsterte sie. Lampen brannten zu beiden Seiten der Tür, und sie konnte regelrecht vor sich sehen, wie die Tür aufging und Tony ihrem Begleiter mit erhobener Waffe gegenübertrat. »Es ist wirklich nicht nötig.«

»Meine Liebe, ich mag zwar viele tadelnswerte Eigenschaften haben, aber niemand hat je von mir behauptet, ich sei kein Gentleman, und ein Gentleman bringt eine Dame bis zur Haustür.«

»Unsinn! Sie sind nur dann ein Gentleman, wenn es Ihnen gerade in den Kram paßt, und im Moment paßt es Ihnen in den Kram, beharrlich zu sein.«

Nicholas lachte. »Sind Sie um meine Sicherheit besorgt?«

»Ja, das bin ich. Tony ist zwar meistens sehr liebenswürdig, aber es gibt Gelegenheiten, bei denen er sein Temperament einfach nicht zügeln kann. Er darf Sie nicht sehen, ehe ich nicht dazu gekommen bin, ihm zu sagen, daß nichts Unschickliches passiert ist.«

Nicholas blieb stehen und drehte sie zu sich um. »Wenn er so jähzornig ist, lasse ich Sie nicht mit ihm allein.«

Er wollte *sie* vor Tony beschützen. Sie hätte laut lachen können, beherrschte sich aber. »Wenn Sie wüßten, was Tony und ich einander bedeuten, würden Sie auch begreifen, daß ich der letzte Mensch bin, der sich vor ihm zu fürchten braucht. Wir lieben uns sehr – so sehr, daß er sein Leben regelmäßig völlig umkrempelt, wenn ich bei ihm wohne. Das hat er immer getan und sogar monatelang von seinen sonstigen Beschäftigungen Abstand genommen. Was das heißt, sollte *Sie* doch wirklich wissen«, schloß sie trocken.

Grinsend führte er sie weiter. »Der Punkt geht an Sie. Trotzdem gibt es für alles, was ich tue, einen Grund, und ich *werde* Sie bis an die Haustür begleiten.«

Sie wollte wieder Einwände erheben, aber sie waren schon fast am Ziel. Ihre Anspannung wuchs, und sie betete nur, daß niemand sie gehört hatte, daß sich die Tür nicht öffnen würde. Sie wandte sich zu Nicholas und flüsterte: »Welchen Grund könnten Sie ...«

Doch er schnitt ihr verschmitzt das Wort ab. »Sehen Sie, jetzt habe ich einen Vorwand, Ihnen noch einen Gutenachtkuß zu geben.«

Er schlang seine Arme um sie, und sein Mund senkte sich auf ihre Lippen herab, um sie zu verbrennen. Leidenschaft war es, glühende, sengende Leidenschaft, was sie mit ihm verschmelzen ließ. Nichts anderes zählte. In diesem Moment gehörte sie ganz ihm.

Nicholas beendete den Kuß abrupt, weil ihn sein eigenes Verlangen zu überwältigen drohte. Fast stieß er sie von sich, aber er hielt sie immer noch fest, als sich seine Finger in ihre Oberarme gruben. Sein Atem ging stokkend, und seine Augen loderten. »Ich will dich haben, meine süße Regina. Stell meine Geduld nicht auf eine allzuharte Probe, bis du eingestehst, daß du mich auch haben willst.«

Reggie brauchte einen Moment, bis ihr klar wurde, daß er sie losgelassen hatte. Dann drehte sie sich um und ging auf die Tür zu. Sie spürte den Wunsch, hinter ihm herzulaufen, aber sie kämpfte dagegen an. Leicht war es nicht. Ihr Herz klopfte wie rasend, und ihre Knie waren weich.

Reiß dich zusammen, du dumme Gans, schalt sie sich. *Das war ja schließlich nicht dein erster Kuß. Aber so, o nein, so war es noch nie!*

Reggie wartete, bis Nicholas in seine Kutsche gestiegen war, und erst dann wandte sie sich widerstrebend ab, öffnete die Tür und trat ins Haus. Der Eingang und der Korridor waren hell erleuchtet und zum Glück leer. Die Tür zu Tonys Bibliothek, die ihm gleichzeitig als Arbeitszimmer diente, stand offen, und ein heller Lichtschein strömte heraus. Sie ging langsam darauf zu und hoffte, Tony würde dasein und nicht ganz London nach ihr absuchen.

Er saß auch wirklich an seinem Schreibtisch, den Kopf in die Hände gestützt, seine Finger hatten sich in sein dichtes schwarzes Haar gegraben, als hätte er versucht, es sich auszureißen. Neben ihm standen eine Cognac-Karaffe und ein Glas.

Als sie ihn so bekümmert dasitzen sah, faßte sich Reggie sofort wieder. Ihre Schuldgefühle halfen ihr, sich zusammenzureißen. Während sie soviel Spaß gehabt hatte wie in ihrem ganzen Leben noch nicht, war der Mensch, aus dem sie sich mehr als aus allen anderen auf Erden machte, vor Sorge krank gewesen. Und sie war noch nicht einmal zu ihm zurückgeeilt. Sie hatte sich Zeit gelassen und jede einzelne Sekunde in Nicholas' Gesellschaft genossen. Wie hatte sie nur so egoistisch sein können? »Tony?«

Er blickte schockiert auf. Dann spiegelte sein gutgeschnittenes Gesicht erst Überraschung und schließlich Erleichterung wider. Er stürzte auf sie zu, zog sie in seine Arme und drückte sie so fest an sich, daß sie glaubte, er würde ihr die Rippen brechen. »Meine Güte, Reggie, ich habe mich fast zu Tode geängstigt. So schlecht ist es mir nicht mehr gegangen, seit James dich damals mitgenommen hat und – aber vergessen wir das jetzt.« Er hielt sie auf Armeslänge von sich, um sie genauer anzusehen. »Alles in Ordnung? Oder ist dir etwas zugestoßen?«

»Mir geht es gut, Tony, wirklich.«

Sie sah auch gut aus. Das Kleid nicht zerrissen oder zerknittert, die Frisur intakt, nicht ein Löckchen, das sich gelöst hatte. Aber sie war geschlagene drei Stunden fort gewesen, und die Dinge, die ihr hätten zustoßen können... Er hatte sie sich alle ausgemalt.

»Morgen früh bringe ich den Kerl um, sowie ich erst herausgefunden habe, wo er wohnt!«

Daher hatte also niemand an die Tür gehämmert, dachte Reggie.

»Es war absolut unschuldig, Tony«, begann sie. »Ein Irrtum ...«

»Ich weiß, daß es ein Irrtum war, Reggie. Dieser Idiot von einem Kutscher, mit dem du gekommen bist, hat es mir versichert. Er hat darauf beharrt, daß Montieth dich zurückbringt, daß er und Lady Eddington – äh – daß sie – na ja, du weißt ja sicher, was ich meine. Ach, zum Teufel!«

»Ja.« Reggie lächelte über seine Verlegenheit. »Ich weiß genau, was du meinst.« Dann fügte sie hastig hinzu. »Der arme Mann hat geglaubt, daß du und seine ...«

»Sprich das nicht aus! Und eine Entschuldigung ist das noch lange nicht!«

»Kannst du dir sein Gesicht vorstellen, Tony, als ihm klarwurde, daß er die falsche Dame erwischt hatte?« fragte Reggie kirchernd. »Oh, ich wünschte, ich hätte ihn selbst sehen können!«

Anthony legte die Stirn in Falten. »Und wie kommt es, daß du ihn nicht sehen konntest?«

»Ich war nicht dabei. Er hat mich in seinem Haus gelassen und ist zu dem Ball gegangen. Verstehst du, er wollte, daß Lady Eddington den Ball verpaßt. Du kannst dir sicher denken, wie schockiert er war, als er sie dort gesehen hat. Er wußte nicht, wen zum Teufel er in seinem Haus eingeschlossen hat.«

»Er hat dich in seinem Haus eingeschlossen?«

»Ja, aber ich hatte es sehr bequem«, versicherte sie eilig. »Du siehst also, daß ich nicht die ganze Zeit mit ihm zusammen war – wir haben uns sogar nur kurz gesehen. Es ist nichts Böses geschehen, und er hat mich heil und gesund hierhergebracht.«

»Ich kann einfach nicht glauben, daß du ihn auch noch in Schutz nimmst. Wenn ich gewußt hätte, wo er wohnt, wäre er jetzt schon tot. Der dämliche Kutscher wußte es nicht. Ich habe einen Mann losgeschickt, damit er die Clubs abklappert und Erkundigungen einzieht, aber wegen dieses verfluchten Balls waren sämtliche Clubs so gut wie menschenleer. Als der Mann zurückkam, um mir zu berichten, daß er nichts in Erfahrung bringen konnte, war ich schon fast so weit, selbst zu den Shepfords zu rasen und die Adresse dieses Halunken ausfindig zu machen.«

»Dann hätte Onkel Edward erfahren, daß ich nicht bei dir bin, und die Hölle wäre los gewesen«, beendete sie seinen Gedankengang. »Zum Glück hast du das nicht getan. So weiß niemand, daß ich nicht die ganze Zeit hier bei dir war. Jetzt müssen wir nur noch überlegen, ob ich hierbleibe oder ob ich wieder nach Hause fahre. Was schlägst du vor?«

»O nein, Mädchen, so läuft das nicht.« Er durchschaute ihre Intrigen augenblicklich. »Du bringst mich nicht dazu, den ganzen Vorfall einfach zu vergessen.«

»Wenn du ihn nicht vergißt, ist mein Ruf ruiniert«, sagte sie ernst. »Kein Mensch wird nämlich glauben, daß ich drei Stunden in Lord Montieths Haus verbracht und meine Tugend gerettet habe. Im übrigen bin ich unbeschadet davongekommen.«

Er starrte sie an. »Dann bringe ich ihn eben nicht um. Aber ich werde ihm eine Lektion erteilen, die er wahrhaft verdient hat.«

»Es ist doch nichts passiert, Tony!« beharrte sie. »Und – und ich will nicht, daß du ihm etwas antust.«

»Wenn du das nicht willst, dann wirst du mir jetzt bei Gott sagen, warum nicht!«

»Er gefällt mir«, antwortete sie schlicht. »Weil er mich an dich erinnert.«

Lord Malorys Gesicht lief rot an. »Und ich werde ihn doch umbringen!«

»Hör auf mit dem Unsinn!« schrie sie. »Du hättest dich einer Frau niemals gegen ihren Willen aufgezwungen, und das hat er auch nicht getan.«

»Hat er dich geküßt?«

»Ja, also...«

»Natürlich hat er es getan. Man müßte ein Dummkopf sein, um eine solche Chance zu versäumen, und er ist kein Dummkopf. Ich werde...«

»Nein, das wirst du nicht!« schrie sie wieder. »Du wirst so tun, als hättest du seinen Namen nie erfahren, und wenn du ihn triffst, wirst du ihn nicht beachten. Mir zuliebe, Tony – weil ich nicht weiß, ob ich dir je verzeihen könnte, wenn du Nicholas Eden etwas antun würdest. Ich habe heute einen vergnüglichen Abend erlebt, vergnüglicher als seit langem.« Nachdem sie schon soviel gesagt hatte, flehte sie ihn an: »Bitte, Onkel Tony.«

Er wollte etwas sagen, aber dann preßte er die Lippen aufeinander, zog eine finstere Miene, seufzte tief und sagte schließlich mit sanfter Stimme: »Er ist nichts für dich, Kätzchen. Das weißt du doch, oder nicht?«

»Ja, das weiß ich. Aber wenn er nicht einen gar so schlechten Ruf hätte, würde ich ihn mir angeln.«

»Nur über meine Leiche.«

Sie lächelte ihn an. »Irgendwie war mir klar, daß du das sagen würdest.«

7.

Reggie saß an ihrer Frisierkommode und sah verträumt den kleinen roten Fleck auf ihrem Hals an. Ein Knutschfleck von Nicholas Eden. Sie legte einen Finger auf die Stelle. Es war ein Glück, daß sie ihren Umhang nicht ausgezogen hatte, als sie am Vorabend in Tonys Haus zurückgekehrt war. So, wie die Dinge standen, würde sie einen Schal tragen müssen, bis die Rötung nachgelassen hatte.

Es war am späten Vormittag, und sie hatte wesentlich länger geschlafen als sonst. Ihre Vettern und Kusinen frühstückten sicher schon, und wenn sie noch zu Hause waren, mußte sie ihnen die Geschichte vorsetzen, die Tony und sie sich letzte Nacht zurechtgelegt hatten.

Tony hatte seinem Bruder Edward eine Nachricht zukommen lassen, ehe Reggie nach Hause gefahren war, und er hatte ihm ganz schlicht mitgeteilt, sie würde doch nicht zu dem Ball erscheinen. Nichts weiter, ohne jede Angabe von Gründen. Die Geschichte, die sie sich ausgedacht hatten, war die, daß Tony bei ihrer Ankunft in seinem Haus nicht dagewesen war. Daher hatte sie stundenlang auf ihn gewartet. Als er schließlich heimgekommen war, hatten sie sich miteinander unterhalten. Und da es hinterher sehr spät gewesen war, hatte sie auf den Ball verzichtet. Onkel Edwards Dienstboten würden bestätigen, daß Tony sie nach Hause gebracht hatte und daß sie gleich zu Bett gegangen war.

Reggie seufzte und läutete nach Meg. Dann suchte sie eilig in ihrer Kommode einen Schal. Meg sollte ihren Knutschfleck auch nicht sehen.

Als sie eine halbe Stunde später nach unten ging, fand sie Tante Charlotte und ihre Kusinen Clare und Diana vor, die Besucherinnen empfingen und sich mit ihnen im Salon aufhielten – mit den Damen Braddock, Mutter und Töchter, mit Mrs. Faraday und ihrer Schwester Jane und mit zwei Damen, die Reggie nicht kannte. Bei ihrem Eintreten starrten alle Anwesenden sie an, und sie wurde äußerst verlegen, weil sie ihnen Lügen auftischen würde.

»Meine liebe Regina«, sagte Mrs. Faraday mit einem seltsam mitfühlenden Tonfall. »Wie fantastisch Sie aussehen – beachtenswert.«

Reggie spürte, daß sich in ihrer Magengrube etwas zusammenzog. Nein. Es war unmöglich. Nur ihr eigenes Schuldbewußtsein ließ sie glauben, sie könnten etwas von ihrem Abenteuer der letzten Nacht gehört haben.

Nicholas Eden, der Vierte Vicomte Eden von Montieth, lag ausgestreckt auf seinem breiten Bett, die Arme hinter dem Kopf verschränkt und nur ein dünnes Laken über seinem nackten Körper. Nach dem Aufwachen war er fast eine Stunde lang so liegen geblieben, und er machte nach wie vor keine Anstalten, aufzustehen und den Tag zu beginnen. Den gewohnten Morgenritt durch den Hyde Park ließ er ausfallen. Es gab nichts, was er auf der Stelle hätte erledigen müssen. Vielleicht sollte er wieder einmal einen Brief an den Earl von Penwich schreiben, in dem er ihn aufforderte, ihm bezüglich des Grundes, den er kaufen wollte, eine Antwort zukommen zu lassen, aber auch das konnte warten. Es stand ohnehin fest, daß ihn dies nur ärgern würde, denn er hatte von dem Mann noch nie ein Antwortschreiben erhalten.

Er mußte sich mit dem Leiter seiner Schiffsagentur auseinandersetzen, die in Southampton saß, da er ihn kürzlich beauftragt hatte, eine Fregatte bereitzustellen. Jetzt wollte er diese Anweisung zurückziehen. Er hatte vorgehabt, London für ein paar Monate den Rücken zu kehren und wieder in die Karibik zu segeln. Aber nach dem vergangenen Abend konnte ihn nichts auf Erden dazu bewegen, London zu verlassen.

Sie hieß Regina. Er sprach den Namen laut aus, ließ ihn genüßlich von seiner Zunge rollen. Regina. Die entzückende, hellhäutige Regina mit dem ebenholzschwarzen Haar und den kristallklaren blauen Augen. Diese Augen! Er brauchte nur die Lider zu senken, und schon sah er sie vor sich, wie sie ihn anlächelten, wie sie lachten. Wieviel Leben in diesen Augen lag! Regina, die Schönste der Schönen, mit deren Schönheit sich niemand messen konnte.

Nicholas lachte über seine eigenen Fantasien. Percy würde sagen, er hätte sich Hals über Kopf verliebt. War es so? Nein, natürlich nicht. Aber er konnte sich nicht erinnern, je eine Frau so sehr begehrt zu haben wie jetzt Regina Ashton.

Er seufzte. Tante Ellie würde ihm sagen, er sollte das Mädchen heiraten und mit ihm glücklich werden. Seit dem Tod seines Vaters war sie die einzige, die sich auch nur noch irgend etwas aus Nicholas machte. Doch, vielleicht seine Großmutter, vielleicht aber auch nicht. Bei Rebecca, der alten Tyrannin, war das schwer zu beurteilen.

Und dann war da natürlich auch noch seine ›Mutter‹. Sie war der letzte Mensch auf Erden, der ihm Glück gewünscht hätte. An ihr lag es, daß er Regina oder irgendein anderes Mädchen aus einer guten Familie nicht heiraten konnte – oder wollte. Er würde überhaupt nicht heiraten, oder zumindest nicht, solange die Frau, die allgemein als seine Mutter galt, noch am Leben war. Gemeinsam mit ihr würde auch die Drohung sterben, die sie wie ein Damoklesschwert über ihn hielt.

Nicholas schlug das Laken zurück und richtete sich auf. Der Gedanke an die verwitwete Gräfin machte seine genüßliche Idylle zunichte. An ihr lag es, daß er nur sehr selten zu Hause war, auf seinem Landsitz in Hampshire, dem Gut Silverley. Und doch liebte er Silverley und vermißte es so sehr, daß es ihn erbitterte. Dennoch war er nur zu den Zeiten, zu denen die Gräfin abwesend war, bereit, die Gegend aufzusuchen. Sie lebte fast das ganze Jahr dort, und das nur, um Nicholas von seinem Landsitz fernzuhalten.

Er läutete nach Harris, seinem Kammerdiener, und wurde darüber unterrichtet, daß die Lords Alden und Malory ihn im Frühstückszimmer erwarteten. Er dachte nicht weiter darüber nach, da diese beiden Freunde oft ohne vorherige Anmeldung vorbeikamen.

Als er sich kurz darauf bei ihnen einfand, saß Derek Malory am Tisch, und vor ihm stand ein großer Teller, der bis zum Rand gefüllt war. Percy stand da und trank Kaffee.

Derek begrüßte ihn fröhlich, ehe er sich wieder darauf verlegte, das junge Dienstmädchen zu necken. Percy winkte Nicholas mit einem verschwörerischen Grinsen zu sich.

»Ich weiß, wer das kleine Vögelchen ist, das du letzte Nacht in dein Nest geholt hast«, flüsterte Percy, dann deutete er mit einer Kopfbewegung auf Derek. »*Er* weiß bisher noch nichts davon, aber natürlich wird er es noch heute erfahren.«

Nicholas fühlte sich, als wäre ihm eine harte Faust in den Bauch geschmettert worden. Er bemühte sich, mit leiser, ruhiger Stimme zu sprechen. »Sei so gut und sag mir, wie du an diese Information gelangt bis.«

»Das ist kein Geheimnis«, sagte Percy kichernd. »Ich wette sogar, daß sie noch am heutigen Tag die Runde durch ganz London macht. Gerade habe ich es in der Rotten Row gehört. Ich bin auf zwei hübsche Mädchen zugeritten, die ich kenne, und sie konnten es kaum erwarten, mir das neueste Gerücht zu unterbreiten.«

»Wie kommt das?« platzte Nicholas laut heraus, und Derek warf ihm einen fragenden Blick zu, ehe er sich wieder an das Mädchen wandte.

»Lady E., ist dir das nicht klar? Ihr Kutscher dachte anscheinend, daß sie großen Wert darauf legen würde, alles über deinen gemeinen Plan zu erfahren. Und bei dem Gedanken, du seist eifersüchtig genug gewesen, um etwas derart Empörendes zu tun, muß sie richtig aufgeblüht sein. Sie konnte es kaum erwarten, es all ihren lieben Freundinnen zu erzählen – auch denen, die ihr gar nicht so lieb sind. Oh, sie hat heute morgen viel zu tun.«

»Der Teufel soll dieses Weib holen!«

»Ja, also, wenn ich an deiner Stelle wäre, würde ich London für einige Zeit verlassen.«

»Damit das Mädchen all das allein durchmacht?«

»Das hat dich bisher doch auch nie gestört.« Mit dieser Bemerkung fing sich Percy eine finstere Miene ein. »Sei mir nicht böse, Nick. Aber ihr wird es besser ergehen als dir, und zweifellos wird man sie schleunigst verheiraten, wie es auch mit deinen anderen unschuldigen Mädchen geschehen ist, und sie wird bis ans Ende ihres Lebens glücklich sein. Aber du darfst Dereks Onkel nicht vergessen, von seinem Vater ganz zu schweigen. Die Verwandten dieses Mädchens, das du kompromittiert hast, wollen dir an den Kragen. Diesmal ist es nicht so wie bei den anderen.«

»Verdammt noch mal, ich habe das Mädchen nicht angerührt!«

»Natürlich nicht, aber wer wird dir das glauben?« wandte Percy ein. »Am besten verschwindest du, ehe einer ihrer Onkel dich zum Duell fordert.«

In dem Moment erschien Tyndale in der Tür und verkündete: »Lord Malorys Diener wünscht Sie kurz zu sprechen, Mylord.«

Derek sah überrascht auf und sah den Diener, der hinter Tyndale stand. »Hör mal, Nicky, hier muß ein Irrtum vorliegen. Der Kerl arbeitet nicht für mich.«

»Nein, ich glaube nicht, daß es ein Irrtum ist«, murmelte Nicholas, und Percy stöhnte.

8.

»Nein!«

Anthony Malory blickte auf, als seine Nichte in das Zimmer stürzte und mit weitaufgerissenen Augen die Pistole anstarrte, die er gerade an seinem Schreibtisch reinigte. Er sah sie unwillig an, ehe er sich wieder der Waffe widmete. »Für ein Nein ist es zu spät, Reggie.«

»Er ist schon so gut wie tot!« schrie sie.

Er blickte nicht auf, und daher sah er nicht, wie die

Farbe aus ihren Wangen wich. »Ich habe einen Diener zu ihm geschickt. Es war nicht schwierig, die Adresse heute morgen gleich in Erfahrung zu bringen. Er muß jeden Moment hier sein, damit wir uns auf den Ort und die Zeit einigen können.«

»Nein, nein, nein!«

Als er aufblickte, sprühten ihre Augen Funken. »Jetzt hör mal, Reggie...« begann er, aber sie kam ihm zuvor.

»Ist das deine Antwort auf alles, was gewesen ist?« Sie zeigte mit einem Finger auf die Waffe in seinen Händen. »Ich dachte, wir hätten gestern abend alles besprochen.«

»Das war, ehe Montieths Streich zum allgemeinen Gesprächsstoff wurde. Oder weißt du etwa nicht, daß dein Name heute in aller Munde ist?«

Reggie zuckte zusammen, aber sie sagte mit ruhiger Stimme: »Doch, ich weiß es. Ich komme gerade aus einem Raum voller Frauen, die es gar nicht erwarten konnten, mir ihr Mitgefühl auszudrücken.«

»Und was hast du ihnen erzählt?«

»Ich konnte ja schlecht abstreiten, daß es passiert ist, weil Lady Eddingtons Kutscher die ganze Geschichte bestätigt. Aber ich habe gelogen und gesagt, Lord Montieth hätte seinen Irrtum sofort erkannt und mich gleich wieder zurückgebracht.«

Anthony schüttelte den Kopf. »Und sie haben dir kein Wort geglaubt. Stimmt's?«

»Ja, es stimmt«, gab sie widerstrebend zu.

»Weil nämlich dieser verdammte Kutscher rund eine Stunde auf dich gewartet hat, das weiß jeder. Und um das zu tun, wovon es heißt, es sei geschehen, braucht man keine Stunde. Deine Lügen weisen nur darauf hin, daß du etwas zu verbergen hast.«

»Aber das ist nicht wahr!«

»Seit wann spielt der Wahrheitsgehalt bei Gerüchten eine Rolle?«

»O Tony, was soll ich bloß tun?« rief sie kläglich aus.

»Du wirst gar nichts tun und alles überstehen, unterstützt von deiner ganzen Familie. *Er* wird dafür zahlen, daß er deinen guten Namen beschmutzt hat.«

»Du wirst ihn nicht zum Duell fordern.«

Anthony kniff die Augen zusammen. »Wenn ich es nicht tue, tut es Jason, und das ist Jasons Tod. Er ist ein schlechterer Schütze als ich.«

»Niemand wird getötet, Tony.« Sie sagte es, als läge die Entscheidung ganz bei ihr. »Es muß eine andere Lösung geben. Deshalb bin ich zu dir gekommen. Ich dachte allerdings, es könnte schon zu spät sein und du hättest die Stadt bereits verlassen. Wie hast du es erfahren?«

»Ich wollte wirklich gerade die Stadt verlassen, als mein alter Freund George mir einen Tip gegeben hat, damit ich weiß, daß die Katze aus dem Sack ist. Glücklicherweise war ich spät dran, denn sonst wäre ich inzwischen schon auf halbem Wege nach Gloucester, und der alte Eddie hätte sich allein damit befassen müssen. Ich kann mir vorstellen, wie er alles verpfuscht hätte.«

»Zumindest hätte er eine andere Reaktion gezeigt, als zur nächstbesten Pistole zu greifen.«

Anthony schnitt eine Grimasse. »Weiß er es schon?«

»Nein. Er hat den ganzen Morgen in seinem Büro verbracht. Und da ist er jetzt immer noch. Tante Charlotte hat gesagt, sie würde versuchen, es so lange wie möglich vor ihm geheimzuhalten. Ich dachte, du könntest vielleicht...«

»Diese Feigheit! Aber um Eddie brauchst du dir keine Sorgen zu machen. Jason ist es, der die Wände hochgehen wird.«

»Zumindest hört er so schnell nichts davon.«

»Verlaß dich nicht darauf, Kätzchen. Er wird es noch heute erfahren, spätestens morgen. Glaubst du etwa, er setzt niemanden auf deine Fersen an, wenn du im verruchten alten London bist?«

»Das tut er nicht!«

»Und wie er das tut«, versicherte Anthony. »Er hat sich auch, als du in Europa warst, regelmäßig Berichte über dich zuschicken lassen. Jason entgeht nichts. Selbst ich bin vor seinem allgegenwärtigen Blick nicht sicher. Was glaubst du denn, auf welche Weise er immer so schnell hinter jeden meiner verdammten Schnitzer kommt?«

Reggie stöhnte. Es wurde immer schlimmer. Jason konnte genauso hitzköpfig wie Tony sein. Außerdem war er ein Mann von starren Prinzipien. Wenn die Ehre der Familie auf dem Spiel stand, ließ er nicht mit sich spaßen. Für ihn kam nur eine einzige Lösung in Frage, und wenn Montieth nicht darauf einging, würde er seine Pistole reinigen, ganz so wie Tony.

Aber die Lösung, die er vorher anstreben würde, war für Nicholas Eden undenkbar. Lieber würde er sich einem ihrer Onkel zum Duell stellen, als eine erzwungene Ehe einzugehen, daran zweifelte sie nicht.

Sie biß sich besorgt auf die Unterlippe. »Es muß einen Ausweg geben, Tony. Erfinden wir irgendeine Geschichte.«

»Wir können uns ein Dutzend Geschichten ausdenken, Kätzchen, aber nicht eine einzige davon wird man uns glauben. Leider hat Montieth schon öfter unschuldige Mädchen wie dich verführt. Daß er mit dir allein war – und dabei spielt es gar keine Rolle, daß du nicht diejenige warst, mit der er allein sein wollte – weist bereits darauf hin, daß er die Situation ausgenutzt hat. Einem so gutaussehenden Teufelskerl konntest du nicht widerstehen. Genau das werden die Leute glauben. Und sie werden es auch aussprechen.«

Reggie errötete und wandte voller Unbehagen ihren Blick ab. »Ich weiß gar nicht, warum ich überhaupt mit dir darüber rede«, fuhr Anthony barsch fort. »Es gibt nur eins, was man tun kann, und es liegt an mir, dafür zu sorgen, daß es getan wird.«

Reggie seufzte. »Du hast natürlich recht. Ich weiß auch nicht, warum ich mich dem so sehr widersetzt habe.«

Er zog argwöhnisch eine Augenbraue hoch. »Keine Tricks, Reggie!«

»Keine Tricks. Du wirst dafür sorgen, daß er mich heiratet. Das ist das einzige, was wir noch tun können.«

»Zum Teufel:« Anthony sprang wutentbrannt auf. »Er ist nicht gut genug für dich!«

»Aber trotzdem ...«

»Nein! Und nochmals nein! Und glaube bloß nicht, ich würde dich nicht durchschauen, Regina Ashton. Du glaubst, daß das auch deine anderen Probleme löst und daß du dich nicht mehr nach einem Ehemann umzusehen brauchst.«

»Da du gerade davon sprichst ... O Tony, ich hätte wirklich nichts dagegen, ihn zu heiraten, ganz bestimmt nicht. Und er erinnert mich an dich.«

»Er ist mir zu ähnlich, und gerade deshalb ist er nichts für dich.«

»Aber er erinnert mich auch an Onkel Edward. Und von Onkel Jason hat er auch etwas. Schließlich war er ziemlich entrüstet, als ich angedeutet habe, diese Verwechslung würde meinen Ruf ruinieren und jetzt müßte er mich heiraten.«

»Das hast du gesagt?«

»Irgendwie hatte ich Lust dazu. Und er wurde wütend. Er benahm sich genauso, wie Onkel Jason es getan hätte.«

»Also, dieser ...«

»Nein, nein, Tony. Er ist genau der Richtige, verstehst du das denn nicht? Er hat ein wenig von euch allen – genau das, was ich gesucht habe. Und außerdem ist es eine echte Herausforderung, ihn zu bessern.«

»Er wird sich nicht ändern, Reggie. Aus dem wird niemals ein gesetzter Ehemann.«

»Ach, ich weiß nicht.« Sie lächelte. »Das könnten wir von dir behaupten, aber bei ihm wissen wir es nicht mit Sicherheit. Und gefallen habe ich ihm. Das ist doch schon ein Anfang.«

»Wir wollen die Tatsachen nicht beschönigen«, entgegnete Anthony. »Er hat dich begehrt, aber er wird auch andere Frauen begehren und ihnen nachlaufen. Er kann kein treuer Ehemann sein.«

»Ich glaube, das weiß ich selbst«, sagte sie ganz ruhig.

»Und du willst ihn trotzdem?«

Sie wollte ihn nicht tot sehen. Das war die Alternative. »Schließlich geht es darum, alles wiedergutzumachen. Er hat mich in einen Skandal verwickelt, und daher sollte er derjenige sein, der mich aus diesem Skandal herausholt. Das ist eine friedliche Lösung, und ich bin sicher, daß Onkel Jason ihr aus vollem Herzen zustimmen wird.«

»Das ist nicht gerade das, was mir für Montieth als wohlverdienter Lohn vorschwebt«, erwiderte Anthony finster. »Dieser Handel bringt ihm dich als Ehefrau ein, und du wirst weiterhin leiden.«

»Er wird es nicht so sehen, Tony. Ich bin sogar ganz sicher, daß er sich weigern wird.«

»Gut.« Anthony lächelte und wandte sich wieder seiner Pistole zu.

»O nein«, sagte Reggie. »Du mußt mir versprechen, daß du dein Bestes tust, um ihn dazu zu bringen, Tony.«

»Einverstanden«, willigte er ein.

Er lächelte auf eine Weise, die bewirkte, daß sie ihn am liebsten geohrfeigt hätte. Sie kannte dieses Lächeln nur zu gut. »Ich will, daß Onkel Edward dabei ist, wenn du mit ihm sprichst«, sagte sie argwöhnisch.

»Aber dein Vicomte wird gleich hiersein, Kätzchen«, rief er ihr ins Gedächtnis zurück.

»Dann kommst du eben jetzt sofort mit mir zu Onkel Edward. Laß Lord Montieth ausrichten, daß er heute abend wiederkommen soll. Und noch etwas, Tony«, fügte sie bedächtig hinzu, während sie ihren Schal löste, »ich glaube, Onkel Edward sollte das hier sehen, damit er davon überzeugt ist, wie wichtig es ist, Lord Montieths Einwilligung zu erhalten.«

Anthonys Gesicht verfinsterte sich. »Du hast gesagt, er hätte dich nur geküßt.«

Sie band sich den Schal wieder um und sah ihn mit unschuldigen Augen an. »Das hier kommt schließlich von einem Kuß, Tony.«

»Wie kann er es wagen, dieses Mal zu hinterlassen?«

Reggie zuckte die Achseln und mied seinen Blick. »Glaubst du, Onkel Edward wird diesen roten Fleck zu ernst nehmen und vom Schlimmsten ausgehen? Ich vermute, er wird es als seine Pflicht ansehen, Onkel Jason darüber zu unterichten. Du glaubst doch nicht, daß sie diese Eheschließung überstürzen wollen, oder? Ich würde lieber noch ein paar Monate warten, um sicherzugehen, daß mein erstes Kind erst geboren wird, nachdem eine gewisse Anstandsfrist abgelaufen ist, damit keine Mißverständnisse mehr möglich sind.«

»Das ist Erpressung, Reggie.«

Sie riß ihre dunkelblauen Augen weit auf. »Wirklich?«

»Jason hätte dir den Hintern verhauen sollen, als du dieses Talent, andere zu manipulieren, entfaltet hast.«

»Wie kannst du nur etwas so Schreckliches sagen!« stöhnte Reggie.

Daraufhin lachte er und schüttelte den Kopf. »Du kannst jetzt aufhören, mir etwas vorzuspielen, Kätzchen. Irgendwie bringe ich den Vicomte schon dazu, daß er dich heiratet.«

Sie umarmte ihn, und ihre Freude war deutlich zu erkennen. »Und sein Tod steht nicht mehr zur Debatte?«

»Wohl kaum«, seufzte er. »Da Eddie der schlaueste von uns allen ist und den besten Geschäftssinn hat, fällt ihm vielleicht etwas ein, womit er diesen Mann rumkriegen kann, ohne Zuflucht zur Gewalt zu nehmen.«

Er löste sich aus ihrer Umarmung und wandte sich ab, um die Pistole wegzulegen. »Du hast gesagt, daß Lord Montieth sich nicht einverstanden erklären wird, Reggie, und wenn ein Mann stur genug ist, braucht man Überredungskünste, um ihn von seinem Standpunkt abzubringen. Daher kannst *du* es dir immer noch anders überlegen, verstehst du?« Er sah ihr fest in die Augen.

»Nein. Je länger ich es mir überlege, desto sicherer bin ich, daß meine Idee genau das Richtige ist.«

»Es kann sein, daß er dich dafür haßt. Hast du dir das schon überlegt?«

»Ja, das kann sein, aber das riskiere ich. Ich würde eine Eheschließung nicht in Betracht ziehen, wenn er mich nicht attraktiv gefunden hätte. Aber er hat versucht, mich zu verführen – *versucht*, habe ich gesagt. Nein, er wird mein Mann, Tony. Sag Onkel Edward und Onkel Jason, daß ich keinen anderen haben will.«

»Na gut«, erwiderte Tony, und dann fügte er mit einem scharfen Blick hinzu: »Aber du wirst diesen verdammten Schal nicht ablegen, hörst du? Es hat keinen Zweck, daß meine Brüder schlechter über deinen zukünftigen Mann denken, als es nötig ist.«

9.

Es war halb zehn abends, und Nicholas saß in seiner Kutsche vor Edward Malorys Haus am Grosvenor Square, dreißig Minuten zu spät für seine Verabredung, doch er machte keine Anstalten, aus seiner Kutsche zu steigen.

Er hatte den Versuch aufgegeben, dahinterzukommen, was das alles bedeutete. Als Anthony Malory ihn am Vormittag zu sich zitiert hatte, war ihm absolut klargewesen, was das hieß. Aber da es zu diesem morgendlichen Treffen nicht gekommen war, wußte er jetzt nicht mehr, was er von alldem halten sollte. Er konnte sich nicht vorstellen, daß Dereks Onkel Edward, der sachliche Geschäftsmann, ihn zum Duell fordern würde, aber worum sonst konnte es gehen? Zum Teufel damit!

Reggie beobachtete die Kutsche von einem Fenster im oberen Stockwerk aus, und ihre Nervosität hatte sich zu heller Panik gesteigert. Das, was sie in Bewegung gesetzt hatte, würde ihm gar nicht gefallen. Nein, mit Gewißheit nicht. Er mußte einen Verdacht haben, warum man ihn hierherbestellt hatte. Warum sollte er sonst zögern, das Haus zu betreten?

Oh, Onkel Edward hatte eine ganze Menge über Lord Montieth zu sagen gehabt und darauf bestanden, ihr möglichst deutlich klarzumachen, worauf sie sich einließ. Er kannte die Familie Eden seit Jahren, und er war sogar sehr gut mit Nicholas' Vater befreundet gewesen. Daher wußte Reggie jetzt alles, einschließlich der Geschichten über die beiden anderen jungen Frauen, um die er Skandale entfacht hatte, weil sie schwach genug gewesen waren, seinem Charme zu erliegen. Er war verantwortungslos und gewissenlos, er konnte kalt und arrogant und auch sehr übellaunig sein. Der Charme, mit dem er den Damen begegnete, war bei weitem nicht alles, worauf man bei diesem Mann gefaßt sein mußte. Ja, sie hatte sich all das angehört, aber zu Onkel Tonys größtem Unwillen auf ihrer Entscheidung beharrt.

Reggie stand in Amys Zimmer, um aus dem Fenster sehen zu könne, und sie dankte dem Himmel dafür, daß sie allein im oberen Stockwerk war. Tante Charlotte hatte ihre gesamte Kinderschar eingepackt, die ausnahmslos lautstark protestiert hatte, und sie waren fortgefahren, um die Nacht bei einer Freundin außerhalb von London zu verbringen. Reggie war es gestattet worden hierzubleiben, damit sie nicht bis zum nächsten Morgen warten mußte und erst dann von ihrem Los erfuhr. Aber sie sollte oben bleiben und sich in keiner Weise in das Geschehen einmischen. Onkel Tony war in diesem Punkt unerbittlich gewesen. Selbst, wenn sie hören sollte, daß unten die Hölle losbrach, durfte sie sich nicht ins untere Stockwerk wagen.

Der Butler nahm Nicholas Hut und Handschuhe ab und führte ihn in den Salon. Zu seinem Erstaunen erwies sich das Haus als weitaus größer, als es von außen den Anschein hatte. Er wußte, daß Edward Malory mehrere Kinder hatte. Dieses Gebäude war entschieden groß genug für eine mehrköpfige Familie. Die beiden oberen Stockwerke waren vermutlich ausschließlich den Schlafzimmern vorbehalten, dachte er, und das Erdgeschoß wirkte selbst für einen Ballsaal geräumig genug.

»Sie werden erwartet, Mylord«, verkündete der Butler, als sie vor dem Salon standen. Das Gesicht des Angestellten war ausdruckslos, aber seine Stimme drückte Mißbilligung aus. Nicholas hätte am liebsten gelacht. Er wußte, daß er sich verspätet hatte.

Es verließ ihn jedoch jeglicher Humor, als der Butler die Tür geöffnet und sie dann hinter Nicholas wieder geschlossen hatte. Auf einem cremefarbenen Sofa saß Eleanor Marston, seine altjüngferliche Tante Ellie – und neben ihr Rebecca Eden, seine Großmutter, eine beachtliche Erscheinung. In diesem Augenblick erweckte sie den Eindruck, als wäre sie bereit, den Zorn der Götter auf sein Haupt herabzurufen.

So. Er sollte also zurechtgewiesen werden. Hatte sich sowohl von seiner eigenen Familie als auch von der Reginas eine Strafpredigt anzuhören. Ihn erstaunte nur, daß sie seine ›Mutter‹, Miriam, nicht herbeizitiert hatten. Wie sehr sie es genossen hätte!

»Du hast also doch endlich den Mut aufgebracht, das Haus zu betreten, du Spitzbube?« begann die alte Dame ohne jede Vorrede.

»Rebecca!« schalt Eleanor.

Nicholas lächelte. Er wußte, daß seine Großmutter nicht weniger an seiner Dreistigkeit zweifelte als er selbst. Es machte ihr lediglich Spaß, sein Gefieder zu zerzausen. Tante Ellie sprang immer schnell zu seiner Verteidigung ein, die Gute. Sie war auch wirklich die einzige, die es wagte, Rebecca zu tadeln. Tante Ellie hatte zwanzig Jahre lang als Gesellschafterin der alten Dame fungiert, und er stand staunend vor ihrer Ausdauer, denn seine Großmutter war eine wahre Tyrannin, die ihre gesamte Umgebung mit ihrem eisernen Willen regierte.

Vor langer Zeit, in den ersten Ehejahren seiner Eltern, noch ehe Nicholas geboren worden war, hatte Eleanor bei Miriam und Charles Eden auf Silverley gelebt. Doch ständige Zänkereien zwischen den beiden Schwestern hatten dazu geführt, daß Ellie wieder zu ihren Eltern gezogen war. Später hatte sie Charles' Mutter Rebecca in Cornwall besucht. Seit diesem ›Besuch‹ lebte sie dort, und sie kam im Lauf der Jahre oft nach Silverley zurück, aber wirklich nur als Gast und nie, um zu bleiben.

»Wie geht es dir?« fragte er seine Großmutter.

»Als ob es dich interessieren würde, wie es mir geht!« gab sie zurück. »Komme ich nicht jedes Jahr um diese Zeit nach London?«

»Doch, das hast du dir zur Gewohnheit gemacht.«

»Aber hast du mich seit meinem Eintreffen auch nur einmal aufgesucht?«

»Ich habe dich erst letzten Monat in Cornwall gesehen«, rief Nicholas ihr ins Gedächtnis zurück.

»Das spielt auch gar keine Rolle.« Sie lehnte sich zurück. »Diesmal sitzt du wohl in der Patsche, stimmt's?«

»Es sieht ganz danach aus«, sagte er trocken, dann wandte er sich zu den beiden Malorys.

Der ältere Mann kam auf ihn zu, um ihn freundlich zu begrüßen. Edward Malory war groß und blond, hatte grüne Augen und sah seinem Bruder Anthony überhaupt nicht ähnlich, dafür aber um so mehr Jason. Er war mit seinen einsdreiundachtzig zwei Zentimeter kleiner als Nicholas, aber kräftiger gebaut.

Der jüngere Malory blieb wie angewurzelt neben dem Kamin stehen. Dunkelblaue Augen schienen sich Nicholas' Entmannung auszumalen und verrieten Nicholas ebenso wie das pechschwarze Haar, daß Anthony blutsverwandt mit Regina Ashton sein mußte. Sie besaß wirklich eine verblüffende Ähnlichkeit mit ihm, bis hin zu den leicht schrägstehenden Augen. Gütiger Himmel, fragte er sich, könnte Regina seine Tochter sein? Das würde heißen, daß ihn der Hafer in recht frühen Jahren gestochen hatte. Allerdings war das nicht unmöglich.

»Wir sind uns noch nie begegnet, Nicholas«, sagte Edward Malory, der sich daraufhin vorstellte. »Aber ich kannte Ihren Vater Charles sehr gut, und ich kenne auch Rebecca seit einigen Jahren.«

»Edward legt mein Geld für mich an, und das sogar sehr gut«, erklärte Rebecca. »Das hast du wohl nicht gewußt, du Spitzbube?«

Also deshalb war sie hierhergebeten worden. Die bereits bestehenden Beziehungen zwischen den beiden Familien begannen Nicholas nervös zu machen.

Edward fuhr fort: »Meinen jüngster Bruder Anthony kennen Sie, glaube ich, schon?«

»Wir sind uns ab und zu in den Clubs über den Weg gelaufen«, erwiderte Nicholas, ohne auch nur einen Schritt auf Anthony zuzugehen.

Dieser sah ihn nur an, um ihn mit seinen Blicken zu durchbohren. Er war so groß wie Nicholas und hatte auch die gleichen breiten Schultern. Schon seit seinem sechzehnten Lebensjahr war er ein übler Bengel, wenn man Derek glaubte. Nicholas hätte wetten können, daß es in Anthonys Vergangenheit üblere Skandale gegeben hatte als diesen albernen Ausrutscher mit Regina. Weshalb zum Teufel mußte Anthony ihn derart gehässig anstarren?

»Der da will deinen Kopf auf einer Schüssel sehen«, sagte seine Großmutter in das erdrückende Schweigen hinein. Ellie bemühte sich, sie zum Schweigen zu bringen, aber sie ließ sich nicht einschüchtern.

»Das habe ich bereits selbst bemerkt«, entgegnete Nicholas, der sich an Anthony wandte. »Legen wir den Zeitpunkt fest, Mylord?«

Anthony lachte trocken. »Bei Gott, dazu ist Ihnen wirklich zu raten. Aber so gern ich Ihnen auch Ungelegenheiten bereiten würde, habe ich versprochen, Sie erst den anderen zu überlassen.«

Nicholas sah sich um. Mitgefühl strömte ihm aus Ellies braunen Augen entgegen, und Edward wirkte resigniert. Plötzlich wuchs Nicholas' Nervosität, und er richtete seinen Blick wieder auf Anthony. »Mylord«, sagte er steif, »ich duelliere mich gern mit Ihnen.«

»Meine Nichte will das nicht.«

»Sie will es nicht?«

»Sie ist vielzu gutmütig«, seufzte Anthony. »Sie will nicht, daß Ihnen etwas zustößt – ein solcher Jammer.« Er schüttelte den Kopf.

»Ich glaube trotzdem...«

»Nein, um Himmels willen!« dröhnte Rebecca dazwischen. »Ich habe nie versucht, eines der Duelle zu verhindern, auf die du dich eingelassen hast, aber in diesem Fall mische ich mich ein. Du darfst deine Pistolen nicht anrühren. Eher lasse ich dich in den Kerker werfen, mein Junge. Du wirst es selbst erleben.«

Nicholas versuchte zu lächeln. »Der Herr wünscht Satisfaktion, und die muß ich ihm bieten.«

»Lord Anthony wird sich mit etwas anderem zufriedengeben. Er liebt seine Nichte nämlich. Wir können ihm dankbar dafür sein.«

»Wir? Du kennst meine Undankbarkeit.«

»Deine zynischen Bemerkungen kannst du dir sparen«, meinte sie. »Du magst zwar verdammt arrogant und verantwortlungslos sein, aber du bist der letzte Eden. Du wirst für einen Erben sorgen, ehe du dein Leben bei einem Duell verwirkst.«

Nicholas zuckte zusammen. »Das war nicht schlecht, aber wie kommst du auf den Gedanken, daß ich dir nicht bereits einen Erben vorsetzen kann?«

»Weil ich es besser weiß. Es sieht zwar oft so aus, als würdest du versuchen, die Welt zu bevölkern, aber du hast keine unehelichen Kinder. Und außerdem weißt du selbst, daß ich ein solches Kind nie akzeptieren würde.«

»Muß das alles sein, Rebecca?« fragte Eleanor eilig.

»Ja, es muß sein«, erwiderte die alte Frau und schaute die beiden Brüder Malory bedeutsam an.

»Nicky?« flehte Eleanor, und er seufzte.

»Also gut, ich gebe zu, daß ich keine unehelichen Kinder habe, weder Mädchen noch Jungen. Du hast recht. Das gehört zu den wenigen Dingen, bei denen ich wirklich äußerst vorsichtig bin.«

»Das ist wohl auch das einzige.«

Er verbeugte sich leicht vor ihr, antwortete aber nicht. Sein Benehmen war lässig, fast gelangweilt, aber innerlich kochte Nicholas. Er genoß verbale Schlachten mit seiner Großmutter, wenn sie miteinander allein waren, aber nicht in Gesellschaft. Das wußte sie, und sie köderte ihn nur aus Bosheit.

»Ach, setz dich doch bitte, Nicholas«, sagte Rebecca mißmutig. »Ich habe keine Lust, mir den Hals zu verrenken, um dich anzusehen.«

»Das heißt wohl, daß das Ganze länger dauert?« Er grinste provozierend, ehe er sich ihr gegenüber auf einem Sessel niederließ.

»Mach es uns nicht so schwer, Nicky, ich bitte dich«, flehte Eleanor ihn wieder an.

Er erschrak. Das aus Ellies Mund? Sie war immer diejenige gewesen, mit der er hatte reden können, die seine geheime Erbitterung verstand. Als Kind hatte er sich stets an ihrer Schulter ausweinen können. Wie viele Male war er den weiten Weg von Hampshire nach Cornwall mitten in der Nacht geritten, nur, um sie zu sehen? Als er erwachsen geworden war, hatte sie ihm immer noch näher gestanden als jeder andere. Sie hatte ihn nie wegen seines Lebenswandels gescholten. Es war fast so, als wüßte sie, warum er so lebte.

Natürlich wußte sie es nicht. Nur Miriam kannte die Gründe, warum er so rücksichtslos und immer angespannt war.

Nicholas sah seine Tante zärtlich an. Mit fünfundvierzig sah sie immer noch gut aus. Sie hatte hellblondes Haar und gütige braune Augen. Ihre ältere Schwester Miriam war früher die attraktivere gewesen, aber die Bitterkeit hatte dazu beigetragen, Miriams Schönheit zu vernichten. Ihm gefiel der Gedanke, daß es Ellies Güte war, die sie so hübsch erhalten hatte.

Das war die Frau, von der er sich während seiner gesamten Kindheit insgeheim vorgemacht hatte, sie wäre seine Mutter. Ihr Gesicht sagte ihm so vieles, und ihre Miene ließ sich jetzt ebenso leicht deuten wie immer. Es tat ihr leid, daß er sich in eine mißliche Lage gebracht hatte. Sie hoffte, er würde sich nicht noch mehr Ärger einhandeln. Außerdem war sie mit dem Abkommen einverstanden, das sie hinter seinem Rücken geschlossen hatten. Aber würde sie sich gegen ihn stellen und gemeinsame Sache mit seiner Großmutter machen? Das hatte sie noch nie getan. Glaubte sie wirklich, er hätte Regina Ashton vergewaltigt? Ja, er hätte sie verführt, wenn sie willig gewesen wäre. Aber sie hatte sich nicht verführen lassen. Deshalb plagten ihn keine Gewissensbisse. Die bloße Absicht konnte ihm niemand verübeln.

»Haben sie dir alles erzählt, Tante Ellie?« fragte er sie.

»Ja, ich glaube schon.«

»Sie haben dir gesagt, daß es eine Verwechslung war?«

»Ja.«

»Und daß ich das Mädchen unbeschadet zurückgebracht habe?«

»Ja.«

»Was tust du dann hier?«

Rebecca sah ihn finster an. »Laß sie in Ruhe, du Spitzbube. Es ist nicht ihre Schuld, daß du dich in diese Klemme gebracht hast.«

»Wir wissen, wessen Schuld es ist«, ertönte Anthonys verächtliche Stimme hinter ihm.

Jetzt reichte es Nicholas. »Was erwartet ihr von mir?« fragte er und drehte sich auf seinem Sessel um, um Anthony anzusehen.

»Du weißt längst, was zu geschehen hat, Nicky«, sagte Eleanor, und er hörte einen leisen Vorwurf aus ihrer Stimme heraus. »Es ist ein Jammer, daß es zu alldem kommen mußte. Keiner der Anwesenden glaubt, daß du dem Mädchen etwas tun wolltest, aber das ändert nichts an der Tatsache, daß du ihrem Ruf irreparabel geschadet hast. Sie soll nicht die Demütigungen erdulden, die gehässigen Klatschgeschichten – nur, weil bei einer deiner Eskapaden etwas schiefgegangen ist. Das siehst du doch ein, oder nicht?« Sie holte tief Atem. »Es bleibt dir nichts anderes übrig, als die Verantwortung für deine Handlungen zu tragen. Du mußt das Mädchen heiraten.«

10.

»Ich halte das nicht aus, Meg, ich halte das wirklich nicht aus!« rief Reggie gereizt.

Die Zofe reagierte ebenso wenig auf diese Klage wie auf all die anderen. »Willst du etwa mit diesem Schal schlafen?«

Reggie legte die Hände auf ihre Kehle. »Ja, natürlich. Es könnte doch sein, daß Onkel Edward kommt, um mir zu sagen, was aus mir wird. Es reicht schon, wenn Onkel Tony es gesehen hat. Ich will nicht, daß es außer ihm noch jemand sieht.«

Meg wandte sich mit finsterem Gesicht wieder ihrem Nähzeug zu, das sie auf ihren Schoß hatte sinken lassen. Sie hatte den Knutschfleck mit eigenen Augen betrachtet. Reggie konnte nichts vor ihr geheimhalten oder jedenfalls nicht lange. Sie war empört über diese ganze Geschichte, und ganz entgegen ihren sonstigen Gewohnheiten stimmte sie erstmals vollkommen mit Anthony Malory überein, statt sich hinter das Mädchen zu stellen, das im Schneidersitz mitten auf seinem Bett saß und nervös die Hände rang.

Der Vicomte Eden von Montieth sollte erschossen werden und nicht etwa diese Kostbarkeit zur Frau bekommen. Meg hatte in ihrem Leben noch von keiner derartig himmelschreienden Ungerechtigkeit gehört. Drückte man etwa dem Taschendieb dankbar das Portemonnaie in die Hand? Wie konnten sie ihre kostbare Reggie dem Mann überlassen, der für diese Schande verantwortlich war?

»Kannst du nicht runtergehen und horchen? Vielleicht hörst du irgend etwas, Meg.«

»Nein, das kommt nicht in Frage.«

»Dann gehe ich eben.«

»Das kommt auch nicht in Frage. Du wirst hier sitzen bleiben. Mach dir ruhig weiterhin Sorgen, wenn es dir Spaß macht. Du wirst schon früh genug hören, daß er ja gesagt hat.«

»Aber das ist doch gerade das Ärgerliche.« Reggie schlug sich ungeduldig auf die Knie. »Er wird nein sagen.«

Meg schüttelte den Kopf. »Mich überzeugst du nicht davon, daß du ihn haben willst, Mädchen, und daher kannst du gleich aufhören, es zu versuchen.«

»Aber es ist die Wahrheit, Meg.«

»Ich kenne dich, Reggie. Du machst doch nur gute Miene zum bösen Spiel und redest dir um deiner Onkel willen etwas ein, weil das die einzige Lösung zu sein scheint.«

»Unsinn!« Reggie kicherte vor Vergnügen. »Du willst dir nur einfach nicht eingestehen, daß ich so sündhaft und verrucht bin, einen Mann zu wollen, den ich kaum kenne.«

Meg sah zu ihr auf. »Jetzt verstehe ich, was das alles soll. Du machst das alles nur, damit du schnell einen Mann bekommst und dich nicht mehr nach Ehemännern umschauen mußt. Gib es zu, Mädchen.«

»Das ist ein weiterer Pluspunkt, da hast du recht.«

»Ein Pluspunkt!« schnaubte Meg. »Das ist der einzige Grund, aus dem du ihn haben willst. So muß es sein.«

»Das sagst du nicht mehr, wenn du ihn erst gesehen hast, Meg. Ich glaube, ich habe mich verliebt.«

»Wenn ich dir das glauben könnte, würde ich runtergehen und ihm die Füße küssen. Aber du bist nicht so dumm, dich für verliebt zu halten, nachdem du einen Mann ein einziges Mal gesehen hast.«

»Ich vermute, du hast recht.« Reggie seufzte, aber ihre Augen strahlten. »Aber es wird nicht lange dauern, Meg, ganz bestimmt nicht. Warte es nur ab.«

»Ich hoffe, daß ich es nicht erleben muß, dich mit ihm verheiratet zu sehen. Das wäre der unglücklichste Tag deines Lebens, und wenn es dazu kommt, dann denk an meine Worte.«

»Unsinn!«

»Denk daran, ich habe dich gewarnt.«

»Ich werde sie nicht heiraten.«

»Sehr gut.« Anthonys Lächeln spiegelte seine gehässige Freude wider. »Ich war von Anfang an gegen diese Idee.«

»Halt den Mund, Anthony«, warnte Edward ihn. »Noch ist nichts entschieden.«

»Ich wiederhole, daß ich sie nicht heiraten werde«, sagte Nicholas mit sanfter Stimme, doch es bereitete ihm große Mühe, die Ruhe zu bewahren.

»Besäßen Sie die Güte, mir Ihre Gründe zu nennen?« Edwards Stimme war ebenfalls ein Muster an Ausgeglichenheit.

Nicholas sagte das, was ihm als erstes dazu einfiel. »Sie hat etwas Besseres verdient.«

»Ganz meine Meinung«, warf Anthony gehässig ein. »Unter normalen Umständen wären Sie auch nie in Betracht gezogen worden.«

Edward warf ihm einen Blick zu, der ihn zum Schweigen brachte. Dann wandte er sich wieder an Nicholas. »Falls Sie von Ihrem Ruf sprechen, kann ich Ihnen nur versichern, daß dieser Ihnen ohnehin vorauseilt. Ich wäre der erste, der die Anrüchigkeit Ihres Rufes eingesteht. Und doch müssen wir diese Dinge im Moment außer acht lassen.«

»Ich würde das Mädchen unglücklich machen«, argumentierte Nicholas eilig und etwas temperamentvoller.

»Das ist eine reine Mutmaßung. Sie kennen Regina nicht gut genug, um zu wissen, was sie glücklich oder unglücklich macht.«

»Du drückst dich doch nur, du Spitzbube«, sagte Rebecca. »Du hast keinen Grund, das Mädchen nicht zu heiraten, und das weißt du selbst. Und es ist sowieso höchste Zeit, daß du heiratest, allerhöchste Zeit sogar.«

»Damit du deinen Erben bekommst?« erwiderte er.

»Hören Sie, Nicholas«, mischte sich Edward ein. »Streiten Sie ab, daß Sie meine Nichte in einen Skandal verwikkelt haben?«

»Ihre Nichte?«

»Für wen zum Teufel hast du sie denn gehalten, du Spitzbube?« fragte Rebecca entgeistert.

Plötzlich lachte Anthony. »Sagen Sie, Montieth, haben Sie vielleicht gehofft, sie sei ein uneheliches Kind? Eine unliebsame Verwandte, von der Sie behaupten können, wir wollten sie abschieben und Ihnen aufhalsen?«

»Jetzt reicht es aber«, warnte Edward ihn erneut. »Nicholas... vielleicht muß ich Ihnen zugestehen, daß Sie nicht wußten, wer Regina ist. Es erinnern sich nicht mehr allzuviele Menschen an Melissa. Es ist schon so lange her, daß sie gestorben ist.«

»Melissa?«

»Unsere einzige Schwester. Sie war wesentlich jünger als Jason und ich, das dritte Kind. Sie war... Aber ich brauche hier nicht näher auszuführen, wie viel sie uns bedeutet hat, das einzige Mädchen inmitten von vier Jungen. Regina ist ihre Tochter.«

»Sie ist alles, was ihnen von Melissa geblieben ist«, fügte Rebecca hinzu. »Fängst du allmählich an zu verstehen, wie wichtig Regina den Brüdern Malory ist?«

Nicholas war ganz elend zumute.

»Ich sollte Ihnen vielleicht aufgrund der Bemerkung, die mein Bruder gemacht hat, noch sagen, daß Regina ein legitimes Familienmitglied ist«, fuhr Edward fort. »Melissa war glücklich verheiratet mit dem Earl von Penwich.«

»Penwich!« Nicholas erstickte fast an dem Namen, den er schon so oft verflucht hatte.

»Mit dem verstorbenen Earl, Thomas Ashton«, klärte Edward ihn auf. »Irgendein merkwürdiger Vetter trägt jetzt diesen Titel. Ein unangenehmer Kerl, aber er hat nichts mit Regina zu tun. Seit Melissa und Thomas vor siebzehn Jahren gemeinsam bei einem entsetzlichen Brand ums Leben gekommen sind, ist sie in unserer Obhut.«

Nicholas schwirrte der Kopf. Sie war tatsächlich Dereks Kusine, die Tochter eines Earl, die Nichte des Marquis von Haverston. Er hätte sich nicht gewundert, wenn er jetzt auch noch erfahren hätte, daß sie zudem eine reiche Erbin war. Sie hätte sich mit Leichtigkeit einen Mann mit einem höheren Adelstitel als dem seinen an Land ziehen können. Aber jetzt, nachdem er ihren Namen mit dem seinen in Verbindung gebracht hatte, war sie nicht mehr die erstrebenswerte Schwiegertochter, nicht für die Familien, die nichts mit einem Mädchen zu tun haben wollten, das je in einen Skandal verwickelt worden war. Das wußten alle Anwesenden in diesem Raum, er selbst inbegriffen. Und doch gab es andere Männer, die sie begehren würden, ungeachtet dessen, Männer, die weniger verbissene Auffassungen vertraten als andere.

Dementsprechend wandte er sich an Anthony. »*Sie* scheinen nicht zu glauben, daß sie ihre Chancen auf eine gute Partie verspielt hat. Warum also sind Sie bereit, sich mit mir abzufinden?«

»Habe ich gesagt, mir sei das recht? Nein, ganz bestimmt nicht. Sie ist diejenige, die Sie haben will, nicht ich.«

Nicholas suchte krampfhaft eine Antwort. »Und als die geliebte Nichte bekommt sie, was sie will?« fragte er dann.

»Wir haben es mit der simplen Tatsache zu tun«, mischte sich Edward ein, »daß – würde sie einen anderen heiraten – der arme Kerl mit dem Skandal leben müßte, den Sie verursacht haben, und für den Rest seines Lebens würden die Leute hinter seinem Rücken tuscheln. Das könnte kein Mann je wirklich verkraften, und mit Sicherheit wäre es keine Voraussetzung für eine glückliche Ehe.«

Nicholas runzelte die Stirn. »Aber sie würde ihrem Mann die Wahrheit erzählen.«

»Was zählt die Wahrheit, wenn es die Unwahrheit ist, an die alle Welt glaubt?« erwiderte Edward verdrossen.

»Dann soll ich hier also als Geisel für die Engstirnigkeit anderer festgehalten werden?«

»Was zum Teufel ist los mit dir, Nicholas?« fragte Rebecca erbost. »Ich habe das Mädchen gesehen, und sie ist das entzückendste kleine Geschöpf, das ich kenne. Eine bessere Partie kannst du gar nicht machen, und das weißt du selbst. Warum wehrst du dich so sehr dagegen?«

»Ich will keine Frau – ganz gleich, wen«, stieß Nicholas hervor.

»Was du willst, ist in dem Moment irrevelant geworden«, gab seine Großmutter zurück, »in dem du dich mit einem unschuldigen Mädchen eingelassen hast, dessen Familie nicht daran denkt, den Vorfall zu übergehen und ein Auge zuzudrücken, wie es bei anderen deiner Eskapaden der Fall war. Du hast verdammtes Glück, daß man dir Regina überlassen will.«

»Sei vernünftig, Nicky«, meldete sich Eleanor zu Wort. »Du mußt ja irgendwann doch heiraten. Du kannst nicht ewig so weiterleben wie bisher. Und dieses Mädchen ist bezaubernd und wird dir eine wunderbare Frau sein.«

»Sie mag die beste Ehefrau abgeben, aber nicht meine«, entgegnete Nicholas tonlos. In der Stille, die darauf folgte, stiegen seine Hoffnungen, doch seine Großmutter zerschlug sie wieder.

»Du wirst nie der Mann werden, der dein Vater war. Zwei Jahre zur See zu gehen, einfach zu verschwinden, und dann kommst du zurück und führst ein Lotterleben, überträgst deine Verantwortlichkeit an Makler und Lakaien. Bei Gott, es beschämt mich, zugeben zu müssen, daß du mein Enkel bist. und ich sage dir jetzt – du kannst für alle Zeiten vergessen, daß du mich kennst, wenn du nicht deinen Mann stehst und dieses Mädchen heiratest.« Sie erhob sich, und ihr Gesichtsausdruck war versteinert. »Komm, Ellie. Ich habe alles gesagt, was ich ihm zu sagen habe.«

Rebeccas Gesicht blieb kalt und unerbittlich, als sie mit Ellie den Raum verließ. Doch sowie sich die Tür hinter ihnen geschlossen hatte, drehte sie sich zu Eleanor um und strahlte sie verschwörerisch an. »Was sagst du, meine Liebe? Glaubst du, damit haben wir ihn rumgekriegt?«

»Daß du dich seiner schämst, das war ein bißchen zu dick aufgetragen. Ich weiß, daß es nicht so ist. Schließlich kostest du seine wüsten Eskapaden mehr aus als er selbst. Ich schwöre es dir, Rebecca, du hättest ein Mann werden sollen.«

»Als ob ich das nicht selbst wüßte! Aber diesmal ist eine seiner kleinen Eskapaden ein Geschenk Gottes. Trotzdem hätte ich nicht geglaubt, daß er sich derart widersetzt.«

»Wirklich nicht?« gab Eleanor zurück. »Du weißt, warum er nicht heiraten will. Du weißt, wie er empfindet. Nicky weigert sich, einer arglosen Frau den Makel seiner Geburt anzuhaften. Er hat das Gefühl, nicht um die Hand eines anständigen Mädchens anhalten zu dürfen, und doch macht es ihm seine gesellschaftliche Stellung unmöglich, sich unter seinem Niveau zu verheiraten. Er hat sich schlicht und einfach entschieden, nie zu heiraten. Das weißt du doch selbst.«

Rebecca nickte unwillig. »Und gerade deshalb ist das ja ein Geschenk Gottes. Jetzt muß er heiraten, noch dazu ein Mädchen aus guter Familie. Es paßt ihm zwar im Moment überhaupt nicht, aber mit der Zeit wird er froh darüber sein. Ich sage dir, Regina Ashton stört sich keine Spur daran, wenn sie jemals die Wahrheit erfährt.«

»Glaubst du das wirklich?«

»Wenn ich nicht davon überzeugt wäre, könnte sie nicht die Richtige für ihn sein«, sagte Rebecca brüsk.

Beide kannten Nicholas' Motive ganz genau, was er allerdings nicht klar wußte. In den Augen der Öffentlichkeit war Miriam seine Mutter, und der Tag, an dem sie dieser Heuchelei ein Ende setzte – womit sie ständig drohte – war der Tag, an dem er aufhören würde, in Panik vor dieser Enthüllung zu leben, und dann konnte er der Ausgestoßene werden, auf den bereits jetzt sein gesamtes Handeln abzielte. Er wollte für verrucht gehalten werden, um sich an die Behandlung zu gewöhnen, die er erfahren würde, wenn die Wahrheit eines Tages ans Licht kam.

»Irgend jemand sollte ihm erklären, daß es wahrscheinlich keinen großen Unterschied machen würde, wenn die Leute über alles informiert wären«, meinte Rebecca. »Es würde ohnehin niemand glauben, nicht nach all diesen Jahren.«

»Warum sagst du es ihm nicht?« fragte Ellie, obwohl sie die Antwort kannte.

»Ich tue es nicht, meine Liebe. Warum tust du es denn nicht?«

»O nein.« Eleanor schüttelte nachdrücklich den Kopf. »Es geht ihm viel zu nahe.« Sie seufzte. »Wir haben schon hundertmal darüber gesprochen, Rebecca. Und außerdem wird er sich endlich eine Braut nehmen, sich niederlassen und seine eigene Familie gründen.«

»Das wollen wir doch hoffen. Aber bisher haben sie ihm noch kein Ja entlockt.«

»Ihre Einstellung ist äußerst verblüffend, Nicholas«, sagte Edward. »Wenn ich nicht mit Bestimmtheit wüßte, daß Sie ein Schürzenjäger sind, würde ich anfangen, mich zu wundern.«

Nicholas mußte über diese Bemerkung aus dem Munde dieses gesetzten Lords lächeln. »Meine Neigungen gelten entschieden dem weiblichen Geschlecht, Sir.«

»Und trotzdem wollen Sie meine Nichte nicht?«

Anthony meldete sich barsch zu Wort. »Sehen Sie mich an, wenn Sie antworten, Montieth, denn ich habe das Mal gesehen, das Sie an Reginas Hals hinterlassen haben.«

»Was soll denn das heißen?« fragte Edward.

»Ganz ruhig, Eddie. Das ist eine Angelegenheit zwischen dem Vicomte und mir. Aber wie lautet Ihre Antwort, Montieth?«

Nicholas lief vor Zorn rot an. Er fühlte sich in die Enge getrieben, und das behagte ihm überhaupt nicht. Hatte er wirklich Spuren an dem Mädchen zurückgelassen? Und wenn es so war, wie zum Teufel kam sie dann dazu, ihrem Onkel etwas davon zu erzählen? Sie hatten gesagt, sie wollte ihn heiraten. Verdammt noch mal, hatte sie Anthony vielleicht den Eindruck vermittelt, ihre Begegnung mit ihm wäre doch nicht so unschuldig gewesen? Lag ihrem jüngsten Onkel deshalb so viel daran, sein Blut fließen zu sehen?

»Ihrer Nichte fehlt nichts, meine Herren«, sagte Nicholas gepreßt, und seine bernsteinfarbenen Augen glühten vor Zorn. »Aber das wissen Sie ja wohl besser als ich.«

»Ja, man kann ganz unvoreingenommen sagen, daß sie in jeder Hinsicht begehrenswert ist. Und doch können wir das Problem nicht lösen.« Edward seufzte. »Jason wird das alles überhaupt nicht gefallen. Er ist Reginas gesetzlicher Vormund, verstehen Sie.«

»Jason wird ihn in Stücke reißen, wenn sie sich zu dem Zeitpunkt, zu dem er hier eintrifft, nicht wenigstens verlobt hat«, prophezeite Anthony tonlos. »Gib es auf, Eddie, und überlaß ihn mir. Wenn Jason ihn in die Finger kriegt, bleibt nichts von ihm übrig.«

Nicholas setzte sich wieder und stützte seinen Kopf in die Hände, während die beiden miteinander diskutierten. Er mochte und respektierte Dereks Vater, Jason Malory. In Haverston war er mit ihm auf die Jagd gegangen, und sie hatten lange gemeinsame Abende bei gutem Cognac und interessanten Gesprächen verbracht. Er bewunderte, wie Jason über Haverston herrschte und mit seinen Leuten umging, und wünschte sich nichts weniger, als sich seinen Zorn zuzuziehen. Aber er konnte das Mädchen nicht heiraten, und er konnte ihnen nicht sagen, warum.

Nie zuvor war seine Erbitterung über seine Herkunft so schmerzlich gewesen. Er war ein uneheliches Kind. Und jede Frau, die sich auf eine Heirat mit ihm einließ, würde den Makel seiner Herkunft und dessen Folgen ertragen müssen. Man würde ihn ächten, wenn die Wahrheit ans Licht kam. Hatte er all das nicht bei Derek Malory erlebt, von dem man wußte, daß er ein uneheliches Kind war? Daher fühlte er sich Derek auch so verbunden wie keinem seiner anderen Freunde.

Edwards Stimme riß ihn aus seinen Gedanken. »Ich bezweifle, daß Reginas finanzielle Lage Sie beeindrucken könnte, Nicholas, da die geschickten Geldanlagen Ihres Vaters sowie auch Ihre eigenen Sie zu einem reichen jungen Mann gemacht haben. Es reicht zu sagen, daß sie sehr gut dasteht. Aber – vielleicht interessieren Sie sich für das hier.«

Nicholas nahm den Stapel Papiere entgegen, den Edward aus seinem Jackett gezogen hatte. Briefe. *Seine* Briefe an den Earl von Penwich!

»Wie zum Teufel kommen Sie zu diesen Briefen?« fragte er ungläubig.

»Sie sind mir erst kürzlich zugeschickt worden, wenn

Sie es genau wissen wollen. Der Earl ist dafür berüchtigt, Dinge, die ihn nicht interessieren, zu ignorieren, und dieses Stück Land, das Sie haben wollen, interessiert ihn nicht.«

»Und weshalb haben Sie die Briefe?«

»Weil das Land Teil eines Vermögens ist, das ich verwalte. Es ist ein hübsches, kleines Grundstück mit fast einem Dutzend von Bewohnern, die alle regelmäßig ihre Miete zahlen.«

»Es ist ein verdammt großes Grundstück, das wissen Sie selbst, und es wird nicht annähernd so gut genutzt, wie man es nutzen könnte«, gab Nicholas zurück.

»Ich hätte nicht geglaubt, daß Sie sich so sehr für Landbesitz interessieren«, bemerkte Edward boshaft. »Schließlich kümmern Sie sich auch nicht um Silverley.«

Ein Muskel sprang auf Nicholas' Kiefer hervor. Verdammt und zum Teufel! Gegen seinen alten Feind Captain Hawke hatte er unbewaffnet bessere Chancen als gegen diese Malorys.

»Soll ich das so verstehen, daß ich dieses Stück Land niemals bekomme, wenn ich Ihre Nicht nicht heirate?«

»Sie könnten es zartfühlender formulieren, aber den Kern der Aussage haben Sie durchaus erfaßt.«

»Lehnen Sie ab, Montieth«, verlockte Anthony ihn mit sanfter Stimme. »Treffen Sie sich statt dessen morgen früh mit mir. Ich werde Sie nicht töten. Ich werde ein ganzes Stück unter Ihr Herz zielen, damit das nächste Mädchen, mit dem Sie sich mitten in der Nacht davonstehlen, sich darauf verlassen kann, daß ihr alle glauben, wenn sie behauptet, Sie hätten sie nicht angerührt.«

Nicholas mußte lachen. Jetzt lautete die Drohung also Kastration? So sahen seine Möglichkeiten aus? Er bezweifelte nicht, daß seine Großmutter ihn ins Gefängnis bringen konnte, wie sie es angedroht hatte. Zweifellos würden sie sich einander entfremden, und in Wahrheit liebte er die alte Hexe. Im übrigen stellte man ihm den Tod oder betrübliche Verletzungen zur Wahl. So also sahen seine Möglichkeiten aus.

Oder er konnte das bezauberndste Geschöpf heiraten, das ihm je unter die Augen gekommen war. Er würde wahrscheinlich das Land bekommen, das er wollte. Tante Ellie war für diese Heirat ebenso wie seine Großmutter und sämtliche Malorys.

Nicholas schloß sekundenlang die Augen und tat so, als wäre er tief in Gedanken versunken. Dann öffnete er sie wieder und stand auf. »Meine Herren«, sagte er mit fester Stimme, »wann soll die Hochzeit stattfinden?«

11.

»Du bist also gekommen, um deine Verlobte in die Vauxhall Gardens auszuführen? In ein Konzert? Ich hätte nie geglaubt, daß ich es einmal erlebe, daß du dir ein verdammtes Konzert anhörst, und noch dazu am hellichten Tage!«

Derek Malory amüsierte sich königlich, und der Abscheu, den Nicholas Edens Gesicht ausdrückte, war vollkommen. Sie hielten sich im Salon von Edwards Haus auf, in genau dem Raum, in dem am Vorabend die peinliche Zusammenkunft stattgefunden hatte, und Nicholas war soeben eingetroffen.

»Anscheinend ist das die einzige Möglichkeit, sie zu sehen«, sagte Nicholas. »Gestern abend wollten sie mich nicht in ihre Nähe lassen.«

»Nein, natürlich nicht. Das hätte sich schließlich nicht gehört. Sie ist ins Bett geschickt worden.«

»Willst du damit sagen, daß sie sich wirklich Vorschriften machen läßt?« fragte Nicholas mit gespieltem Erstaunen. »Ich dachte, alle tanzen nach ihrer Pfeife.«

»Tja, ich sehe es schon. Du bist wirklich sauer. Ich kann das gar nicht verstehen. Sie ist ganz große Klasse, verstehst du, ein echtes Juwel. Besser könntest du gar nicht dran sein.«

»Ich hätte es vorgezogen, mir selbst eine Frau auszusuchen, statt mir eine aufzwingen zu lassen.«

Derek grinste. »Ich habe schon gehört, daß du dich ganz schön angestellt hast. Als sie es mir erzählt haben, konnte ich erst mal kein Wort glauben, am allerwenigsten, daß du nachgegeben hast. Ich weiß doch, wie wenig du es leiden kannst, wenn man dir irgendwelche Vorschriften macht.«

»Und jetzt hälst du den Mund, Derek«, fauchte Nicholas. »Was hast du überhaupt hier zu suchen?«

»Ich soll mitkommen. Wußtest du das nicht? Kusine Clare ist ebenfalls mit von der Partie. Anweisung von Onkel Edward. Du hast doch nicht geglaubt, du bekämst sie allein, oder? Nichts von wegen Tändeleien vor der Hochzeit.«

Nicholas sah ihn finster an. »Was zum Teufel soll das jetzt noch für einen Unterschied machen? Es heißt doch ohnehin schon, ich sei mit ihr im Bett gewesen.«

»Das glaubt niemand, Nick, zumindest kein Familienmitglied.«

»Mit Ausnahme von deinem Onkel Anthony?«

»Was der glaubt, weiß ich nicht«, erwiderte Derek etwas nüchterner. »Aber vor dem solltest du dich hüten. Die beiden verstehen sich besonders gut miteinander, er und deine Zukünftige.«

»Sie ist seine Lieblingsnichte?«

»Mehr als nur das. Tante Melissa war nur drei Jahre älter als er, und die beiden verstanden sich immer großartig. Als sie starb, war er erst siebzehn. Regina nimmt sozusagen den Platz ihrer Mutter in seinem Herzen ein. So ist es bei allen meinen Onkeln gewesen, auch bei meinem Vater. Aber Onkel Anthony war als der jüngste von ihnen eher so etwas wie ein Bruder für Regina. Du kannst dir gar nicht vorstellen, wie sehr er sich mit meinem Vater stritt, als er volljährig wurde und nach London zog, weil mein Alter sie ihm nicht für einen Teil des Jahres überlassen wollte, so wie er es Onkel Edward zugesteht.« Derek kicherte in sich hinein. »Mein Alter hat schließlich aufgegeben, weil sie es auch wollte, und wenn sie etwas will, dann setzt sie sich meistens durch.«

Nicholas schnaubte ungehalten. Regina mußte unglaublich verzogen sein. »Wie kommt es eigentlich, daß ich sie nie in Haverston gesehen habe?«

»Sie war immer bei Onkel Edward oder bei Onkel Anthony, wenn du da warst. Als du anfingst, mich zu besuchen, hatte jeder von ihnen sie vier Monate im Jahr.« Derek lachte. »Aber einmal bist du ihr begegnet, als du das erste Mal bei mir zu Hause warst. Erinnerst du dich an das kleine Luder, das dir die Schüssel Pudding auf den Schoß kippte, weil du es aufgezogen hattest?«

»Aber du hast dieses Kind Reggie genannt!« rief Nicholas aus.

»Wir alle nennen Regina Reggie, und jetzt ist sie erwachsen. Du hast diese Szene doch nicht vergessen?«

Nicholas stöhnte. »Wie könnte ich? Sie streckte mir ihre Zunge raus, als ich ihr androhte, ihr den Hintern zu versohlen.«

»Ja, und danach mochte sie dich überhaupt nicht mehr. Sie war, glaube ich, mehr als einmal im Haus, wenn du zu Besuch kamst, ging dir aber aus dem Weg.«

»Sie behauptete, als du damals von mir sprachst, hätte sie mich sehr gern gehabt«, bemerkte Nicholas trocken.

»Ja, damals mochte sie dich«, bestätigte Derek lachend. »Aber das war, ehe sie dich kennenlernte. Sie hatte mich nämlich besonders gern – und alle, die mit mir Freundschaft schlossen.«

»Zum Teufel! Als nächstes redest du mir wahrscheinlich noch ein, daß sie deine Spielgefährtin war.«

»Das sollte dich nicht überraschen, Kumpel. Schließlich war ich erst sechs, als sie nach Haverston kam. Ich gebe zu, daß ich sie vom rechten Pfad wegführte, weil es dort nur uns beide gab. Überall, wo ich hinging, schleifte ich sie mit. Natürlich bekam mein Alter einen Anfall, als er endlich herausfand, daß sie mit mir beim Fischen und beim Jagen war, statt zu nähen, daß wir auf Bäume stiegen und im Wald Festungen bauten, während sie doch Musik hören sollte. Weißt du eigentlich, daß er nur geheiratet hat, damit wir eine Mutter bekommen? Er hat gehofft, das hätte einen festigenden Einfluß auf uns. Eine schlechte Wahl war es noch dazu. Ich mag das alte Mädchen wirklich, aber sie war öfter krank als gesund und hat die meiste Zeit mit Kuren verbracht und nicht in Haverston.«

»Willst du mir vielleicht erzählen, daß ich einen Jungen heirate?«

»Meine Güte, nein! Du mußt dir klarmachen, daß sie einen Teil des Jahres immer bei Onkel Edwards Familie verbracht hat, und das in den letzten dreizehn Jahren. Und Edward hat drei Töchter, die etwa in ihrem Alter sind. Wenn sie hier bei ihnen war, hat sie brillant gelernt, war ein Engel in ihren Anstandsformen und alles, was dazu gehört. Natürlich hatten wir immer noch unseren Spaß, wenn sie nach Haverston kam. Ich kann dir gar nicht sagen, wie oft wir vom Alten ausgeschimpft wurden. Und das Schlimmste hat nie sie abgekriegt, immer ich. Mit vierzehn war sie dann nicht mehr so ein Wildfang. Damals führte sie schon den Haushalt, weil unsere Mutter kaum da war.«

»Sie hat also einen Haushalt geführt, in einem anderen Haushalt mehr dazugelernt – und was, das wüßte ich wirklich gern, hat sie in dem dritten Haushalt gelernt?«

Derek lachte über seinen gehässigen Tonfall. »Jetzt hör

aber auf. Die Zeiten, die sie bei Onkel Anthony verbrachte, waren eigentlich die reinsten Ferien. Er tat alles, damit sie ihren Spaß hatte. Und wahrscheinlich hat er ihr auch erklärt, wie man mit Kerlen wie uns umgeht.« Dann fügte er ernst hinzu: »Sie alle lieben Reggie, Nick. Damit wirst du dich einfach abfinden müssen.«

»Ich habe also für den Rest meines Lebens angeheiratete Onkel am Hals, die sich in alles einmischen?« fragte Nicholas kühl.

»Ich möchte bezweifeln, daß es ganz so schlimm wird. Schließlich hast du sie in Silverley ganz für dich allein.«

Mit diesem Gedanken brauchte sich Nicholas gar nicht erst auseinanderzusetzen. Er hatte dem Drängen ihrer Onkel zwar nachgegeben, aber nicht im entferntesten die Absicht, Regina Ashton zu heiraten. Irgendwie mußte er sie dazu bringen, die Verlobung zu lösen. Sie mochte zwar einen Vetter haben, der ein uneheliches Kind war, aber sie sollte nicht auch noch einen Ehemann bekommen, der mit dem Makel einer illegitimen Geburt behaftet war.

Derek war besser dran als Nicholas, denn er hatte in seinen dreiundzwanzig Lebensjahren von Anfang an gewußt, was er war, und es störte ihn nicht. Aber Nicholas hatte erst im Alter von zehn Jahren die Umstände seiner Geburt erfahren. Und vor dieser Enthüllung hatte ihm die Frau, die er für seine Mutter gehalten hatte, das Leben gerade deshalb zur Qual gemacht, weil er sie für seine Mutter hielt. Er hatte nie verstanden, warum sie ihn derart haßte, ihn schlechter als jeden Dienstboten behandelte, ihn ständig ausschalt. Sie hatte nie auch nur so getan, als könnte sie ihn leiden, nicht einmal in Anwesenheit seines Vaters. Das war mehr, als man irgendeinem Kind zumuten durfte.

Eines Tages. als er zehn Jahre alt war, hatte er sie in aller Unschuld ›Mutter‹ genannt, etwas, was er ohnehin selten tat, und plötzlich hatte sie ihn angeschrien. *»Ich bin nicht* *deine Mutter! Ich habe es satt, so zu tun, als sei ich das. Deine Mutter war eine Hure, die versucht hat, meinen Platz einzunehmen – eine Hure!«*

Sein Vater war dabeigewesen, der Ärmste. Er hatte nicht gewußt, daß Nicholas kaum etwas glücklicher machen konnte als die Eröffnung, Miriam wäre nicht seine Mutter. Erst viel später erkannte er, wie grausam die Welt illegitime Kinder behandelte.

Daraufhin war sein Vater gezwungen gewesen, ihm die Wahrheit zu sagen. Miriam hatte in den ersten vier Jahren ihrer Ehe mit Charles viele Fehlgeburten gehabt, und die Warnung des Arztes, es könnte immer wieder dazu kommen, hatte die Ehe sehr belastet. Charles hatte es nicht ausdrücklich gesagt, aber Nicholas nahm an, daß Miriam eine Abneigung gegen das Ehebett entwickelt hatte. Und so hatte Charles andernorts Trost gefunden.

Kläglich hatte er erklärt, Nicholas' richtige Mutter wäre eine Dame, eine liebe und anständige Frau, die er geliebt hätte. Er hatte diese Liebe eines Nachts betrunken ausgenutzt, und das war das einzige Mal, daß er und sie sich diese Freiheit herausgenommen hatten. Nicholas war in dieser Nacht gezeugt worden. Die Frau konnte das Kind nicht behalten. Sie war unverheiratet. Aber Charles wollte das Kind, wollte es unbedingt für sich haben. Miriam erklärte sich bereit, gemeinsam mit der Frau zu verreisen, bis das Kind auf die Welt kam. Als sie zurückkehrte, glaubte jeder, Nicholas wäre ihr kleiner Sohn.

Er konnte ihre Verbitterung verstehen, auch ihre Abneigung gegen ihn, aber das erleichterte es ihm nicht, damit zu leben. Er ertrug Miriam weitere zwölf Jahre, bis zum Tode seines Vaters. Daraufhin verließ er England im Alter von zweiundzwanzig Jahren, mit der Absicht, niemals zurückzukehren. Diese beiden Jahre, in denen er verschollen war, sollte seine Großmutter ihm nie verzeihen, aber er genoß es, auf seinen eigenen Schiffen über die Meere zu segeln, ein Abenteuer nach dem anderen zu überleben und sogar ein paar Seeschlachten auszutragen. Schließlich kam er wieder nach England zurück, aber nicht nach Silverley. Er konnte nicht mit Miriam und ihrem Haß leben, mit ihren ständigen Drohungen, die Wahrheit über seine Geburt in alle Welt hinauszuposaunen.

Bis heute wußte außer der Familie und den Anwälten seines Vaters niemand etwas davon. Charles hatte Nicholas zu seinem rechtmäßigen Erben erklären lassen und daher die Anwälte unterrichten müssen. Es war nicht so, daß Nicholas den Hohn der Gesellschaft nicht ertragen würde, wenn die Wahrheit ans Licht käme. Darauf hatte er sich längst vorbereitet. Aber sein Vater hatte sich die größte Mühe gegeben, seinen Fehltritt geheimzuhalten, um den Namen der Familie zu schützen. Er wollte dem Ruf seines Vaters nicht im nachhinein Abbruch tun.

Doch er konnte Miriam nicht vertrauen. Es war möglich, daß sie eines Tages den Mund aufmachte. Aus diesem Grund hatte er nicht das Recht, ein Mädchen aus einer guten Familie zu heiraten, denn die Gesellschaft würde seine Frau ächten, wenn Miriam sich entschloß, diesen Verrat an ihm zu begehen.

Nein. Regina Ashton war nichs für ihn. Er hätte alles gegeben, um sie zu besitzen, das gestand er sich ein. Aber er würde auch alles tun, um sie nicht heiraten zu müssen. Dem Grauen, das ihr bevorstünde, wenn sein Geheimnis je enthüllt würde, durfte er sie nicht aussetzen. Er mußte einen Ausweg finden.

12.

»Es tut mir leid, daß Sie auf mich warten mußten, Mylord.«

Nicholas wirbelte beim Klang ihrer Stimme herum. Bei ihrem Anblick zuckte er zusammen. Er hatte vergessen, wie unglaublich schön sie war. Zögernd trat sie auf die Türschwelle, wirkte ein wenig furchtsam. Ihre Kusine Clare stand hinter ihr. Sie war groß und blond wie die meisten Malorys, und sie war auch recht hübsch, aber neben Reginas exotischer Schönheit verblaßte sie.

Wieder war er schockiert, als er spürte, daß sein Körper sich von Reginas Anblick hinreißen ließ. Verdammt und zum Teufel. Er würde dieser Verlobung ein baldiges Ende setzen müssen, denn andernfalls würde er mit ihr schlafen.

Sie blieb weiterhin in der Tür stehen, und er sagte: »Komm schon, ich beiße dich nicht, Liebling.«

Sie errötete bei diesem Kosenamen. »Du hast meine Kusine Clare noch nicht kennengelernt«, sagte sie, während sie zögernd näher trat.

Er ließ sich ihr vorstellen und sagte dann zu Regina: »Derek hat gerade mein Gedächtnis aufgefrischt. Du hättest mir sagen sollen, daß wir uns schon früher getroffen haben.«

»Ich hätte nicht geglaubt, daß du dich noch daran erinnerst«, murmelte Regina, die äußerst verlegen war.

»Glaubst du wirklich, ich könnte es vergessen, wenn mir jemand Pudding auf den Schoß kippt?« In gespieltem Erstaunen zog er die Brauen hoch.

Sie lächelte trotz ihrer Nervosität. »Ich kann nicht sagen, daß ich es bereue. Du hattest es verdient.«

Als er das Funkeln in ihren kobaltblauen Augen sah, fragte er sich, wie er ihr je weismachen sollte, daß er sie nicht haben wollte, wenn er sie doch in Wirklichkeit so heiß begehrte. Sie begeisterte ihn in jeder Hinsicht. Allein ihr Anblick reichte schon aus, um sein Blut in Wallung zu bringen. Er spürte den übermächtigen Drang, sie zu küssen, die Süße ihrer Lippen wieder zu schmecken, den Puls zu spüren, der in ihrer Kehle schlug. Der Teufel sollte sie holen, aber sie war einfach zu reizvoll.

»So, Kinder, jetzt kommt schon«, sagte Derek spöttisch. »Ist es zu fassen? Ich gehe wirklich zu einem Nachmittagskonzert – und noch dazu als Anstandsdame. Wenn das dem Faß nicht den Boden ausschlägt!« Kopfschüttelnd erschien er in der Tür.

Nicholas wollte mit Regina verstohlen ein paar Worte unter vier Augen wechseln, aber ihre Kusine Clare machte ihm das absolut unmöglich. Ihr kritischer Blick fixierte sie beide unablässig. Er seufzte und hoffte nur, daß Derek es fertigbringen würde, später etwas zu arrangieren.

Regina schien während der Fahrt zu den Vauxhall Gardens ungewöhnlich gut aufgelegt zu sein. Ihr ständiger Redefluß beschränkte sich auf ein unsinniges Geplauder mit ihrem Vetter und ihrer Kusine. Waren es die Nerven, oder war sie wirklich so glücklich? Er genoß es, sie zu beobachten. Freute sie sich wirklich auf diese Heirat? Warum hatte sie ihren Onkeln gesagt, daß sie ihn haben wollte? Warum ausgerechnet ihn?

Reggie war erstaunt darüber, wie freundlich Nicholas war. Da sie wußte, daß er sich nur widerstrebend bereit erklärt hatte, sie zu heiraten, hatte sie Erbitterung erwartet, vielleicht sogar Zorn. Warum war er so liebenswürdig? An dem Stück Land konnte es doch nicht liegen, oder etwa doch? Es war keineswegs schmeichelhaft für sie, daß dieser Grundbesitz erforderlich gewesen war, um ihn zu einem Ja zu bewegen. Tony behauptete, der Mann hätte sich kaufen lassen. Aber Tony hatte noch nicht gesehen, wie Nicholas Eden sie anschaute. Hatte er sich wirklich kaufen lassen? Und warum hatte er sich dieser Heirat so sehr entgegengestellt und dann doch nachgegeben?

Er mußte sie begehren. Das Lodern in seinen Augen sagte ihr, daß er sie wirklich wollte. Es war wahrhaft anstößig, wie er sie ansah, und das sogar vor ihrem Vetter und ihrer Kusine. Sie hatte Clares schockierten Gesichtsausdruck und Dereks Belustigung durchaus bemerkt. Aber Nicholas schien sich nicht im klaren darüber zu sein, was er tat. Oder tat er es vielleicht absichtlich, um sie in Verlegenheit zu bringen? War seine Liebenswürdigkeit gespielt? Seine Begierde jedenfalls nicht, dessen war sie sich ganz sicher.

Sie ließen die Kutsche stehen und gingen einen von Blumen gesäumten Pfad entlang. Die Musik wurde immer lauter, als sie sich dem Orchester näherten. Nicholas sah Derek so lange an, bis der jüngere Mann endlich verstand und mit Clare vorauseilte, um bei den Verkäufern, die durch das Publikum liefen, Gebäck und Törtchen zu erstehen. Reggie lachte laut, als Derek seine protestierende Kusine hinter sich herzerrte.

Im erstmöglichen Moment zog Nicholas sie von dem Weg und hinter einen breiten Baumstamm. Sie waren nicht allein. Die Menschenmenge vor ihnen konnte sie nicht sehen, aber vor den neugierigen Blicken derjenigen, die sich hinter ihnen auf dem Weg näherten, waren sie nicht geschützt. Doch sie fanden zumindest eine Gelegenheit für ein paar Worte unter vier Augen.

Sie lehnte am Baum, und er stemmte seine Arme zu beiden Seiten ihrer Schultern gegen den Stamm. So hatte er ein Publikum, das festsaß und gezwungen war, ihm zuzuhören. Sie blickte erwartungsvoll zu ihm auf, und er dachte: *Hasse mich, Mädchen. Verachte mich. Aber heirate mich nicht*. Er hatte sich alles zurechtgelegt, was er ihr sagen wollte, aber er verlor sich in ihren Augen.

Ohne sich dessen auch nur bewußt zu sein, neigte er seinen Kopf herab und berührte mit seinem Mund ihre Lippen, spürte die Zartheit von Blütenblättern, die Süße, als ihre Lippen sich öffneten. Glut stieg in ihm auf, und er preßte sich an sie, preßte sie gegen den Baumstamm, und selbst das war noch nicht nah genug. Er mußte ihr noch näher kommen...

»Bitte, Lord Montieth«, gelang es ihr zu keuchen. »Man kann uns hier beobachten.«

Er lehnte sich gerade so weit zurück, daß er ihr Gesicht sehen konnte.

»Sei nicht so förmlich, Liebling. Es steht dir doch wirklich zu, mich bei meinem Vornamen zu nennen, meinst du nicht?«

Hörte sie Bitterkeit aus seiner Stimme heraus? »Du kannst doch nicht... *Warum* hast du dich einverstanden erklärt, mich zu heiraten?«

»Warum wolltest du mich haben?« fauchte er.

»Es schien die einzige Lösung zu sein.«

»Du hättest es ganz unverfroren ausschlagen können.«

»Warum hätte ich das tun sollen? Ich habe dich doch davor gewarnt, was passieren würde, wenn wir versehentlich ins Gerede kommen.«

»Das war im Spaß«, rief er ihr brüsk ins Gedächtnis zurück.

»Ja, sicher – weil ich nie geglaubt hätte, daß man uns ertappen würde. Oh, aber ich will nicht streiten. Was geschehen ist, ist geschehen.«

»Nein, eben nicht«, sagte er gepreßt. »Du kannst die Verlobung immer noch lösen.«

»Warum sollte ich?«

»Weil du mich nicht heiraten willst, Regina«, entgegnete er mit einer sanften, fast drohenden Stimme. »Du willst es gar nicht.« Dann lächelte er zärtlich, und seine Blicke liebkosten ihr Gesicht. »Du willst statt dessen meine Geliebte werden, denn ich werde dich lieben, bis es dich um den Verstand bringt.«

»Eine Zeitlang?« fragte sie abrupt.

»Ja.«

»Und dann gehen wir wieder getrennte Wege?«

»Ja.«

»Das reicht mir nicht.«

»Ich werde dich besitzen«, warnte er sie.

»Ja, nachdem wir verheiratet sind.«

»Wir werden nicht heiraten, mein Liebling. Du wirst schon lange vor dem Hochzeitstag wieder zur Vernunft kommen. Aber ich werde dich trotzdem besitzen. Du weißt doch – es ist unvermeidlich, daß wir beide zusammenkommen, oder?«

»Das scheinst du zu glauben.«

Er lachte. Wie charmant sie war. Sein Lachen blieb ihm in der Kehle stecken, als er die tiefe Stimme hörte, dic hinter ihm ertönte.

»Ich kann nicht behaupten, daß es mir leid tut, wenn ich störe, Montieth, denn das ist offenbar dringend nötig.«

Nicholas richtete sich steif auf. Reggie sah über seine Schulter, und dort stand Onkel Tony mit einer Dame, die sich bei ihm eingehängt hatte. O nein! Nicht sie! Nicholas würde wütend sein, denn er würde mit Sicherheit glauben, Tony hätte Selena Eddington absichtlich hierhergebracht.

»*Du* in den Vauxhall Gardens, Tony?« Sie bemühte sich, ihrer Stimme einen ungläubigen Klang zu geben. »Ich kann es kaum fassen.«

»Verschone mich mit deinem Spott, Kätzchen. Über genau dieses Orchester habe ich begeisterte Schwärmereien gehört.«

Sie hielt den Atem an, als Nicholas' Blick auf seine Mätresse fiel, die verwirrt und wütend wirkte. Fast hätte sie Reggie leid getan, aber dieses Mitgefühl konnte nicht die

Oberhand gewinnen. Schließlich hatte Selena nicht gezögert, Reggies Namen dem übelsten Klatsch zum Fraß vorzuwerfen.

»So trifft man sich also wieder, Lady Eddington«, sagte Reggie mit falscher Liebenswürdigkeit. »Nun kann ich mich endlich für die Kutsche bedanken, die Sie mir geliehen haben.«

Anthony räusperte sich vernehmlich, und Nicholas lachte bitter. »Ich muß mich ebenfalls bei dir bedanken, Selena. Schließlich hätte ich meine zukünftige Frau gar nicht kennengelernt, wenn du nicht gewesen wärst.«

Eine Woge von vielfältigen Emotionen glitt über Lady Eddingtons Gesicht – und nicht eines dieser Gefühle war wohlmeinend. Sie beschimpfte sich selbst als eine tausendfache Närrin. Als sie von den Ereignissen erfahren hatte, war sie sehr glücklich über Nicholas' Plan gewesen, sie zu entführen. Sofort hatte sie allen ihren Freundinnen erzählt, was für ein romantischer Liebhaber er doch war – und wie schlimm es für ihn gewesen sein mußte, die falsche Frau zu erwischen. Ihre Prahlereien bewirkten, daß sie sich diese Katastrophe selbst zuschreiben mußte.

Anthony sagte entschieden: »Ihr kommt jetzt mit, ja? Vielleicht sollte ich selbst die Anstandsdame spielen. Ich muß mich mit diesem unzuverlässigen Neffen unterhalten. Derek sollte wissen, daß er euch beide nicht allein lassen kann. Eine Verlobung ist noch lange kein Freibrief für schlechtes Benehmen. Merkt euch das.«

Mit diesen Worten ging er und flüsterte Lady Eddington etwas ins Ohr, als er sie fortführte. Es war nur zu wahrscheinlich, daß er sie dazu bringen wollte, keine Szene zu machen. Nicholas' Mund war ein schmaler Strich, als er den beiden nachsah. »Hat den Onkel mir etwa nicht zugetraut, daß ich ihr selbst von meiner Verlobung erzähle? Ich hätte es getan, mit dem größten Vergnügen sogar. Wenn sie und ihre eingebildete Schwätzerei nicht gewesen wären...«

»Dann würdest du mich ohnehin nicht heiraten«, beendete Reggie leise seinen Satz.

Sein Zorn verflog. Sein Gesichtsausdruck wurde so unlesbar, daß es zum Verrücktwerden war. »Und du würdest meine Geliebte und nicht meine Frau. Eine weit bessere Übereinkunft.«

»Für mich nicht.«

»Willst du damit sagen, du würdest mir nicht erliegen, Liebling?«

»Nein, ich bin mir nicht sicher, sogar überhaupt nicht sicher«, antwortete sie wahrheitsgemäß. Dieses Eingeständnis klang traurig, und er verspürte sofortige Reue.

»Es tut mir leid, Liebling«, sagte er sanft. »Ich sollte dich nicht in die Enge treiben, sondern dir einfach nur sagen, daß ich dich nicht heiraten will.«

Sie sah ihn mit festem Blick an. »Soll ich dir für deine Aufrichtigkeit dankbar sein?«

»Verflucht noch mal! Faß es nicht als eine Beleidigung auf. Es hat nichts mit dir zu tun.«

»Und wie es mit mir zu tun hat«, widersprach Reggie wütend. »Du hast deinen Namen mit meinem in Verbindung gebracht, ob du es nun vorhattest oder nicht. *Du* hast das getan, nicht ich. Außerdem hast du dich einverstanden erklärt, mich zu heiraten. Du hast dich dazu nötigen lassen, ja – aber wenn du nicht die Absicht hast, dich an diese Abmachung zu halten, dürftest du dich heute nicht mit mir in der Öffentlichkeit zeigen. Unser gemeinsames Erscheinen bindet mich noch mehr an dich. Ich fürchte, jetzt habe ich dich am Hals, ob es *mir* paßt oder nicht. Und allmählich paßt es mir überhaupt nicht mehr.« Ohne ihm eine Gelegenheit zu geben, ihre Worte voll zu erfassen, drehte sie sich um und ging.

Nicholas rührte sich nicht von der Stelle. Er spürte, daß

ihn eine lächerliche Zufriedenheit überkam, weil sie meinte, sie hätte ihn nun am Hals – und ebenso lachhaft verletzt war er, weil ihr das nicht paßte. Es stand ihm nicht zu, so zu empfinden. Sie waren nicht aufeinander angewiesen, und er tat verdammt gut daran, das zu bedenken.

13.

»Onkel Jason!«

Reggie warf sich in voller Wiedersehensfreude in die ausgebreiteten Arme ihres Onkels. Jason Malory, der Dritte Marquis von Haverston, war ein stämmiger Mann und groß wie auch alle ihre anderen Onkel. Das gefiel ihr.

»Du hast mir gefehlt, Mädchen. Haverston ist nicht dasselbe, wenn du fort bist.«

»Das sagst du jedesmal, wenn ich nach Hause komme.« Sie lächelte ihn liebevoll an. »Eigentlich wollte ich für einige Zeit nach Hause kommen, ehe all das passiert ist. Ich will es auch immer noch.« Sie sah sich im Salon um und entdeckte Onkel Edward und Onkel Tony.

»Und deinen Bräutigam hier in London allein lassen, damit er sich die Beine in den Bauch steht?«

»Irgendwie glaube ich, daß er gar nichts dagegen hätte«, erwiderte sie leise.

Er führte sie zu dem cremefarbenen Sofa, auf dem Anthony saß. Edward stand am Kamin, wie es seine Gewohnheit war. Wahrscheinlich hatten sie eine Auseinandersetzung gehabt, ehe sie gekommen war. Es mußte sich um das bewußte Thema gedreht haben. Niemand hatte ihr auch nur ein Wort davon gesagt, daß Onkel Jason hier war.

»Ich dachte schon, ich hätte keine Zeit mehr, mit dir zu reden, ehe du aus dem Haus gehst«, begann Jason. »Wie gut, daß du so früh aufgestanden bist!«

Reggie zuckte die Achseln. »Ich habe Nicholas gestern warten lassen, als er mich in die Vauxhall Gardens ausgeführt hat, und ich will seine Geduld nicht schon wieder strapazieren.«

Jason setzte sich und sah sie ernst an. »Ich kann nicht direkt behaupten, es würde mir gefallen, daß diese ganze Angelegenheit schon entschieden war, als ich in London ankam. Meine Brüder haben sehr eigenmächtig gehandelt.«

»Du weißt, daß wir keine andere Wahl hatten, Jason«, verteidigte sich Edward.

»Ein paar Tage mehr oder weniger hätten auch keinen Unterschied gemacht«, gab Jason zurück.

»Willst du damit sagen, daß du uns jetzt, nachdem die Verlobung beschlossen ist, deine Zustimmung verweigern willst?« rief Reggie aus.

Anthony kicherte. »Ich habe dich gewarnt, Jason. Sie hat sich diesen jungen Taugenichts in den Kopf gesetzt, und dagegen bist du machtlos.«

»Ist das wahr, Reggie?«

Es war so gewesen, ja, aber... Sie war sich jetzt nicht mehr so sicher, nicht nach dem gestrigen Tag. Sie wußte, daß Nicholas sie nach wie vor begehrte. Das hatte er deutlich klargestellt. Und sie begehrte ihn. Weshalb hätte sie sich vormachen sollen, es sei nicht so? Aber eine Heirat?

»Ich mag ihn wirklich sehr gern, Onkel Jason, aber... Ich fürchte, er will mich eigentlich gar nicht heiraten.«

Da. Jetzt hatte sie es ausgesprochen. Warum fühlte sie sich deshalb gleich so kläglich?

»Ich habe gehört, daß er sich vor seinem Einverständnis lange gewehrt hat«, sagte Jason mit sanfter Stimme.

»Aber damit war zu rechnen. Kein junger Mann mag es, wenn man ihn zu etwas zwingt.«

Neue Hoffnung erfüllte sie. War das der einzige Grund?

»Ich hatte vergessen, daß du ihn kennst«, sagte sie, »und zwar besser als wir alle.«

»Ja, und ich habe den Jungen immer gemocht. An dem ist weit mehr dran als das, war er der Welt freiwillig zeigt.«

»Verschone uns damit, Bruder«, bat Anthony sarkastisch.

»Er wird ihr ein guter Ehemann sein, Tony, trotz allem, was du von ihm zu glauben scheinst.«

»Glaubst du das wirklich, Onkel Jason?« fragte Reggie, deren Hoffnungen weiterhin stiegen.

»Allerdings«, antwortete er entschieden.

»Dann hälst du es für gut, wenn ich ihn heirate?«

»Ich hätte es vorgezogen, wenn du unter normalen Umständen verheiratet worden wärst. Aber da wir nun einmal in diese unselige Lage geraten sind, stört es mich keineswegs, daß dieser Kerl ausgerechnet Nicholas Eden ist, nein, ganz bestimmt nicht.«

Reggie strahlte vor Freude, aber ehe sie noch mehr dazu sagen konnte, eilten ihre Vettern und Kusinen herein. Sie würden alle die Gesellschaft der Hamiltons besuchen, Amy mit ihr und Nicholas, die anderen mit Marshall in seinem eleganten neuen Viersitzer. Während alle fröhlich durcheinanderredeten und Jason von seinen Nichten und Neffen begrüßt wurde, traf Nicholas ein und blieb unbemerkt in der Tür stehen. Panik erfaßte ihn, als er diese große Familie sah. Erwartete man von ihm, daß er in diese riesige Horde einheiratete? Gott möge ihm beistehen.

Reggie näherte sich ihm als erste, und er lächelte auf sie herunter, fest entschlossen, seine Gefühle diesmal unter Kontrolle zu behalten. In ihrem cremefarbenen Tageskleid, das ihren schimmernden Teint hervorhob, sah sie umwerfend aus. Der Schnitt war ungewöhnlich, denn während die meisten Frauen in ganz London es genossen, ihren Busen so weit wie möglich zu entblößen, hatte sie sich entschlossen, ihren Ausschnitt mit einem Einsatz aus Gaze zu bedecken, die bis zu ihrem Hals reichte und dort von breiter Spitze abgeschlossen wurde. Es belustigte ihn. Vielleicht hatte er dort seine Spuren hinterlassen, die sie hiermit geschickt verbarg.

»Nicholas?« begann sie, weil sie nicht wußte, was er dachte.

»Du hast dich also entschlossen, die Förmlichkeiten abzulegen? Ich hatte schon gefürchtet, du würdest heute gar nicht mit mir reden.«

»Müssen wir uns denn schon wieder streiten?« Sie wirkte am Boden zerstört.

»Ganz bestimmt nicht, Liebling.«

Sie errötete bezaubernd. Weshalb bestand er darauf, sie so zu nennen? Es ziemte sich nicht, und das wußte er.

Der Marquis begrüßte ihn freundlich, ohne auf die wüste Eskapade anzuspielen, die zu der Verlobung geführt hatte. Die Fahrt zu dem Landhaus der Hamiltons einige Meilen außerhalb von London verlief reibungslos, und die junge Amy füllte jede Gesprächslücke mit aufgeregtem Plappern, denn es wurde ihr nicht oft erlaubt, Abendgesellschaften aufzusuchen.

Dann stand es ihnen bevor, die Reaktionen auf die Verlobung im Haus der Hamiltons abzuwarten. Denn Nicholas' Verlobung mit Regina war das vorherrschende Thema und hatte schon jetzt die Gerüchte über ihre unziemliche erste Zusammenkunft abgelöst. Das hatte Nicholas am Vorabend auf einer Abendgesellschaft festgestellt.

Die Soirée der Hamiltons war kein grandioses gesellschaftliches Ereignis. Nur etwa hundert Menschen waren in dem großen Landhaus versammelt, und das hieß, daß man jede Menge Platz und Bewegungsfreiheit hatte. Die Gäste kosteten die Speisen, die auf langen Tischen angerichtet waren, tanzten in einem Salon, der zu diesem Zweck ganz ausgeräumt worden war, oder sie standen und saßen in kleinen Grüppchen zusammen und plauderten. Einige besonders spießige Leute reagierten auf den Anblick von Nicholas und Regina, die gemeinsam auftraten, mit bösen Blicken, aber die meisten stellten kühne Vermutungen darüber an, wie ihre erste unorthodoxe Begegnung wohl verlaufen sein mochte.

Es war schon immer so vereinbart gewesen, daß die beiden heiraten sollten, wurde gemunkelt. Er hatte sich lediglich mit Selena amüsiert, während er Reginas Rückkehr nach London erwartet hatte. Sie hatten sich nämlich auf dem Festland kennengelernt, so war das. »Nein, nein, meine Lieben, sie haben sich in Haverston getroffen. Montieth und der Sohn des Marquis' waren jahrelang dicke Freunde, wußten Sie das denn noch nicht?«

»Hast du gehört, was man über uns sagt, Liebling?« fragte Nicholas, als er den ersten Walzer mit ihr tanzte. »Es heißt, wir seien schon verlobt, seit du noch in den Windeln gesteckt hast.«

Reggie hatte einige der abwegigeren Spekulationen, die angestellt wurden, von ihren Kusinen gehört. »Sag das nicht«, kicherte sie. »Meine anderen Verehrer sind am Boden zerstört, wenn sie erfahren, daß sie nie wirklich Chancen hatten.«

»Deine anderen Verehrer?«

»Die Heerscharen, die um meine Hand anhalten wollen.« Ein paar Glas Champagner hatte den Kobold in ihr geweckt.

»Ich hoffe doch sehr, daß du übertreibst, Regina.«

»Ich wünschte, es wäre so«, seufzte sie in ihrer Unschuld, ohne seinen Stimmungsumschwung wahrzunehmen. »Es war äußerst ermüdend, immer wieder zu versuchen, eine Wahl unter so vielen zu treffen. Ich war schon fast soweit, aufzugeben ... Und dann bist du aufgetaucht.«

»Was für ein Glück ich doch habe!« Nicholas war wütend. Er ahnte nicht, daß er eifersüchtig war. Ohne ein weiteres Wort bugsierte er sie an eine Wand des Raumes, und dort ließ er sie abrupt bei Marshall und Amy stehen, verbeugte sich kurz und ging. Sowie er ihr den Rücken zugewandt hatte, machte er sich auf den Weg in das Kartenzimmer, denn dort würde er mit Sicherheit ein stärkeres Getränk als Champagner finden.

Reggie runzelte die Stirn und war zutiefst bestürzt. Erst neckte er sie mit dem neuesten Klatsch, dann lächelte er sie voller Zärtlichkeit an, wärmte sie mit seinen honiggelben Augen, und schließlich geriet er grundlos in Wut. Was war bloß mit ihm?

Sie lächelte, denn sie war entschlossen, sich nicht von ihm unglücklich machen zu lassen. Wieder und immer wieder wurde sie zum Tanzen aufgefordert, und sie erneuerte Bekanntschaften mit den jungen Männern, die sich in der letzten Ballsaison um sie gedrängt hatten. Basil Elliot und George Fowler, zwei glühende Bewunderer, bekundeten jetzt dramatisch, ihr Leben wäre sinnlos geworden, da der Vicomte sich so glücklich schätzen könnte. Die beiden jungen Männer schworen ihr ewige Liebe. Reggie war belustigt und fühlte sich gleichzeitig geschmeichelt, denn George und Basil waren beide sehr beliebt. Ihre Aufmerksamkeiten entschädigten sie für Nicholas' Grobheit.

Es dauerte rund zwei Stunden, bis der verschollene Lord von Montieth beschloß, sich wieder zu Regina zu gesellen. Sie hatte ihn während der gesamten Zeit nicht gesehen, aber er sie. Immer wieder hatte er in der Tür des Kartenzimmers gestanden und beobachtet, wie sie einen Tanzpartner angelacht hatte, oder sie war von glühenden Verehrern umgeben gewesen. Dieser Anblick hatte ihn sofort wieder veranlaßt, umzukehren und sich noch einen Drink zu genehmigen. Als er wieder in ihrer Nähe auftauchte, war er erfreulich angetrunken.

»Tanzt du mit mir, Liebling?«

»Werden wir diesen Tanz auch *beenden?*« gab sie zurück.

Er antwortete nicht, wartete auch nicht auf ihre Einwilligung, sondern legte seine Hand um ihre Taille und zog sie auf den Tanzboden. Es war wieder ein Walzer, und er hielt sie diesmal viel zu dicht an sie gepreßt.

»Habe ich dir heute abend eigentlich schon gesagt, daß ich dich begehre?« fragte er unvermittelt.

Sie hatte gemerkt, daß etwas anders war als sonst, aber erst, als er sich zu ihr heruntebeugte, roch sie den Schnaps. Doch das machte ihr keine Sorgen. Jemand, der sich so anmutig auf einer Tanzfläche bewegte, konnte nicht beschwipst sein.

»Ich wünschte, du würdest solche Dinge nicht sagen, Nicholas.«

»›Nicholas‹«, wiederholte er. »Wie reizend von dir, daß du mich mit meinem Taufnamen anredest, Liebling. Schließlich glaubt hier so ziemlich jeder, daß wir bereits ein Liebespaar sind, und daher wäre es doch ein wenig merkwürdig, wenn du mich Lord Montieth nennen würdest.«

»Wenn du nicht willst, daß ich dich...«

»Habe ich das gesagt?« fiel er ihr ins Wort. »Aber etwas wie ›Geliebter‹ wäre doch noch netter als nur einfach ›Nicholas‹. Ich nehme an, du mußt mich wohl lieben, wenn du mich heiraten willst. Und ich will dich nicht heiraten, aber ich begehre dich, Liebling. Zweifle nie daran.«

»Nicholas...«

»Es sieht ganz so aus, als könnte ich an nichts anderes denken«, fuhr er fort. »Ich bin für schuldig befunden worden, und doch ist es mir bisher versagt geblieben, in den Genuß des Vergehens zu kommen, dessen man man bezichtigt. Ziemlich ungerecht, findest du nicht auch?«

»Nicholas...«

»Geliebter«, verbesserte er sie. Dann wechselte er das Thema. »Komm, wir sehen uns jetzt die wunderschönen Gärten der Hamiltons an.« Ehe sie protestieren konnte, führte er sie von der Tanzfläche und ins Freie.

Die Gärten waren liebevoll angelegt, eine Landschaftsarchitektur, die sich dem sanft geschwungenen Land anpaßte, Rasenflächen, mit Bäumen gesprenkelt, künstlich angelegte Teiche, Blumenbeete, eine Gartenanlage mit kunstvoll gestutzten Bäumen und sogar eine Laube, die dicht von blühenden Ranken überwachsen war, so dicht, daß sie wie ein Baum wirkte.

Sie blieben nicht stehen, um diese Schönheit zu würdigen. Im Handumdrehen fand sich Reggie in der Laube wieder, und Nicholas hatte seine Arme um sie geschlungen und küßte sie so inbrünstig, daß sie kurz vor einer Ohnmacht stand.

Der Mondschein flutete durch die Ranken hinein und badete sie in seinem weichen, silbrigen Licht. Gepolsterte Bänke säumten die Spalierwände. Der Fußboden war aus Holz, glatt und poliert. Zwischen den Bänken waren riesige Topfpflanzen aufgestellt, deren Blätter in der warmen Nachtluft leise raschelten.

Tief im Innern wußte Reggie, daß Nicholas sich nicht damit zufriedengeben würde, sie zu küssen, diesmal nicht. Es würde an ihr liegen, ihn zurückzuhalten. Aber eine Stimme in ihrem Innern meldete sich zu Wort und wollte wissen, warum sie ihn zurückhalten wollte.

Er würde ihr Mann sein, oder etwa nicht? Warum sollte sie ihm etwas versagen – vor allem, wenn sie ihm gar nichts versagen *wollte?* Und war es nicht sogar möglich, daß seine Einstellung zu einer Heirat mit ihr sich ändern würde, wenn sie...? Oder nicht?

Wie praktisch der Verstand doch arbeitet, wenn es ihm darum geht, zu kriegen, was er haben will... Und wie berechenbar der Körper auf angenehme Empfindungen reagiert, indem er mehr und immer mehr will... Ihr Verstand und ihr Körper verbündeten sich gegen Reggie, und bald war jede Abwehrkraft aus ihr gewichen. Sie schlang die Arme um Nicholas und ergab sich.

Er trug sie zu einer der Bänke, setzte sich und wiegte sie auf seinem Schoß. »Es wird dir nicht leid tun, Liebling«, flüsterte er, und dann legte sich sein warmer Mund wieder auf ihre Lippen.

Wie hätte es ihr leid tun können, wenn sie derart erregt und glücklich war?

Er stützte mit einem Arm ihren Rücken, während sich seine andere Hand langsam über ihren Hals bewegte, dann tiefer hinunter und über ihre Brüste glitt, über ihren Bauch, an ihren Schenkeln hinunter. Er tastete sie zögernd ab, als könnte er noch nicht wirklich glauben, daß sie es zuließ. Aber als seine Hand denselben Pfad wieder nach oben zurückglitt, wurde er kühner, besitzergreifender.

Durch die dünne Seide ihres Kleides begann ihre Haut zu glühen. Das Kleid war im Weg, ein Hindernis. Das fand er auch. Erst wurde der Knopf an ihrem Hals geöffnet, dann das Band, das das Kleid unter ihren Brüsten hielt. Im nächsten Moment standen sie da, und er hatte sie ganz ausgezogen.

Nicholas schnappte nach Luft, als er Regina in ihrer seidenden Unterwäsche sah, die sich an ihren Körper schmiegte und ihre sanften Rundungen betonte.

Sie schaute ihm ins Gesicht, ohne Scham, und das fachte die Flammen an, die in ihm hochzüngelten. Ihre Augen waren schwarz im Schatten, und ihre jungen Brüste preßten sich gegen das Hemdchen aus Spitze. Sie war das schönste Geschöpf, das er in seinem ganzen Leben gesehen hatte.

Sein Blick fiel auf den kleinen Fleck an ihrem Hals, und er lächelte. »Ich habe also doch meine Spuren hinterlassen. Vermutlich sollte ich jetzt sagen, daß es mir leid tut.«

»Es täte dir auch leid, wenn du wüßtest, wie schwierig es war, das zu verbergen. So was machst du nicht noch mal mit mir, ja?«

»Ich kann es dir nicht versprechen«, flüsterte er heiser. Dann musterte er sie prüfend und fragte: »Du fürchtest dich doch nicht, mein Liebling, oder?«

»Nein – oder jedenfalls glaube ich, daß ich mich nicht fürchte.«

»Dann laß mich dich ganz sehen«, redete er ihr sachte zu. Sie widersprach nicht, und er begann ihre restlichen Kleidungsstücke zu entfernen, bis sie ganz nackt war. Seine Augen erkundeten sie bedächtig und gierig, und dann zog er sie dichter an sich und heftete seinen Mund auf ihre Brüste. Seine Zunge, seine Zähne, seine Lippen, alles kam mit ins Spiel, und immer wieder stieß sie kleine Schreie aus und keuchte atemlos. Sie schlang ihre Arme um seinen Kopf und preßte ihn an sich. Ihr Kopf fiel nach hinten, als er anfing, ihren Bauch zu küssen. Gütiger Himmel, viel mehr hielt sie einfach nicht aus...

»Solltest du nicht – Nicholas – deine Kleider, Nicholas«, brachte sie schließlich heraus.

Sekunden später war seine Brust entblößt, und Reggie riß die Augen auf vor lauter Erstaunen darüber, was seine Kleidung verborgen hatte. Sie hatte gewußt, daß seine Brust breit sein würde, aber jetzt erschien ihr seine Statur geradezu gewaltig. Seine Haut war ganz und gar dunkelbraun, und die Haare auf seiner Brust schimmerten in einem goldenen Braunton.

Sie ließ ihre Finger über seinen muskulösen Oberarm gleiten. Ihre Berührung versengte ihn, und er stöhnte.

»Und jetzt der Rest«, flehte sie ihn zart an, denn sie wollte ihn von Kopf bis Fuß betrachten, so, wie auch er alles von ihr gesehen hatte.

Reggie trat zurück und setzte sich, um zuzusehen, als er sich entkleidete. Sie fühlte sich kein bißchen verlegen, obwohl sie ganz nackt war. Sie weidete ihren Blick an ihm, einem Mann in seiner gesamten Pracht.

Als er endlich nackt war, ging sie zu ihm und berührte ihn, erst seine schmalen Hüften, dann seine langen, muskulösen Oberschenkel. Er griff nach ihrer Hand und hielt sie zurück.

»Tu das nicht, Liebling.« Seine Stimme war rauh vor Leidenschaft. »Ich kann mich kaum noch zurückhalten, aber ich werde mir viel Zeit mit dir lassen müssen.«

Dann sah sie, was sich kaum noch zurückhalten konnte. Unglaublich. Wunderschön. Außergewöhnlich.

Langsam blickte sie zu ihm auf. »Wie soll ich denn lernen, was du magst, wenn ich dich nicht berühren darf?«

Er nahm ihr Gesicht zart zwischen seine Hände. »Später, Liebling. Diesmal werde ich es genießen, dir Freude zu bereiten. Aber vorher muß ich dir weh tun.«

»Ich weiß«, sagte sie leise und schüchtern. »Tante Charlotte hat es mir gesagt.«

»Aber wenn du mir vertraust, Regina – wenn du dich entspannst und dich mir ganz anvertraust – bereite ich dich darauf vor. Es wird nur ein kurzer Schmerz sein, und ich verspreche dir, daß du das, was danach kommt, genießen wirst.«

»Ich habe schon genossen, was vorher kommt.« Sie sah lächelnd zu ihm auf.

»Ich auch, mein süßer Liebling.«

Er küßte sie wieder, und seine Zunge teilte ihre Lippen, um zwischen ihnen einzutauchen. Er stand kurz davor, seine Selbstbeherrschung zu verlieren. Ihr Eifer entflammte ihn, ließ ihn um kostbare Zeit kämpfen. Er streichelte ihren Bauch und ließ seine Hand dann tiefer hinunter zu ihren gespreizten Schenkeln gleiten.

Sie stöhnte, als er die Wärme zwischen ihren Schenkeln berührte. Und dann zuckte sie erstaunt zusammen, als er einen Finger tief in sie stieß. Ihr Rücken wölbte sich, und ihre Brüste preßten sich gegen seine Brust. Sie riß ihre Lippen von ihm los.

»Ich bin – bereit, Nicholas. Ich schwöre es dir.«

»Noch nicht, Liebling«, warnte er sie.

»Bitte, Nicholas«, keuchte sie.

Das gab ihm den Rest. Er sah verzweifelt auf die schmale Bank herunter, war nicht gewillt, ihr die Jungfräulichkeit auf dem Fußboden zu nehmen, aber – zum Teufel, er hätte sie niemals an diesen Ort bringen dürfen, nicht, wenn es das erste Mal für sie war.

»Nicholas!« flehte sie ihn inbrünstig an.

Er brachte sie in die richtige Stellung und beugte sich ihr dann so sachte wie möglich entgegen. Er hörte, wie sie nach Luft schnappte, als ihre Wärme sich um ihn schloß. Sie drängte sich ihm entgegen, bis ihre Jungfernhaut im Weg war. Als sie diesen Druck spürte, hielt sie still, aber in ihrer Stellung konnte er sie nicht schnell genug durchstoßen, um den Schmerz so gering wie möglich zu halten.

Es half nichts. Er legte seinen Mund auf ihre Lippen, um ihren Schrei zu ersticken, und dann hob er sie ohne jede Warnung von der Bank hoch und zog sie kraftvoll zu sich herunter und drang in sie ein.

Es dauerte wenige Momente, bis ihre Nägel sich aus seinen Schultern lösten und sie wieder vor Vergnügen stöhnte und sich entspannte. »Nicholas?«

Sein Name hatte nie süßer geklungen. Er lächelte erleichtert und antwortete ihr wortlos, indem er ihre Hinterbacken umklammerte, um sie hochzuheben und dann langsam wieder zurückgleiten zu lassen.

Sie beschleunigte kurz darauf das Tempo und klammerte sich fest an ihn. Tausend Feuer waren in ihr entfacht worden, und sie verbanden sich zu einer einzigen Flamme, die bald nicht mehr einzudämmen war. Sie breitete sich in ihr aus und ertränkte sie in ihrer süßen Glut.

Nicholas konnte sich nicht erinnern, je nach diesem Akt eine so vollkommene Zufriedenheit verspürt oder eine derartige Zärtlichkeit empfunden zu haben. Er hatte das Bedürfnis, Regina bis in alle Ewigkeit festzuhalten und sie nie mehr loszulassen.

»War das – normal?« fragte sie träumerisch.

Er lachte. »Nach dem, was wir gerade erlebt haben, willst du nichts weiter als die Normalität?«

»Nein, ich glaube nicht.« Sie hob ihren Kopf von seiner Brust und seufzte: »Ich denke, wir müssen wohl wieder ins Haus gehen.«

»Oh, so ein Mist«, knurrte er. »Ich nehme an, das müssen wir wohl tun.«

Sie sah ihn an, und Liebe und Sehnsucht ließen ihr schönes Gesicht strahlen. »Nicholas?«

»Ja, Liebling?«

»Du glaubst aber nicht, daß sie sich etwas denken, oder?«

In Wahrheit interessierte sie das gar nicht, aber sie glaubte, fragen zu müssen.

Nicholas grinste sie an. »Niemand würde es wagen, anzudeuten, wir hätten uns im Freien geliebt. Das tut man nicht, Liebling.«

Es kostete sie weitere zwanzig Minuten, sich anzuziehen, zu necken und Küsse zu rauben, ehe sie sich wieder auf den Weg machten und um den Teich herum zum Haus schlenderten. Nicholas' Arm lag um Reggies Schultern, als Amy hinter einer dichten kleinen Hecke hervorstürzte und auf sie zukam.

»O Reggie, ich bin ja so froh, daß du es bist!« rief sie atemlos.

»Bin ich vermißt worden?« fragte Reggie, die sich auf eine Strafpredigt gefaßt machte.

»Vermißt? Das weiß ich nicht. Ich war draußen – spazieren, verstehst du, und ich habe gar nicht gemerkt, daß so viel Zeit...« Amy fing an zu husten, eine schlechte schauspielerische Leistung, als die Büsche hinter ihr zu rascheln begannen. »Marshall wird so böse sein. Würde es euch schrecklich viel ausmachen, wenn ich ihm sage, daß ich mit euch zusammen war?«

Reggie gelang es mit Mühe, ihren Lachreiz zu unterdrücken. »Natürlich nicht, wenn du versprichst, daß dir die – Zeit nicht wieder zwischen den Fingern zerrinnt, Nicholas?«

»Mich stört es keineswegs«, willigte er ein. »Ich weiß, wie leicht es ist, das Zeitgefühl zu verlieren.«

Alle drei brachten es fertig, keine Miene zu verziehen, als sie eilig zum Haus zurückliefen.

14.

Die Verlobungsfeier, die Edward und Charlotte Malory veranstalteten, war ein voller Erfolg. Die gesamte Familie und alle guten Freunde waren erschienen. Sogar Jasons Frau hatte sich überreden lassen, ihre Kur in Bath zu unterbrechen und zu dem Ereignis zu erscheinen. Nicholas' Großmutter und Tante Eleanor hatten ihre helle Freude, und Reggie gewann den Eindruck, daß sie schon verzweifelt gewesen waren, weil sie geglaubt hatten, Nicholas würde niemals heiraten. Seine Mutter, von der er niemals sprach, war auffälligerweise nicht unter den Gästen.

Nicholas holte seine besten Manieren heraus, und alles

verlief blendend. Die Vorbereitungen des Festes hatten zwei Wochen in Anspruch genommen, und das pedantische Beachten von Einzelheiten, die gesamte Mühe, die man sich gemacht hatte – all das zahlte sich aus.

Aber wenn alles reibungslos verläuft, dann heißt das noch lange nicht, daß es auch so bleibt. Zwei Monate nach der Feier war Regina Malory abgrundtief verzweifelt. Es war ihr keine Hilfe, daß sie diese Verzweiflung allmählich und in kleinen Schritten über sich hereinbrechen sehen hatte.

Es war alles umsonst.

Reggie hätte es nicht für möglich gehalten, nicht, nachdem er sie geliebt hatte. Sie war ganz sicher gewesen, daß er sie nach dieser Nacht mit Freuden heiraten würde. Er war in dieser Nacht so wunderbar mit ihr umgegangen, so unglaublich geduldig und zärtlich gewesen. Sicher lag es daran, daß er zuviel getrunken hatte, aber reichte das aus, um ihn diesen Abend vergessen zu lassen?

Sicher, heiraten würden sie, nach wie vor. Und er informierte sie immer, wenn er die Stadt verließ. Er begab sich wochenlang nach Southampton und behauptete, dort Geschäfte erledigen zu müssen. Er meldete sich immer bei ihr, wenn er nach London zurückkehrte, aber in den beiden letzten Monaten hatte sie ihn nicht öfter als fünfmal gesehen. Und diese fünf Male waren entsetzlich gewesen, jedes Mal schlimmer als beim letzten Mal.

Wenn er sie zu einer Einladung abholte, verspätete er sich nie, aber nur dreimal hatte er sie nach Hause gebracht. Bei den beiden anderen Malen war ihr Temperament mit ihr durchgegangen, und sie hatte die Gesellschaften ohne ihn verlassen. Es war nicht etwa so, daß er sie stehengelassen hätte, um den ganzen Abend im Kartenzimmer zu verbringen oder sich in politische Diskussionen verwickeln zu lassen. Aber oft verbrachte er mehr Zeit mit Selena Eddington als mit ihr. Wenn er sich ganz gräßlich zum Narren machte und dieser Frau nachlief, dann war das ja wohl der Gipfel.

Und all das war Absicht. Sie wußte ganz genau, daß er nur um ihretwillen den miesen Kerl spielte. Das war es ja gerade, was ihr so weh tat. Wenn sie auch nur einen Moment lang geglaubt hätte, daß er damit Farbe bekannte, hätte sie ihn Tony überlassen, ganz gewiß. Aber er war kein mieser Kerl. Er startete einen rücksichtslosen Feldzug, um sie dazu zu bringen, die Verlobung zu lösen. So, wie ihm die Verlobung aufgezwungen worden war, wollte er sie jetzt zwingen, ihm den Laufpaß zu geben.

Das allerschlimmste war, daß sie, so schmerzlich all das auch war, nicht mit ihm brechen konnte. Sie durfte nicht mehr nur an sich selbst denken.

Nicholas half ihr aus ihrem kurzen schwarzen Spitzencape und reichte es dem Lakaien zusammen mit seinem roteingefaßten dunklen Umhang und seinem Hut. Reggie trug ein weißes Kleid, das am Saum und an den kurzen Ärmeln mit Goldborte eingefaßt war. Das Kleid war tief ausgeschnitten, wie es der derzeitigen Mode entsprach, und bedeckte kaum ihre Brüste, und sowohl deshalb als auch wegen des Umstandes, daß Weiß unschuldigen Mädchen vorbehalten war, fühlte sie sich unwohl darin.

Es war ihr gelungen, ihren Onkel Edward zu überreden, sie dieses eine Mal ohne Anstandsdame ausgehen zu lassen. Seit der Verlobungsfeier waren keine Nettigkeiten zwischen ihr und Nicholas ausgetauscht worden.

Worauf sie auch gehofft haben mochte – sie war bereits jetzt enttäuscht. Während der kurzen Fahrt waren sie in seiner geschlossenen Kutsche allein gewesen, und er hatte nicht versucht, sich ihr zu nähern, und kein einziges Wort gesagt.

Sie warf einen verstohlenen Blick auf ihn, als sie nebeneinander zum Musikzimmer schlenderten, in dem ein junges Paar, Freunde von Nicholas, die rund zwanzig Essensgäste unterhielt. Nicholas sah an diesem Abend in einem dunkelgrünen Jackett mit langen Schößen, einer bestickten cremefarbenen Weste und einem Rüschenhemd ganz besonders attraktiv aus. Seine Krawatte war lose gebunden, und er trug lange Hosen anstelle der Kniebundhosen mit den Seidenstrümpfen, die von modebewußten Männern als Abendgarderobe bevorzugt wurden. Der Stoff schmiegte sich an seine langen Beine und zeigte deutlich die kräftigen Schenkel und Waden. Es brachte sie schon in Verlegenheit, seinen hochgewachsenen, anmutigen Körper auch nur zu betrachten.

Sein Haar war kurz geschnitten, leicht gewellt und zerzaust. Durch das Dunkelbraun zogen sich so viele goldene Strähnen, daß seine Haarfarbe zum Kupfer und manchmal sogar zum Blond tendierte. Sie wußte, wie weich sich sein Haar anfaßte, und sie wußte auch, daß seine Lippen weich und zart waren und nicht der dünne, starre Strich, den sie in letzter Zeit dort sah. Warum war er denn nicht bereit, mit ihr zu reden?

Ein Funkeln trat in ihre Augen. Sie blieb mitten im Saal stehen, packte seinen Arm und zwang ihn, ebenfalls stehenzubleiben. Er wandte sich zu ihr, und sie bückte sich, um ihren Schuh richtig anzuziehen. Unbeholfen verlor sie das Gleichgewicht und geriet ins Wanken. Nicholas griff ihr unter die Arme, um sie festzuhalten, aber sie fiel gegen ihn. Ihre Hände umfaßten seine Schultern, und während sie ihren Halt wiederfand, drückten sich ihre Brüste gegen ihn. Er schnappte nach Luft, als hätte er einen gewaltigen Hieb in die Magengrube bekommen. Hitze wallte durch seinen Körper, und das Feuer trat in seine Augen und spiegelte die eingedämmte Glut glühender Kohlen wider.

Reggie schaute ihn strahlend an. »Danke, Nicholas.«

Sie ließ ihn los und ging weiter, als wäre nichts geschehen, während er mit geschlossenen Augen und zusammengebissenen Zähnen stehenblieb und versuchte, seine Selbstbeherrschung wiederzuerlangen.

Wie konnte ein so winziger Zwischenfall das strenge Regime, das er über sich selbst führte, derart ins Wanken bringen? Es war schon schlimm genug, daß ihr Anblick, ihre Stimme und ihr Duft ständig Tribute von ihm forderten, aber ihre Berührung – das war die einzige Waffe, die seine Abwehrmechanismen im Sturm durchbrach.

»Oh, sieh mal, Nicholas. Onkel Tony ist da!«

Reggie lächelte Anthony Malory quer durch den Raum an, aber ihr Lächeln galt mindestens so sehr ihr selbst wie ihm. Sie hatte gehört, wie Nicholas nach Luft geschnappt hatte, hatte gespürt, wie er zitterte, die Begierde in seinen bernsteinfarbenen Augen gesehen. Dieser trügerische Mann... Er begehrte sie immer noch, was er sich allerdings nicht anmerken lassen wollte, aber jetzt wußte sie es. Dieses Wissen wärmte sie innerlich und machte einen großen Teil seines abscheulichen Verhaltens ihr gegenüber wieder gut.

Nicholas holte Reggie in der Tür des Musikzimmers ein, und sein Blick fiel sofort auf den dunklen Schopf von Anthony Malory, der sich zu der Dame an seiner Seite neigte. »Was zum Teufel tut der denn hier?«

Reggie hätte am liebsten über seinen Tonfall gelacht, aber es gelang ihr mit Mühe, keine Miene zu verziehen. »Ich habe keine Ahnung. Die Gastgeberin ist deine Bekannte, nicht meine.«

Er fixierte sie. »Solche Festlichkeiten sucht er nicht oft auf, ob er nun eingeladen ist oder nicht. Er ist gekommen, um dich im Auge zu behalten.«

»Du bist ungerecht, Nicholas«, schalt sie ihn. »Es ist das erste Mal, daß wir ihn treffen.«

»Du vergißt Vauxhall.«

»Also, das war wirklich ein reiner Zufall. Ich glaube

nicht, daß es an jenem Tag seine Absicht war, mich im Auge zu behalten.«

»Nein, wir wissen beide, welche Absicht er damals verfolgt hat.«

»Meine Güte, du bist wirklich wütend«, murmelte sie, und dann ließ sie das Thema auf sich beruhen. Sie wußte, warum ihr Onkel hier war. Er hatte gehört, daß Nicholas mit anderen Frauen gesehen wurde, und war außer sich vor Wut. Anscheinend hatte er entschieden, seine Gegenwart könne hilfreich sein.

Das junge Paar am Klavier beendete sein Duett, und einige der Gäste erhoben sich von ihren Sesseln, um sich die Füße zu vertreten, ehe das nächste Lied gesungen wurde. Leuchtende Satinjacketts und dazu passende Kniebundhosen zierten die modebewußteren Männer. Die verheirateten Frauen zeichneten sich durch grelle Farben aus, denn die jungen Mädchen trugen Pastelltöne und Weiß.

Reggie kannte alle Anwesenden bis auf die Gastgeberin, Mrs. Hargreaves. George Fowler war mit seiner Schwester und seinem jüngeren Bruder gekommen. Sie hatte kürzlich Lord Percival Alden kennengelernt, einen guten Freund von Nicholas. Sogar Tonys derzeitige Freundin, die neben ihm saß, war ihr schon einmal begegnet. Und zu ihrer tiefen Erbitterung entdeckte sie auch Selena Eddington, in der Begleitung eines alten Freundes von Tony.

»Nicholas.« Reggie legte ihre Finger sachte auf seinen Arm. »Du mußt mich unserer Gastgeberin vorstellen, ehe Georges Schwester mit ihrem Vortrag beginnt.«

Sie spürte, wie sich sein Arm unter ihrer Hand verkrampfte, und lächelte, als sie ihm vorausging, auf Mrs. Hargreaves zu. Nun muß ich wirklich ganz bewußt darauf achten, ihn häufiger zu berühren, dachte sie.

Der Abend verlief nicht so, wie sie es sich wünschte. Beim Essen war sie an dem langen Tisch weit von Nicholas entfernt plaziert worden. Er saß neben der Gastgeberin, einer attraktiven vollschlanken Frau, gab sich charmant und nahm mit seinen Erzählungen nicht nur sie, sondern auch alle übrigen Damen in seiner Nähe gefangen.

Reggie unterhielt sich so angeregt wie möglich mit George, aber es war schwer, fröhlich und überschwenglich zu sein, wenn sie gleichzeitig derart traurig war. Der üble Lord Percival zu ihrer Rechten half ihr auch nicht weiter, denn er gab ständig Äußerungen über Nicholas von sich, die ihre Blicke wieder und immer wieder auf ihren Verlobten zogen und sie zwangen, alle Anzeichen, die sie schon öfter wahrgenommen hatte, wiederzuerkennen. Nicholas verhielt sich Mrs. Hargreaves gegenüber nicht etwa nur charmant, sondern er vermittelte den Eindruck eines Mannes, der auf die Jagd ging.

Während der Abend voranschritt, vergaß Reggie den triumphalen Augenblick, wo sie Nicholas aus der Fassung gebracht hatte. Er sah sie während des Essens nicht ein einziges Mal an. Es fiel ihr schwer, auch nur das matteste Lächeln für ihre Tischgenossen auf ihr Gesicht zu zaubern, und sie dankte dem Himmel dafür, daß Tony nicht in ihrer Nähe war. Wenn sie in dem Moment seine bissigen Kommentare über sich hätte ergehen lassen müssen, wäre sie in Tränen ausgebrochen.

Reggie war maßlos erleichtert, als sie sich endlich gemeinsam mit den anderen Damen aus dem Saal zurückziehen konnte. Doch sie hatte nur wenige Minuten Zeit, um sich wieder zu fangen, ehe die Männer in den Salon schlenderten. Sie hielt den Atem an und wartete gespannt ab, ob Nicholas sie weiterhin ignorieren würde. Er ging direkt auf Mrs. Hargreaves zu, ohne seine Verlobte auch nur eines einzigen Blickes zu würdigen.

Das reichte. Ihr Stolz ließ es nicht zu, daß sie blieb. Und wenn ihr Onkel auch nur ein Wort über Nicholas geäußert hätte, was jederzeit passieren konnte, wäre sie explodiert.

Als sie George Fowler bat, sie nach Hause zu bringen, riß er vor Freude seine durchscheinenden grünen Augen auf. Aber dann fragte er: »Und was ist mit deinem Onkel?«

»Auf den bin ich eher böse.« Sie war es einerseits, andererseits aber auch nicht, doch es diente ihr als ein Vorwand. »Und außerdem hat er selbst eine Dame mitgebracht. Es ist mir wirklich unangenehm, mich dir aufzudrängen, George. Du hast selbst deine Schwester dabei.«

»Mein Bruder kann sich um sie kümmern, keine Angst«, verkündete er lächelnd.

Nun ja, dachte sie griesgrämig, wie schön, daß wenigstens *irgend jemand* mich mag.

15.

»Ich frage mich, wieso Sie es sofort merken, wenn sie mit einem anderen den Raum verläßt.«

Nicholas wirbelte herum und starrte in Anthony Malorys Augen, die ihn fest ansahen. »Sie folgen mir, Mylord?«

»Wozu sollte ich bleiben, wenn der Auftritt vorbei ist?« erwiderte Anthony liebenswürdig. »Eine grandiose Darbietung war es noch zudem. Sie ist erst seit zehn Minuten fort, und schon gehen Sie auch. Das wirkt nicht gut.«

Nicholas funkelte ihn wütend an. »Es überrascht mich, daß Sie ihr nicht gefolgt sind, um sich zu vergewissern, daß Fowler sie auch auf direktem Weg nach Hause bringt. Das wäre doch das, was ein guter Wachhund getan hätte, oder?«

Anthony kicherte in sich hinein. »Wozu denn? Sie tut ohnehin, was sie will, egal, was ich sage. Und ich vertraue sie lieber Fowler an als Ihnen...« Er räusperte sich.

»Selbst, wenn er zu den Kerlen gehört, die in der letzten Ballsaison hinter ihr her waren. Wenn er sie nicht direkt nach Hause bringt, dann kann man ihm das wohl kaum vorwerfen, oder? Sie tun schließlich Ihr Bestes, um diesen jungen Stutzern den Eindruck zu vermitteln, daß sie noch zu haben ist.« Nach einer kleinen Pause fragte er: »Oder etwa nicht?«

Nicholas' Augen glühten. »Wenn Sie an meinem Verhalten Anstoß nehmen, dann wissen Sie ja, was Sie tun können.«

»Allerdings«, sagte Anthony kühl, und augenblicklich war jeglicher Humor von ihm abgefallen. »Wenn ich nicht glauben würde, daß Reggie in ein schreckliches Gezeter ausbricht, würde ich Sie sofort zum Duell fordern. In dem Moment, in dem sie aufhört, Sie zu verteidigen, machen wir beide einen Termin aus – darauf können Sie sich verlassen.«

»Sie sind ein verdammter Heuchler, Malory.«

Anthony zuckte die Achseln. »Ja, das bin ich, wenn es um jemanden geht, der mir wichtig ist. Wissen Sie, Montieth, Jason mag ja viel von Ihnen halten, aber er kennt nur die positiveren Seiten Ihres Charakters. Er weiß nicht, was Sie hier erreichen wollen, aber ich weiß es.«

»Wirklich?«

Sie unterbrachen ihr Gespräch, als Percy hinzukam. Anthony ließ Nicholas stehen, und Percy näherte sich seinem Freund mitfühlend. »Ihr seid also wieder einmal aneinandergeraten, stimmt's?«

»Ja, so könnte man es nennen«, fauchte Nicholas durch zusammengebissene Zähne.

Percy schüttelte den Kopf. Nicholas' Problem bestand darin, daß er kaum je in seinem Leben auf Widerstand stieß. Er war so stark und so leichtsinnig, daß niemand sich auf verbale Gefechte oder gar Handgreiflichkeiten mit ihm einließ. Jetzt stand er Lady Ashtons Verwandtschaft gegenüber, die ihm ihren Willen mit vereinten Kräften aufzwang, und das wurmte ihn ganz furchtbar.

»Du solltest es nicht so ernst nehmen, Nick. Du bist ganz einfach noch niemandem begegnet, der so toll ist wie du selbst, und jetzt hast du es gleich mit einer ganzen Sippe zu tun.« Als Nicholas nicht darauf reagierte, fuhr er fort: »Es wird besser, wenn du erst verheiratet bist.«

»Verdammter Mist!« fluchte Nicholas, ließ Percy stehen und holte sich seinen Umhang.

In tiefen Zügen atmete er die Nachtluft ein, als er ins Freie trat, um auf seine Kutsche zu warten, die auf der anderen Straßenseite stand. Er holte noch einmal tief Luft. Auch das beruhigte ihn nicht.

»Warte, Nick.« Percy kam die Stufen hinunter. »Vielleicht hilft es dir, wenn du mit einem Freund redest.«

»Nicht heute abend, Percy. Ich bin vielzu aufgebracht.«

»Malorys wegen?« Nicholas knurrte. »Ach so, es liegt daran, daß sie mit Georgie weggegangen ist, stimmt's?«

»Sie kann meinetwegen weggehen, mit wem es ihr paßt.«

»Meine Güte, friß mich nicht gleich!« Percy wich ein Stück zurück. »Der gute alte George ist wirklich – nicht ganz so harmlos, aber... Na ja, was soll das? Sie ist schließlich mit dir verlobt...« Er sah, daß er alles nur noch schlimmer machte. »Ich kann es nicht glauben. Wäre es möglich, daß der gefühllose Montieth zur Abwechslung einmal wirklich und wahrhaftig eifersüchtig ist?«

»Ich bin doch nicht eifersüchtig«, fauchte Nicholas. »Ich hatte nur gehofft, daß es heute abend endgültig aus ist.«

Aber er hatte rot gesehen, grellrot, als George Fowler seine Hand auf Reginas Ellbogen gelegt hatte. Fowler war jung, er sah gut aus, und der verdammte Malory hatte auch noch gesagt, daß er in der letzten Ballsaison hinter Regina her gewesen war!

»Wovon zum Teufel sprichst du, Nick? Was soll endgültig aus sein?«

»Diese Farce von einer Verlobung. Du hast doch nicht im Ernst geglaubt, ich würde das Mädchen heiraten, bloß, weil ich mich einschüchtern ließ und zu allem ja und amen sagte?«

Percy stieß einen leisen Pfiff aus. »Das wolltest du also bezwecken, als du heute abend um Mrs. H. rumgeschlichen bist. Ich wußte doch, daß sie nicht dein Typ ist.« Nicholas schüttelte den Kopf. »Aber ich dachte, du wolltest versuchen, dein Mädchen eifersüchtig zu machen?«

»Wütend zu machen – damit sie die Verlobung löst. Es ist nicht das erste Mal, daß ich mich an andere Frauen ranmache, wenn sie dabei ist und zusieht. Ich habe mich sogar Selena ausgiebig gewidmet, obwohl sie mir zuwider ist. Aber Regina hat kein einziges Wort darüber verloren.«

»Vielleicht liebt dich das Mädchen«, meinte Percy ganz schlicht.

»Ich will ihre Liebe nicht, ich will ihren Haß«, stieß Nicholas hervor. Und zwar jetzt, sagte er zu sich selbst, nicht erst, nachdem er sich an ihre Liebe gewöhnt hatte und sie brauchte, sich auf ihre Liebe angewiesen fühlte und sie erwiderte. Dann würde er nicht mehr in der Lage sein, ihren Haß zu ertragen.

»Du sitzt ja ganz schön in der Klemme. Was ist, wenn sie nicht mit dir bricht? Wirst du sie dann abschieben?«

Nicholas verdrehte die Augen. »Ich habe versprochen, sie zu heiraten.«

»Dann könnte es also damit enden, daß du genau das tust.«

»Ich weiß.«

»Wäre das denn so schlimm?«

Er fürchtete, es könnte der Himmel auf Erden sein, aber das durfte er Percy gegenüber nicht äußern. Seine Kutsche fuhr am Randstein vor, und er fragte: »Tust du mir einen Gefallen, Percy? Geh noch einmal hinein und richte meinem zukünftigen angeheirateten Onkel eine Nachricht von mir aus. Sag ihm, er sollte sich mal mit seiner Nichte darüber unterhalten, von wem sie sich nach Hause bringen läßt. Wenn er glaubt, es würde mich interessieren, verdoppelt er vielleicht seine Bemühungen, sie davon zu überzeugen, daß ich der falsche Mann für sie bin. Wenn nicht, wird ihn diese Nachricht zumindest ärgern. Und das macht mich glücklich.« Er sah auch gleich viel besser aus.

»Nein, danke, Kumpel. Dem ist es zuzutrauen, daß er *mir* den Kopf abreißt, wenn ich ihm das ausrichte«, entgegnete Percy.

»Darauf kannst du dich verlassen.« Nicholas lächelte. »Aber du tust es trotzdem für mich, ja? Das nenne ich einen guten Freund.«

Nicholas lachte, als er Percys Gesichtsausdruck sah, und während seine Kutsche die Einfahrt hinunterrollte, winkte er ihm zu.

Schon im nächsten Moment verflüchtigte sich seine gute Laune. Der heutige Abend hatte ihm bewiesen, daß er Reginas Gegenwart nicht mehr oft ertragen konnte. Schon ihre Berührung hatte ihn beinahe in die Knie gezwungen. Verdammt noch mal! Er hatte sich bemüht, ihr so oft wie möglich fern zu bleiben, aber das mochte zwar bequemer sein, konnte jedoch nichts an seiner üblen Lage ändern. Sie waren immer noch verlobt.

»Hier hört die Straße auf, Kumpel«, drang es in seine Träumereien vor.

Kumpel? Und das aus dem Munde *seines* gesetzten Kutschers?

Nicholas warf einen Blick aus dem Fenster und sah

nicht etwa sein Haus, sondern Bäume in allen Richtungen. Dahinter lag nichts als tiefe Schwärze. Wie hatte er nur so gedankenverloren sein können, nicht einmal zu merken, daß er aus London heraus und aufs Land gebracht worden war? Oder befand er sich in einem der großen Parks von London? Wenn ja, dann hätte er, gemessen am Durchgangsverkehr, den es hier in der Nacht gab, ebensogut mitten auf dem Land sein können.

Was zum Teufel hatte Malory getan, etwa einen Schläger angeheuert, der sich mit ihm befaßte, damit Anthony jeden Eid darauf leisten konnte, daß er Nicholas nicht angerührt hatte, wenn Regina ihn verdächtigte? Er konnte direkt vor sich sehen, wie ihr Onkel gemeinsam mit Freunden darüber lachte.

Nicholas lächelte grimmig. Das war natürlich auch eine Möglichkeit, Dampf abzulassen. Warum war er nicht selbst auf den Gedanken gekommen?

16.

Am früheren Abend, direkt nachdem Nicholas und Regina in Mrs. Hargreaves' Haus im West End eingetroffen waren, hatte ein kleingewachsener Mann namens Timothy Pye eine vorüberfahrende Mietskutsche angehalten und dem Fahrer die Adresse einer Taverne in Flußnähe gegeben.

Timothy nahm die seltsamsten Aufträge an, von einem Tag ehrlicher Arbeit im Hafen bis zum Aufschlitzen von menschlichen Kehlen. Er gab seine Schwäche für einfache Arbeiten zu, und das hier war so einfach, wie es einfacher kaum ging. Sein Freund Neddy arbeitete mit ihm zusammen. Alles, was sie zu tun hatten, war, diesem Krösus zu folgen, wohin er auch ging, und immer wieder mußten sie ihrem Arbeitgeber berichten, wo sich der Lord herumtrieb.

Diesmal war Timothy mit dem Bericht dran, und es dauerte nicht lange, bis er die vornehme Taverne erreicht hatte, in der sich dieser Kerl aufhielt. Er stieg ins obere Stockwerk und klopfte an die Tür. Es dauerte nur einen Moment, bis sie geöffnet wurde.

Zwei Männer hielten sich im Raum auf. Einer war ein großer, dürrer Kerl mit einem dichten, buschigen roten Bart, der andere ein junger Mann von mittlerer Größe, eher noch ein Junge, der auf fast mädchenhafte Art hübsch war, mit schwarzem Haar und tiefblauen Augen. Den jüngeren der beiden hatte Timothy bisher erst einmal gesehen, obwohl er dem älteren schon ein halbes Dutzend Mal seine Berichte vorgelegt hatte. Ihre Namen hatten sie ihm nie genannt, und Timothy interessierte sich auch gar nicht dafür. Er tat ganz einfach das, wofür er bezahlt wurde, ohne irgendwelche Fragen zu stellen.

»›E‹ hat was vor heut abend, ist schon da«, begann Timothy und wandte sich an den Mann mit roten Bart. »Eine Feier im West End drüben, viele feine Kutschen auf der Straße.«

»Allein?«

Jetzt grinste Timothy. »Hat in seiner Kutsche die Hübsche mitgebracht, dieselbe wieder. Ist mit ihr reingegangen. Ich hab' sie gesehen.«

»Sind Sie sicher, daß es sich um dieselbe Dame handelt, Mr. Pye, die beim letzten Mal ohne ihn gegangen ist?«

Timothy nickte. »Die vergißt man nicht so leicht, Sir. Ein verdammt hübsches Mädchen.«

Nun ergriff der jüngere Mann das Wort. »Es muß seine Mätresse sein, glauben Sie nicht auch? Mein Vater hat gesagt, er sei nicht der Typ, der seine Zeit mit jemandem vergeudet, mit dem er nicht ins Bett geht.«

»Reiß dich zusammen, Junge!« brummte der Rotbärtige. »Bei deinem Vater benimmst du dich besser. Du beleidigst nur immer wieder meine Ohren.«

Der junge Mann errötete bis zur Brust hinunter, was durch seinen offenen Hemdkragen leicht zu erkennen war. Verlegen wandte er seine dunkelblauen Augen ab und trat an einen Tisch, auf dem neben einer Flasche Wein und zwei Gläsern ein Kartenspiel lag. Er setzte sich und mischte die Karten mit der Absicht, den übrigen Bericht zu ignorieren, nachdem er sich derart hatte demütigen lassen.

»Sie wollten etwas sagen, Mr. Pye.«

»Richtig, Sir.« Das ›Sir‹ ging ihm ganz leicht über die Lippen, denn dieser Kerl sah zwar nicht wie ein Gentleman aus mit seinem buschigen roten Bart, aber er sprach ganz bestimmt so wie einer. »Weiß ich doch, daß Sie von der Hübschen hören wollen, für den Fall, daß sie heut wieder ohne ihn weggeht.«

»Wie sieht es mit der Straßenbeleuchtung aus?«

»Hell. Aber nicht so hell, daß Neddy den Kutscher nicht ganz ruhig und leise rausholen kann.«

»Dann ist heute vielleicht genau der richtige Abend.« Der Rotbärtige lächelte zum ersten Mal. »Sie wissen, was Sie zu tun haben, wenn die Gelegenheit sich bietet, Mr. Pye.«

»Ja, Sir. Sie wollen die Hübsche nicht dabei haben, ich weiß, Sir. Wenn er allein rauskommt, schnappen wir ihn.«

Die Tür schloß sich hinter Pye, und Conrad Sharpe lachte. Es war ein tiefes, volltönendes Lachen für einen so dürren Mann. »Jetzt hör auf zu schmollen, Junge. Wenn alles gutgeht, sind wir morgen wieder auf dem Heimweg.«

»Du hättest mich vor so einem Schurken nicht verbessern sollen, Connie. Mein Vater maßregelt mich auch nicht vor anderen.«

»Dein Vater ist noch ein ziemlich neuer Vater, und daher bemüht er sich noch, deine Gefühle nicht zu verletzen, obwohl du keinen richtigen Satz aussprechen kannst, Jeremy.«

»Und du bemühst dich nicht?«

»Warum sollte ich mich bemühen, du Lausebengel?«

Das Verhalten des Älteren ließ echte Zuneigung erkennen, und der junge Jeremy grinste jetzt doch. »Wenn sie ihn heute nacht kriegen, darf ich dann mitgehen?«

»Tut mir leid, Junge. Aber das wird eine ganz schöne Schweinerei, und dein Vater wird nicht wollen, daß du das siehst.«

»Ich bin sechzehn!« protestierte Jeremy. »Ich habe schon eine Seeschlacht miterlebt.«

»Aber nur am Rande.«

»Trotzdem...«

»Nein«, sagte Conrad hitzig. »Selbst wenn dein Vater einverstanden wäre, würde ich niemals zulassen, daß du das miterlebst. Du brauchst deinen Vater nicht von seiner schlechtesten Seite kennenzulernen.«

»Er wird ihm doch nur eine Lektion erteilen, Connie.«

»Ja, aber da du verletzt worden bist, wird die Lektion roh ausfallen. Und außerdem steht auch noch sein Stolz auf dem Spiel. Du hast den Spott und den Hohn nicht gehört, den der junge Lord ihm in die offene Wunde gerieben hat, und mit einer Verletzung, die beinah tödlich gewesen wäre, auf dem Rücken gelegen.«

»Die ich ihm zu verdanken hatte! Und deshalb will ich ja...«

»Ich habe nein gesagt!« schnitt Conrad dem Jungen wieder das Wort ab.

»Schon gut«, murrte Jeremy. »Aber ich kann immer noch nicht verstehen, warum wir uns diese ganze Mühe überhaupt gemacht haben. Wieso haben wir ihn in Southampton ohne Erfolg beschatten lassen und dann zwei Wochen hier in London mit dieser Spioniererei vergeudet? Es wäre doch viel lustiger gewesen, eins seiner Schiffe zu versenken.«

Conrad lachte. »Dein Vater sollte hören, was du dir unter lustig vorstellst. Aber was das angeht, so besitzt dieser Lord zwar vielleicht nur sechs Schiffe, die er für den Handel einsetzt, aber er würde den Verlust eines einzigen finanziell gar nicht spüren. Dein Vater hat sich entschlossen, auf einer persönlicheren Ebene mit ihm abzurechnen.«

»Und dann können wir wieder nach Hause fahren?«

»Ja, mein Junge. Und dann wirst du wieder etwas lernen und regelmäßigen Unterricht bekommen.«

Jeremy schnitt eine Grimasse, und Conrad Sharpe lachte. Dann hörten sie das Kichern einer Frau, das aus dem Nebenzimmer kam, in dem sich Jeremys Vater aufhielt, und die Grimasse verwandelte sich in ein glühendes Erröten, woraufhin Conrad nur um so lauter lachte.

17.

Der Boden, der wohl die Hitze des Tages in sich aufgesogen hatte, war noch warm unter seiner Wange. Oder vielleicht lag er auch schon seit Stunden da, und seine Körperwärme hatte den Boden durchdrungen. Er wußte es nicht. Das waren die Gedanken, die Nicholas durch den Kopf gingen, als er zu sich kam und die Augen aufschlug.

Als nächstes beschimpfte er sich selbst, nannte sich einen Schwachkopf und fand noch üblere Beschimpfungen für die eigene Dummheit. Als Gentleman war er ganz einfach aus seiner Kutsche gestiegen und hätte nicht im Traum damit gerechnet, daß man ihn angreifen könnte, ehe er auch nur die Füße auf den Boden gesetzt hatte.

Er spuckte Erde aus. Offensichtlich hatten sie ihn dort liegengelassen, wo er zu Boden gestürzt war. Behutsame Bewegungen machten ihm klar, daß seine Hände hinter seinem Rücken zusammengebunden und schon fast gefühllos waren. Fantastisch. Die Stiche, die durch seinen Kopf zuckten, würden es ihm, wenn er Glück hatte, gerade noch ermöglichen, sich auf die Knie zu ziehen, aber an ein Aufstehen war nicht zu denken. *Falls* man ihm seine Kutsche gelassen hatte, konnte er das Gespann unmöglich lenken, wenn er seine Hände nicht zu Hilfe nehmen konnte. Hatten sie die Kutsche stehenlassen?

Er drehte seinen Kopf unter starken Schmerzen zur Seite und sah eins der Räder – und daneben ein Paar Stiefel.

»Sie sind noch da?« fragte er ungläubig.

»Wo sollte ich denn sonst sein, Kumpel?«

»In Ihrer Räuberhöhle, vermute ich«, antwortete Nicholas.

Der Kerl lachte. Was zum Teufel sollte das bedeuten? War das vielleicht doch kein gewöhnlicher Überfall? Nicholas dachte wieder an Malory, aber so sehr er sich auch bemühte, so konnte er sich doch nicht vorstellen, daß der jemanden engagiert hätte, um ihn zusammenzuschlagen.

»War ich lange bewußtlos?« fragte er. Blut hämmerte in seinem Schädel.

»Eine gute Stunde, Kumpel, wenn nicht mehr.«

»Wären Sie dann vielleicht so freundlich, mir zu sagen, worauf zum Teufel Sie noch warten?« knurrte Nicholas. »Rauben Sie mich aus, und kümmern Sie sich wieder um ihre Angelegenheiten.«

Wieder lachte der Kerl. »Längst erledigt, Kumpel, auf der Stelle. Hat mir keiner gesagt, ich darf es nicht, und da hab' ich es getan. Und jetzt muß ich dafür sorgen, daß Sie sich nicht vom Fleck rühren.«

Nicholas versuchte, sich aufzusetzen, aber eine Woge

von Schwindelgefühlen ließ ihn vornüberkippen. Er fluchte und unternahm weitere Anstrengungen.

»Bleiben Sie, wo Sie sind, Kumpel. Versuchen Sie jetzt nicht, mir Ärger zu machen, oder ich zeige Ihnen noch mal, was mein Knüppel kann.«

Nicholas setzte sich auf und zog die Knie an, um seine Brust darauf zu stützen. Er atmete tief durch, und das half. Endlich konnte er einen Blick auf die schlampige Gestalt werfen. Er war gar nicht beeindruckt. Wenn es ihm gelang, sich auch nur auf die Füße zu ziehen, würde er trotz seiner gefesselten Hände kurzen Prozeß mit diesem Kerl machen.

»Seien Sie so nett, und helfen Sie mir auf die Füße, ja?«

»Finden Sie das komisch, Kumpel? Sie sind zweimal so groß wie ich. Ich bin doch nicht von gestern.«

Das klappt also nicht, dachte Nicholas. »Was haben Sie mit meinem Kutscher angestellt?«

»In einer Seitenstraße liegenlassen. Brauchen sich keine Sorgen zu machen. Der wird mit Kopfweh wach, so wie Sie, aber sonst ist er in Ordnung.«

»Wo sind wir?«

»Als Sie geschlafen haben, waren Sie mir lieber«, antwortete der Wegelagerer. »Zu viele Fragen.«

»Sie könnten mir wenigstens sagen, was wir hier tun«, fragte Nicholas unwillig.

»Sie sitzen mitten auf der Straße, und ich passe auf, daß Sie da auch bleiben.«

»Hören Sie, Sie machen mich ziemlich wütend!« fauchte Nicholas.

»Das betrübt mich aber, Kumpel«, höhnte der Kerl.

Wenn er sich ein wenig Mühe gab und den richtigen Winkel fand, der seinem Stoß Nachdruck verlieh, konnte er diesem schimpflichen Halunken den Kopf mitten in den Bauch rammen... Aber Nicholas' Vorhaben wurde von den Geräuschen einer anderen Kutsche durchkreuzt, die sich näherte. Da der Wegelagerer keine Anstalten machte, hastig vom Schauplatz zu verschwinden, mußte Nicholas voller Unbehagen davon ausgehen, daß diese Kutsche erwartet wurde. Was kam wohl als nächstes? »Freunde von Ihnen?«

Der Kerl schüttelte den Kopf. »Ich hab' es dir doch schon gesagt, Kumpel – du stellst zu viele Fragen.«

Die Lampe, die außen an der Kutsche angebracht war, erhellte die Umgebung, und das, was Nicholas sah, war ihm nur zu vertraut. Der Hyde Park? Er ritt allmorgendlich auf diesen Wegen und kannte sie so gut wie das Anwesen Silverley. Würden sie es wirklich wagen, sich so nah bei seinem Haus an ihm zu vergreifen?

Das Fahrzeug hielt in einer Entfernung von sechs Metern an, der Kutscher stieg ab und griff nach der Lampe, die außen an der Kutsche hing. Hinter ihm stiegen zwei Männer aus der Kutsche, aber Nicholas konnte nur vage Umrisse erkennen, weil das Licht ihm direkt ins Gesicht fiel. Er versuchte aufzustehen, aber Pyes Knüppel legte sich warnend auf seine Schulter.

»Oh, welch ein hübscher Anblick, Connie«, hörte er, und dann: »Ja, allerdings. Schön zusammengeschnürt und voller Erwartung.«

Ihr Gelächter nagte an Nicholas' überreizten Nerven. Er erkannte die Stimmen nicht, aber der Akzent klang kultiviert. Welche Feinde hatte er sich während der letzten Zeit in der besseren Gesellschaft gemacht? Gütiger Himmel, Dutzende! Sämtliche bisherigen Freier seiner zukünftigen Braut.

»Saubere Arbeit, meine Lieben.« Eine Geldbörse wurde dem Knüppelschwinger zugeworfen, eine weitere dem kleinen stämmigen Kutscher. »Zündet uns diese Lampe noch an, und dann könnt ihr die Mietkutsche zurückbringen. Wir werden uns seiner Kutsche bedienen, da seine Lordschaft sie bestimmt nicht brauchen wird.«

Das Licht fiel jetzt nicht mehr in seine Augen, und Nicholas konnte einen ersten Blick auf die beiden Männer werfen. Beide waren groß und bärtig, beide gut gekleidet, und der dünnere trug als Überrock einen Zweireiher. Der andere, der einen langen, dichten Bart hatte, steckte in einem Gehrock. Er sah dunkle Hosen und frischgeputzte Stiefel. Aber wer waren die beiden anderen?

Der etwas Stärkere hielt einen Spazierstock mit Elfenbeingriff in der Hand. Das ließ ihn in Verbindung mit dem buschigen Bart wie eine Karikatur wirken. Er war älter als sein Gefährte, möglicherweise schon Anfang Vierzig. Er kam ihm irgendwie vertraut vor, aber selbst wenn sein Leben davon abhängen sollte, konnte Nicholas nicht sagen, wer die beiden waren.

»Bring die andere Lampe rüber, ehe du gehst.«

Die Lampe von Nicholas' Kutsche wurde so befestigt, daß sie ihr Licht auf ihn warf, die beiden Herren dagegen in Schatten tauchte. Der Kutscher und der Räuber fuhren im Mietwagen fort.

»Er macht einen recht verwirrten Eindruck, Connie, findest du nicht?« sagte der jüngere Mann, als die Kutsche holpernd fortgefahren war. »Du glaubst doch nicht, er wird mich enttäuschen und mir sagen, daß er sich nicht an mich erinnern kann?«

»Vielleicht solltest du sein Gedächtnis auffrischen.«

»Vielleicht sollte ich es aber auch zermalmen.«

Der Stiefel erwischte Nicholas am Kinn. Er fiel auf seine gefesselten Arme zurück und schnaubte vor Schmerz.

»Komm schon, Junge, setz dich auf. Das war doch nur ein kleiner Vorgeschmack.«

Nicholas wurde an seinen gefesselten Handgelenken roh auf die Beine gezogen, und seine Arme wurden ihm dabei umgedreht. Er wankte einen Moment lang, und eine Woge von Schwindelgefühlen überkam ihn, aber dann stützte ihn eine Hand, damit er das Gleichgewicht behielt. Sein Kiefer wurde zum Glück schon gefühllos. Es schmerzte kaum noch, als er die Lippen öffnete. »Falls ich Sie bereits kennengelernt haben sollte...«

Die Faust, die in seinen Magen geschmettert wurde, raubte ihm den Atem. Er taumelte nach vorn und schnappte nach Luft.

Die Hand, die unter sein Kinn glitt, um ihn wieder hochzuziehen, behandelte ihn fast zart. »Enttäusch mich nicht schon wieder, Junge.« Die Stimme klang leise und bedrohlich. »Sag mir, daß du dich an mich erinnerst.«

Nicholas errötete vor machtlosem Zorn, als er den Mann anstarrte, der nur wenige Zentimeter kleiner war als er selbst. Ein Band faßte das lange hellbraune Haar zusammen, aber kürzere blonde Locken fielen ihm über die Ohren. Der Bart hatte denselben hellen Braunton wie das Haar. Als er den Kopf zur Seite legte, um Nicholas zu mustern, blitzte an seinem Ohr etwas Goldenes auf.

Ein Ohrring? Ausgeschlossen, sagte sich Nicholas. Die einzigen Männer, die Ohrringe trugen, waren... Unbehagen trat an die Stelle seines Zorns. »Captain Hawke?«

»Ausgezeichnet, Junge! Ich fände es entsetzlich, wenn ich glauben müßte, du hättest mich vergessen«, kicherte Hawke. »Da siehst du, was man erreichen kann, wenn man dem Gedächtnis ein wenig auf die Sprünge hilft, Connie. Und als wir uns das letzte Mal getroffen haben, war das in einer dunklen Gasse. Ich bezweifle, daß der Junge mich dort deutlich erkennen konnte.«

»Er hat dich auf der *Maiden Anne* gut sehen können.«

»Aber sehe ich an Deck eines Schiffs so aus wie jetzt? Nein. Der Junge ist gescheit, das merkt man doch. Er hat seine Schlüsse gezogen, verstehst du? Ich bezweifle, daß er noch einen so erbitterten Feind wie mich hat.«

»Ich enttäusche Sie ungern«, sagte Nicholas matt, »aber Sie haben kein Monopol mehr auf den Haß gegen mich.«

»Nein? Das ist ja großartig! Mir würde der Gedanke gar

nicht behagen, daß Sie es allzu leicht haben, wenn ich fort bin.«

»Dann hat also noch nicht meine letzte Stunde geschlagen?« fragte Nicholas.

Connie lachte. »Er ist genauso arrogant wie du, Hawke. das mußt du ihm verdammt noch mal lassen. Ich glaube, er füchtete sich überhaupt nicht vor dir. Als nächstes wird er dir ins Gesicht spucken.«

»Das bezweifle ich«, erwiderte Hawke kühl. »Falls er's doch tut, könnte ich ihm ein Auge ausreißen. Was meinst du, wie würde er wohl aussehen, wenn er so eine Augenklappe wie der alte Billings trüge?«

»Mit dem hübschen Gesicht?« entgegnete Connie. »Das würde seinem fantastischen Aussehen nur noch einen zusätzlichen Reiz gegen. Die Damen wären entzückt.«

»Wenn das so ist, sollte ich mich vielleicht doch lieber seines Gesichtes annehmen.«

Nicholas sah den Schlag gar nicht auf sich zukommen. Seine Wange brannte wie Feuer, und er taumelte. Connie stand jedoch schon bereit, um ihn aufzufangen, und dann traf ein genauso kräftiger Hieb seine andere Wange.

Als sein Kopf nicht mehr ganz so heftig schwirrte, spuckte Nicholas Blut. In seinen Augen stand ein mordlustiges Funkeln, als er den Piraten anstarrte.

»Bist du jetzt wütend genug, um mit mir zu kämpfen, Junge?«

»Sie hätten mich nur fragen müssen«, brachte Nicholas mit Mühe heraus.

»Du brauchtest einen gewissen Ansporn. Ich bin gekommen, um die Rechnung mit dir zu begleichen, nicht zum Spaß. Und ich fordere einen fairen Kampf, oder wir müssen das Ganze wiederholen.«

Nicholas schnaubte verächtlich, trotz der Schmerzen, die es ihm bereitete. »Die Rechnung begleichen? Sie vergessen, wer wen auf offener See angegriffen hat.«

»Aber das ist doch mein Gewerbe, das weißt du doch.«

»Wie können Sie es dann wagen, von Rache zu sprechen, weil jemand besser war als Sie und Sie besiegt hat?« fragte Nicholas. »Oder habe ich etwa die Ehre, der einzige Mann zu sein, der nach einem Zusammenstoß mit der *Maiden Anne* mit einem heilen Schiff davongekommen ist?«

»Keineswegs«, antwortete Hawke aufrichtig. »Wir sind schon vorher kaum noch an Land gekommen. Ich selbst habe in der Hitze des Gefechts Wunden davongetragen. Trotzdem war's mir gar nicht recht, daß mein Sohn verletzt wurde, als Sie meinen Hauptmast fällten. Aber selbst das mußte ich hinnehmen, weil ich den Jungen schließlich an Bord hatte. Unter Gentlemen sollten wir jetzt...«

»Ein Pirat ein Gentleman?« Es war gefährlich, das auszusprechen, aber Nicholas mußte es sagen.

»Spotte, soviel du willst, aber du bist klug genug, um zu begreifen, warum wir uns wiedersehen mußten.«

Nicholas hätte fast laut gelacht. Es war einfach unglaublich. Der Pirat hatte ihn von sich aus angegriffen, weil er die Ladung, die Nicholas' Schiff beförderte, an sich bringen wollte. Nicholas hatte diese Seeschlacht gewonnen. Er vermutete, er hätte Captain Hawke nicht verhöhnen dürfen, als sie weitergesegelt waren. Aber diese ganze Geschichte lag jetzt vier Jahre zurück, er hatte sich von seinem jugendlichen Leichtsinn hinreißen lassen, und der Sieg war ihm zu Kopf gestiegen. Trotzdem mußten diese Sticheleien der Grund sein, warum Hawke eine Rechnung begleichen wollte. Welcher Gentleman konnte eine solche Beleidigung ungestraft hinnehmen?

Gentleman! Sie hatten sich ein Jahr später in einer dunklen Gasse in Southampton getroffen. Nicholas hatte seinen Angreifer in dieser Nacht nicht erkennen können, doch Hawke hatte sich das Vergnügen nicht nehmen lassen, sich vorzustellen. Bei dieser Begegnung waren sie gestört worden.

Ein Brief hatte für Nicholas bereitgelegen, als er im letzten Jahr aus der Karibik zurückgekehrt war, und in diesem Brief hatte Hawke sein Bedauern darüber ausgedrückt, daß es ihm nicht möglich gewesen war, während eines Aufenthalts in London seine Bekanntschaft mit Nicholas aufzufrischen. Dieser Brief hatte Nicholas davon überzeugt, daß er sich einen schrecklichen Feind gemacht hatte. Warum nur war er damit gesegnet, daß der Abschaum dieser Erde nach seinem Blut dürstete?

»Schneide ihm die Fesseln durch, Connie.«

Nicholas spannte sich an. »Kämpfe ich gegen Sie beide?«

»Also jetzt mach aber mal halblang«, protestierte Captain Hawke. »Das könnte man wohl kaum als einen fairen Kampf bezeichnen, oder?«

»Zum Teufel«, knurrte Nicholas. »Einen wehrlosen Mann niederzuschlagen, ist auch nicht gerade fair.«

»Habe ich dir weh getan, Junge? Dann mußt du meine Entschuldigung entgegennehmen, aber ich dachte, du seist aus festerem Holz geschnitzt. Und du mußt verstehen, daß ich mich nach all den Mühen, die du mir verursacht hast, im Recht fühle, denn schließlich habe ich lange genug auf diesen Moment gewartet.«

»Sie verstehen sicher, wenn ich nicht Ihrer Meinung bin?«

»Gewiß«, erwiderte Hawke mit einer ironischen Verbeugung, dann zog er seinen Gehrock aus. Er trug ein weites Hemd, das in seiner Hose steckte und ihm viel Bewegungsspielraum ließ. Nicholas wurde von seinem Umhang, dem Jackett und der Weste behindert. Er erkannte, daß er keine Gelegenheit bekommen würde, sich dieser Kleidungsstücke auch nur teilweise zu entledigen, denn der Pirat bewegte jetzt schon ungeduldig die Finger.

Nicholas konnte das Stöhnen nicht unterdrücken, das sich ihm entrang, als seine Fesseln endlich durchgeschnitten wurden und seine schmerzenden Arme herunterfielen. Eine Zeitlang hatte er überhaupt kein Gefühl in den Händen, und dann, als das Blut in seine Finger schoß, spürte er viel zuviel. Außerdem war seine Vermutung richtig gewesen. Ihm wurde nicht ein Moment zugestanden, um wieder zu sich zu kommen, als auch schon der erste Schlag unter seinem Kinn landete. Der Hieb saß gut, und Nicholas wankte.

»Jetzt komm schon, Junge«, klagte Hawke mit einem matten Seufzen. »Diesmal kommt uns niemand in die Quere. Zeig mir, was du kannst, und wir sind quitt.«

»Und wenn ich es nicht tue?«

»Dann wirst du womöglich keinen Schritt mehr laufen können.«

Nicholas nahm sich die Warnung zu Herzen. Noch während er auf dem Boden lag, warf er seinen Umhang ab, und dann stürzte er sich auf den älteren Mann, erwischte ihn mit der Faust in der Magengegend und ließ sich mit ihm auf den Boden fallen. Dem folgte eine Rechte in Hawkes Kiefer, doch die Wucht, mit der Nicholas zuschlug, verursachte solche Schmerzen in seiner kaputten Hand, daß er es selbst war, der aufschrie.

Er gab sein Bestes, aber Hawke war erbarmungslos, und trotz der Verletzungen, die er Nicholas zugefügt hatte, war der Captain der wütendere von beiden. Außerdem war er schwerer und muskulöser. Mit riesigen Pranken schlug er unerbittlich auf das bereits übel zugerichtete Gesicht und den Körper seines Gegners ein.

Es war jedoch für beide ein harter Kampf, und als Nicholas blutend im Staub lag, wußte er, daß der ältere Mann ebenfalls verletzt war und Schmerzen hatte. Trotzdem konnte Hawke darüber lachen. »Eins muß ich dir lassen, Montieth«, keuchte er. »Du hättest mich wahrscheinlich geschlagen, wenn du zu Beginn etwas frischer gewesen wärst. Ich gebe mich hiermit zufrieden.«

Nicholas hörte nur einen Teil dieser Worte, ehe er in eine beseligende Bewußtlosigkeit fiel. Conrad Sharpe rüttelte ihn, aber er kam nicht zu sich.

»Er ist bewußtlos, Hawke. Trotzdem mußt du deinen Hut vor dem Jungen ziehen. Für einen verhätschelten Gecken hat er sich doch viel besser gehalten, als ich es erwartet hätte.« Conrad kicherte in sich hinein. »Wie denkt dein eigener Körper jetzt eigentlich über solche Racheakte?«

»Sei still, Conrad. Himmel, Arsch und Zwirn, der Kerl hat eine heimtückische Rechte.«

»Das ist mir aufgefallen«, sagte Conrad lachend.

Hawke seufzte. »Weißt du, wenn die Dinge anders lägen, könnte ich ihn fast gern haben. Es ist ein Jammer, daß ich ausgerechnet zu einem Zeitpunkt über ihn gestolpert bin, wo er ein so junger Hund mit diesem gehässigen Mundwerk war.«

»Waren wir nicht alle mal in diesem Alter?«

»Ja, ich denke, du hast recht. Und wir müssen alle etwas daraus lernen.« Hawke versuchte, sich zu seiner vollen Größe aufzurichten, aber er stöhnte und sackte wieder in sich zusammen. »Bring mich in irgendein Bett, Connie. Ich glaube, ich habe jetzt mindestens eine Woche Ruhe nötig.«

»War es das wert?«

»Ja, bei Gott!«

18.

Der letzte Polizeibeamte und der Arzt verließen das Zimmer, und Nicholas' Kammerdiener Harris schloß die Tür hinter ihnen.

Nicholas gestattete sich ein Lächeln, das jedoch zu einer Grimasse wurde, als seine gespaltene Lippe sich dehnte.

»Wenn Sie nichts dagegen haben, Sir, übernehme ich das Lächeln für uns beide«, erbot sich Harris. Das tat er dann auch wirklich, und sein Schnurrbart, der auf beiden Seiten herunterhing, wurde zu einer geraden Linie, als er über das ganze Gesicht strahlte.

»Es ist doch besser ausgegangen, als ich es hoffen konnte, oder?« fragte Nicholas.

»Allerdings, Sir. Jetzt wird er nicht wegen eines ganz normalen tätlichen Angriffs vor den Polizeirichter gestellt, sondern man erhebt Anklage wegen Piraterie.«

Nicholas hätte wieder gern gelächelt, aber diesmal besann er sich rechtzeitig anders. Jetzt wußte er, wie Captain Hawke sich fühlte, wenn er Rechnungen beglich. Aber Hawkes Sieg war ein äußerst kurzlebiger gewesen.

»Ich vermute, ich sollte mich nicht damit brüsten, aber der Kerl hat nichts Besseres verdient«, meinte Nicholas.

»Wahrhaftig nicht, Sir. Der Arzt hat schließlich gesagt, Sie könnten froh sein, daß Ihr Kieferknochen noch heil ist. Und ich habe noch nie in meinem ganzen Leben so viele Platzwunden und...«

»Ach, das macht nichts. Sie glauben doch nicht etwa, daß *er* jetzt nicht leidet? Es ist eine Frage des Prinzips. Ich hätte diesen Schweinehund nie auch nur kennengelernt, wenn er mein Schiff nicht angegriffen hätte. Und doch hat *er* einen Groll gegen mich gehegt! Aber ich glaube nicht, daß er jetzt, wenn er im Gefängnis sitzt, noch darüber lacht.«

»Es ist ein Glück, daß die Wache Sie genau dann gefunden hat, Sir.«

»Ja. Das war wirklich ein reiner Glücksfall.«

Kurz, nachdem Hawke und der rothaarige Connie in Nicholas' Kutsche abgefahren waren, hatte Nicholas das Bewußtsein wiedererlangt und kurz darauf nicht allzuweit entfernt Pferdehufe gehört. Es gelang ihm, so laut zu rufen, daß die beiden Nachtwächter ihn hörten. Und dann erforderte es einige Überzeugungskraft, sie dazu zu bringen, daß sie ihn liegen ließen und statt dessen seiner Kutsche folgten. Dreißig Minuten später kehrten sie mit den erfreulichen Nachrichten zu ihm zurück, daß man die Kutsche gefunden und seinen verletzten Angreifer festgenommen hatte – wenngleich es dessen Begleiter auch gelungen war, fortzulaufen und sich der Verhaftung zu entziehen.

Nicholas erzählte den guten Kerlen, die ihn nach Hause brachten, die ganze Geschichte, und einem von beiden sagte der Name Hawke etwas. Eine ganze Horde von Beamten stürzte sich auf Nicholas, während der Arzt ihn noch behandelte. Sie teilten ihm mit, Hawke wäre ein gesuchter Schwerverbrecher.

»Außerdem ist es ein Glück«, fuhr sein Diener geschwätzig fort, während er Nicholas' Bettdecke glattstrich, »daß Lady Ashton nicht bei Ihnen war, als Sie diese Schurken trafen. Ich vermute, der Abend verlief wie geplant und sie ging wieder vor Ihnen.«

Nicholas antwortete nicht. Allein der Gedanke, was hätte passieren können... Nein, es war zwecklos, darüber nachzudenken. Sie war in Sicherheit, weil George Fowler sie nach Hause gebracht hatte.

Hm. George Fowler. Ein unerklärlicher Zorn, glühend und heftig, ergriff ihn.

»Sir?«

»Was ist?« knurrte Nicholas, doch dann fing er sich wieder. »Ja, Harris, was die Dame betrifft, ist der Abend erwartungsgemäß verlaufen.«

Der Diener mittleren Alters war seit zehn Jahren bei Nicholas und mit dessen Gedanken und Gefühlen vertraut wie kein anderer Mensch. Er wußte, daß Nicholas Regina Ashton nicht heiraten wollte, wenn er auch nicht wußte, warum – und er hätte auch im Traum nicht daran gedacht, sich nach den Gründen zu erkundigen. Nicholas und er hatten gemeinsam die Strategie entworfen, die jetzt angewandt wurde, um eine Lösung seiner Verlobung herbeizuführen.

»Lady Ashton hat mit Ihnen gestritten, Sir?«

»*So* gut ist es nun doch nicht gelaufen«, erwiderte Nicholas matt. Das Beruhigungsmittel, das der Arzt ihm gegeben hatte, begann allmählich zu wirken. »Ich bin nach wie vor verlobt.«

»Nun, beim nächsten Mal...«

»Ja.«

»Aber viel Zeit bleibt nicht mehr bis zur Hochzeit«, fügte Harris zögernd hinzu. »Der Arzt will Ihnen drei Wochen Bettruhe verordnen.«

»So ein Unsinn!« gab Nicholas zurück. »Ich bin in drei Tagen wieder munter und auf den Beinen, und keinen Tag später.«

»Wenn Sie meinen, Sir.«

»Ja, das meine ich.«

»Gut, Sir.«

Da er noch nie so übel zusammengeschlagen worden war, konnte Nicholas nicht wissen, daß es ihm am nächsten Tag zehnmal schlechter gehen würde. Er verfluchte Captain Hawke und hätte den Piraten am liebsten hängen sehen.

Es dauerte eine volle Woche, bis er sich überhaupt wieder rühren konnte, ohne bei der kleinsten Bewegung

Schmerzen zu verspüren. Und wenn er auch nach Ablauf einer weiteren Woche endlich wieder aufstehen und umherlaufen konnte, waren doch die Platzwunden in seinem Gesicht noch nicht verheilt.

Er war nicht in der Verfassung, Regina zu sehen. Aber er durfte nicht noch mehr Zeit verlieren. Die Hochzeit sollte in einer Woche stattfinden. Er mußte sie einfach sehen.

Trotz seines Aussehens suchte er das Haus der Malorys am Grosvenor Square auf. Man teilte ihm mit, Regina würde gerade Einkäufe für ihre Aussteuer erledigen. Diese Information trug nur noch zu seiner Panik bei. Er wartete eine Stunde lang, und als sie endlich nach Hause zurückkehrte, trennte er sie bereits in dem Moment, wo sie zur Tür hereinkam, auf sehr unhöfliche Weise von ihren Kusinen.

Er führte sie durch den Garten und auf den Platz hinaus, ohne auch nur ein Wort zu sagen, lief mit langen, schnellen Schritten, und sein Gesicht war finster. Ihre zarte Stimme, die ihn in seinen Überlegungen aufstörte, ließ ihn abrupt stehenbleiben.

»Du hast dich erholt?« fragte sie. Ein frischer Herbstwind peitschte Blätter durch die Luft und zerzauste die Federn auf Reginas Hut. Ihre Wangen waren gerötet, und in ihren Augen funkelten blaue Lichter. Sie war so verdammt reizend, viel zu schön, und sie strotzte vor Gesundheit und Schwung.

»Erholt?« Nicholas fragte sich, wieso sie von diesem Überfall wußte, nachdem er sie doch in diesen beiden letzten Wochen nur gemieden hatte, damit sie nicht dahinterkam.

»Derek hat uns erzählt, du wärst krank«, erklärte sie. »Es tut mir leid, daß es dir schlechtgegangen ist.«

Verdammt noch mal! Jetzt sollte er auch noch ihr Mitgefühl ertragen, und das hatte er Derek zu verdanken, der die Wahrheit verschleiert hatte. Ihr Zorn wäre ihm lieber gewesen.

»In Wirklichkeit habe ich eines meiner liebsten Gasthäuser aufgesucht, unten am Fluß. Dort lauerten mir Gauner auf, die mich zusammenschlugen, weil sie mein Geld wollten. Es bringt eine gewisse Spannung mit sich, solche verruchten Lokale zu frequentieren.«

Sie lächelte duldsam. »Tony war sicher, du würdest deine Krankheit als Vorwand benutzen, um die Hochzeit zu verschieben. Ich habe ihm gesagt, das sei nicht deine Art.«

»So gut kennst du mich, Liebling?« fragte Nicholas sarkastisch.

»Man mag dir zwar einiges nachsagen, aber feige bist du nicht.«

»Du nimmst also an...«

»Ach, Unsinn«, fiel sie ihm ins Wort. »Ich glaube dir ja doch nicht, wenn du versuchst, mich vom Gegenteil zu überzeugen, und daher kannst du dir die Mühe sparen.«

Nicholas biß die Zähne zusammen, und sie lächelte ihn belustigt an. Der Anblick ihrer Schönheit ging ihm wie immer unter die Haut, und seine Gedanken verwirrten sich entsprechend.

»Ich nehme an, ich sollte dich fragen, wie es dir ergangen ist?«

»Ja, das solltest du eigentlich tun«, stimmte Reggie ihm zu. »Aber wir wissen beide, daß dich das, was ich mit meiner Zeit anfange, nicht interessiert. Du wärst doch beispielsweise nicht verletzt, wenn ich dir sagen würde, daß ich zu beschäftigt war, um dich zu vermissen, oder? Und es wäre dir auch egal, wenn du wüßtest, daß ich von anderen Männern zu den gesellschaftlichen Ereignissen begleitet wurde, die ich auf Wunsch meiner Vettern besuchen mußte?«

»George Fowler?«

»George, Basil, William…«

»Hüte dich, oder ich fange an zu glauben, daß du zur Vergeltung meine Eifersucht wecken willst.«

»Vergeltung? Ach so, ich verstehe, du mißt mich an deinem eigenen Verhalten. Wie amüsant, Nicholas! Bloß, weil du andere Frauen faszinierend findest…«

»Zum Teufel, Regina!« Nun riß ihm endlich die Geduld. »Warum hüllst du deinen Ärger in höflichen Unsinn? Schrei mich ruhig an!«

»Führe mich nicht in Versuchung.«

»Aha!« rief er triumphierend aus. »Ich dachte schon fast, du seist temperamentlos.«

»Ach, Nicholas!« Reggie lachte leise. »Erwartest du etwa von mir, daß ich dich als einen miesen, widerlichen Kerl beschimpfe und dir unter Tränen schwöre, ich würde dich selbst dann nicht heiraten, wenn du der letzte Mann auf Erden wärst, und so weiter?«

Nicholas starrte sie wütend an. »Du machst dich über mich lustig?«

»Wie kommst du denn darauf?« fragte sie mit einem so unschuldigen Gesicht, daß er ihre Schultern packte und sie schütteln wollte. Aber ihre fantastischen blauen Augen wurden vor Erstaunen größer, während sie ihre Hände hob und auf seine Brust legte. Nicholas errötete glühend.

Er trat zurück. »Der Zeitdruck zwingt mich, plump und direkt zu sein, Regina«, sagte er kühl. »Ich habe dich schon früher aufgefordert, diese Farce von einer Verlobung zu lösen, und jetzt fordere ich dich noch einmal dazu auf. Nein, ich bitte dich darum. Ich will dich nicht heiraten.«

Sie senkte ihre Lider und richtete ihren Blick fest auf seine funkelnd polierten Schaftstiefel. »Du willst mich also – in keiner Weise? Noch nicht einmal als deine Geliebte?«

Diese Frage entfesselte ein Chaos in ihm, aber er erwiderte nur: »Du würdest zweifellos eine gute Mätresse abgeben.«

»Aber du bist nicht daran interessiert?«

»Nicht mehr.«

Sie wandte ihm den Rücken zu, mit hängenden Schultern, eine niedergeschlagene kleine Gestalt. Nicholas mußte seine gesamte Willenskraft bis auf den letzten Rest aufbieten, um nicht die Arme auszustrecken und sie an sich zu ziehen. Er wollte alles zurücknehmen. Aber es war besser für sie, wenn sie eine Zeitlang an ihrer Enttäuschung litt und ihn dann vergaß. Er konnte nicht zulassen, daß diese bezaubernde Frau einen Mann von illegitimer Geburt heiratete.

»Ich dachte wirklich, ich könnte dich glücklich machen, Nicholas.«

»Das kann keine Frau, Liebling, jedenfalls nicht über einen längeren Zeitraum hinweg.«

»Dann tut es mir leid. Es tut mir wirklich leid.«

Er rührte sich nicht von der Stelle. »Du wirst mich also aufgeben?«

»Nein.«

»Nein?« Er zuckte ungläubig zusammen. »Was zum Teufel soll das heißen?«

»Das Wort ›nein‹ heißt...«

»Ich weiß selbst, was dieses verdammte Wort bedeutet!«

Endlich drehte sie sich um. »Du brauchst mich nicht anzuschreien.«

»Du willst wohl wieder förmlich werden?« rief er, und seine Wut ging mit ihm durch.

»Unter den gegebenen Umständen – ja«, antwortete sie barsch. »Du brauchst nichts weiter zu tun, als nächste Woche London zu verlassen. Ich versichere dir, daß ich stark genug bin, die Demütigung zu ertragen, abgeschoben zu werden.«

»Ich habe mein Wort gegeben!« rief er entrüstet aus.

»Ach ja, das Wort eines Gentleman – der nur dann ein Gentleman ist, wenn es ihm in den Kram paßt.«

»Ich bürge für mein Wort.«

»Dann mußt du eben dazu stehen.«

Sie wollte davongehen, aber er hielt sie am Arm fest. »Tu das nicht, Regina«, warnte er sie. »Du wirst es bereuen.«

»Das tue ich bereits jetzt«, lautete die geflüsterte Antwort. Er wich zurück.

»Warum tust du es dann?« fragte er verzweifelt.

»Ich – ich muß es tun«, antwortete sie.

Er ließ ihren Arm los und trat zurück. Sein Gesicht war eine Maske des Zorns. »Dann soll dich doch der Teufel holen! Ich werde dir kein Ehemann sein, das schwöre ich dir. Wenn du darauf bestehst, diese Farce weiterzuspielen, dann wirst du genau das bekommen – eine Scheinehe. Viel Glück.«

»Das ist doch nicht dein Ernst, Nicholas.« In ihren Augen standen Tränen.

»Ich gebe dir mein Wort darauf. Und eine letzte Warnung – komm nicht in die Kirche!«

19.

»Oh, jetzt weine nicht mehr, mein Süßes«, flehte Meg. »Deine Kusinen werden jeden Moment da sein und dir beim Ankleiden helfen. Du willst doch nicht, daß sie dich so sehen.«

»Ich kann nichts dafür«, schluchzte Reggie erbärmlich. »Und heißt es denn nicht sowieso, daß Bräute an ihrem Hochzeitstag weinen?«

»Aber du weinst jetzt schon seit einer Woche. Es hat doch nichts geholfen, oder?«

»Nein.«

»Und du willst doch nicht, daß deine Augen ganz dick und angeschwollen sind, doch nicht ausgerechnet heute.«

Reggie zuckte kraftlos die Achseln. »Das ist mir egal. Ich werde einen Schleier tragen.«

»Aber heute nacht wirst du keinen Schleier tragen.«

Es entstand ein Schweigen, ehe Reggie flüsterte: »Wird es denn zu einer Hochzeitsnacht kommen?«

»Du glaubst doch nicht etwa, daß er nicht erscheint?« schnaubte Meg empört.

»Doch, er wird da sein.« Reggie seufzte tief auf. »Aber ich habe dir ja erzählt, was er gesagt hat.«

»Unsinn. Manche Männer fürchten sich einfach zu Tode vor einer Heirat, und dein Vicomte scheint einer davon zu sein.«

»Aber er hat geschworen, mir kein Ehemann zu sein.«

»Das hat er im Zorn gesagt«, meinte Meg geduldig. »Man darf einen Mann nicht darauf festnageln, was er im Zorn sagt.«

»Aber er wird sich darauf versteifen, verstehst du das denn nicht? Oh, wie konnte ich mich nur so in ihm täuschen, Meg?« rief Reggie aus. »Wie konnte mir das bloß passieren?« Sie schüttelte den Kopf. »Wenn ich mir vorstelle, daß ich ihn mit Tony verglichen habe. Nicholas Eden hat nicht die geringste Ähnlichkeit mit meinem Onkel, nicht die Spur von Gefühl – außer zwischen den Beinen«, fügte sie bitter hinzu.

»Reggie!«

»Wenn es doch wahr ist«, gab sie zurück. »Ich war für ihn doch nur eine Beute, eine von vielen Eroberungen.«

Meg stand da, die Hände in die Hüften gestemmt, und sah auf sie herunter. »Du hättest ihm das mit dem Baby erzählen sollen«, sagte sie zum hundertsten Mal. »Dann hätte er wenigstens verstanden, warum du darauf beharren mußt.«

»Wahrscheinlich hätte er mir kein Wort geglaubt. Ich fange ja selbst schon an, mich zu wundern. Sieh mich an! Vier Monate sind vorbei, und mir ist nicht das Geringste anzusehen. Mir war auch nicht übel, nein... Binde ich mich etwa umsonst an diesen Mann? Was ist, wenn ich gar nicht schwanger von ihm bin?«

»Ich wünschte, du wärst es nicht, Mädchen, aber du weißt selbst, daß du es bist. Und ich behaupte immer noch, daß du es ihm hättest sagen sollen.«

»Ich war so dumm zu glauben, sein miserables Benehmen sei nur eine List«, sagte Reggie erbittert. »Weißt du, Meg, einen Rest von Stolz besitze ich doch noch.«

»Manchmal müssen wir den letzten Rest von Stolz schlucken, Süßes«, sagte Meg zart.

Reggie schüttelte den Kopf. »Hätte ich es ihm gestanden, hätte er mir erzählt, ich solle aufhören, meine Zeit mit ihm zu vergeuden, und mir einen Vater für mein Kind suchen.«

»Vielleicht hättest du das auch tun sollen.«

Reggies Augen blitzten auf. »Ich würde niemals einem Mann das Kind eines anderen aufdrängen! Nicholas Eden hat ein Kind gezeugt, das jetzt unterwegs ist, und den Preis dafür muß er bezahlen, nicht ein anderer.«

»Du bist es, die dafür bezahlt, und zwar mit Kummer und Herzeleid.«

»Ich weiß«, seufzte Reggie. »Aber nur, weil ich geglaubt habe, ihn zu lieben. Wenn ich erst einmal einsehe, wie sehr ich mich getäuscht habe, komme ich schon zurecht.«

»Es ist noch nicht zu spät. Du kannst auf das europäische Festland reisen ehe...«

»Nein!« sagte Reggie so nachdrücklich, daß Meg zusammenzuckte. »Es ist *mein* Kind! Ich werde mich nicht beschämt verstecken, bis es geboren ist, und es dann weggeben, um mir eine unerfreuliche Ehe zu sparen.« Dann ging sie näher darauf ein. »Ich muß nicht mit diesem

Mann zusammenleben, verstehst du, nicht, wenn es sich als zu schwierig erweist. Ich brauche nicht für alle Zeiten bei ihm zu bleiben. Aber mein Kind wird den Namen seines Vaters tragen. Nicholas Eden wird seinen Teil der Verantwortung übernehmen, wie es sich gehört.«

»Dann sollten wir sehen, daß wir rechtzeitig in der Kirche sind«, seufzte Meg.

Nicholas wartete bereits vor der Kirche. Er wütete abwechselnd stumm vor sich und war dann wieder verzweifelt. Familienangehörige und Freunde trafen ein und bewiesen ihm nur noch deutlicher, daß all das wirklich geschah. Seine Großmutter und seine Tante waren da, aber Miriam Eden fiel wieder einmal durch Abwesenheit auf. Das bestärkte ihn in seiner Überzeugung, daß er recht daran getan hatte, seine Verlobte zu warnen und abzuschrecken.

Sein Herz sank, als Jason Malory die Kirche betrat, die Braut wenige Schritte hinter ihm. Ein Wispern zog sich durch die Menge, denn in ihrem taubenblauen Seidenkleid sah sie wirklich atemberaubend aus. Die ganze Kreation war mit weißer Spitze besetzt. Es war ein verblüffend altmodisches Kleid mit schmaler Taille und langen Ärmeln, und es reichte bis auf den Boden. Der Schleier vor ihrem Gesicht fiel auf ihren Rücken, mit einer kleinen Schleppe.

Sie zögerte einige Sekunden lang in der Kirchentür und sah Nicholas an, der am anderen Ende des Ganges stand. Er konnte ihr Gesicht und ihre Augen nicht sehen, und er wartete atemlos und versuchte, sie mit reiner Willenskraft dazu zu bringen, sich abzuwenden und zu fliehen.

Regina tat es nicht. Sie legte ihre Hand auf den Arm ihres Onkels und machte sich auf den langen Weg durch den Gang. Kalte Wut stieg in ihm auf. Eine Laune dieser Kindfrau zwang ihn zu einer Heirat. Gut, sollte sie heute ihren Triumph feiern. Es würde nicht von Dauer sein. Wenn sie erst erfuhr, daß sie einen Mann von illegitimer Geburt geheiratet hatte, würde sie wünschen, sie hätte sich seine Warnungen zu Herzen genommen. Die Ironie an der ganzen Geschichte war, daß Miriam ihm dabei helfen würde. Sie würde ein gehässiges Vergnügen dabei finden, Regina unter die Nase zu reiben, welche Mängel deren Ehemann aufwies. Mit grimmigem Humor dachte er, daß das wohl Miriams erste freundliche Tat ihm gegenüber sein würde. Natürlich würde sie das nicht wissen.

20.

Reggie sah aus dem Fenster der Kutsche, aber das einzige, was sie erblickte, war ihr eigenes Spiegelbild. Sie errötete, als ihr Magen vor Hunger knurrte, aber sie sah Nicholas nicht an, um sich davon zu überzeugen, ob er es gehört hatte oder nicht. Er saß ihr in der plüschgepolsterten Kutsche gegenüber, die sein Wappen trug.

Die Innenbeleuchtung war schon vor zwei Stunden angezündet worden, aber sie hatten immer noch nicht angehalten, um in einem Gasthaus zu Abend zu essen. Und trotz ihres Hungers wollte sie verdammt sein, wenn sie ihn darum bat.

Den Hochzeitsgästen war bei den Malorys ein üppiges Mittagessen vorgesetzt worden, aber Reggie war nicht dort gewesen. Nicholas hatte sie von der Kirche aus direkt nach Hause gebracht und sie beauftragt, das Nötigste, was sie für eine Nacht brauchte, in eine Tasche zu packen und anzuordnen, daß ihre übrige Habe nach Silverley geschickt würde. Sie waren schon losgefahren, als die Gäste eintrafen.

Er hatte sie den ganzen Nachmittag über und bis in den

Abend hinein in der Kutsche sitzen lassen, ohne Rast zu machen, aber ihr war nicht danach zumute, sich zu beklagen. Nicht jetzt, als er ihr so gedankenverloren gegenübersaß und nie auch nur in ihre Richtung sah. Seit der Abfahrt aus London hatte er kein Wort mit ihr gesprochen.

Er war verheiratet und wütend darüber. Nun, damit hatte sie ja schließlich gerechnet. Aber es müßte doch ein gutes Zeichen sein, daß er sie auf seinen Landsitz mitnahm, oder? Das überraschte sie. Sie wußte nicht, was sie eigentlich erwartet hatte.

Wieder knurrte ihr Magen, und sie beschloß nun doch zu fragen: »Werden wir bald irgendwo anhalten und zu Abend essen?«

»Das letzte Gasthaus war in Montieth. Silverley liegt direkt vor uns«, erwiderte Nicholas barsch.

Es wäre nett gewesen, wenn er ihr das eher mitgeteilt hätte.

»Ist Silverley groß, Nicholas?«

»Etwa so groß wie dein eigenes Anwesen, das direkt an meines grenzt.«

Sie riß erstaunt die Augen auf. »Das wußte ich gar nicht.«

»Wie kommt es, daß du das nicht weißt?«

»Warum bist du so wütend? Das ist doch perfekt. Die Grundstücke werden zusammengelegt...«

»Genau das wollte ich seit Jahren. Aber das hat dir dein Onkel mit Sicherheit erzählt. Er hat dein Grundstück als Lockmittel eingesetzt, um mir die Heirat schmackhaft zu machen.«

Das Blut stieg in Reggies Wangen. »Das glaube ich nicht.«

»Daß ich dieses Land haben wollte?«

»Du weißt, was ich meine«, fauchte sie. »Oh, ich erfuhr, daß es um irgendein Stück Land ging, und Tony behauptete sogar, das wäre es gewesen, was dich ins Wanken brachte. Aber – aber ich habe es nicht geglaubt. Davon wurde mir nichts erzählt. Ich hatte keine Ahnung, daß dein Anwesen an das Grundstück grenzt, das von meiner Mutter auf mich übergegangen ist. Dort kamen meine Eltern bei einem Feuer ums Leben, das ihr Haus zerstörte. Damals war ich erst zwei. Ich kehrte danach nie wieder nach Hampshire zurück. Onkel Edward kümmerte sich um das, was noch von dem Anwesen übrig war, auch um das Erbe, das mir mein Vater hinterließ.«

»Ja, eine recht ansehnliche Summe, fünfzigtausend Pfund, und hat sich, wie er nur zu gern hervorhebt, dank seiner geschickten Investitionen verdreifacht, was für dich auf ein beträchtliches Jahreseinkommen hinausläuft.«

»Gütiger Himmel, bist du deshalb etwa auch wütend?«

»Ich bin kein Mitgiftjäger!«

»Himmel noch mal, wer würde dir das, wenn er auch nur halbwegs bei klarem Verstand ist, unterstellen? Du bist ja auch nicht direkt der Ärmste.«

»Es ist kein Geheimnis, daß ich dein Grundstück haben wollte. Ich nahm an, es würde dem Earl von Penwich gehören, da er der letzte war, der dort gelebt hat.«

»Das war mein Vater, nicht der jetzige Earl. Aber da das Land von Seiten meiner Mutter kam, ist es nicht an Penwich gegangen, sondern an mich. Das war der Wunsch meiner Eltern.«

»Das weiß ich inzwischen auch! Dein Onkel Edward fand es komisch, mir beim Verlassen der Kirche mitzuteilen, ich bräuchte mir nicht länger Gedanken über einen Kauf dieses Grundstücks zu machen. Er konnte es gar nicht abwarten, mir das zu erzählen. Um mir eine Last von der Seele zu nehmen, hat er gesagt. Verdammter Mist! Weißt du, wie das aussieht?«

»Ist dir klar, daß du mich beleidigst?«

Er besaß den Anstand, überrascht zu wirken. »Ich wollte damit nicht andeuten...«

»Natürlich nicht. Das ist es also, worüber du dich beschwerst, stimmt's? Daß die Leute sagen werden, du hättest mich wegen meines Erbes geheiratet? Wenn das so ist, vielen Dank. Ich wußte gar nicht, daß darin meine einzige Chance lag, einen Mann zu bekommen.«

Er zog die Brauen zusammen und sagte kühl: »Willst du wirklich darüber diskutieren, wie du einen Mann bekommen hast?«

Ihre Augen sprühten blaue Funken, und einen Moment lang fürchtete Reggie, sie könnte ihre gesamte Selbstbeherrschung verlieren. Es gelang ihr mit Mühe, den Mund zu halten, und Nicholas nahm Abstand davon, sie zu verspotten. Beide waren erleichtert, als sie feststellten, daß die Kutsche im selben Augenblick hielt.

Er sprang aus dem Wagen und half ihr heraus. Doch sobald sie auf dem Boden stand, stieg er wieder ein. Sie starrte ihn an und riß ungläubig ihre Augen auf. »Das kannst du doch nicht tun!«

Er sagte bitter: »Das dürfte dich nicht überraschen. Ich bin trotz allem ein Mann, der zu seinem Wort steht.«

»Du kannst mich doch nicht einfach hier lassen – nicht heute nacht.«

»Heute, morgen – was macht das für einen Unterschied?«

»Du kennst den Unterschied sehr wohl.«

»Ach so, ja, die Hochzeitsnacht. Aber wir hatten unsere doch schon, oder etwa nicht, Liebling?«

Sie schnappte nach Luft. »Wenn du das tust, Nicholas«, sagte sie mit bebender Stimme, »dann schwöre ich dir, daß ich dir nie verzeihen werde.«

»Wenn wir uns beide an unsere Eide halten, ist ja alles bestens. Du hast, was du wolltest. Du trägst meinen

Namen. Jetzt überlasse ich dir mein Heim. Wo steht geschrieben, daß ich es mit dir teilen muß?«

»Du erwartest von mir, daß ich hierbleibe, während du so weiterlebst wie bisher, dich in London aufhältst und...«

Er schüttelte den Kopf. »London ist zu nah für unsere Abmachung. Nein, ich werde England ganz verlassen. Ich wünschte, ich hätte das schon getan, ehe wir uns kennenlernten.«

»Nicholas, das kannst du nicht tun. Ich bin...«

Reggie unterbrach sich, ehe sie das einzige sagte, was dazu hätte führen können, daß er seine Meinung änderte. Ihr Stolz setzte sich beharrlich durch. Sie würde nicht den Weg einschlagen, den Tausende von anderen Frauen vor ihr eingeschlagen hatten, um ihre Männer zu halten. Wenn er nicht bleiben wollte, weil er...

»Was bist du, Liebling?«

»Deine Frau«, sagte sie.

»Das bist du allerdings«, stimmte er zu, und sein Mund zog sich zu einem schmalen Strich zusammen. »Aber du erinnerst dich sicher, daß ich dich nicht darum bat, meine Frau zu werden, und daß ich dich davor warnte, mich zu dieser Eheschließung zu drängen. Ich habe mich in diesem Punkt immer sehr deutlich ausgedrückt, Regina.«

Dann schloß er die Kutschentür und pochte gegen das Dach, um dem Kutscher ein Signal zu geben. Reggie starrte ihm ungläubig nach, als sich das Fahrzeug in Bewegung setzte. »Nicholas, komm zurück!« rief sie. »Wenn du weggehst... Nicholas! Oh! Ich hasse dich! Ich hasse dich!« rief sie in ihrer Verzweiflung aus und wußte, daß er sie ohnehin nicht hören konnte.

Benommen drehte sie sich zu dem großen grauen Steinhaus um. In der Dunkelheit der Nacht sah es mit seinem Turm und den kleinen Giebeln und Erkern wie ein Miniaturschloß aus, ein finsteres, gespenstisches Gemäuer.

Und dabei betrachtete sie es jetzt aus der Nähe und konnte noch gar nicht erkennen, wie es sich nach hinten und nach beiden Seiten in asymmetrischen Formen und ungleicher Höhe ausbreitete. An der Rückfront gab es sogar ein großes Gewächshaus mit einer Glaskuppel, das über dem rechten Flügel aufragte, in dem die Dienstboten untergebracht waren.

Die Bogenfenster zu beiden Seiten der Tür waren nicht erleuchtet. War womöglich niemand hier? Fantastisch. In ihrer Hochzeitsnacht im Stich gelassen, damit sie jetzt vor einem leeren Haus stand...

Aber das half jetzt auch nichts. Sie straffte die Schultern, zwang sich zu einem Lächeln und ging zur Haustür, als wäre es ganz normal, daß eine Braut ohne ihren Bräutigam eintraf. Sei klopfte, erst leise, dann lauter.

Als die Tür schließlich geöffnet wurde, sah Reggie in das verblüffte Gesicht eines jungen Mädchens, einer Hausangestellten. Sie blinzelte unsicher, weil es zu Sayers Aufgaben gehörte, an die Tür zu gehen, und sie war es nicht gewohnt, Fremden zu öffnen. Sayers nahm sich so wichtig. Er würde ihr das Fell über die Ohren ziehen, wenn er erfuhr, daß sie seinen Platz einnahm.

»Wir erwarten niemanden, gnädige Frau, denn ich bin sicher, daß Sayers sonst schon hier gestanden hätte, um Sie einzulassen. Aber Sie haben so zaghaft geklopft... Himmel, wie ich wieder plappere! Was kann ich für Sie tun?«

Regina lächelte und fühlte sich gleich wesentlich besser. »Zunächst könnten Sie mich einlassen.«

Das Mädchen öffnete die Tür weiter. »Sie wollen die Gräfin, Lady Miriam, besuchen?«

»Ich vermute, ich bin eher gekommen, um hier einzuziehen, wenigstens für eine Weile. Aber ich nehme an, daß ich zuerst einmal Lady Miriam aufsuchen sollte.«

»Meine Güte! Sie wollen hier leben? Sind Sie auch ganz sicher, daß Sie das wollen?«

Das wurde mit einem so ungekünstelten Erstaunen ausgesprochen, daß Reggie lachte. »Wieso? Gibt es hier Drachen und Gnome?«

»Einen mit Sicherheit. Zwei, wenn Sie Mrs. Oates mitzählen.« Das Mädchen sperrte den Mund auf und lief dann rot an. »Ich wollte nicht... Oh, verzeihen Sie mir, gnädige Frau.«

»Schon gut. Wie heißen Sie?«

»Hallie, Madam.«

»Nun, Hallie, glauben Sie, daß Sie Lady Miriam meine Ankunft mitteilen könnten? Ich bin die neue Gräfin von Montieth.«

»Meine Güte!« quietschte Hallie.

»Exakt. Und wenn Sie mir jetzt zeigen würden, wo ich Lady Miriam erwarten kann?«

Das Mädchen ließ Reggie ein. »Ich sage Mrs. Oates, daß Sie hier sind, und dann wird sie nach oben gehen und die Gräfin verständigen.«

Die Eingangshalle war schmal und hatte einen Marmorfußboden. Auf einem langen Wandtisch stand eine verzierte Silberschüssel für Visitenkarten. Darüber hing ein hübscher Gobelin, gegenüber von einem großen venezianischen Spiegel zwischen zwei Kerzenleuchtern.

Hallie öffnete eine Flügeltür, und ein weitaus größerer Saal wurde sichtbar, zwei Stockwerke hoch, von einer prächtigen Kuppel überwölbt. An der rechten Seite führte eine Treppe nach oben. Am Ende dieser großen Eingangshalle sah Reggie durch offenstehende Türen in ein Vorzimmer, wo Buntglasfenster fast die ganze Außenwand einnahmen. Sie gewann den Eindruck, daß es sich um ein außergewöhnlich großes Haus handeln mußte.

Am hinteren Ende des Ganges zur Linken lag die Bibliothek, und dorthin wurde sie von Hallie geführt. Der Raum war dreizehn Meter lang und sieben Meter breit und hatte an der hinteren Front hohe Fenster, die tagsüber viel Licht einließen. An den drei anderen Wänden reihten sich Bücher, und über den Regalen hingen riesige dunkelgerahmte Porträts.

Zu beiden Seiten des Kamins standen Sofas. Schön gearbeitete Stühle, Sessel und Tische waren zum Lesen vor den Fenstern aufgestellt, auch ein altes, golden lackiertes Lesepult. Den Boden bedeckte ein Teppich, der in tiefen Braun-, Blau- und Goldtönen gehalten war. Am hinteren Ende der Bibliothek umgaben Stühle einen riesigen Schreibtisch mit geschwungenen Beinen. Ein bemalter Wandschirm aus Leder verwandelte diese hintere Ecke in ein behagliches Arbeitszimmer und teilte sie vom Rest des Raumes ab.

»Es dauert sicher nicht lange, Madam«, sagte Hallie. »Die Gräfin ... Ach du meine Güte, die Gräfinwitwe, das ist sie doch jetzt? Genauso wie die alte Frau, die Großmutter seiner Lordschaft. Aber Lady Miriam wird es kaum erwarten können, Sie willkommen zu heißen, ich bin ganz sicher«, beteuerte sie höflich, doch ihre Stimme klang, als wäre sie keineswegs davon überzeugt. »Darf ich Ihnen etwas bringen? Cognac steht auf dem Tisch, und der Maulbeerwein, den die Gräfin mag, steht auch da.«

»Nein, danke, ich werde es mir einfach nur bequem machen«, erwiderte Reggie lächelnd.

»Gut, Madam. Und darf ich Ihnen als erste sagen, wie froh ich bin, daß Sie gekommen sind? Ich hoffe, daß es Ihnen hier gefällt.«

»Das hoffe ich auch, Hallie«, seufzte Reggie. »Ich hoffe es wirklich.«

21.

Reggie sah in die Morgensonne, die gerade vorsichtig in ihr Schlafzimmer lugte. Direkt unter ihren Südfenstern lag die runde Kuppel des Gewächshauses, dahinter der Teil des Gartens, in dem sich die Dienstboten aufhalten durften. Dichtes Gehölz verbarg die Ställe und die Schuppen für die Kutschen.

Sie bewohnte das herrschaftliche Schlafzimmer an der rechten hinteren Ecke des Zentralbaus. Somit hatte sie zwei Wände mit Fenstern, vor denen blutrote Samtvorhänge mit Goldfransen und goldenen Troddeln hingen. In diesem Zimmer waren alle Farben dunkel gehalten, wenn man vom gedämpften Blau der Tapete absah. Dennoch würde es später, wenn durch alle Fenster Licht hereindrang, ein freundliches Zimmer sein.

Die andere Fensterwand bot einen Ausblick auf eine Parklandschaft. Es war eine überwältigende Aussicht – Rasenflächen mit vereinzelten Bäumen, links ein Wald mit goldenem und rotem Herbstlaub. Rechts ein kleiner See, der eine wahre Farbenpracht war, denn seine Ufer säumte ein Teppich aus spät blühenden wilden Blumen, und das Blau des Sees funkelte in der Sonne. Was für ein friedlches, wohltuendes Bild, das zu dieser frühen Stunde unbeeinträchtigt war... Fast hätte Regina ihre Sorgen darüber vergessen. Aber nur fast.

Sie läutete ihrem Mädchen und hoffte, sie würde *nicht* Mrs. Oates, die Haushälterin, zugeteilt bekommen, die genauso war, wie Hallie sie beschrieben hatte, nämlich ein Drache. Was für ein derbes, heuchlerisches, widerliches Geschöpf! Wenn man sich nur vorstellte, daß sie darauf beharrt hatte, Reggie in ein Gästezimmer zu führen, und noch dazu in ein besonders kleines! Reggie hatte sich augenblicklich dagegen verwahrt. Zugegebenermaßen waren die Räume, die der Dame des Hauses zugedacht waren, von Miriam Eden belegt, von der man nicht erwarten konnte, daß sie sie über Nacht räumte, aber sie hatte darauf hingewiesen, daß die Räumlichkeiten des Hausherrn leer standen und ihr durchaus angemessen waren.

Die Haushälterin war entgeistert gewesen. Nur ein kleines Wohnzimmer lag zwischen den beiden großen Schlafzimmern, von denen jedes eine Tür zum Wohnzimmer hatte. Lady Miriam okkupierte das andere Schlafzimmer.

Reggie setzte ihren Kopf durch, nachdem sie Mrs. Oates behutsam darauf hingewiesen hatte, sie wäre die neue Hausherrin. Miriam Eden mochte zwar nach dem Tode ihres Gatten weiterhin in Silverley residiert haben, aber in Wirklichkeit gehörte Silverley Nicholas, und Reggie war Nicholas' Frau.

Mrs. Oates ersuchte sie zu schweigen, als sie durch das Wohnzimmer gingen, das an Miriams Zimmer grenzte. Reggie wurde mitgeteilt, die Gräfin würde sich nicht wohl fühlen und hätte sich frühzeitig zurückgezogen. Dies wäre auch der Grund dafür, daß sie Reggie nicht gebührend begrüßen könnte.

Reggie atmete verstohlen auf. Sie war erschöpft, die Abwesenheit ihres Mannes machte sie verlegen, nachdem sie ihn doch erst vor wenigen Stunden geheiratet hatte. Und in ihrer Bitterkeit wäre sie einer Begegnung mit ihrer Schwiegermutter, einer völlig fremden Frau, wohl kaum gewachsen gewesen.

Sie hatte sich in Nicholas' Zimmer eingerichtet und festgestellt, daß es auffallend frei von persönlichen Gegenständen war. Irgendwie wurde dadurch alles noch schlimmer.

Die Hausangestellte, die auf Reggies Läuten hin erschien, war dunkelhaarig und dunkelhäutig und das genaue Gegenteil der redseligen Hallie. Sie sprach kaum ein Wort, während sie Regina beim Ankleiden half, sie frisierte und ihr das Frühstückszimmer zeigte.

Dieser Raum lag an der Vorderseite des Hauses, vom Licht der Morgensonne erfüllt. Der Tisch war nur für eine Person gedeckt. Ein Affront? An einer Wand stand ein Geschirrschrank aus Rosenholz, der zartes Porzellan mit Goldrand und einem Blumenmuster in Weiß und Rosa enthielt. Ein Büffett zwischen den Fenstern an der Rückwand war mit schönen Schnitzereien aus Eiche und Ebenholz verziert.

Hallie trat ein, lächelte strahlend und brachte eine große Platte, die sie auf der Anrichte abstellte. »Guten Morgen, Madam. Ich hoffe, Sie hatten eine angenehme Nacht.«

»Ja, wirklich. Ist die Gräfin schon heruntergekommen?« Reggie wies auf das einzige Gedeck hin.

»Sie ist ausgeritten. So früh am Morgen ißt sie nie etwas, Madam.«

»Ich eigentlich auch nicht. Warum zeigen Sie mir nicht statt dessen den Rest des Hauses?«

»Aber was sollen wir denn mit dem ganzen Essen machen?« fragte Hallie überrascht und hob die Deckel der Schüsseln. Reggie sah Eier, Wurst, Bücklinge, Schinken, Marmelade, Toast und Brötchen und sogar zwei köstliche kleine Törtchen.

»Himmel!« japste Regina. »Das soll ich doch nicht etwa alles aufessen?«

Hallie kicherte. »Die Köchin wollte einen guten Eindruck machen, weil Sie Ihnen doch gestern abend nur noch etwas Kaltes raufgeschickt hat.«

»Dann nehme ich doch einfach das da und eins von denen mit.« Reggie steckte eine fette Wurst in ein Brötchen und nahm eins der Törtchen in die andere Hand. »Und jetzt könnten wir den Rundgang machen.«

»Aber sollte nicht Mrs. Oates...?«

»Ja«, fiel Reggie ihr verschwörerisch ins Wort, »ich glaube auch, daß sie das eigentlich tun sollte. Aber ich kann mir ja später von ihr alles noch mal zeigen lassen. Im

Moment möchte ich einfach nur sehen, wie groß Silverley ist, und dabei hätte ich gern angenehme Gesellschaft.«

Hallie kicherte wieder. »Keine von uns kann Mrs. Oates allzu gut leiden, aber sie führt ein strenges Regiment, wie sie immer betont. Ja, dann kommen Sie doch, Eure Ladyschaft. Aber wenn Mrs. Oates uns ertappt...«

»Keine Sorge«, wurde sie von Reggie beruhigt. »Ich denke mir etwas aus, um ihr zu erklären, warum Sie bei mir sind. Ihnen kann sie die Schuld daran nicht geben.«

Das Haus war erstaunlich groß. In der Nähe des Eingangs kamen sie an einem Billardzimmer vorbei, in dem bis auf drei Spieltische nichts anderes stand. Reggie konnte sich schon jetzt kaum noch an die Zimmer erinnern, die sie besichtigt hatte. Alle Räume waren mit Chippendale- und Queen-Anne-Möbeln eingerichtet. Hübsch vergoldete Stuckarbeit schmückte viele der hohen, gewölbten Decken. In manchen Zimmern hingen riesige, wunderbar gearbeitete Kronleuchter.

Es gab ein Musikzimmer, in Grün und Weiß gehalten, und rechts neben dem Salon lag ein Vorzimmer mit dekkenhohen Buntglasfenstern, die den Raum in Farben tauchten und sich wirkungsvoll vom weißen Marmorboden abhoben. Die Wände waren von roten Plüschbänken gesäumt.

An der Rückfront des Hauses grenzte das Gewächshaus an den großen Saal für förmliche Dinnereinladungen. An einem Gang, der sich durch den Raum zog, standen Stühle, Sofas und Statuen auf Sockeln. Topfpflanzen flankierten die breiten Steinstufen, die zu einem Brunnen in der Mitte des Raumes führten. Überall waren Bäume und Herbstblumen. Reggie tat es leid, daß sie diesen Raum nicht im Sommer gesehen hatte, wenn dieser Garten, ein Bestandteil des Hauses, in voller Blüte gestanden haben mußte.

Im oberen Stockwerk nahmen die herrschaftlichen Suiten die gesamte Rückfront des Hauses ein. Außer den beiden ehelichen Schlafzimmern und dem dazwischenliegenden Wohnzimmer gab es ein Kinderzimmer sowie die Quartiere für ein Kindermädchen und eine Zofe des Kindermädchens.

Der Rundgang dauerte eine knappe Stunde, und Hallie konnte sich wieder zum Personal gesellen, ehe jemand entdeckte, was sie unternommen hatten. Reggie setzte sich in die Bibliothek, um Lady Miriam zu erwarten.

Sie brauchte sich nicht lange zu gedulden. Die Gräfin kam von ihrem Ausritt zurück und begab sich direkt in die Bibliothek. Sie trug ein dunkelviolettes Reitkostüm und hielt ihre Reitpeitsche noch in der Hand. Nur im ersten Moment wirkte sie überrascht, weil sie den Raum nicht leer vorfand. Dann zog sie ihren Hut und ihre Handschuhe aus, ohne Reggie zu beachten.

So war das also... Zumindest erklärte das, woher Nicholas seinen Hang zur Grobheit hatte.

Reggie nutzte die Gelegenheit, Miriam Eden zu mustern, während sie ignoriert wurde. Für eine Frau von fast fünfzig Jahren hatte sie sich bemerkenswert gut gehalten. Sie war schlank, gepflegt und jugendlich, ihre Haltung steif und aufrecht. Keine einzige Silbersträhne durchzog ihr blondes, zu einem Knoten aufgestecktes Haar. Ihre Augen waren herbstlich grau – harte, kalte Augen, aber vielleicht lächelten sie auch manchmal? Reggie zweifelte daran.

In ihrem Äußeren wies sie eine minimale Ähnlichkeit mit ihrer Schwester Eleanor auf, das erschöpfte sich bereits in den Äußerlichkeiten. Die jüngere Schwester strahlte Wärme und Freundlichkeit aus, und davon besaß die Gräfin gar nichts. Wie sollte es ihr wohl möglich sein, mit dieser Frau zusammenzuleben?

»Soll ich Sie Mutter nennen?« fragte sie plötzlich, und die Gräfin zuckte wahrnehmbar zusammen. Sie drehte sich um und sah Reggie direkt an. Die grauen Augen waren starr, die Lippen spöttisch geschürzt. Offenbar ist sie es nicht gewohnt, angesprochen zu werden, ehe sie sich dazu herabläßt, das Wort an jemanden zu richten, überlegte Reggie.

Mit spröder Stimme erwiderte Miriam: »Bloß nicht. Ich bin genauso wenig Ihre Mutter wie...«

»Ach, du meine Güte«, fiel Reggie ihr ins Wort. »Ich dachte mir schon, daß Sie sich Nicholas entfremdet haben, da Sie nicht zu unserer Hochzeit gekommen sind, aber ich...«

»Ich wurde hier gebraucht«, sagte Miriam steif.

»...mir war nicht klar, daß Sie Ihren Sohn derart abgeschrieben haben«, beendete Reggie ihren Satz.

»Was tun Sie hier ohne Nicholas?« fragte Miriam.

»Nicholas und ich passen einfach nicht zusammen, verstehen Sie, und daher ist es wohl unmöglich, daß wir zusammenleben«, antwortete Reggie.

Es entstand eine erstaunte Pause. »Warum habt ihr dann geheiratet?«

Reggie zuckte die Achseln und lächelte sie strahlend an. »Es schien eine gute Idee zu sein. Jedenfalls für mich. Ich hatte den ständigen Partyrummel satt, und mir ist das Landleben ohnehin lieber.«

»Das erklärt noch nicht, warum Nicholas geheiratet hat.«

Reggie zog eine Augenbraue hoch. »Das wissen Sie doch sicher. Ich selbst war nicht dabei, als Nicholas sich einverstanden erklärt hat, mich zu heiraten, aber Ihre Schwester und Ihre Schwiegermutter haben an diesen Verhandlungen teilgenommen.«

Miriam sah sie finster an. Natürlich konnte sie dieselbe Frage nicht noch einmal stellen. Und sie wollte auch nicht eingestehen, daß sie keinen Kontakt mit Eleanor und Rebecca hatte. Jetzt mußte sie weiterhin an dieser

Eheschließung herumrätseln, und genau das beabsichtigte Reggie.

»Wir leben hier ziemlich abgeschieden«, warnte Miriam.

Reggie lächelte. »Das klingt ganz wunderbar. Ich bedaure nur, daß ich Sie bitten muß, sich andere Zimmer auszuwählen.«

Miriam richtete sich steif auf. »Man sagte mir, Sie hätten sich in Nicholas' Zimmern eingerichtet.«

»Aber auf die Dauer ist das nichts, verstehen Sie. Ich brauche das Kinderzimmer ganz in meiner Nähe.« Sie tätschelte liebevoll ihren Bauch.

Die Gräfin schien kurz vor einem Erstickungsanfall zu stehen. »Unsinn! Sie können nicht guter Hoffnung sein. Sie haben gestern erst geheiratet, und selbst wenn Sie nach der Hochzeit in irgendeinem Gasthaus angehalten haben, können Sie unmöglich jetzt schon wissen...«

»Sie vergessen den Ruf Ihres Sohnes, Lady Miriam. Nicholas ist ein geschickter Verführer. Ich war seinem Charme hilflos ausgesetzt. Jetzt bin ich im vierten Monat.«

Die Gräfin starrte Reggies Bauch an.

»Ist es nicht ein Glück, daß man noch nichts sieht?«

»Ich verstehe nicht, wie Sie überhaupt auch nur in irgendeiner Hinsicht von Glück sprechen können«, entgegnete Miriam herablassend. »Die Leute können nämlich zählen. Es ist eine Schande, daß Sie nicht einmal erröten, wenn Sie – einfach eine Schande.«

»Ich erröte nicht, Madam, weil ich mich nicht schäme«, erklärte Reggie kühl. »Und ich habe auch keine Schuldgefühle. Wenn mein Kind fünf Monate nach der Eheschließung geboren wird – nun, andere Kinder sind schon früher auf die Welt gekommen. Zumindest habe ich einen Ehemann, selbst wenn er sich nicht allzuoft blicken lassen wird. Und mein Kind trägt seinen Namen. Wenn man den Ruf Ihres Sohnes bedenkt, wird sich niemand allzusehr darüber wundern, daß er sich während der vier Monate unserer Verlobung nicht vertrösten lassen wollte.«

»Also, das hätte ich ja nie getan!«

»Haben Sie es denn nicht getan?«

Miriam Eden wurde ob dieser Anspielung scharlachrot und stolzierte aus dem Zimmer. Reggie seufzte. Sie hatte sich ihr Bett selbst gemacht, und wie man sich bettet, so liegt man. Eigentlich hätte sie sich nicht mit der verbitterten alten Kuh anlegen sollen, aber... Sie lächelte. Dieser letzte empörte Blick der Gräfin und diese Entrüstung waren es wert gewesen...

22.

»Du scheinst ein bißchen zuzunehmen, stimmt's, Kätzchen?« fragte Anthony, als er Reggie auf die Wange küßte und sich dann neben ihr auf den Rasen setzte. »Du ißt wohl, weil du dich elend fühlst, und das ist kein Wunder, wenn du mit diesem kalten Fisch zusammenlebst.«

Reggie legte ihren Skizzenblock beiseite und lächelte ihren Onkel liebevoll an. »Wenn du Miriam meinst – so übel ist sie gar nicht. Nach unseren beiden ersten Streitereien sind wir zu einer Einigung gekommen. Wir reden einfach nicht mehr miteinander.«

»Ich vermute, das ist auch eine Möglichkeit, mit jemandem auszukommen«, erwiderte Anthony sehr trocken.

Reggie lachte. »O Tony, ich habe dich im letzten Monat vermißt und dich wirklich eher erwartet. Alle anderen sind schon hiergewesen.«

»Es hätte dir kein Vergnügen bereitet, wenn ich gekommen wäre, nachdem ich erfahren habe, was hier gespielt wird. Ich habe bis jetzt gebraucht, um mich zu beruhigen.«

Sie seufzte. »Ich nehme an, du wolltest ihn wieder umbringen?«

»Du hast verdammt recht. Ich habe versucht, diesen niederträchtigen Halunken zu finden, aber er ist wie vom Erdboden verschluckt.«

»Ich hätte dir die Mühe sparen können, ihn zu suchen«, erwiderte sie mit ruhiger Stimme. »Er sagte mir, er würde England verlassen. Das war wohl sein Ernst.«

Anthony geriet in Wut. »Wir sollten uns lieber über etwas anderes unterhalten, Kätzchen. Dein Mann ist nicht mein Lieblingsthema. Was zeichnest du da?«

Reggie reichte ihm den Skizzenblock. »Nur einen Hund, der das welke Laub jagt. Er ist ein paar Minuten, ehe du gekommen bist, dort im Wald verschwunden. Aber ich habe ein paar gute Skizzen von den Gärtnern bei der Arbeit und von den Stallknechten mit den Pferden.« Er blätterte die Seiten um und bewunderte ihre Arbeit. »Das ist Sir Tyrwhitt, ein Nachbar«, erklärte sie, als er bei der Skizze eines Gecken mittleren Alters angelangt war. »Kannst du dir vorstellen, daß er und die Gräfin...?«

»Nein!«

»Sieh dich vor. Ich weiß es nicht mit Sicherheit, aber wenn er da ist, benimmt sie sich wie ein ganz anderer Mensch, geradezu kleinmädchenhaft. Kannst du dir das überhaupt vorstellen?«

»Nein«, sagte er entschieden.

Reggie lachte. »Und das sind Quire Gibbs und seine junge Frau Faith. Ich mag sie sehr gern. Miriam ist wütend, weil ich mich mit ihr angefreundet habe. Eine Einladung nach Silverley ist immer eine Ehre gewesen, verstehst du, und als ich Faith hier empfing, zog sich die Gräfin für zwei volle Tage auf ihr Zimmer zurück, um ihren Unwillen auszudrücken.«

»Es macht ihr wohl Spaß, dem niederen Adel eins auszuwischen, stimmt's?«

»O nein, sie nimmt das sehr ernst, Tony.«

Anthony blätterte eine Seite weiter. »Gütiger Himmel, was sind denn das für Typen?« Er blickte sie fragend an.

»Ich vermute, daß es zwei der Gärtner sind, aber es gibt hier so viel Personal, daß ich immer noch nicht alle Dienstboten kennengelernt habe. Ich habe sie gestern unten am See gezeichnet.«

»Du mußt gestern besonders trübsinnig gewesen sein. Sie wirken auf deiner Zeichnung wie finstere Gespenster.«

Reggie zuckte die Achseln. »Das hat nichts mit meiner Stimmung zu tun. Sie sahen wirklich so finster aus. Als sie merkten, daß ich sie zeichne, rannten sie davon, und daher mußte ich die Skizze aus dem Gedächtnis fertigstellen.«

»Mir kommen sie wie die Kerle vor, die in den Hafenspelunken Krawall machen«, meinte er, »nicht wie Gärtner.«

»Ach, Unsinn. Die Leute hier sind wirklich alle sehr nett, wenn man sie erst einmal kennenlernt.«

»Bis auf den kalten Fisch.«

»Sei nicht so unfreundlich, Tony. Ich glaube nicht, daß sie ein sehr glückliches Leben hinter sich hat.«

»Das ist keine Entschuldigung dafür, daß sie anderen ihr Unglück aufzwingen will. Und da wir gerade davon sprechen...«

»Sag es nicht«, sagte sie entschieden. »Mir geht es wirklich sehr gut, Tony, im Ernst.«

»Du kannst mich nicht belügen, Kätzchen. Sieh dich doch an. Du würdest nicht zunehmen, wenn du dich bewegen würdest, und wenn du rumhängst und nicht auf deine Gesundheit achtest, ist das ein Zeichen dafür, daß du unglücklich bist. Ich kenne dich, hast du das vergessen? Du bist in mancher Hinsicht genauso wie deine Mutter. Aber du brauchst nicht hierzubleiben, das weißt du doch. Du kannst wieder nach Hause kommen.«

»Ich weiß, daß ich einen Fehler gemacht habe, Tony, aber ich will nicht, daß es jeder erfährt. Verstehst du das?«

»Um seinetwillen?« fragte er mit scharfer Stimme.

»Nein«, erwiderte sie, und dann fügte sie zögernd hinzu: »Mein Gewicht, auf dem du immer wieder herumreitest, hat andere Gründe, als du glaubst, Tony. Ich bin schwanger.«

Einen Moment lang herrschte verblüfftes Schweigen. Dann entgegnete er: »So früh kannst du das noch nicht wissen. Du bist erst seit einem Monat verheiratet.«

»Ich bin schwanger, Tony. Und zwar hochschwanger.«

Seine kobaltblauen Augen, die ihren so ähnlich waren, wurden kugelrund und zogen sich dann zu Schlitzen zusammen. »Das darf doch nicht wahr sein! Ich bringe ihn um.«

»Nein, das wirst du nicht tun.« Wieder einmal erhob sie Einwände gegen seine bevorzugte Lösung ihrer Probleme. »Du wirst zum ersten Mal Großonkel. Wie könntest du dem Kind erklären, daß du seinen Vater getötet hast?«

»Er hat zumindest eine ordentliche Tracht Prügel verdient«, knurrte ihr Onkel.

»Vielleicht«, stimmte sie zu. »Aber nicht, weil er mich vor der Hochzeit verführt hat. An der Zeugung dieses Kindes war ich nur zu bereitwillig und gern beteiligt.«

»Mach dir nicht die Mühe, ihn in Schutz zu nehmen, Kätzchen. Du vergißt, daß er mir sehr ähnlich ist, und ich kenne *alle* Tricks. Er hat dich verführt.«

»Aber ich wußte genau, was ich tue«, beharrte sie. »Ich – ich war ganz furchtbar dumm, und das weiß ich jetzt auch, aber ich dachte, es würde dazu beitragen, seine Haltung mir gegenüber zu ändern. Er wollte mich dazu bringen, die Verlobung zu lösen. Die Heirat ging ihm von Anfang an gegen den Strich, was er mir deutlich zu verstehen gab.«

»Er hat sich einverstanden erklärt!«

»Ja, aber er dachte, er könnte mich vor der Hochzeit so ärgern, daß ich ihm den Laufpaß gebe.«

»Das hättest du auch tun sollen.«

»Was ich hätte tun sollen, zählt jetzt nicht mehr, Tony.«

»Ich weiß, ich weiß, aber, verflucht, Reggie, wie konnte er dich verlassen, wenn er weiß, daß...«

»Ich habe es ihm nicht gesagt! Du glaubst doch nicht etwa, ich würde versuchen, einen Mann auf *diese* Weise zu halten, oder?« Sie wirkte ausgesprochen schockiert.

»Oh«, sagte Anthony verwirrt. Dann fügte er düster hinzu: »Im Ernst, Kätzchen, du bist wirklich ganz so wie deine Mutter. Melissa hat dich auch nur wenige Monate nach ihrer Eheschließung geboren.«

Reggie schnappte nach Luft. »Wirklich? Aber – warum hat mir denn das keiner von euch je erzählt?«

Anthony wurde rot und wandte sich ab. »Na ja, hätten wir vielleicht sagen sollen: ›Übrigens, Liebes, du hast es gerade so mit Mühe und Not geschafft, kein uneheliches Kind zu werden‹?«

Sie kicherte und beugte sich vor, um ihn auf die Wange zu küssen. »Ich bin dir wirklich dankbar dafür, daß du mir das erzählt hast. Er freut mich, daß ich nicht der einzige Schandfleck in der ganzen Familie bin – außer Onkel Jason natürlich«, neckte sie ihn.

»Dein Vater hat Melissa wenigstens nicht verlassen. Er betete sie an. Und er hätte sie eher geheiratet, wenn ihr verbissener Stolz die beiden nicht auseinandergebracht hätte.«

»Von alldem habe ich nie auch nur ein Wort gehört«, flüsterte sie verblüfft.

»Sie haben entsetzlich miteinander gestritten, die beiden, das kann man wohl sagen. Melissa hat die Verlobung dreimal gelöst und jedesmal geschworen, sie würde ihn nie wiedersehen.«

»Aber mir haben immer nur alle erzählt, wie sehr sie einander geliebt hätten«, protestierte Reggie.

»So war es auch, Kätzchen«, versicherte er ihr. »Aber sie war genauso aufbrausend wie ich. Die kleinste Unstimmigkeit hat sie aus der Fassung gebracht. Gott sei Dank, daß du *das* nicht von ihr geerbt hast.«

»Ach, da wäre ich mir gar nicht so sicher«, erwiderte Reggie versonnen. »Wenn Nicholas je zurückkommt, werde ich ihm nicht verzeihen. Er hat mich dazu gebracht, mich in ihn zu verlieben, aber unserer Ehe nicht die kleinste Chance gegeben. Ich habe meinen Stolz, obwohl ich ihn anflehte, mich nicht zu verlassen. Aus meiner Liebe ist... Jedenfalls gerate ich in Wut, wenn ich nur an ihn denke.«

»Das ist gut für dich. Überleg dir, ob du nicht doch wieder nach Hause kommen willst, ja? Bei deiner Familie kannst du das Kind genausogut auf die Welt bringen. Wir halten Außenstehende auch gern von dir fern.«

»Ich habe schließlich Meg, und ich...«

»Überleg es dir«, ordnete er entschieden an.

Sie lächelte. »Ja, Onkel.«

23.

Es war wieder einer dieser feuchten Novembermorgen, und Reggie schlenderte mit ihrem Skizzenblock zum See hinunter. Onkel Tony hatte die Nacht in Silverley verbracht, und sie hatte sich am frühen Morgen von ihm verabschiedet und ihm noch einmal versprechen müssen, sich zu überlegen, ob sie nicht doch wieder nach Hause kommen wollte. Sie würde darüber nachdenken. Oder zumindest würde sie darüber nachdenken, ob sie nicht nach London zurückkehren sollte, um ihrer Familie näher zu sein. Wenn sie in Nicholas' Stadthaus zog, bliebe der Schein gewahrt. Das war eine gute Idee. Und außerdem hätte sie eine Beschäftigung – jetzt, wo ihre körperlichen Aktivitäten doch stark eingeschränkt waren. Sie konnte sein Haus in London neu einrichten, einen Teil seines Geldes ausgeben.

Das Ärgerliche war, daß sie wirklich angefangen hatte, die Ruhe und Abgeschiedenheit in Silverley zu genießen – zumindest dann, wenn Miriam nicht in der Nähe war. Mit dem Personal kam Reggie gut aus. Sogar Mrs. Oates hatte sich überraschenderweise in dem Moment, in dem sie erfahren hatte, daß Reggie ein Baby bekam, umstimmen lassen. Anscheinend liebte Mrs. Oates Babys. Wer hätte das gedacht?

Reggie sah das graue Haus träumerisch an. Hier hätte sie wirklich glücklich sein können. Sie malte sich aus, wie ihre Kinder über die Wiesen von Silverley liefen, im Sommer kleine Boote auf dem See schwimmen ließen, im Winter darauf Schlittschuh liefen. Und sie stellte sich sogar vor, wie ihr Vater ihnen ihre ersten Ponys schenkte und ihnen die Gangarten zeigte. Irgendwie wußte sie, daß Nicholas gut mit Kindern umgehen könnte. Sie seufzte tief und setzte die Kapuze ihres Pelzcapes auf, als sie einen Blick auf die dräuende Wolkenmauer warf, die sich über ihr zusammenbraute. Meg hatte recht. Es wurde zu kalt, um im Freien zu zeichnen.

Sie klemmte ihren Skizzenblock unter einen Arm und wandte sich wieder dem Haus zu. Den See würde sie bei einer anderen Gelegenheit zeichnen. Plötzlich sah sie, daß einer der Dienstboten auf sie zueilte, aber er kam nicht vom Haus her, sondern aus den Wäldern.

Auf der anderen Seite dieser Wälder lag ihr eigenes Anwesen. Sie war bisher noch nicht dort gewesen. Die Melancholie, die der Gedanke an diesem Ort auslöste, an dem ihre Eltern den Tod gefunden hatten, war zu überwältigend. Irgendwann würde sie das Grundstück aufsuchen, sagte sie sich. Ja, irgendwann. Und eines Tages würde sie es ihrem Kind zeigen. Das Anwesen, das seinen Großeltern gehört hatte.

Als er näher kam, erkannte sie in dem Dienstboten einen der Männer, die sie kürzlich gezeichnet hatte. Er trug einen riesigen Sack, von dem sie vermutete, daß er dazu diente, welkes Laub hineinzustopfen. Sein Äußeres wirkte so seltsam, wie sie es in Erinnerung hatte. Ein ungewisses Gefühl einer drohenden Gefahr stieg in ihr auf.

Vielleicht lag es an dem dichten, ungepflegten Bart, vielleicht an dem langen, strähnigen Haar – aber vielleicht auch an seiner Dreistigkeit. Auf jeden Fall beschloß sie, nicht zu warten, bis er sie erreicht hatte. Sie würde zum Haus zurücklaufen.

Dann blieb sie stehen und sagte sich, was für ein Dummkopf sie doch war. Sie ließ zu, daß ihre Fantasie mit ihr durchging. Wie albern von ihr! Schließlich war der Mann ein Gärtner, nichts weiter.

Reggie hatte diesen Gedanken kaum zu Ende gedacht, als der Mann sie erreicht hatte. Sekundenlang wartete er, um Atem zu holen, dann zog er den Sack, den er bei sich trug, über ihren Hals und ihre Schultern. Im ersten Moment wollte sie impulsiv schreien. Doch ihre Verblüffung überrumpelte sie, während der Sack bis zu ihren Füßen hinuntergezogen wurde, und von ihrem Schrei blieb nur ein erstickter Laut.

Ihr Angreifer warf sich seine Beute sofort über die Schulter und kehrte in die Wälder zurück. Dort stand in einem Versteck eine kostbare, gutgefederte Kutsche, mit zwei Grauschimmeln, die es kaum erwarten konnten, loszulaufen. Ein Mann saß auf dem Kutschbock, bereit, die Pferde mit der Peitsche anzutreiben, sowie er auch nur eine Spur von irgendwelchen Verfolgern wahrnahm. Der Mann, der auf dem Boden stand, blickte finster zu ihm auf.

»Du könntest deinen Arsch wenigstens so weit bewegen, um mir diese verdammte Tür aufzumachen. Sie sieht zwar vielleicht aus, als würde sie nicht mehr als eine Feder wiegen, aber nach dem langen Weg ist sie überhaupt nicht mehr leicht.«

Henri, oder »Onry«, wie seine englischen Freunde ihn mit Vorliebe nannten, kicherte über Arties Bärbeißigkeit, ein sicheres Zeichen dafür, daß ihm der Auftrag keine Sorgen mehr machte. »Es folgt dir also niemand?«

»Soweit ich gesehen habe, nicht. Und jetzt pack mal zu. Du weißt, daß wir sie zart anfassen sollen.«

Sie legten Reggie auf einen gutgepolsterten Sitz und schlangen eilig ein Seil um ihre Knie, damit der Sack nicht verrutschen konnte. »Das müßte seine Laune doch deutlich verbessern, oder? Ich hätte nie geglaubt, daß wir unsere Beute so schnell fangen.«

»Gib es auf, Frenchy. Du kannst sagen, was du willst, und doch wird dich niemand für einen Engländer halten. Wozu probierst du es also noch? Ich wette, du dachtest schon, wir würden wochenlang in diesen Wäldern sitzen.«

»Hast du das etwa nicht geglaubt?«

»Ja, aber ich sagte dir doch, es würde sich auszahlen, wenn wir abwarten, ob sie uns nicht direkt in die Arme läuft. Ganz schön Glück gehabt, was? Wenn das den Captain nicht freut, dann frage ich mich, was ihn überhaupt freuen soll.«

»Mit dem kleinen Fisch fangen wir den größeren.«

»Wie recht du doch hast! Hoffen wir nur, daß das auch nicht allzu lange dauert.«

»Willst du hinten bei ihr sitzen, damit sie nicht vom Sitz fällt, oder willst du vielleicht, daß ich...«

»Das Vergnügen gönne ich dir. Ich traue dir nicht zu, daß du dieses wacklige Landschiff in einem Stück aus diesen Wäldern bringst. Das ist doch wohl eher meine Aufgabe.« Er kicherte in sich hinein. »Diese Arbeitsteilung scheint dir zu behagen?«

»Wie du willst, Artie.« Der junge Franzose grinste den Engländer breit an.

»Aber komm mir bloß nicht auf die Idee, dich an der Kleinen zu vergreifen, Kumpel. Das würde dem Captain gar nicht passen«, sagte der Mann ernst, ehe er wieder auf den Kutschbock stieg. Der Wagen fuhr holpernd los.

Reggie schwirrte der Kopf. Es mußte sich um eine schlichte Entführung handeln. Sobald das Lösegeld bezahlt war, würde man sie wieder nach Hause bringen. Kein Grund zur Sorge.

Sie wünschte, ihr Körper hätte es auch so gesehen. Doch der zitterte fürchterlich. Sie brachten sie zu einem Captain, der nicht wollte, daß sie roh behandelt wurde. Ja, eine Entführung. Und er war ein Schiffskapitän, vermutete sie, denn in Southampton gab es einen großen Hafen. Schließlich hatte Nicholas dort selbst seinen eigenen Schiffahrtsbetrieb.

Sie zwang sich, jedes Wort zu überdenken, das bisher gesagt worden war. Was hatte das mit dem kleinen Fisch zu bedeuten, mit dem sie den größeren Fisch fangen wollten? Sie strengte sich an, jeden einzelnen Laut und jede Bewegung wahrzunehmen.

Es dauerte nicht länger als eine halbe Stunde, bis sie die Geschwindigkeit verlangsamten, und sie wußte, daß sie in Southampton waren.

»Noch ein paar Minuten, *chérie,* und dann hast du es bequemer«, versicherte ihr derjenige, der sie gefangengenommen hatte. »Dann sind wir drinnen.«

›Drinnen?‹ Nicht ›an Bord‹? Aber schließlich war er Franzose, und daher konnte sie nicht wissen, wie wörtlich sie diese Dinge nehmen mußte. Ach, du meine Güte. Der Sack, der über ihrem Cape hing, trieb ihr den Schweiß aus allen Poren. Und sie hatte geglaubt, wenn sie erst erwachsen war, würde sie keine Abenteuer mehr erleben...

Die Kutsche hielt an, und sie wurde behutsam herausgehoben, doch diesmal trug der Engländer sie. Es waren keine Wassergeräusche zu hören, keine Wellen, die gegen einen Schiffsrumpf schwappten, kein Knirschen von Planken. Wo waren sie? Sie wankten nicht über eine Schiffsbrücke, aber die Schritte stiegen höher. Dann wurde eine Tür geöffnet.

»Da schlägt es doch dreizehn, Artie! Du hast sie schon?«

»Ballast, den ich abwerfen will, ist das jedenfalls nicht. Wo soll ich sie ablegen, Kumpel?«

»Oben ist ein Zimmer für sie hergerichtet worden. Warum läßt du mich die Kleine nicht tragen?«

»Ich kann dir eins auf's Ohr geben, ohne sie dabei fallen zu lassen. Willst du es sehen?«

Ein tiefes Lachen war zu vernehmen. »Du bist viel zu heikel, Artie. Komm, ich zeige dir ihr Zimmer.«

»Wo ist der Captain?«

»Der wird vor heute abend nicht erwartet. Ich schätze, das heißt, daß ich mich um sie kümmern soll, oder?«

»Hör dir diesen jungen Gockel an, Onry!« rief Artie. »Für nichts auf Erden lassen wir dich mit so was wie der hier alleine, Kerlchen. Du bist hier der einzige, der glauben könnte, daß er heil davonkommt, wenn er sie betatscht, weil der Captain dein Alter ist. Daran brauchst du gar nicht zu denken, solange ich da bin.«

»Ich habe nur gesagt, ich würde mich um sie kümmern – aber nicht so, wie du's meinst«, entgegnete der Junge.

»Errötet der Kleine, Onry? Ist das wirklich ein Erröten, was ich da erkenne?«

»Lauf los, *mon ami*«, riet Henri dem Jungen. »Heute ist nicht mit ihm zu spaßen.«

»Ich will sie wenigstens sehen.«

»Das ist eine Hübsche, Kerlchen.« Artie grinste. »Wenn sie dem Captain erst unter die Augen kommt, könnte es sogar sein, daß er ganz vergißt, weshalb er sie ursprünglich haben wollte. Kann sein, daß er sie für sich behält. Das könnte durchaus sein.«

Sie trugen sie zu ihrem Zimmer, und dort wurde sie auf die Füße gestellt. Sie wankte und fiel fast hin. Das Seil um ihre Knie wurde entfernt, der Sack über ihren Kopf gezogen. Aber in dem kleinen Zimmer mit den zugenagelten Fenstern war es so dunkel, daß sie im ersten Moment Mühe hatte, etwas zu erkennen.

Ihre erste Tat bestand darin, tief Luft zu holen. Dann gewöhnten sich ihre Augen an das Dämmerlicht, und sie richtete ihren Blick auf die drei Männer, ihre Entführer und den Jungen, die auf die Tür zugingen. Der jüngste sah sie über die Schulter an, und sein Mund stand sperrangelweit offen.

»Einen Moment, bitte!« rief sie den Männern nach, als sie die Tür erreichten. »Ich verlange zu wissen, warum ich hierhergebracht worden bin.«

»Das wird der Captain Ihnen sagen, wenn er wieder da ist, Mylady.«

»Und wer ist der Captain?«

»Namen spielen keine Rolle«, antwortete der dreistere von beiden, wobei er ihren hochmütigen Tonfall mit einem besänftigenden Grinsen quittierte.

»Aber ich kenne Ihren Namen, Artie – und Ihren Namen, Henri. Ich habe sogar...« Sie unterbrach sich, ehe sie ihnen erzählte, daß sie die beiden schon skizziert hatte. »Ich wünsche zu erfahren, warum ich hier bin.«

»Sie müssen warten, bis Sie mit dem Captain reden. Im übrigen steht eine Lampe auf dem Tisch, und bald gibt es auch was zu essen. Setzen Sie sich doch einfach, und machen Sie sich's gemütlich.«

Sie wirbelte wütend herum und kehrte ihnen den Rükken zu. Die Tür wurde geschlossen, und ein Schlüssel drehte sich im Schloß. Sie stieß einen tiefen Seufzer aus. Wie hatte sie bloß den Mut aufgebracht, so herablassend mit ihnen zu reden? Es waren finster wirkende Gestalten, und das auch, wenn sie mit ihr plänkelten und mit beschwichtigenden, einschmeichelnden Stimmen auf sie einredeten. Zumindest hatte sie ihnen gegenüber keine Angst gezeigt, das bereitete ihr eine gewisse Genugtuung. Sie konnten lange warten, bis ein Malory klein beigab.

Sie sank erschöpft auf einen Stuhl aus Weidengeflecht und fragte sich mutlos, ob dies wohl für lange Zeit der letzte Moment war, in dem sie diese Genugtuung verspürte.

24.

Das Essen war so köstlich, daß Reggie es trotz ihrer Nervosität bemerkte. Sie aß eine üppige Portion Taubenpastete, Reispudding und Safrankuchen. Auch der Wein war delikat. Aber sowie sie nicht mehr durch die Mahlzeit abgelenkt wurde, machte sie sich wieder Sorgen.

Henri hatte ihr das Essen gebracht, in einem auffälligen Rüschenhemd aus Seide, einer schwarzen Kniebundhose, hohen Stulpenstiefeln und einer langen Weste, die einem Frack glich. Meine Güte, jetzt fehlt ihm nur noch ein Ohrring, hatte sie gedacht. Sogar rasiert hatte er sich, abgesehen von seinem säuberlich gezwirbelten Schnurrbart. Weshalb bloß?

In was war sie denn nun schon wieder geraten? Er hatte Frauenkleidung, die brandneu aussah, auf dem Bett ausgebreitet – einen seidenen Morgenmantel, ein eher züchtiges Leinennachthemd, fellbesetzte Pantoffeln und, was ihr wirklich peinlich war, auch Unterwäsche. Auf einer Frisierkommode standen oder lagen Toiletteartikel bereit – Kamm und Bürste und ein sehr teures Parfüm, ebenfalls alles ganz neu.

Der junge Mann war am frühen Nachmittag hereingekommen, um ein Feuer anzuzünden, und Artie hatte an der Tür Wache gehalten und sie furchtsam angelächelt. Frostig hatte sie seinen Blick erwidert und den Jungen vollkommen ignoriert.

Inzwischen war es Nacht geworden, aber sie weigerte sich, das breite Bett zu benutzen. Sie würde, wenn es sein mußte, die ganze Nacht über wach bleiben, aber sie dachte gar nicht daran, sich häuslich einzurichten, ehe sie den Captain getroffen und ihm ihre Meinung gesagt hatte.

Sie legte einige der Holzscheite nach, die der Junge ihr dagelassen hatte, dann rückte sie einen Stuhl vor das Feuer, setzte sich, zog die Beine an und verbarg die Füße unter ihrem dunkelblauen Samtrock. Es war warm im Zimmer, und sie fühlte sich zusehends schläfriger.

Fast hätte sie nicht gehört, wie sich der Schlüssel im Schloß drehte. Sie fuhr bei diesem Geräusch zusammen, drehte sich aber nicht um. Sie wollte verdammt sein, wenn sie sich dazu herabließ, Artie oder Henri auch nur zu bemerken.

»Mein Sohn hat mir erzählt, Sie seien eine unglaubliche Schönheit«, sagte eine tiefe Stimme. »Sehen wir uns doch einmal an, was ihn derart verzückt hat. Zeigen Sie sich, Lady Montieth.«

Sie stand auf und drehte sich ganz langsam um. Verwirrt riß sie die Augen auf.

»Onkel James!« – *»Regan!«* riefen beide gleichzeitig aus.

Sie erholte sich schneller von ihrem Schock. »O Onkel! Es kann doch nicht dein Ernst sein, daß du mich wieder für drei Monate entführen willst, damit wir auf der *Maiden*

Anne unseren Spaß haben? Meinst du nicht auch, daß ich etwas zu alt dafür bin?«

Verwirrter hätte er sie gar nicht anschauen können. Er breitete seine Arme aus. »Komm her, mein Süßes, und laß dich umarmen. Mein Gott, aus dir ist wirklich eine unglaubliche Schönheit geworden.«

Sie fiel ihm glücklich um den Hals. »Es sind jetzt drei Jahre her, Onkel James, und damals habe ich dich auch nur eine Stunde lang gesehen. Irgendwie ist es nicht gerecht, daß ich meinen eigenen Onkel nur heimlich und verstohlen treffen kann. Meinst du nicht, es ist an der Zeit, daß du dich wieder mit deinen Brüdern verträgst?«

»Das täte ich gern, Reggie«, sagte er leise. »Aber ich bezweifle, daß sie es wollen.«

Er war immer gern anders als die anderen gewesen, und er hatte ihr sogar einen eigenen Namen gegeben, um sich von ihnen zu unterscheiden. Ihr Onkel, der Pirat, hatte sie seinen Brüdern vor der Nase weggeschnappt und sie entführt, nachdem sie ihm verboten hatten, sie zu sehen. Er hatte sie an Bord seines Schiffes gebracht und sie zu einem fantastischen Abenteuer mitgenommen, weil er entschlossen war, seinen Anteil ihrer Zeit für sich zu beanspruchen. Sie war damals zwölf gewesen, und sie bewahrte immer noch lebhafte Erinnerungen an diese unglaublichen drei Monate.

Natürlich hatten sie beide dafür büßen müssen. James war bereits in Ungnade gefallen, weil er als Pirat sein Dasein fristete. Als er Reggie zurückbrachte, wurde er von allen drei Brüdern fürchterlich verprügelt, weil er sie in Gefahr gebracht hatte. Sie wollten nichts mehr mit ihm zu tun haben, nicht einmal Tony, mit dem er sich immer so gut verstanden hatte. James litt unter dieser Entzweiung, und es bekümmerte Reggie, daß sie der Grund dieses Zwistes gewesen war. Er hatte es ihr nie vorgeworfen, aber das machte es nur noch schlimmer für sie.

Sie schob James von sich, um ihn von Kopf bis Fuß zu mustern. Er hatte sich in diesen drei Jahren kaum verändert, war immer noch groß und blond und sah so gut aus wie eh und je – und er benahm sich auch so ungehörig wie früher. Was er jetzt wieder angerichtet hatte – sie einfach hierher verschleppen zu lassen!

»Eigentlich sollte ich kein Wort mit dir reden«, sagte sie streng. »Du hast mir einen furchtbaren Schrecken eingejagt. Wenigstens hättest du deine Männer beauftragen können, mich darüber zu informieren, daß ich vom berüchtigten Captain Hawke entführt werden soll.«

»Ich werde ihnen das Fell über die Ohren ziehen! Verdammt noch mal!« Er riß die Tür auf und schrie: »Artie! Henri!«

»Nein, Onkel«, protestierte Reggie.

James' Wutausbrüche waren etwas anders als die von Tony. Der ließ mit sich reden. Selbst mit Jason, der im Zorn zu einem sturen Bullen wurde, konnte man reden. Aber James Malory war furchteinflößend. Obwohl sich sein Zorn nie gegen sie gerichtet hatte, fürchtete sie ihn.

»Onkel James«, sagte sie, »die Männer sind wirklich sehr sachte mit mir umgegangen, und sie waren eifrig um mein Wohlbefinden besorgt. Ich habe mich nicht gefürchtet«, log sie.

»Sie haben einen Irrtum begangen, Regan, und dafür werde ich keine Ausflüchte hinnehmen.«

Eine schwarze Augenbraue wurde abrupt hochgezogen. »Soll das heißen, daß ich gar nicht hierhergebracht werden sollte?«

»Natürlich nicht. Ich hätte dich aufgesucht, ehe ich England wieder verlasse. Aber ich hätte dich nicht zu mir bringen lassen – jedenfalls gewiß nicht auf diese Weise.«

Die beiden Bösewichte tauchten in der Tür auf, und James' kalter, finsterer Blick bereitete ihnen Unbehagen. »Sie wollten uns sprechen, Captain?«

»Wißt ihr eigentlich, wen ihr mir hier gebracht habt?« fragte er mit leiser Stimme. Es war der Tonfall, der seine Unberechenbarkeit erkennen ließ.

Henri ahnte schon, worin die Schwierigkeit lag. »Die falsche Dame?«

»Darf ich vorstellen, meine Herren...« James wies in Reggies Richtung und explodierte: *»Meine Nichte!«*

»Merde!«

»Das kann man wohl sagen«, hauchte Artie.

Ein weiterer Mann tauchte in der Tür auf. »Warum zum Teufel schreist du hier so rum, Hawke?«

»Connie!« rief Reggie begeistert aus, ehe sie sich in seine Arme stürzte.

Das war der Mann, mit dem sie auf den Ausguck geklettert war, der ihr das Fechten und sogar das Segeln beigebracht hatte, wenn ihr Onkel gerade nicht zusah. Conrad Sharpe, James' bester Kindheitsfreund, war jetzt der erste Maat auf der *Maiden Anne,* der spitzbübischste und zugleich auch der liebenswerteste Pirat aller Zeiten.

»Bist du das etwa, kleine Krabbe?« blökte Connie. »Mich soll der Teufel holen, wenn du es nicht bist!« Er drückte sie fest an sich.

»Es ist *Jahre* her!«

»Ja, das kann man wohl sagen«, lachte Conrad. Als sein Blick endlich auf James' finsteres Gesicht fiel, räusperte er sich. »Ich, äh – ich glaube, du solltest gar nicht hier sein, Regan.«

»Den Eindruck habe ich auch.« Sie wandte sich wieder an James. »Tja, Onkel, hier stehen die Schurken. Willst du sie für diesen häßlichen Irrtum auspeitschen lassen? Wenn ja, dann will ich zusehen.«

»Regan!«

»Du tust es also nicht?« Sie sah ihre Entführer an. »Nun, Gentlemen, Sie können sich in der Tat glücklich schätzen, daß mein Onkel so gnädig gestimmt ist. Sie kommen gut davon. Ich hätte Ihnen das Fell über die Ohren gezogen, soviel steht fest.«

»Schon gut, Regan, du hast gewonnen«, ließ sich James erweichen. Er nickte Artie und Henri zum Zeichen, daß sie wieder gehen konnten, barsch zu.

»Sie hat sich überhaupt nicht verändert, stimmt's, Hawke?« fragte Conrad lachend, als sich die Tür hinter den beiden Entführern geschlossen hatte.

»Ein gerissenes kleines Miststück«, knurrte James.

Reggie grinste die beiden an. »Aber freut ihr euch denn nicht, mich wiederzusehen?«

»Darüber muß ich erst mal nachdenken.«

»Onkel James!«

»Natürlich, mein Süßes.« James strahlte sie mit dem offenen Lächeln an, das den wenigen vorbehalten war, die er liebte. »Aber du hast hier wirklich Probleme ausgelöst, und jetzt ist man in Silverley sicher auf der Hut.«

»Willst du mir vielleicht erzählen, was das alles zu bedeuten hat?«

»Es hat nichts mit dir zu tun, Regan.«

»So leicht kannst du mich nicht abspeisen, Onkel. Ich bin schließlich kein Kind mehr.«

»Das sehe ich selbst.« Er grinste. »Schau sie dir an, Connie. Ist sie nicht das exakte Ebenbild meiner Schwester?«

»Und die Vorstellung, daß sie meine Tochter sein könnte...« meinte Conrad versonnen.

»O Connie, du auch?« fragte Reggie mit zarter Stimme.

»Alle haben deine Mutter geliebt, kleine Krabbe, sogar ich«, gestand Conrad brummig ein.

»Hast du mich deshalb unter deine Fittiche genommen?«

»Das brauchst du nicht zu glauben. Du hast dich ganz allein in mein Herz eingeschlichen, du selbst.«

»Dann erzählst du mir vielleicht, was das alles soll.«

»Nein, kleine Krabbe.« Conrad schüttelte den Kopf und

schaute James an. »Das ist ganz allein sein Werk. Wenn du rauskriegen willst, was du wissen möchtest, mußt du ihn mit deinen blauen Augen betören.«

»Onkel James?«

»Es ist – eine alte Geschichte, die ich noch zu regeln habe. Aber das ist wirklich nichts für dich.«

»Ist die Gräfin nicht etwas zu alt für dich?«

»Darum geht es nicht, Regan«, protestierte James. »Und was zum Teufel willst du mit ›alt‹ sagen?«

»Nun ja, sie ist nicht direkt uralt, nehme ich an«, verbesserte sich Reggie. »Sie ist auch sehr gepflegt. Aber was könntest du mit ihr zu schaffen haben?«

»Nicht mit ihr. Mit ihrem Mann.«

»Der ist tot.«

»Tot? Tot!« James sah Connie an. »Verdammt noch mal! Er kann nicht tot sein!«

Reggie sah Connie bestürzt an. »Er wollte eine Rechnung mit ihm begleichen, kleine Krabbe«, erklärte Connie. »Und jetzt sieht es ganz so aus, als sei das Schicksal ihm zuvorgekommen.«

»Wann ist er gestorben?« fragte James barsch. »Und wie?«

Reggie fing an, sich Sorgen zu machen. »Ich weiß wirklich nicht, woran er gestorben ist. Es ist doch schon einige Jahre her.«

James' Wut wurde von sichtlichem Erstaunen verdrängt. Dann fingen beide Männer an zu lachen, und das verblüffte Reggie noch mehr.

»Ach, Süßes, jetzt hast du mich wirklich aus der Fassung gebracht!« rief James lachend. »Aber ich glaube nicht, daß wir von demselben Mann reden. Der, den ich haben will, ist der junge Vicomte.«

»Nicholas Eden?« stieß sie hervor.

»Jetzt hast du es erfaßt. Kennst du ihn?«

»Sehr gut sogar.«

»Dann kannst du mir ja vielleicht verraten, wo er ist. Jemand anderes kann es uns weiß Gott nicht sagen. Ich habe ihn überall gesucht, und ich schwöre dir, dieser Kerl versteckt sich vor mir – und das mit gutem Grund.«

»Gütiger Himmel!« keuchte Reggie. »Du hast mich entführen lassen, damit ich der Köder bin, der Nicholas zu dir lockt, stimmt's?«

»Nicht dich, Süßes«, versicherte ihr James. »Diese Idioten haben dich für Edens Frau gehalten.«

Reggie trat näher an Conrad heran, holte tief Atem und begann dann zögernd: »Onkel James, deine Männer haben keinen Fehler gemacht.«

»Sie...«

»...haben sich nicht geirrt«, beendete sie seinen Satz. »Ich bin Nicholas' Frau.«

Das angespannte Schweigen, das darauf folgte, zerrüttete die Nerven aller. James stand starr da. Conrad legte einen Arm schützend um Reggie, und gemeinsam erwarteten sie seinen Wutausbruch. Ehe es dazu kam, ging die Tür auf, und der junge Mann sah durch den Türspalt. »Henri hat mir gerade erzählt, daß sie meine Kusine ist. Stimmt das?«

James sah ihn finster an. »Jetzt nicht, Jeremy!« Der Junge zuckte zusammen.

»Nein, geh nicht weg, Jeremy.« Reggie nahm den Jungen an der Hand und zog ihn in das Zimmer. »Onkel James ist wütend auf mich, nicht auf dich.«

»Ich bin nicht wütend auf dich, Regan.« Mühsam beherrschte er seine Stimme.

»Du wolltest mich gerade anschreien.«

»Ich wollte dich nicht anschreien!« explodierte er.

»Das ist mir aber jetzt eine große Erleichterung«, gab Reggie zurück.

James machte den Mund auf, preßte seine Lippen wieder zusammen und seufzte resigniert. Er sah Conrad in die Augen, und es war deutlich zu erkennen, was er ihm mitteilen wollte. *Kümmere du dich um sie. Ich gebe auf.*

Conrad stellte die beiden einander vor. »Jeremy Malory – Lady Regina Mal – äh, Eden, Gräfin von Montieth.«

»Donnerwetter!« Jeremy grinste. »Deshalb ist er so aufgebracht.«

»Ja. Ich glaube nicht, daß es ihm gefällt. Na ja, das ist ja auch egal.« Sie lächelte den attraktiven jungen Mann an, der ihre Haare und ihre Augen hatte. »Bisher habe ich dich nicht genauer in Augenschein genommen. Himmel, du siehst aus wie dein Onkel Tony, als er jünger war.« Sie wandte sich an James. »Wo hältst du ihn eigentlich immer verborgen, Onkel?«

»Ich verstecke ihn nicht«, sagte James mürrisch.

»Die Familie weiß nichts von ihm.«

»Ich selbst habe erst vor fünf Jahren herausgefunden, daß er mein Sohn ist. Und ich stehe seitdem nicht gerade auf dem besten Fuß mit meinen Brüdern. Wir haben seither nicht mehr miteinander gesprochen.«

»Du hättest es *mir* sagen können, als wir uns das letzte Mal trafen.«

»Damals hatten wir dafür keine Zeit, Regan. ›Ach, übrigens, ich habe einen Sohn.‹ Du hättest mich mit deinen endlosen Fragen verfolgt, und Jason hätte das Personal ausgeschickt, damit es dich aufspürt und mich findet.«

»Ich nehme an, du hast recht. Aber wie hast du ihn gefunden? Fünf Jahre ist das also her?«

»Sogar etwas weniger als fünf Jahre«, erwiderte er. »Und wir sind einander rein zufällig in einer Kneipe begegnet, in der er gearbeitet hat.«

»Du hättest das Gesicht deines Onkels sehen sollen, kleine Krabbe, als sein Blick auf den Jungen fiel.« Conrad lächelte bei der Erinnerung. »Irgendwie kam ihm der Kleine bekannt vor, aber er wußte nicht, warum. Und Jeremy ließ ihn auch nicht aus den Augen.«

»Weil ich ihn erkannt habe, verstehst du?« warf Jeremy ein. »Ich hatte ihn zwar selbst noch nie gesehen, aber meine Mutter hat ihn mir oft beschrieben. Endlich habe ich dann meinen Mut zusammengenommen und ihn ganz direkt gefragt, ob er James Malory ist.«

»Die Reaktion kannst du dir vorstellen«, bemerkte Conrad fröhlich. »In allen Hafenkneipen kannte man ihn nur als Captain Hawke, und dann stand diese halbe Portion vor ihm und nannte ihn bei seinem richtigen Namen. Und um das alles noch zu überbieten, behauptet er, daß er sein Sohn ist! Ich habe angefangen, laut zu lachen, aber Hawke hat nicht mitgelacht. Er hat sich die Haarfarbe, die Augenfarbe und den Gesichtsschnitt des Jungen angesehen und ihm ein paar Fragen gestellt, und über Nacht ist er der stolzeste Vater aller Zeiten geworden.«

»Dann habe ich also einen neuen Vetter, noch dazu einen, der fast ausgewachsen ist.« Reggie lachte. »Das ist ja einfach großartig. Willkommen in der Familie, Jeremy.«

Er war fast so groß wie sein Vater, nämlich wesentlich größer als Reggie. Sie stellte sich auf die Zehenspitzen, um ihn auf die Wange zu küssen. Zu ihrem Erstaunen drückte er sie überschwenglich an sich, und ihr blieb die Luft weg. Der Junge wollte sie nicht mehr loslassen.

»Es reicht, Jeremy. Jeremy!«

Der Junge trat zurück. »Kann ein Vetter seine Kusine heiraten?« fragte er.

Conrad brüllte vor Lachen. James blickte finster drein. Reggie errötete. Jetzt verstand sie das Motiv, das hinter dieser Umarmung stand.

»Noch ein Lebemann mehr in der Familie, Onkel James?« fragte sie trocken.

»Es scheint ganz so«, seufzte James. »Und noch dazu einer, der alle diese Tricks viel zu früh lernt.«

»Er folgt nur deinem Beispiel«, warf Conrad gewandt ein.

»Jetzt geht er jedenfalls ins Bett.«

»Donnerwetter, das kannst du nicht machen«, protestierte Jeremy.

»Geh«, sagte James streng. »Du kannst deine Kusine morgen früh länger sehen, wenn du dich ordentlich benimmst und immer daran denkst, daß sie deine Kusine und nicht irgendeine Dirne in einer Hafenkneipe ist.«

Nach dieser Ermahnung hätte man vielleicht damit rechnen sollen, daß sich der Junge beschämt zurückziehen würde. Nicht so Jeremy. Er grinste Reggie schelmisch an und zwinkerte ihr zu. »Ich werde von dir träumen, süße Regina, heute nacht und für alle Zeiten.«

Sie hätte fast gelacht. Eine solche Dreistigkeit! Sie sah ihn keck an. »Sei nicht so ungehörig, Vetter. Du hast mich dicht genug an dich gedrückt, um sagen zu können, daß ich *sehr* verheiratet bin.«

Reggie stöhnte innerlich und verfluchte sich für ihr vorlautes Mundwerk. Jeremy warf einen Blick auf seinen Vater und stürzte zur Tür. Sie machte sich auf einiges gefaßt, denn sie war sicher, daß James genau verstanden hatte, was sie damit hatte sagen wollen.

»Ist das wahr?«

»Ja.«

»Der Teufel soll ihn holen! Wie konnte das geschehen, Regan? Wie zum Teufel kommst du dazu, diesen – diesen...«

»Du scheinst genauso wütend zu sein wie Tony«, schnitt sie ihm das Wort ab. »Ihr wollt beide ein Stück von ihm haben. Dann sucht doch Nicholas, teilt ihn zwischen euch auf, schneidet ihn in Stücke, erschießt ihn oder bringt ihn sonstwie um. Was macht mir das schon aus? Er ist ja schließlich nur mein Mann und der Vater meines Kindes.«

»Ganz ruhig, kleine Kräbbe«, sagte Conrad beschwichtigend. »Dein Onkel hat in dem Moment, in dem er erfahren hat, daß du mit ihm verheiratet bist, seine Pläne aufgegeben.«

»Was für Pläne?« fragte sie. »Was bedeutet das alles, Onkel James?«

»Das ist eine lange Geschichte, Süßes und...«

»Behandle mich bitte nicht wieder wie ein Kind, Onkel James.«

»Nun gut. Kurz gesagt – ich habe ihn wegen einer Beleidigung gründlich verprügelt, und dafür bin ich im Gefängnis gelandet.«

»Und beinah gehängt worden«, fügte Conrad hinzu.

»Nein«, sagte Reggie atemlos, »ich kann nicht glauben, daß Nicholas...«

»Er hat der Polizei Hawkes Namen genannt, kleine Krabbe. Es mag ja sein, daß die *Maiden Anne* ohne Piratenflagge ausläuft, aber England vergißt nie etwas. Hawke ist wegen Piraterie verurteilt worden. Es ist ihm gelungen zu entkommen. Aber das hatte er nicht Montieth zu verdanken.«

»Jetzt verstehst du vielleicht, warum die Jungen darauf geachtet haben, dir meinen Namen nicht zu nennen«, fügte James hinzu. »Ich mußte meinen eigenen Tod inszenieren. Andernfalls hätte ich England augenblicklich verlassen müssen. Es tut mir leid, Regan, und es wäre mir lieber, wenn du nicht wüßtest, daß dein Mann in diese Geschichte verwickelt ist.«

»Du brauchst dich nicht zu entschuldigen, Onkel«, entgegnete Reggie mit gepreßter Stimme. »Es überrascht mich nur, wie oft ich von allen Seiten daran erinnert werde, wie sehr ich mich in ihm getäuscht habe. Ich verstehe einfach nicht, wie ich so dumm sein konnte, mir einzureden, daß ich ihn liebe.«

»Du liebst ihn nicht?«

»Nein. Und sieh mich nicht so an. Ich liebe ihn wirklich nicht.«

»Findest du nicht, daß sie es zu heftig abstreitet, Hawke?« fragte Conrad grinsend.

»So, das glaubst du also?« rief Reggie erbost. »Würdest du etwa eine Frau lieben, die dich am Tag der Hochzeit verläßt? Das werde ich ihm nie verzeihen. Niemals. Selbst wenn er mich nicht heiraten wollte, selbst wenn er es gerechtfertigt fand, mich zu verlassen, dann hasse ich ihn dafür, daß er mich... Jedenfalls ist er einfach hassenswert.«

Die beiden Männer wechselten einen Blick. »Wo ist er?« fragte ihr Onkel.

»Er hat England verlassen. Nicht einmal den Gedanken, in einem und demselben Land mit mir zu leben, konnte er ertragen.«

»Hat er irgendwelche Güter in anderen Ländern?«

Sie zuckte die Achseln und war wieder ganz in ihrem eigenen Elend versunken. »Er hat einmal erwähnt, daß er in der Karibik ein Stück Land besitzt, aber ich weiß nicht, ob er dort ist. Was spielt das auch für eine Rolle? Er hat nicht die Absicht, jemals wieder zurückzukommen. Das hat er absolut deutlich...«

Sie verstummte, als im unteren Stockwerk ein Tumult ausbrach. James nickte Conrad zu, der sich auf den Weg machte, um nachzusehen, was da vorging. In dem Moment, in dem Conrad die Tür öffnete, stand fest, daß das Handgemenge nicht im unteren Stockwerk, sondern ganz in der Nähe stattfand. James rannte hinter Conrad aus dem Zimmer, dicht gefolgt von Reggie.

Auf der Treppe war eine Schlägerei im Gange, zwischen Henri und – *Tony?* Gütiger Himmel, es war wirklich Tony! Artie lag bereits flach ausgestreckt auf dem unteren Treppenabsatz. Henri stand kurz davor, sich zu ihm zu gesellen.

Reggie bahnte sich einen Weg zwischen James und Conrad hindurch. »Tony, hör auf!«

Anthony sah sie und ließ Henri los, der daraufhin auf den Stufen zusammensackte.

»Ich habe also doch recht gehabt!« Tony sah seinen Bruder finster an. »Du hast deine Lektion wohl nicht gelernt, als du das letzte Mal mit ihr durchgebrannt bist, James?«

»Darf ich fragen, wie du uns gefunden hast?« erkundigte sich James mit professioneller Ruhe.

»Nein, das darfst du nicht!« gab Anthony zurück.

»Tony, du verstehst das nicht...«, begann sie.

»Reggie!«

Sie biß die Zähne zusammen. Tony war so stur. Aber diese Gelegenheit durfte sie sich nicht entgehen lassen. Die Brüder waren zusammengetroffen – eine Chance, die Kluft, die sie entzweite, wieder zu schließen. Doch wenn Tony sie augenblicklich aus dem Haus schleifen wollte, wie konnte sie ihn dann dazu bringen, daß er sich beruhigte und mit James redete?

»Ohhh!« Reggie griff mit einer Hand nach James' Arm und hielt sich mit der anderen den Bauch. Sie krümmte sich, als hätte sie Schmerzen. »Mir ist ganz – ohhh! Zuviel – Aufregung! Ein Bett, Onkel. Leg mich auf ein Bett.«

James hob sie behutsam auf seine Arme. Er sagte kein Wort, aber als er ihr in die Augen sehen konnte, warf er ihr einen zweifelnden Blick zu. Reggie tat so, als hätte sie nichts gemerkt, und stöhnte wieder sehr eindringlich.

Jeremy kam durch den Korridor auf sie zugelaufen und steckte sich ein offenes Hemd in die Hose. Er mußte beides eilig übergezogen haben. »Was ist passiert? Was fehlt Regan?« Niemand antwortete ihm, und James und Conrad eilten mit Reggie wieder zu ihrem Schlafzimmer. »Wer sind Sie denn?« fragte Jeremy, als Anthony an ihm vorbeistürzte, um den anderen zu folgen.

Anthony blieb wie erstarrt stehen. Er hatte nur einen Blick auf den Jungen geworfen, aber das reichte. Es war, als hätte er in einen Spiegel gesehen, der ihm die eigene Vergangenheit zeigte. »Und wer zum Teufel bist *du?*«

Conrad kam aus dem Schlafzimmer und lachte. »Das ist nicht Ihrer, falls Sie das glauben, Sir Anthony. Aber er gehört zur Familie, da haben Sie recht. Es ist James' Sohn.«

Anthony schnappte überrascht nach Luft, doch Jeremy übertönte diesen Laut mit seinem eigenen erstaunten Atemholen. »Onkel Tony? Donnerwetter! Ich dachte schon, ich würde die Familie meines Vaters nie kennenlernen, aber jetzt kommt erst Regan. Dann du – und das alles an einem Abend...« Er drückte Anthony so kräftig an sich, daß diesem fast die Luft wegblieb. Dann packte Tony den Jungen an den breiten Schultern und umarmte ihn zu Conrads Erstaunen ebenfalls. »Geh nicht weg, Junge«, sagte er brummig, ehe er das Schlafzimmer betrat.

Als er Reggie auf dem Bett liegen und James neben ihr stehen sah, geriet Tony wieder in Wut. »Zum Henker mit dir, James! Hast du denn den letzten Rest Verstand verloren – sie in ihrem Zustand durch die Gegend zu schleifen?«

»Er hat mich nicht durch die Gegend geschleift«, protestierte Reggie.

»Lüge nicht um meinetwillen, Süßes«, schalt James sie sachte aus. Er stand auf und stellte sich seinem jüngeren Bruder gegenüber. »Du hast recht, Tony. Wenn ich auch nur einen Rest Verstand besäße, hätte ich mich erkundigt, wer Montieths neue Frau ist, ehe ich sie hierherbringen lasse, um ihn damit zu ködern.«

Tony sah ihn bestürzt an und fragte dann entgeistert: »Ein Irrtum?«

»Ein kolossaler Irrtum.«

»Das ist immer noch keine Entschuldigung«, knurrte Tony.

»Ich bin ganz deiner Meinung.«

»Würdest du aufhören, meiner Meinung zu sein?«

James kicherte in sich hinein. »Du brauchst keinen Vorwand, wenn du über mich herfallen willst, und genau das ist es doch, was dich juckt, Bruder.«

»Tu es nicht, Onkel Tony«, bat Jeremy, der gerade ins Zimmer kam. »Ich will doch keinen Ärger mit dir haben, wenn ich dich gerade erst kennengelernt habe.«

»Er will seinen Alten immer beschützen«, warf Conrad ein, »weil er glaubt, daß sein Vater nach der gräßlichen Lektion, die ihm Montieth verpaßt hat, nicht mehr allein klarkommt.«

»Ich dachte, ich hätte dich ins Bett geschickt, Jeremy.« Aber James' finsteres Gesicht galt in Wirklichkeit seinem ersten Maat.

»Sagtest du nicht, daß *du* Nicholas verprügelt hast, Onkel James?« fragte Reggie.

»O ja, das hat er auch getan, kleine Krabbe.« Conrad grinste. »Er hat den Schauplatz dieses Treffens auf seinen eigenen Füßen verlassen – wenn auch nur mit knapper Not – wogegen dein Mann zweifellos nicht mehr selbst laufen konnte.«

»Zweifellos?« echote sie.

Conrad hob die Schultern. »Wir sind verschwunden, als er noch bewußtlos war.«

»Willst du damit sagen«, rief sie aufgebracht, »daß ihr ihn liegen gelassen habt, als er verletzt war?«

Conrad und James zuckten zusammen und letzterer erwiderte: »Es ist schnell Hilfe gekommen, Regan, sogar so schnell, daß ich eine Stunde später im Gefängnis gelandet bin.«

»Was hat denn das zu bedeuten?« schrie Anthony.

»Oh, das ist eine Geschichte, die dir sicher Vergnügen bereitet«, sagte Reggie verärgert. »Es scheint so, als seist du nicht der einzige, der meinem Mann an die Gurgel will.«

Anthony sah sie finster an. »Ich dachte, du hättest endlich aufgehört, diesen Lumpen zu verteidigen?«

»Das habe ich auch«, erwiderte sie steif. »Aber es ist meine Sache, es ihm zu zeigen, *nicht eure.* Ich brauche keine Einmischung von Seiten meiner Onkel, wenn ich selbst durchaus in der Lage bin, Nicholas Eden bereuen zu lassen, daß er je wieder nach England zurückgekehrt ist, falls er überhaupt irgendwann wiederkommt.«

»Das klingt schon ziemlich bedenklich«, meinte Anthony.

»Ja, das kann man wohl sagen«, stimmte James lächelnd zu. »Ich wünschte fast, er käme zu ihr zurück.«

»Das ist ja phantastisch!« fauchte Reggie. »Es freut mich wirklich, daß ihr beide euch endlich einig seid.«

»Mach dir keine zu großen Hoffnungen, Kätzchen«, warnte Anthony. »Ich verbünde mich nicht mit Piraten, die Kinder entführen.«

»Ach, so ein Blödsinn, Tony!« rief Reggie gereizt. »Das ist jetzt Jahre her. Hör endlich damit auf.«

»Wen bezeichnest du hier als einen Piraten?« fragte Jeremy herausfordernd.

»Dein Vater ist ein Pirat«, sagte Anthony.

»Das ist er nicht! Jedenfalls nicht mehr!«

Anthony sah James an, um Klarheit zu bekommen, aber James war so stur, ihm nichts zu erklären. Conrad war derjenige, der sagte: »Die *Maiden Anne* wurde, kurz nachdem Jeremy zu uns kam, aus dem Verkehr gezogen. Wir konnten den Jungen doch nicht gut an Bord aufwachsen lassen, oder? Jetzt läuft das Schiff – abgesehen von den wenigen Reisen in die alte Heimat – nur noch aus, um unsere Ernte auf den Markt zu bringen. Wir sind Pflanzer auf den Inseln geworden.«

»Ist das wahr, James?« fragte eine ruhige Stimme hinter ihnen, die aus dem Türrahmen kam.

»Onkel Jason!« rief Reggie aus, als sie ihren ältesten Onkel sah. James machte einen bedrohlichen Eindruck, und sein Gesicht war nicht minder finster.

»Oh, es tut mir leid, James«, sagte Anthony von sich aus. »Ich habe ganz vergessen, dir zu sagen, daß unsere älteren Brüder gleich nachkommen.«

»Nicht schnell genug«, keuchte Edward atemlos, als er neben Jason in der Tür auftauchte. »Und du hättest uns nicht vorauseilen sollen, Anthony. Ein nettes Häuschen hast du hier, James. Was kostet es dich?«

»Immer noch ganz der große Geschäftsmann, was, Edward?« fragte James grinsend. »Hättet ihr etwas dagegen, mir zu sagen, wie zum Teufel ihr mich gefunden habt? Und wieso wißt ihr überhaupt, daß ich in England bin?«

»Das ist Anthonys Werk«, erwiderte Edward. »Er hat eine Skizze gesehen, die Reggie gezeichnet hat. Als er heute morgen nach London zurückgekommen ist, hat er bei mir vorbeigeschaut, um mir zu erzählen, wie es ihr geht. Und dabei ist ihm aufgegangen, wo er einen der Kerle auf der Skizze schon einmal gesehen hat. Er konnte sich erinnern, daß er zu deiner Mannschaft gehörte, als du die *Maiden Anne* eben erst gekauft hattest. Jason war gerade aus Haverston gekommen und reimte sich den Rest zusammen.«

»Aber woher wußtet ihr, daß ihr mich hier findet?«

»Das war ganz einfach«, antwortete Edward. »Hier ist der nächste Hafen. Ich dachte mir, du seist vielleicht unverfroren genug, hier im Hafen einzulaufen.«

»Nicht ganz so unverfroren«, erwiderte James mürrisch. »Das Schiff wartet auf See.«

»Deshalb haben wir es nicht gefunden. Aber Anthony gibt natürlich nicht so schnell auf. Den Rest des Nachmittags verbrachten wir damit, von einem Ende der Stadt bis zum anderen Nachforschungen anzustellen. Endlich hatten wir dann Glück und spürten einen Mann auf, der dich aus diesem Mietshaus kommen sehen hatte.«

»Und was jetzt?« erkundigte sich James, zu Jason gewandt. »Wollt ihr mich jetzt wieder alle maßregeln?«

»Natürlich nicht, Onkel James«, antwortete Reggie eilig. »Ich bin sicher, daß sie die Vergangenheit gern vergessen, wenn du sie auch vergißt. Du hast dich jetzt niedergelassen und einen prächtigen Sohn. Schließlich bist du kein Pirat mehr. Ich weiß, daß sie deinen Sohn gern in die Familie aufnehmen werden.«

»Einen Sohn!«

»Ich«, sagte Jeremy stolz, und er sah Jason und Edward erwartungsvoll an.

Reggie sprach weiter, ehe ihre beiden älteren Onkel sich wieder gefaßt hatten. »Ich glaube wirklich nicht, daß ich heute noch mehr Aufregungen vertrage. Schließlich könnte ich mein Baby verlieren, wenn...«

»Baby!«

»Tony, hast du es ihnen denn nicht erzählt?« fragte Reggie in aller Unschuld.

»Gut gemacht, Kätzchen.« Anthony grinste sie an. »Ich sehe, daß du dich schon wieder gut erholt hast.«

· »Ich mußte mich doch nur einen Moment hinlegen.«

Er schüttelte den Kopf. »Ich glaube, du kannst uns jetzt beruhigt allein lassen, damit wir einander umarmen und uns wieder versöhnen. Lauf los und besorg dir eine Tasse Tee oder so was. Und nimm meinen neuen Neffen mit.«

»Onkel Jason?« Sie brauchte ihre Frage nicht auszusprechen. Er nickte. Seine Miene drückte jetzt wieder harmlosen Mißmut aus, und somit war alles in Ordnung. »Geh schon, Reggie. Wenn du im Zimmer bist, bringt kein Mann ein Wort raus.«

Reggie lächelte triumphierend und umarmte James. »Willkommen in der Familie, Onkel James.«

»Regan, mein Süßes, du darfst dich niemals ändern.«

»Als ob ihr vier jemals zulassen würdet, daß ich mich ohne *eure* Einwilligung ändere!« Sie hängte sich bei Jeremy ein. »Komm, Vetter. Dein Vater wird ihnen alles über dich erzählen, und inzwischen kannst du mich informieren.«

»Ich gehe wohl besser mit den beiden«, meinte Conrad, und das tat er auch.

Als die drei das Zimmer verließen, hörten sie hinter sich: »Du mußt immer noch alles anders machen, James, stimmt's?« Das war Jason. »Sie heißt nicht Regan.«

»Und sie heißt auch nicht Reggie! Und überhaupt ist sie über den Namen Reggie hinausgewachsen. Regan paßt viel besser zu einer erwachsenen Frau.«

»Ich finde, es klingt eher so, als sei es dir nicht gelungen, sie wieder miteinander zu versöhnen«, sagte Jeremy.

»Unsinn«, erwiderte Reggie kichernd. »Erklär du es ihm, Connie.«

»Sie hat recht, Junge«, murmelte Conrad, der mit den beiden durch den Korridor ging. »Sie sind ganz verzweifelt, wenn sie nichts haben, worüber sie sich streiten können.«

»Und jetzt überleg dir mal, wie glücklich du sie gemacht hast, Jeremy«, fügte Reggie weise hinzu. »Jetzt können sie sich auch noch darüber streiten, wie *du* aufwächst.«

25.

Der Hengst hinterließ eine aufwirbelnde Staubspur, als er über die Wege der Plantage galoppierte. Frühlingsblumen europäischer Herkunft mischten sich mit den tropischen Blüten am Wegesrand zu einer wilden Farbenpracht. Rechts neben dem Weg, nicht weiter als eine halbe Meile entfernt, ließ das Meer hohe Wellen auf den Sandstrand branden. Die heiße Sonne fiel, soweit das Auge reichte, glitzernd auf das blaue Wasser.

Nicholas nahm an diesem frühen Apriltag nichts von all

der Schönheit wahr, denn er war zu verdrossen. Er kehrte vom kleinen Inselhafen zurück, wo er Captain Bowdler getroffen und erfahren hatte, sein Schiff könnte mit der Flut am nächsten Morgen auslaufen. Er würde zurück nach England segeln, nach Hause, zu Regina.

Die sechs Monate, die er fort gewesen war, hatten nicht dazu beigetragen, sie aus seinen Gedanken zu verbannen. Er hatte es wirklich versucht und Monate damit verbracht, eine baufällige Villa in das Glanzstück der ganzen Insel zu verwandeln, weitere Monate damit, den Boden für die Saat vorzubereiten. Fast jede Sekunde hatte er hart gearbeitet, aber seine Grundstimmung war immer noch beängstigend sentimental. Hundertmal hatte er sich entschlossen, nach Hause zurückzukehren, und sich diesen Vorsatz ebenso oft wieder ausgeredet. Die Lage dort konnte sich nicht verändert haben. Miriams Drohungen belasteten seine Ehe mit Regina immer noch.

Doch in all der Zeit hatte Nicholas das Naheliegende übersehen. Regina wußte es wahrscheinlich längst. Miriam konnte nicht sechs Monate lang mit seiner Frau zusammenleben, ohne zu versuchen, sie gegen ihn einzunehmen. Ja, inzwischen mußte Regina alles wissen.

Diese Wahrscheinlichkeit war ihm letzte Woche vor Augen geführt worden, als er sich mit Captain Bowdler gewaltig betrunken und dem Mann sein Herz ausgeschüttet hatte. Ein objektiver Außenstehender, genauso betrunken wie er, war nötig, um ihm deutlich zu machen, daß er hier auf der Insel festsaß und schmollte wie ein Kind, weil er die Frau nicht hatte, die er haben wollte. Aber er hatte wahrhaft lange genug geschmollt. Es war an der Zeit, nach Hause zu gehen und dort zu erkunden, wie die Dinge standen. Wenn seine Frau ihn verabscheute, dann war das eben das Ende der ganzen Geschichte.

Aber wenn nicht? Das hatte ihn auch Captain Bowdler gefragt. Was war, wenn sie die öffentliche Meinung achtlos abtat und ihn nach seinen eigenen Vorzügen beurteilte? Nun, die Wahrheit war, daß er sie abscheulich behandelt hatte und daß sie ihn nur danach einschätzen konnte. Außerdem war es bereits zu einem Skandal gekommen, und sie hatte daraufhin beschlossen, ihn zu heiraten. Er hätte gern geglaubt, daß sie es aus anderen Gründen als um der Schicklichkeit willen getan hatte, aber das war zu unwahrscheinlich.

Was bedeutete das alles für ihn? Es sagte ihm gar nichts. Ehe er nicht wieder zu Hause war, konnte er nicht wissen, wieviel Unheil angerichtet worden war.

Ein barfüßiger Junge mit schokoladenbrauner Haut kam aus dem großen weißen Haus gelaufen, um Nicholas das Pferd abzunehmen. Das war das einzige, woran Nicholas sich hier nie gewöhnt hatte – daß er Sklaven hielt. Es war das einzige, was er an diesen Inseln haßte.

»Sie haben Gäste, Sir, im Arbeitszimmer«, teilte ihm seine Haushälterin mit. Er bedankte sich bei ihr und lief etwas verärgert durch die weitläufige Eingangshalle. Wer wollte ihn besuchen? Er mußte noch packen und außerdem einen Termin mit seinem Grundstücksverwalter wahrnehmen. Für einen Plausch hatte er keine Zeit.

Nicholas trat in das abgedunkelte Arbeitszimmer, dessen Jalousien die Mittagshitze abhielten. Er warf einen Blick auf die drei Stühle vor seinem Schreibtisch, die besetzt waren. Statt seinen Augen zu trauen, schloß er sie. Das durfte doch gar nicht wahr sein. »Sagen Sir mir, daß Sie nur in meiner Einbildung existieren, Hawke.«

»Ich existiere nur in Ihrer Einbildung.«

Nicholas ging durch das Zimmer und nahm hinter seinem Schreibtisch Platz. »Dann haben Sie wohl auch nichts dagegen, wenn ich so tue, als seien Sie gar nicht da?«

»Siehst du, was ich meine, Jeremy? Er würde dem Teufel ins Gesicht spucken.«

»Ist der das Beste, was Sie als dritten Mann bekommen

konnten?« fragte Nicholas trocken und wies mit einer Kopfbewegung auf den jungen Mann. »Ich halte nichts davon, Kinder zu mißhandeln. Kommen Sie und Ihr rothaariger Begleiter nicht ohne Hilfe aus?«

»Es scheint Sie nicht zu überraschen, mich hier zu sehen, Montieth«, sagte James mit ruhiger Stimme.

»Sollte ich überrascht sein?«

»Ja, sicher. Sie haben England verlassen, ehe ich gehängt werden sollte.«

»Ach ja...« Nicholas lehnte sich lächelnd zurück. »Hat es eine große Menschenmenge angelockt?«

»Sie finden das wohl amüsant?« rief Jeremy hitzig.

»Mein lieber Junge, das einzige, was ich amüsant finde, ist meine eigene Dummheit. Wenn ich gewußt hätte, daß dieser Kerl es sich zur Lebensaufgabe macht, mich zu belästigen, hätte ich nie dafür gesorgt, daß die Wächter ein Auge zudrücken, damit er entkommen kann.«

»Verdammter Lügner!« mischte sich Conrad hitzig ein. »Diese Wächter waren unbestechlich! Ich habe ihnen genug geboten, um das mit Sicherheit sagen zu können.«

»Connie, so heißen Sie doch?«

»Für Sie immer noch Mr. Sharpe!«

Nicholas grinste. »Sie sollten wissen, daß sich nicht alles mit Geld regeln läßt. Manchmal hilft es auch, wenn man die richtigen Leute kennt.«

»Weshalb?« fragte James leise.

»Oh, Sie brauchen nicht zu bezweifeln, daß meine Gründe rein egoistisch waren«, erwiderte Nicholas. »Da ich nicht da war, als Sie gehängt werden sollten, habe ich mich entschlossen, die übrige Bevölkerung auch um dieses Vergnügen zu bringen. Hätte ich arrangieren können, daß die Hinrichtung bis nach meiner Rückkehr aufgeschoben wird, können Sie sicher sein, daß ich es getan hätte. Sie brauchen also nicht das Gefühl zu haben, daß Sie mir Dank schuldig sind.«

»Überlaß ihn mir, Hawke.« Conrads Wut wurde übermächtig. »Sie braucht es nie zu erfahren.«

»Falls Sie von meiner Haushälterin sprechen, kann ich Ihnen versichern, daß sie wahrscheinlich in diesem Moment an der Tür lauscht. Aber das braucht Sie von nichts abzuhalten, Sie alter Knacker.«

Conrad schnellte von seinem Stuhl hoch, doch James bedeutete ihm, sich zurückzuhalten. Der Captain starrte Nicholas etliche Sekunden lang nachdenklich an, sah forschend in diese honiggoldenen Augen, dann lachte er. »Ich will verdammt sein, wenn ich Ihnen nicht einiges von dem, was Sie gesagt haben, glaube, Montieth. Aber ich frage mich«, fuhr er langsam fort, »was wirklich Ihr Motiv war. Haben Sie sich etwa gedacht, wenn Sie mich aus der Klemme holen, in die Sie mich gebracht haben, sind wir quitt? So sehe ich das nicht.« Nicholas antwortete nicht, und James lachte wieder. »Erzählen Sie mir bloß nicht, ein Mann mit Ihrem Charakter hätte ein Gewissen? Ein Gerechtigkeitsempfinden?«

»Verdammt unwahrscheinlich«, murmelte Conrad.

»Ah, Connie, vergiß nicht, daß ich nicht für das gehängt werden sollte, was ich mit ihm angestellt habe. Und doch war er dafür verantwortlich, daß ich verhaftet wurde.«

»Sehr amüsant«, meinte Nicholas kühl. »Könnten wir diese unsinnigen Spekulationen hiermit abtun? Legen Sie Ihre Karten auf den Tisch, Hawke, oder verschwinden Sie. Ich habe anderes zu tun.«

»Wir auch. Sie glauben doch nicht etwa, es macht mir Spaß, Sie immer wieder aufzuspüren, oder? Es scheint, als sei das alles, was ich heute noch tue«, seufzte James. »Die letzten sechs Monate waren reichlich ermüdend.«

»Sie verstehen sicher, wenn mir das kein Mitgefühl entlockt.«

»Wieviel läßt du dir noch von ihm sagen, Hawke?«

knurrte Conrad. »Bist du jetzt bereit, es dir noch einmal zu überlegen?«

»Connie hat recht«, warf Jeremy ein. »Ich kann nicht verstehen, was Regan je an ihm gefunden hat.«

»Nein, mein Junge, wirklich nicht?« höhnte Conrad. »Schau dir doch dieses hübsche Gesicht an.«

»Ruhe jetzt, alle beide«, warnte James. »Regan ist viel zu klug, um auf einen attraktiven Mann reinzufallen. Sie muß mehr als das in ihm gesehen haben.«

»Er ist jedenfalls ganz bestimmt nicht so, wie ich ihn mir vorgestellt habe«, murrte Jeremy.

James lächelte. »Du kannst ihn nicht nach diesen paar Minuten beurteilen, Jeremy. Er ist in Verteidigungsstellung.«

Nicholas hatte das Gefühl, sich genug angehört zu haben. »Hawke, wenn Sie mir etwas sagen wollen – nur zu! Wenn Sie sich wieder mit mir zu schlagen beabsichtigen – worauf warten Sie? Aber wenn Sie sich lediglich über irgendeine Dirne unterhalten möchten, dann tun Sie das woanders.«

»Das nehmen Sie zurück, Lord Montieth!« schrie Jeremy. »Sie ist keine Dirne!«

»Wer zum Teufel ist dieser Junge?«

James lachte. »Mein Sohn, wissen Sie das denn nicht? Ich habe versucht, ihn dazu zu bringen, daß er an Bord bleibt, aber davon wollte er nichts hören. Er war wild entschlossen, dabeizusein, weil er sehen wollte, wie Sie die Nachrichten aufnehmen, die wir für Sie haben.«

»Ich bezweifle, daß Sie mir Neuigkeiten bringen, die mich interessieren.«

»Ihre Frau interessiert Sie nicht?«

Nicholas erhob sich langsam und ließ den Captain nicht aus den Augen. »Was ist mit ihr?«

»Sie ist bezaubernd, nicht wahr?«

»Wie konnten Sie ...« Nicholas warf sich wutentbrannt

über den Schreibtisch und ging James an die Gurgel. Conrad und Jeremy mußten gemeinsam ihre gesamte Kraft aufbieten, um ihn zurückzuzerren. Sie hielten Nicholas fest, jeder an einem Arm. »Wenn Sie ihr auch nur ein Haar gekrümmt haben, Hawke, dann bringe ich Sie um!«

James rieb sich den schmerzenden Hals, aber seine dunklen Augen strahlten. Er war zufrieden. »Was habe ich dir gesagt, Connie? Ist das die Reaktion eines Mannes, der sich nichts aus seiner Frau macht?« fragte er freudig.

»Meine Frau!« fauchte Nicholas, ehe Conrad antworten konnte. »Was haben Sie mit ihr gemacht?«

»Das ist ja einfach großartig!« rief James lachend. Conrad und Jeremy hielten Nicholas noch fester umklammert. »Was für eine süße Rache es doch wäre, eine Geschichte zu erfinden, mein Junge, um Sie zu martern! Ich könnte Ihnen erzählen, ich hätte Ihre reizende Frau entführt, was sogar wirklich wahr ist. Das tat ich, weil ich Sie zu mir locken wollte. Verstehen Sie, wir wußten nicht, daß Sie das Land verlassen hatten. Und – leider, leider wußte ich nicht, wer Ihre Frau ist.«

»Erzählen Sie mir bloß nicht, der furchtlose Captain Hawke hätte sich von ihrer Familie einschüchtern lassen.«

Das wurde von allen dreien mit einem so brüllenden Gelächter aufgenommen, daß Nicholas ganz entgeistert war. Er brachte es fertig, Jeremy abzuschütteln und dann einen Hieb in Conrads Bauch zu landen. Damit konnte er sich befreien, aber nur für ein paar Sekunden.

»Ganz ruhig, Junge.« James hielt eine Hand hoch, um Nicholas von weiteren Kämpfen abzuhalten. »Ich will Ihnen nicht weh tun.« Er grinste. »Schon deshalb nicht, weil es mich Wochen gekostet hat, mich vom letzten Mal zu erholen.«

»Soll mich das etwa beschwichtigen? Ich habe genauso lange gebraucht, um mich wieder zu erholen, und das hat mir die Möglichkeit genommen, Regina zu entmutigen... Aber das geht Sie ja nun wahrhaftig nichts an.«

»Wie man's nimmt, Junge. Ich weiß, Sie wollten sie dazu bringen, die Verlobung zu lösen. Ein Jammer, daß sie es nicht getan hat«, seufzte er, »aber darum geht es jetzt nicht.«

»Dann kommen Sie doch endlich zur Sache!« fauchte Nicholas. »Was haben Sie mit Regina gemacht?«

»Mein lieber Junge, Regan würde durch mich nie zu Schaden kommen. Sehen Sie, sie ist meine geliebte Nichte.«

»Regan? Mir ist völlig egal, was...«

»Wirklich?«

Sein Verhalten deutete so vieles an, daß Nicholas sich aufrichtete und sein Gehirn durchforstete. Plötzlich wurde ihm klar, was er bisher nicht gemerkt hatte, als er Hawke fest ansah. Hawke und der Junge hatten große Ähnlichkeit miteinander und mit...

»James Malory?«

»Genau.«

»Da soll mich doch der Teufel holen.«

James lachte. »Nehmen Sie es sich nicht so zu Herzen. Stellen Sie sich vor, was ich empfunden habe, als ich hören mußte, daß Sie in meine Familie eingeheiratet haben. Das hat allen meinen Plänen ein Ende gesetzt.«

»Warum?« gab Nicholas zurück. »Wenn ich mich recht erinnere, will Ihre Familie nichts mit Ihnen zu tun haben.«

»Das war vor unserer Versöhnung. Meine Brüder und ich haben dank Regan wieder zueinandergefunden. Sie hat nun mal so eine gewisse Art und setzt immer ihren Willen durch.«

»Ach, wirklich«, murmelte Nicholas mit triefender Ironie in der Stimme. »Was haben Sie dann hier zu suchen? Sie sind wohl gekommen, um mir zu gratulieren, oder?«

»Wohl kaum, mein Junge«, entgegnete James lächelnd. »Ich bin gekommen, um Sie nach Hause zu holen.«

Nicholas' Augen sprühten Funken. »Da können Sie lange warten.«

James' Lächeln wurde haifischartig. »Sie werden mit uns kommen, so oder so.«

Nicholas blickte von einem zum anderen. Er sah, daß sie es ernst meinten. »Ihre Begleitung ist nicht nötig.« Er beschloß, es mit der Wahrheit zu probieren. »Mein eigenes Schiff liegt bereit. Morgen laufe ich mit der Flut aus. Ich hatte mich bereits entschieden, nach England zurückzukehren, verstehen Sie, und daher werden Sie nicht gebraucht, Gentlemen.«

»Wenn Sie das sagen, mein lieber Junge...« begann James zweifelnd.

»Es ist die Wahrheit.«

»Sollten Sie diesen Hafen allein verlassen, wäre das noch keine Garantie dafür, daß Sie England auch erreichen. Nein, ich muß darauf bestehen, daß Sie mit uns kommen.«

Nicholas geriet wieder in Wut. »Warum?«

»Meinen Brüdern gefällt es nicht, daß Sie Ihre Frau im Stich gelassen haben. Sie wollen, daß Sie wieder zurückkommen und Regan im Auge behalten.«

»Das ist ja wohl das Absurdeste, was ich je gehört habe! Sie können mich nicht in England festhalten, wenn ich das Land verlassen will.«

»Was Sie tun, wenn Sie erst wieder zu Hause sind, geht mich nichts an.« James zuckte die Achseln. »Ich befolge nur Jasons Anweisungen. Er hat gesagt, ich soll Sie nach Hause bringen, und genau das werde ich auch tun.«

Als sie Nicholas aus seinem Arbeitszimmer führten, wisperte Jeremy seinem Vater zu: »Onkel Jason hat doch gar nicht gesagt, daß du ihn nach Hause bringen sollst. Er hat nur gesagt, daß du ihm von dem Baby erzählen sollst, falls wir ihn finden.«

»Seit ich volljährig bin, habe ich nicht mehr getan, was meine Brüder mir vorgeschrieben haben, Junge«, flüsterte sein Vater zurück. »Ich fange doch nicht jetzt plötzlich an, ihnen zu gehorchen.«

»Aber wenn er es wüßte, würde er vielleicht nicht so einen Wirbel machen.«

James kicherte in sich hinein. »Habe ich behauptet, mir würde was dran liegen, daß ihm die Überfahrt Spaß macht?«

26.

»Nicholas!« Eleanor sprang eilig auf, als die drei Männer den Salon des Montieth-Stadthauses betraten.

Reggie erhob sich langsamer, und ihre Augen verengten sich beim Anblick ihres Mannes und seiner Begleiter. »Onkel James, war das dein Werk?«

»Ich bin ganz zufällig auf ihn gestoßen, Süßes.«

»Dann bringst du ihn am besten wieder dorthin, wo du rein *zufällig* auf ihn gestoßen bist«, sagte sie mit gepreßter Stimme. »Er ist hier nicht willkommen.«

»Regina!« rief Eleanor entsetzt aus.

Reggie verschränkte die Arme vor der Brust und weigerte sich hartnäckig, Nicholas' Tante anzusehen. In den letzten Monaten hatte sie sich eng mit Eleanor angefreundet, und sie hatte diese Frau sehr ins Herz geschlossen.

Aber keiner von ihren oder seinen Verwandten würde Reggie dazu bringen, einen Mann an ihrer Seite zu akzeptieren, der mit Gewalt zu ihr zurückgebracht worden war. Diese Demütigung erschien ihr fast so schlimm wie die, daß er sie verlassen hatte.

Nicholas musterte sie verstohlen und tat dabei so, als sähe er seine Tante an. Ihm war danach zumute, mit den Fäusten um sich zu schlagen, auf *irgend etwas* einzuschlagen – oder in tiefster Verzweiflung zu versinken. Es war offensichtlich. Sie wußte von seiner unehelichen Geburt, wußte es und verachtete ihn dafür. Er konnte es in der Linie ihrer fest zusammengepreßten Lippen sehen, in der unnachgiebigen Körperhaltung, die sie eingenommen hatte.

Miriam hatte es ihr also gesagt. Gut so. Wenn ihr der Gedanke verhaßt war, mit einem Mann seiner Herkunft verheiratet zu sein, dann verdiente sie das, denn schließlich hatte sie ihn zu dieser Ehe gezwungen.

Der Umstand, daß ihr Onkel ihn nach Hause gebracht hatte, ließ Nicholas ganz vergessen, daß er von sich aus entschlossen gewesen war, zurückzukehren und alles wiedergutzumachen. Er vergaß alles, bis auf seine Wut.

»Ich bin hier nicht willkommen?« fragte Nicholas mit leiser Stimme. »Irre ich mich, oder gehört dieses Haus mir?«

Er sah ihr erstmals in die Augen. Gütiger Himmel, sie hatte nicht bedacht, welche Macht diese sherryfarbenen Augen auf sie ausübten. Und er sah fantastisch aus, die Haut sonnengebräunt, das Haar voller heller, ausgebleichter Strähnen. Aber sie durfte nicht in seinen Bann geraten.

»Du vergißt, daß du dich geweigert hast, in ein und demselben Haus mit mir zu wohnen. Um es genauer zu sagen – du hat mir dein Haus zur Verfügung gestellt.«

»Silverley, nicht mein Stadthaus in London. Und was zum Teufel hast du hier angestellt?« fragte er, während er sich zwischen all den neuen Möbeln und den blumigen Tapeten umsah.

Reggie lächelte unschuldig. »Was ist, Nicholas, gefällt es dir etwa nicht? Du warst natürlich nicht da, um mir bei der Ausstattung behiflich zu sein, aber ich bin sehr sparsam mit deinem Geld umgegangen. Er hat dich nur viertausend Pfund gekostet.«

James wandte sich eilig ab, um seine Heiterkeit zu verbergen. Conrad fand plötzlich die Decke ganz faszinierend. Nur Eleanor zog die Stirn in Falten. Die beiden jungen Menschen starrten einander böse an.

»Nicholas, ist das etwa eine Art, deine Frau nach sieben Monaten zu begrüßen?«

»Was hast du hier zu suchen, Tante Ellie?«

»Ist das eine Art, *mich* zu begrüßen?« Seine Züge milderten sich nicht. Sie seufzte. »Wenn du es unbedingt wissen willst – dieses Haus ist so groß, daß ich dachte, Regina könnte meine Gesellschaft vielleicht gebrauchen. Es war nicht richtig, deine Frau hier ganz allein leben zu lassen.«

»Ich habe sie in Silverley gelassen!« polterte er.

»Wage es nicht, Ellie anzuschreien!« fuhr Reggie ihn an. »Und *du* kannst ja in Silverley mit Miriam leben. Mir gefällt es gut hier.«

»Ich glaube, wir gehen beide wieder nach Silverley«, sagte er mit kalter Stimme. »Jetzt, da ich keinen Grund mehr habe, meiner *Mutter* aus dem Weg zu gehen.«

»Undenkbar!«

»Ich habe dich nicht um deine Zustimmung gebeten. Ein Mann braucht die Einwilligung seiner Frau nicht – wozu auch immer«, sagte er grob.

Sie schnappte nach Luft, als sie den Inhalt seiner Worte voll und ganz erfaßte. »Du hast auf alle Rechte verzichtet«, sagte sie heftig.

Er lächelte. »Nicht darauf verzichtet. Nur Abstand davon genommen, sie zu nutzen – bis heute. Schließlich hat sich deine Familie solche Mühe gegeben, uns wieder zusammenzubringen, daß *ich* sie jetzt ganz bestimmt nicht enttäuschen will.«

»Lady Regina«, unterbrach sie die Stimme einer älteren Angestellten von der Tür her. »Es ist an der Zeit.«

»Danke, Tess.« Regina schickte das Kindermädchen fort. Dann wandte sie sich an James und Conrad. »Ich weiß, daß ihr es gut gemeint habt, aber ihr werdet verstehen, daß ich euch nicht für eure Mühe danke.«

»Du hast gesagt, du kämst allein zurecht, Regan«, rief James ihr ins Gedächtnis zurück.

Sie lächelte zum ersten Mal seit ihrer Ankunft, umarmte beide Männer und küßte sie auf die Wange. »Ich bin auch zurechtgekommen. Und ich werde weiterhin zurechtkommen. Wenn die Herren mich jetzt bitte entschuldigen würden... Ich muß mich um meinen Sohn kümmern.«

James und Conrad brachen in schallendes Gelächter aus, als Reggie das Zimmer verlassen hatte. Ihr Mann stand stocksteif da, wie angewurzelt, mit offenem Mund, völlig entgeistert.

»Was habe ich dir gesagt, Connie?« polterte James. »Ist dieser Anblick die ganze Mühe wert, die wir mit ihm hatten, oder nicht?«

27.

Nicholas kippte seinen dritten Cognac in zwanzig Minuten hinunter und schenkte sich den nächsten ein. James Malory und Conrad Sharpe, die ihm so lange wie Schatten gefolgt waren, hatten gerade sein Haus verlassen, und ihn wurmte immer noch, wie sehr sie sich auf seine Kosten lustig gemacht hatten. Dennoch, sagte er sich, gab es viel wichtigere Dinge, mit denen er sich auseinandersetzen mußte.

Er saß in einem Raum, der noch vor kurzem sein Arbeitszimmer gewesen und jetzt ein kleines Musikzimmer war. Ein Musikzimmer! Wenn das keine böswillige Gehässigkeit war, dann wußte er nicht, was es sonst sein sollte. Das Arbeitszimmer eines Mannes war heilig. Und sie hatte sein Arbeitszimmer nicht nur verändert, sie hatte es vollständig abgeschafft.

Hatte sie damit gerechnet, er würde nie mehr kommen, oder auf seine Heimkehr gehofft? Der Teufel sollte sie holen. Seine entzückende, hübsche Frau hatte sich in ein rachsüchtiges, aufbrausendes Weib verwandelt, das vom selben Holz wie ihre beiden jüngeren Onkel geschnitzt war. Die sollte auch der Teufel holen.

Eleanor lief auf und ab und warf jedesmal, wenn er das Cognacglas an seine Lippen hob, mißbilligende Blicke auf Nicholas. Er kochte vor Zorn.

»Was zum Teufel hat sie mit meinen Papieren, meinem Schreibtisch und meinen Büchern angestellt?«

Eleanor zwang sich, ganz ruhig zu bleiben. »Du hast gerade eben erfahren, daß du einen Sohn hast. Ist das alles, wonach du dich jetzt erkundigst?«

»Willst du damit etwa sagen, daß du nicht weißt, wohin sie meine Sachen geschafft hat?«

Eleanor seufzte. »Auf den Dachboden, Nicky. Es ist alles auf dem Dachboden.«

»Und du warst hier, als mein ganzes Haus auf den Kopf gestellt wurde?« fragte er anklagend.

»Ja, ich war hier.«

»Und du hast nicht versucht, sie davon abzuhalten?« rief er ungläubig.

»Um Himmels willen, Nicky, du bist verheiratet. Du hast doch nicht erwartet, daß du nach deiner Hochzeit weiterhin in einem Junggesellenhaus lebst?«

»Ich wollte keine Frau haben«, stieß er erbittert hervor. »Und ich dachte, sie würde dort bleiben, wo ich sie hingebracht hatte – und nicht, daß sie unbefugt hier eindringt. Wenn sie unbedingt ein Haus neu einrichten wollte, warum konnte sie sich dann nicht damit begnügen, Silverley umzukrempeln?«

»Ich glaube, daß ihr Silverley so, wie es ist, gefallen hat.«

»Warum ist sie dann nicht dort geblieben?« tobte er.

»Mußt du das wirklich noch fragen?«

»Worin bestand das Problem?« höhnte er. »Wollte meine liebe Mutter ihr die Zügel nicht überlassen?«

»Regina hat dort den Platz eingenommen, der ihr rechtmäßig zusteht, wenn es das ist, was du meinst.«

»Dann sind die beiden prächtig miteinander ausgekommen? Ja, warum auch nicht?« Er lachte hämisch. »Sie haben ja soviel gemeinsam, wenn man bedenkt, wie sehr mich beide verabscheuen.«

»Du bist ungerecht, Nicky.«

»Erzähl mir bloß nicht, daß du jetzt plötzlich anfängst, deine Schwester in Schutz zu nehmen!«

»Nein«, erwiderte Eleanor betrübt.

»Ich verstehe. Du stellst dich hinter Regina. Du wolltest ja schließlich, daß ich sie heirate. Bist du zufrieden mit dem Ausgang der Dinge?«

Eleanor schüttelte den Kopf. »Ich schwöre dir, daß ich dich einfach nicht mehr kenne. Warum hast du das getan, Nicky? Sie ist ein wunderbares Mädchen. Sie hätte dich so glücklich machen können.«

Ein plötzlicher Schmerz zog seine Brust zusammen und raubte ihm den Atem. Glück an Reginas Seite war etwas, was er nie finden konnte, ganz gleich, wie sehr er es sich auch wünschte. Aber Eleanor konnte die Gründe nicht verstehen, weil Miriam ihr nie die Wahrheit erzählt hatte. Die Schwestern hatten sich schon zu Zeiten auseinandergelebt, an die er sich nicht erinnern konnte. Und wenn Miriam und Regina es ihr nicht gesagt hatten, dann würde er es ihr ganz bestimmt nicht erzählen. Die süße Ellie hätte ihn bemitleidet, und davon wollte er nichts wissen. Es war besser, wenn sie ihn für den widerlichen Kerl mit dem verabscheuungswürdigen Charakter hielt, den auch alle anderen in ihm sahen.

Er starrte das Glas in seiner Hand an und murmelte: »Ich kann es nicht leiden, wenn man mich zu etwas zwingt.«

»Aber es ist geschehen«, wandte Eleanor ein. »Du hast sie geheiratet. Hättest du ihr nicht wenigstens eine Chance geben können?«

»Nein.«

»Gut. Das kann ich verstehen. Du warst erbittert. Aber jetzt, Nicky, kannst du es denn nicht *jetzt* versuchen?«

»Damit sie mir ins Gesicht lacht? Nein, danke.«

»Du hast sie verletzt, das ist alles. Was konntest du denn anderes erwarten, nachdem du deine Braut schon am Tage der Hochzeit verlassen hast?«

Seine Hand spannte sich fester um das Glas. »Ist es das, was sie dir erzählt hat? Daß ich sie verletzt habe?«

Eleanor wandte ihren Blick ab. »Eigentlich...«

»Das dachte ich mir.«

»Unterbrich mich nicht, Nicky. Ich wollte sagen, daß sie mit mir überhaupt nicht über dich redet. Aber ich verstehe sie ganz gut, nachdem ich seit vier Monaten mit ihr zusammenlebe.«

»Es ist klug von ihr, dir nicht zu sagen, was sie von mir hält. Sie weiß, daß du eine Schwäche für mich hast.«

»Du denkst wohl nicht im Traum daran, deine Sturheit aufzugeben?« Er gab keine Antwort, und sie verlor die Geduld. »Was ist mit deinem Sohn? Soll er in einem Haushalt aufwachsen, in dem ständig gestritten wird – so, wie du groß geworden bist? Ist es das, was du ihm wünschst?«

Nicholas sprang von seinem Stuhl auf und zerschmetterte sein Glas an der Wand.

Eleanor war zu schockiert, um auch nur ein Wort zu sagen, und im nächsten Moment erklärte er mit barscher Stimme: »Ich bin doch kein Dummkopf. Sie mag zwar jedem erzählt haben, daß das Kind von mir ist, aber was sollte sie auch sonst sagen? Soll sie doch versuchen, mir einzureden, das Baby sei von mir.«

»Willst du damit sagen, daß du und sie – daß ihr nie...«

»Einmal, Tante Ellie, ein einziges Mal. Und das war vier Monate vor unserer Hochzeit.«

Eleanors Miene hellte sich auf. »Sie hat das Kind fünf Monate nach der Hochzeit geboren, Nicky.«

Er blieb erstarrt stehen und äußerte dann mit ausdrucksloser Stimme: »Es war eine Frühgeburt.«

»War es nicht!« fauchte Eleanor. »Woher willst du das denn wissen?«

»Weil«, sagte er sachlich, »sie bei der Hochzeit noch nichts von ihrer Schwangerschaft wußte. Sonst hätte sie mir's erzählt, um mich hier festzuhalten. Du kannst mir doch nicht einreden, sie hätte es nicht gewußt, wenn sie schon im vierten Monat war. Außerdem hätte man ihr etwas angesehen, und es war nichts zu erkennen. Als ich fortging, war sie höchstens im zweiten Monat, und offensichtlich ahnte sie noch nichts davon.«

»Nicholas Eden, solange du nicht aufhörst, derart abartigen Unsinn zu reden, habe ich dir nichts mehr zu sagen!« Mit diesen Worten stürmte Eleanor wutentbrannt aus dem Zimmer.

Nicholas griff nach der Cognacflasche und wollte sie dem Glas schon nachwerfen. Statt dessen führte er sie an seine Lippen. Weshalb auch nicht?

Ja, sie hätte ihm etwas gesagt, wenn sie bei ihrer Eheschließung schwanger gewesen wäre. Er erinnerte sich wieder daran, daß sie sich mehrfach von anderen Männern hatte begleiten lassen. Er erinnerte sich dabei insbesondere an George Fowler und an die Weißglut, in die ihn das gebracht hatte. War das Intuition gewesen? Hatte er damals schon gewußt, daß dieser junge Halunke sie nicht auf direktem Weg nach Hause bringen würde?

Nicholas war so wütend, daß er kaum noch einen klaren Gedanken fassen konnte. Er hatte sich von dem Moment an, in dem er von der Geburt erfahren hatte, bemüht, nicht an dieses Kind zu denken. Sein Sohn sollte das also sein? Sollte sie nur versuchen, ihn davon zu überzeugen!

28.

Reggie lächelte gedankenverloren, als die kleine Faust ihre Brust knetete. Es hatte ihr immer besonders großen Spaß gemacht, ihren Sohn zu stillen, aber heute abend weilten ihre Gedanken unten im Salon. Sie bemerkte es noch nicht einmal, als der kleine Mund zu saugen aufhörte.

»Er schläft wieder, Reggie«, flüsterte Tess.

»O ja, stimmt. Aber doch noch nicht lange, oder?«

Reggie hob das Baby sachte auf ihre Schulter und tätschelte ihm den Rücken. Sein Kopf schmiegte sich an sie, und es atmete tief ein, ehe es wieder einschlief. Sie lächelte ihr früheres Kindermädchen an, das jetzt ihren Sohn betreute.

»Vielleicht schläft er diesmal gleich weiter«, flüsterte Reggie, als sie den Jungen wieder in sein Bettchen legte. Aber in dem Moment, in dem sie ihn auf den Bauch gelegt hatte, hob er ruckartig den Kopf, strampelte mit den Beinen und schlug seine forschenden Augen auf.

»Damit war ja zu rechnen«, sagte Tess fröhlich. »Er braucht jetzt einfach nicht mehr soviel Schlaf. Schließlich wird er immer älter.«

»Dann muß ich wohl jemanden einstellen, der dir hilft.«

»Unsinn!« schalt Tess sie aus. »Wenn er sechs Monate alt ist und anfängt rumzukrabbeln – dann ist mir Hilfe recht.«

»Wie du meinst«, sagte Reggie lachend. »Aber du wirst jetzt gehen und essen. Ich bleibe inzwischen bei ihm.«

»Nein, das wirst du nicht tun, Mädchen. Du hast Gesellschaft, man erwartet dich unten.«

»Ja«, seufzte Reggie, »aber da ich meinem Mann nichts zu sagen habe, verbringe ich den Abend hier oben. Nun geh schon, Tess. Und laß mir bitte das Dinner heraufschicken, ja?«

»Aber...«

»Nein.« Reggie nahm das hellwache Baby wieder auf ihren Arm. »Dieser junge Herr hier ist die einzige Gesellschaft, die ich mir jetzt wünsche.«

Kaum war die Tür hinter Tess ins Schloß gefallen, legte Reggie das damenhafte Verhalten ab, das sie zur Schau gestellt hatte, kniete sich auf den Fußboden, um mit ihrem Sohn zu spielen, machte seine Laute und Gesten nach und versuchte, ihn zum Lächeln zu bringen. Richtig lachen konnte er noch nicht, aber bald würde es soweit sein, denn er hörte wirklich genug Gelächter um sich herum. Seine zahlreichen Besucher, vom Personal bis zu ihren Onkeln, bemühten sich alle, ihn mit verrückten Possen zu erheitern, und die Scherze aller anderen waren bestimmt genauso albern wie die seiner Mutter.

Wie sehr sie dieses kleine Wesen liebte... Kurz vor seiner Geburt war sie wieder entsetzlich niedergeschlagen gewesen. Aber nach der Niederkunft, die den Arzt überrascht hatte, weil er nicht verstand, daß ein erstes Kind so mühelos geboren werden konnte, war Reggie euphorisch gewesen. Dieses Baby versüßte ihr das Leben. In den beiden vergangenen Monaten war sie wirklich so sehr damit beschäftigt gewesen, Dinge dazuzulernen und ihre Mutterschaft zu genießen, daß sie kaum noch an Nicholas gedacht hatte, wenigstens nicht öfter als ein Dutzend Mal täglich.

»Aber jetzt ist er wieder da, mein Liebling. Was sollen wir bloß tun?« seufzte Reggie.

»Du erwartest doch nicht, daß er dir darauf eine Antwort gibt?«

»O Meg, du hast mich erschreckt.«

»Soll ich das auf den Boden stellen?« Meg hielt ein Tablett in der Hand. »Ich bin dem Kindermädchen auf der Treppe begegnet.«

»Dort drüben auf den Tisch, bitte. Und jetzt erzähl mir genauer von dem Abend, an dem du mit Harris ausgegangen bist.«

Nicholas hatte Harris hiergelassen, zum großen Kummer des Kammerdieners. Der arme Mann hatte ihn in all diesen Monaten vermißt, und besonders unglücklich war er gewesen, nachdem Reggie in Nicholas' Stadthaus eingezogen war. Er hatte sich regelrecht feindselig verhalten und mit Meg hitzige Wortgefechte ausgetragen, wobei jeder sein Territorium verteidigt hatte.

Nach der Geburt des Babys änderte sich all das abrupt. Harris erwärmte sich für Reggie, oder, genauer gesagt, für Meg. Zum Erstaunen beider entdeckten sie tiefere Gefühle für einander. Sie waren in letzter Zeit sogar zusammen ausgegangen und verstanden sich prächtig, solange Meg nichts Abfälliges über den Vicomte äußerte.

Sie stellte das Tablett mit einem Knall ab. »Mach dir keine Gedanken über diesen starrköpfigen Kerl, mit dem ich meine Zeit vergeudet habe. Ich glaube nicht, daß ich das noch einmal tue. Was macht er in dem Moment, wo er hört, daß der Vicomte hier ist? Ohne auch nur ein Wort zu sagen, stürzt er nach oben zu seiner Lordschaft! Und ich hätte ihm den Ärger ersparen können. Tess hat mir gerade berichtet, daß eine weitere Flasche Cognac ins Musikzimmer gebracht wurde.«

»Ins Musikzimmer? Ach so, ja.« Reggie kicherte. »Das Musikzimmer. Ich hatte ganz vergessen, was aus seinem Arbeitszimmer geworden ist.«

»Tess sagte, er hätte sich dort mit Lady Ellie gestritten«, teilte Meg ihr mit.

»Wirklich? Ich fürchte, das interessiert mich nicht.«

»Unsinn!« schalt Meg. »Du würdest deinen Augapfel dafür geben, wenn du wüßtest, was sie über dich geredet haben.«

»Du gehst also davon aus, daß sie sich über mich gezankt haben.«

»Worüber denn sonst?«

»Ja, worüber sonst?« fragte Nicholas aus der offenstehenden Tür.

Meg war zerknirscht und verfluchte sich, weil sie die Tür nicht geschlossen hatte. Reggie, die auf dem Fußboden lag, bog ihren Kopf zurück, um ihren Mann von unten anzusehen. Sie lag flach auf dem Rücken, und ihr Sohn ausgestreckt auf ihrer Brust. Langsam setzte sie sich auf.

Nicholas trat näher und sah einen kleinen Kopf auf ihrer Schulter. Eine Faust war auf den Mund gepreßt. Schwarze Haarbüschel und strahlend blaue, unverwechselbare Augen. Durch und durch ein Malory.

Er ging um sie herum und hielt ihr seine Hand hin. »Tust du das oft, Liebling?«

Sie ließ sich von seinem sanften Tonfall nicht zum Narren halten. Seine Lippen waren verkniffen, und in seinen Augen stand hitziger Zorn. Gefiel ihm sein Sohn denn überhaupt nicht? Wie konnte er dastehen und ihn ansehen, ohne begeistert zu sein? Ihr mütterlicher Stolz erwachte augenblicklich. Sie nahm seine Hand und stand auf, kehrte ihm aber sofort den Rücken. »Wenn du nicht gekommen bist, um dir Thomas anzusehen, dann kannst du auch wieder gehen«, verkündete sie frostig.

»Natürlich, ich bin gekommen, um ihn mir anzuschauen.« Nicholas lächelte grimmig. »Du hast ihn Thomas genannt, nach deinem Vater?«

Reggie legte das Baby behutsam in sein Bett und beugte sich hinab, um es zu küssen. Dann drehte sie sich zu ihrem Mann um. »Thomas Ashton Malory Eden.«

»Damit ist *deine* Familie ja recht deutlich vertreten, stimmt's?«

Sein Sarkasmus brachte sie in Wut. »Wenn du gewollt hättest, daß er nach deiner Familie benannt wird, hättest du bei der Geburt hier sein müssen.«

»Warum hast du mir nichts von ihm gesagt?«

Ihre Augen zogen sich zu schmalen Schlitzen zusammen. Im nächsten Moment würden sie einander anschreien, und das konnte sie im Kinderzimmer nicht dulden.

»Meg, bleib doch bitte bei Thomas, bis Tess wiederkommt, ja?« Dann wandte sie sich zu Nicholas. »Meine Zimmer liegen auf der anderen Seite des Korridors. Falls du diese Unterhaltung fortsetzen willst, kannst du mich dort besuchen.«

Reggie wartete nicht auf ihn, sondern stolzierte durch den Gang und in ihr Wohnzimmer. Nicholas folgte ihr und knallte die Tür hinter sich ins Schloß. Sie drehte sich um und starrte ihn erbost an. »Wenn du Türen zuschlagen willst, dann tu das bitte in einem anderen Teil des Hauses.«

»Wenn ich Türen zuschlagen will, was ich im Moment übrigens gar nicht getan habe, tue ich das überall in meinem Haus. Und jetzt antworte mir! Warum hast du mir nichts gesagt?«

Welche Erklärung sollte sie ihm geben? Es widerstrebte ihr einzugestehen, daß sie ihn nicht damit hatte halten wollen. Sie war sich nicht sicher, ob sie ihn überhaupt mit irgend etwas hätte halten können, nicht, nachdem er nicht die Spur von Freude über seinen Sohn gezeigt hatte.

Schließlich fragte sie ganz einfach: »Hätte das denn überhaupt irgendwas geändert?«

»Wie sollen wir das je wissen, nachdem du mir kein Wort davon erzählt hast?« Sein Verhalten nahm einen Hauch von Zynismus an. »Natürlich besteht auch die Möglichkeit, daß du es nicht wußtest und es mir daher nicht erzählen konntest.«

»Du meinst, ich hätte nicht gewußt, daß ich im vierten Monat schwanger war?« Sie lächelte. »Es haben sich sehr wenige Symptome gezeigt, das stimmt. Aber vier Monate? Bis dahin wüßte es jede Frau.«

Er kam näher, bis er direkt vor ihrem Stuhl stand. »Im allgemeinen weiß es nach vier Monaten auch jeder andere«, sagte er leise. »Und zwar aus dem simplen Grund, daß der Körperumfang zunimmt. Bei dir war das nicht der Fall, Liebling.«

Reggie sah ihm ins Gesicht, und als sie erkannte, was in seinen Augen zu lesen war, hob sie die Brauen. »Du glaubst, er ist nicht vor dir!« flüsterte sie ungläubig. »Kein Wunder, daß du ihn dir kaum angesehen hast!« Sie stand auf, und er trat zurück, damit sie an ihm vorbeigehen konnte. Mehr zu sich selbst als zu ihm sagte sie: »Ach, das ist ja fantastisch. Ich bin nicht einen Augenblick lang auf diesen Gedanken gekommen.«

Sie konnte die Komik erkennen, die darin lag, und unter anderen Umständen hätte sie laut gelacht. Eine vollendete Rache dafür, wie er sie behandelt hatte – ihm bei seiner Rückkehr das Kind eines anderen Mannes vorzusetzen. Aber Reggie war nicht dazu aufgelegt, die Dinge von ihrer humorvollen Seite zu betrachten. Es war ein Schock für sie, ihn wiederzusehen, und noch schrecklicher erschien ihr, welche schockierenden Schlüsse er zog.

Er legte eine Hand auf ihre Schulter und drehte sie zu

sich herum. »Fällt dir nichts Besseres ein, als mir dieses geheuchelte Erstaunen vorzuspielen? Du hattest wahrhaftig genug Zeit, um dir irgendeinen Vorwand dafür auszudenken, warum sich dein Hochzeitskleid an deine schmale Taille schmiegte. Ich bin fast neugierig darauf, mir anzuhören, was du an Vorwänden fabriziert hast.«

Der schräge Schnitt ihrer Augen prägte sich aus, als sie sich verengten, aber sie sprach mit ruhiger Stimme. »So, du bist neugierig? Da wäre der naheliegende Vorwand – ein eng geschnürtes Korsett. Soll ich vielleicht sagen, daß es das war? Würdest du das glauben? Nein? Auch gut, da ich mich ja doch nie in enge Korsetts schnüre.«

»Du gibst es also zu?« fauchte er.

»Was soll ich zugeben, Nicholas? Ich sage dir, daß meine Schwangerschaft von Anfang an sehr ungewöhnlich verlaufen ist. Sogar so ungewöhnlich, daß ich schon anfing, mir Sorgen zu machen, mit dem Baby könnte etwas nicht stimmen. Als ich im siebten Monat schwanger war, sah ich eine Frau, die erst im fünften war und bereits den doppelten Umfang von mir hatte.« Sie holte tief Atem. »Onkel Jason hat mir versichert, daß es bei meiner Großmutter genauso war. Die Leute haben eigentlich erst gemerkt, daß sie schwanger war, wenn die Babys schon kurz darauf zur Welt kamen. Er sagte, daß er und seine Brüder alle genauso winzige Säuglinge waren wie Thomas, und sieh dir an, was aus ihnen geworden ist! Und er hatte recht. Thomas wächst in Schüben, er ist genau richtig und absolut normal. Wahrscheinlich wird er eines Tages genauso groß wie sein Vater.« Sie schwieg, atemlos, immer noch wütend, aber auch ein wenig erleichtert. Nun hatte sie ihm alles gesagt. Was er glaubte und was nicht, lag ganz bei ihm.

»Das war eine gute Geschichte, die richtig echt klingt, Liebling, und mit Sicherheit besser als alles, was ich erwartet habe.«

Reggie schüttelte den Kopf. Er hatte sich seine Meinung gebildet und war nicht bereit, sich davon abbringen zu lassen.

»Wenn du Thomas nicht als deinen Sohn anerkennen willst, dann laß es doch bleiben. Mir ist wirklich egal, was du glaubst.«

Nicholas explodierte. »Sag mir, daß er mein Sohn ist! Sag es mir in deutlichen Worten!«

»Er ist dein Sohn.«

»Das glaube ich nicht.«

»Gut.« Sie nickte zustimmend. »Wenn du mich jetzt entschuldigen würdest. Mein Abendessen wird kalt.«

Er starrte ihr erstaunt nach, als sie an ihm vorbei und zur Tür ging. »Du versuchst nicht, mich davon zu überzeugen?«

Reggie wandte sich zu ihm und zögerte. Sie sah seinen bestürzten Blick, in dem eine schwache Hoffnung mitschwang, und fast hätte sie sich erweichen lassen. Aber sie hatte getan, was sie konnte. Es war jetzt seine Sache, die Wahrheit zu akzeptieren. »Wozu?« antwortete sie. »Thomas braucht dich nicht. Er hat mich. Und an Zuwendung von männlicher Seite fehlt es ihm ganz bestimmt nicht – nicht mit vier Großonkeln, die in ihn vernarrt sind.«

»Das kommt überhaupt nicht in Frage!« brüllte er. »Ich lasse nicht zu, daß diese großspurigen Mistkerle meinen...« Er preßte die Lippen zusammen. »Geh endlich essen!«

Als sie in das Kinderzimmer zurückkehrte, lächelte Reggie, und ihre Laune hatte sich entschieden gebessert. Wenn ihr das nicht einiges zu denken gab!

29.

Nicholas setzte sich langsam auf und runzelte die Stirn, als er das ungewohnte Geräusch hörte, das ihn geweckt hatte. Er schüttelte den Kopf und legte sich wieder hin, aber schon im nächsten Augenblick war er hellwach. Der Säugling schrie. Er hatte Hunger, oder?

Hellwach fragte er sich, wie oft ihn dieses Gebrüll noch aus dem Schlaf reißen würde. Aber darauf kam es nicht an. Morgen würde er sie alle nach Silverley bringen. Und selbst wenn er auch dort blieb, waren seine Zimmer weiter von dem Kinderzimmer entfernt als hier.

Wenn er dort blieb? Warum hätte er nicht dort bleiben sollen? Miriam hatte ihn jahrelang von Silverley ferngehalten, aber nachdem sie Regina von den Umständen seiner Geburt erzählt hatte, gab es nichts Schlimmeres mehr, was sie noch anrichten könnte. Da das passiert war, spielte es auch keine Rolle mehr, wenn es die ganze Welt erfuhr. Miriam konnte ihm jetzt nichts mehr anhaben. Und ganz bestimmt würde er nicht zulassen, daß Regina ihn von Silverley fernhielt. Silverley war, wie er sich eindringlich ermahnte, sein Zuhause. Gewisse Rechte besaß selbst er noch auf dieser Welt.

Es war jetzt still im Haus, und der Säugling wurde zweifellos von einer Amme gestillt. Ob Regina wohl aufgewacht war? Er stellte sie sich im Nebenzimmer vor, im Bett zusammengerollt, und wahrscheinlich schlief sie tief und fest. Sicher war sie diese Ruhestörungen gewohnt und schlief einfach weiter, als wäre nichts geschehen.

Da er sie noch nie im Bett gesehen hatte, konnte er sich jetzt kein klares Bild von ihr machen. Ob sie wohl die Hände unter dem Kinn gefaltet hatte wie ein kleines Kind? Ob ihr dunkles Haar gelöst war, oder ob sie es unter eine Schlafmütze steckte? Wie lang war ihr Haar überhaupt? Er hatte es nie unfrisiert gesehen. Was trug sie nachts? Er wußte überhaupt nichts über sie, und sie war seine Frau.

Es war sein volles Recht, diese wenigen Meter zu ihrem Zimmer zurückzulegen, sie zu wecken und mit ihr zu schlafen. Er wollte es. Aber er würde es niemals tun. Sie war nicht mehr die leidenschaftliche und doch unschuldige Frau, die ihm in einer warmen Sommernacht ihre Jungfräulichkeit hingegeben hatte. Sie würde ihn abweisen, ihn mit Verachtung und Hohn behandeln. Das würde er sich nicht antun.

Aber – sie brauchte nichts davon zu erfahren, wenn er sich auf Zehenspitzen in ihr Zimmer schlich und sie ansah, oder? Nicholas war schon aus dem Bett gesprungen und hatte seinen Morgenmantel übergezogen, ehe er diesen Gedanken überhaupt zu Ende gedacht hatte. Kurz darauf stand er in dem Gang zwischen Reginas Wohnzimmer und dem Kinderzimmer. Ihre Tür war geschlossen, kein Lichtschein fiel durch die Ritzen. Die Tür des Kinderzimmers stand einen Spalt breit offen, Licht drang heraus. Eine Frau summte leise ein bekanntes Schlaflied vor sich hin.

Nicholas blieb mit der Hand auf der Klinke der geschlossenen Tür stehen, der Tür zu Reginas Zimmer. Aber er fühlte sich auf seltsame Weise in das Kinderzimmer gezogen. Die Amme würde es nicht mögen, wenn er sie störte, und doch überkam ihn plötzlich ein übermächtiger Drang, diesen Raum und nicht Reginas Schlafzimmer aufzusuchen. Er hatte den Jungen bisher noch gar nicht näher betrachtet.

Behutsam öffnete Nicholas die Tür des Kinderzimmers. Das Kindermädchen lag in einem Bett, das an der Wand stand, und schlief fest. Eine kleine Lampe brannte auf dem Tisch neben einem Polstersessel. In diesem Sessel saß Regina und stillte ihren Sohn.

Er war außer sich. Damen, die etwas auf sich hielten,

stillten ihre Kinder nicht. Das gehörte sich nicht. Sie saß mit dem Profil zu ihm, hatte den Kopf zu dem Kind hinuntergeneigt und summte leise vor sich hin. Die modisch kurzen Löckchen, die er tagsüber an ihr gesehen hatte, umrahmten ihr Gesicht, während ihr übriges Haar lang und schimmernd in nachtschwarzen Wellen über die Stuhllehne fiel. Sie trug einen einfachen, langärmeligen weißen Morgenmantel, der offenstand und ein Nachthemd zeigte, das auf einer Seite heruntergezogen war, um ihre Brust zu entblößen. Der Mund des Kindes saugte gierig, und eine kleine Hand lag direkt über der Brustwarze, als wolle sie die Brust an der richtigen Stelle festhalten.

Nicholas fühlte sich hypnotisiert. Aus seinem tiefsten Inneren bestürmten ihn Gefühle, die er nicht kannte, zärtliche Gefühle, die ihn in ihrem Bann hielten. Selbst, als sie seine Anwesenheit wahrnahm und aufblickte, rührte er sich nicht von der Stelle.

Sie sahen einander in die Augen. Lange Zeit starrten sie sich einfach nur an. Sie wirkte weder überrascht noch verärgert. Er spürte nichts von ihrer Feindseligkeit. Sie schienen einander ohne Hände zu berühren, und zwischen ihnen bewegten sich Ströme, die ihre Streitigkeiten nichtig erscheinen ließen.

Regina wandte ihren Blick als erste ab. »Tut mir leid, daß er dich geweckt hat.«

»Nein, nein, das macht nichts. Ich – ich habe allerdings nicht damit gerechnet, dich hier anzutreffen.« Dann fragte er schüchtern: »Konntest du denn keine Amme für ihn finden?«

Reggie lächelte. »Ich habe keine gesucht. Als Tess mir erzählte, daß meine Mutter diesen Brauch abgelehnt und mich selbst gestillt hat, beschloß ich, es mit Thomas genauso zu machen. Ich habe es auch noch keine Sekunde lang bereut.«

»Aber für dich ist das doch eine ziemliche Belastung, oder?«

»Ich habe nichts zu tun und keine Lust auszugehen. Wenn ich das Haus verließe, müßte ich mich für längere Zeit von Thomas trennen. Natürlich kann ich keine Besuche machen, aber das ist mir wirklich egal.«

Er hatte nichts mehr zu sagen. Aber er wollte nicht gehen. »Ich habe noch nie eine Mutter gesehen, die ihr Baby stillt. Störe ich dich?« fragte er unbeholfen.

»Es ist dein... Nein, ich habe nichts dagegen«, beendete sie ihren Satz, ohne ihren Blick von dem Baby abzuwenden.

Er lehnte sich einen Moment lang an die Tür und musterte sie. War das sein Kind? Sie behauptete es. Und seine gesamten Instinkte sagten ihm, daß es sein Kind war. Warum also wollte er beharrlich die Wahrheit leugnen? Weil es etwas anderes war, eine Frau zu verlassen, die sich einem aufgedrängt hatte, als eine schwangere Frau. Es stimmte, sie hatte es ihm nicht gesagt. Aber angesichts der Schwangerschaft, die sie ganz allein durchgemacht hatte, war sein Verschwinden verabscheuungswürdig. Verdammt noch mal! In diese Lage hatte sie ihn gebracht, indem sie ihm ihren Zustand verschwiegen hatte. Wie zum Teufel sollte er sich aus dieser Klemme winden?

Reggie drehte den Jungen um, und gab ihm ihre andere Brust. Nicholas hielt den Atem an, als einen Moment lang die beiden weißen Halbkugeln vor seinen Augen enthüllt waren, ehe sie wieder eine Brust bedeckte.

Er trat langsam näher, gegen seinen Willen zu ihr hingezogen, und er blieb erst stehen, als er direkt vor dem Sessel stand. Sie schaute zu ihm auf, aber er vermied es, ihr in die Augen zu sehen. Er durfte ihren Blick nicht erwidern, weil er fürchtete, sie sonst zu berühren.

Er sah auf das Kind, aber dann wanderten seine Augen wie aus eigenem Antrieb über ihre Brust, ihren Hals und ihre zarten Lippen. Was sie wohl täte, wenn er sie küßte? Er beugte sich vor, um es herauszufinden.

Ehe sein Mund ihre Lippen fand, hörte er, daß sie tief Luft holte. Er küßte sie flüchtig und zart und beendete den Kuß, bevor sie sich von ihm abwenden konnte. Dann richtete er sich wieder auf, sah ihr aber immer noch nicht in die Augen. »Es ist ein wunderschönes Baby, Regina.«

Es dauerte einen Moment lang, bis sie antwortete: «Das möchte ich auch gern glauben.«

Er lächelte zögernd. »Im Moment beneide ich ihn.«

»Warum?«

Jetzt sah er direkt in diese dunklen, klaren blauen Augen. »Mußt du das noch fragen?«

»Du willst mich nicht, Nicholas. Das hast du deutlich gezeigt, ehe du gegangen bist. Bist du nun anderen Sinnes geworden?«

Er zuckte zusammen. Sie wollte von ihm angefleht werden, das war es doch? Das gab ihr die Gelegenheit, ihn zu demütigen. Sie hatte geschworen, ihm nie zu verzeihen, und wahrscheinlich würde sie ihm auch nie verzeihen. Er konnte es ihr nicht vorwerfen, aber er wollte alles nicht noch schlimmer machen. Wortlos verließ er das Zimmer.

30.

Es war sein Ernst! Er wollte wirklich, daß sie alles einpackten, was nach Silverley gebracht werden sollte, und noch am selben Tag abfuhren. Nicholas traf diese anmaßende Anordnung beim Frühstück, und er war auch noch so dreist, als Vorwand zu benutzen, er könnte nicht in einem Haus bleiben, in dem er kein Arbeitszimmer hätte. Was sollte sie dazu sagen, sie, die ihm in einem längst vergangenen Augenblick, wo sie vom Hafer gestochen worden war, diesen Vorwand geliefert hatte? Dieser empörende Mann!

Sie würde nicht ohne Eleanor nach Silverley gehen. Das fehlte ihr gerade noch, mit zwei unfreundlichen Menschen auf dem Land festzusitzen. Nein, Eleanor mußte mitkommen. Aber sie sagte es Nicholas nicht, sie sagte es seiner Tante. Ellie weigerte sich erst, aber Reggie setzte ihren Willen durch.

Für den Rest des Tages hatten sie alle Hände voll zu tun – alle bis auf Nicholas, der einfach herumstand und zufrieden den Tumult beobachtete, den er hervorgerufen hatte. Reggie fand keine Zeit, sich von irgendwelchen Familienangehörigen zu verabschieden. Eilig geschriebene Nachrichten mußten genügen. Aber selbst wenn alle einsprangen, um ihr behilflich zu sein – alle bis auf Nicholas – war es doch schon fast Abend, als der letzte Koffer auf einen weiteren Wagen verladen worden war, den Nicholas herbeigezaubert hatte.

Reggie sprach nicht mehr mit dem Vicomte, aber ihre Verärgerung saß tiefer und war nicht nur durch den Unfug ausgelöst worden, den er heute angeordnet hatte. Das, was sie eigentlich verstörte, war ihr Zusammentreffen mit ihm in den frühen Morgenstunden. Ganz gleich, was er auch beabsichtigt hatte – es war ihm gelungen, sie um den Schlaf zu bringen. Es lag nicht daran, daß er sie geküßt hatte. Wenn sie sich selbst gegenüber wirklich ehrlich war, lag es daran, daß er ansonsten nichts getan und es bei diesem flüchtigen Kuß belassen hatte.

Das verwirrte sie. Wie konnte sie ihn nach all dem, was er ihr angetan hatte, immer noch begehren? Aber sie begehrte ihn wirklich. Sie hatte ihn in der Tür stehen sehen, sein seidener Morgenmantel fast bis zur Taille geöffnet, sein zerzaustes Haar mit den hellen Strähnen, der eindringliche Blick in diesen honigfarbenen Augen, und ein Verlangen hatte sie erfaßt, so stark, daß es sie ängstigte.

Dieser Anblick genügte, um sie alle die Monate vergessen zu lassen, in denen sie ihn verflucht hatte.

Was sollte sie bloß tun? Es war nicht so, daß sie ihm verziehen hätte. Nein, sie würde ihm nicht verzeihen, und sie durfte sich nicht nach ihm sehnen.

Eleanor, Tess und das Baby fuhren mit Nicholas und Reggie in der größeren Kutsche, und Meg, Harris und Eleanors Zofe saßen in der kleineren. Von drei Frauen umgeben, fehlte es Thomas nicht an weichen Busen, an denen er schlafen konnte. Während der meisten Zeit war er ein stummer Fahrgast, und die Frauen unterhielten sich leise. Nicholas wirkte betont gelangweilt. Sie dagegen ignorierten ihn völlig, und Reggie zögerte nicht einmal, ihr Kleid hinunterzuziehen und ihren Sohn zu stillen, als er unruhig wurde. Sollte er doch etwas dagegen einwenden. Sollte er doch den Mund aufmachen.

Plötzlich vollzog sich eine Wandlung mit Nicholas. Das hochmütige Gebaren, das seine Frau an den Tag gelegt hatte, amüsierte ihn, und sogar die bösen Blicke seiner Tante fand er komisch, denn die freundliche, liebevolle Eleanor hatte es noch nie fertiggebracht, ihm lange böse zu sein. Es überraschte ihn ein wenig, daß sie nach Silverley mitkam, denn sie war seit dem Tod seines Vaters vor sechs Jahren nicht mehr dort gewesen. Er nahm an, daß Eleanor glaubte, Regina brauchte moralischen Beistand, und das belustigte ihn und verletzte ihn zugleich.

Sein Amüsement war jedoch nur ein kleiner Teil des Strudels an Gefühlen, in den er gesogen wurde. Er mußte wirklich ein lasterhafter Mensch sein, wenn ihn allein der simple Vorgang, daß Regina das Kind stillte, derart erregte, aber er war aufgewühlt. Eine mitfühlende Stimme in seinem Hinterkopf flüsterte, er würde sich selbst zu hart beurteilen. Er vergaß ganz, daß Regina schon immer diese Wirkung auf ihn ausgeübt hatte.

Diese Erkenntnis half ihm überhaupt nicht. Regina

würde seine Annäherungsversuche abprallen lassen. Und er würde sich zu einem absoluten Idioten machen, wenn er versuchte, seine eigene Frau zu umwerben, oder etwa nicht? Wenn sie im selben Schlafzimmer schliefen, konnte ihm die Nähe eine Hilfe sein. Schließlich war sie eine leidenschaftliche Frau. Aber das Haus, aus dem sie gerade kamen, war ebenso wie Silverley, so daß weder da noch dort die Notwendigkeit bestand, zu zweit in einem Zimmer zu schlafen.

Es gab nur eine Möglichkeit, je im selben Zimmer mit ihr zu schlafen, und zwar die, daß sich die Notwendigkeit ergab, und das war unwahrscheinlich... Andererseits... Bei Gott, ja! Es gab eine Möglichkeit, und fast hätte er sie übersehen, eine Gelegenheit, die er schnell nutzen mußte, denn sie waren schon auf halbem Wege nach Silverley. Er ließ sich diese Idee noch einmal durch den Kopf gehen und kam zu dem Schluß, daß es klappen könnte.

Ohne den Plan genauer zu durchdenken und eventuelle Mängel daran zu finden, rief Nicholas dem Kutscher zu, er sollte vor dem nächsten Gasthaus anhalten.

»Stimmt etwas nicht?« fragte Eleanor.

»Keineswegs, Tante Ellie. Mir ist nur gerade klargeworden, daß mir eine warme Mahlzeit heute abend lieber ist als das kalte Essen, mit dem wir in Silverley rechnen müssen, wenn wir um diese Tageszeit dort ankommen.«

»Aber so spät ist es doch noch gar nicht. Sind wir nicht schon fast da?« wollte Reggie wissen.

»Nein, noch nicht, Liebling. Und ich bin absolut ausgehungert. Ich kann nicht mehr warten.«

In dem Gasthaus, das sie kurz darauf erreichten, war Nicholas schon oft abgestiegen. Er kannte den Besitzer gut genug, um ihm genau erklären zu können, was er wollte. Und jetzt, dachte er, mußte er nur noch hoffen, daß sein Glück ihn für den Rest der Nacht nicht verließ...

31.

Reggie kicherte auf dem Weg ins Bett. Meg hatte sie verlassen, ihr aber vorher, als sie ihr beim Ausziehen geholfen hatte, eine ordentliche Strafpredigt gehalten. Meg glaubte, sie wäre betrunken. Aber das stimmte natürlich nicht. Eleanor litt unter den Folgen ihres Alkoholkonsums. Das war lustig, denn Reggie hatte sich gezwungen gesehen, die ältere Frau auf ihr Zimmer zu bringen, und dort hatte deren Zofe alle beide gescholten. Wie dreist das Personal doch heutzutage war!

Ellie hatte doch nicht mehr als – wie viele waren es denn gewesen? – ein halbes Dutzend Gläser von dem köstlichen Wein getrunken, den der Gastwirt eigens für sie aufgehoben hatte, wie seiner an Nicholas gerichteten Bemerkung zu entnehmen war. Reggie hatte genausoviel getrunken, und sie fühlte sich ganz wunderbar, aber beschwipst war sie nicht, nein, das nicht. Sie vertrug wohl einfach mehr als Eleanor.

Sie ließ sich auf das Bett fallen, schaukelte darauf herum und richtete sich dann auf. Das hier war nicht ihr geräumiges Zimmer in Silverley, aber für eine Nacht würde es reichen. Während des Essens hatte Nicholas ihnen gesagt, sie könnten sich ruhig Zeit lassen, er wäre in seiner Hast unbedacht gewesen, wobei er sich darauf herausredete, er wäre es nicht gewohnt, mit soviel Begleitung zu reisen. Er hätte erkannt, wie unaufmerksam von ihm es wäre, zu so später Stunde und ohne Vorankündigung in Silverley zu erscheinen, denn dort würde man sämtliche Dienstboten aus den Betten holen müssen, damit sie die Zimmer bereitmachten, das Gepäck abluden, und so weiter. Deshalb hatte er entschieden, daß es besser war, am Vormittag dort anzukommen, und Zimmer im Gasthaus bestellt.

Das Abendessen war genüßlich und zog sich in die Länge. Nicholas bemühte sich, sie für die Ungelegenheiten zu entschädigen, die er ihnen bereitet hatte. Er war sogar wirklich recht charmant und brachte seine Tante mit seinen komischen Anekdoten zum Lachen. Bald ertappte sich auch Regina dabei, daß sie herzlich lachte. Sie hoffte, daß Meg und Tess und die anderen Dienstboten genausoviel Spaß hatten.

Reggie gähnte und streckte ihre Hand aus, um die Lampe auf dem Nachttisch auszuschalten. Sie griff daneben, und das erheiterte sie von neuem. Ehe sie es ein zweites Mal versuchen konnte, ging die Tür auf, und Nicholas betrat das Zimmer.

Reggie war eher belustigt als sonst etwas, als sie ihn dort stehen sah. Er entschuldigte sich nicht für seinen Irrtum. War es ein Irrtum? Warum stand er in ihrem Zimmer?

»Wolltest du irgend etwas, Nicholas?«

Er lächelte. Ein Blick in das Zimmer zeigte ihm, daß einer ihrer Koffer nach oben gebracht worden war, aber nichts von seinen Sachen. Harris hatte Einwände gegen Nicholas' Vorkehrungen erhoben, insbesondere, nachdem er erfahren hatte, daß er mit den Lakaien im Stall schlafen würde, um die Geschichte glaubhaft erscheinen zu lassen, das Gasthaus wäre zu voll, um allen eine eigene bequeme Unterkunft zu bieten.

Reggie runzelte die Stirn, als er seine Jacke ausziehen wollte. »Was – was tust du da?«

»Ich gehe schlafen«, sagte er beiläufig.

»Aber...«

»Habe ich es dir denn nicht gesagt?« Er hob die Brauen. »Ich dachte, ich hätte es dir gesagt.«

Sie wirkte verwirrt. »Was hast du mir nicht gesagt?«

»Daß hier nur drei Zimmer zu haben waren. Meine Tante und ihre Zofe haben das eine, deine Zofe und das Kindermädchen das andere, und dort ist auch ein Bett für Thomas aufgestellt worden. Somit ist nur noch dieses Zimmer frei.«

Er setzte sich auf die andere Bettkante und zog seine Stiefel aus. Reggie riß die Augen weit auf und starrte seinen breiten Rücken an. »Du hast vor, hier zu schlafen?« Das kam mit hoher Stimme über ihre Lippen. »Hier?«

»Wo sollte ich denn sonst schlafen?« Er bemühte sich, seiner Stimme einen gekränkten Klang zu geben.

»Aber...«

Sie verstummte abrupt, denn er wirbelte zu ihr herum, und seine Nähe brachte sie aus der Fassung.

»Stimmt etwas nicht?« fragte er. »Wir sind verheiratet, falls du das vergessen hast. Und ich versichere dir, daß du dich in einem Bett mit mir in absoluter Sicherheit wiegen kannst.«

Mußte er sie schon wieder daran erinnern, daß er sie nicht mehr begehrte?

»Du schnarchst doch nicht, oder?« fragte sie, weil ihr danach zumute war, gemein zu sein.

»Ich? Ganz bestimmt nicht.«

»Dann ist es ja nicht allzu schlimm, eine Nacht lang in einem Bett mit dir zu schlafen. Du wirst aber doch etwas anbehalten, nicht wahr?«

»Ich kann einengende Kleidungsstücke nicht ausstehen.«

»Dann mache ich jetzt das Licht aus, wenn du nichts dagegen hast.«

»Damit ich dich mit meiner Nacktheit nicht schockiere? Aber selbstverständlich.«

Hatte sie Belustigung aus seiner Stimme herausgehört? Dieser Gauner. Sie würde ihn wohl einfach ignorieren müssen.

Diesmal streckte sie beide Hände nach der Lampe aus – sie hatte nicht vor, sich von ihm vorwerfen zu lassen, sie sei angetrunken – aber dann fiel es ihr schrecklich schwer, die Bettdecke mit ihren Füßen wiederzufinden. Als sie es endlich geschafft hatte, war Nicholas ausgezogen und streckte sich ganz selbstverständlich unter derselben Decke aus. Sein Gewicht ließ seine Seite des Bettes so weit heruntersinken, daß Reggie sich an der Zudecke festhalten mußte, um nicht zu ihm zu rollen. Sie lag steif wie ein Brett da und bemühte sich, ihn bloß nirgends zu berühren.

»Gute Nacht, meine liebe Ehefrau.«

Reggie runzelte die Stirn. »Gute Nacht, Nicholas.«

Es dauerte keine Minute, bis er schnarchte. Reggie gab einen angewiderten Laut von sich. Er schnarchte also nicht, oder? Wie sollte sie bei diesem Lärm schlafen? Sie wartete noch eine Minute ab, und dann schüttelte sie seine Schultern.

»Nicholas?«

»Hab ein Herz, Liebling«, murmelte er. »Einmal war genug für heute nacht.«

»Einmal – oh!« keuchte sie, als sie verblüfft feststellte, wie er das gemeint hatte. Er hielt sie für eine andere Frau, und er glaubte, daß sie mit ihm schlafen wollte – wieder. Allein diese Vorstellung!

Sie ließ sich mürrisch auf ihr Kissen fallen. Im nächsten Moment fing er wieder an zu schnarchen, aber sie biß nur die Zähne aufeinander. Nach ein paar Minuten drehte sich Nicholas zu ihr, und seine Hand landete erschrekkend nah neben ihrer Brust. Ein Bein fiel über ihren Oberschenkel.

Ihr schoß durch den Kopf, daß die Brust, die sich gegen ihren Arm preßte, nackt war, daß das Bein, das auf ihr lag, nackt war, daß ... O Gott, wenn sie sich bewegte, konnte es passieren, daß er aufwachte, Doch gleichzeitig rief diese Nähe Gefühle in ihr wach, die sie besser vergessen sollte. Unter diesen Umständen konnte sie unmöglich schlafen.

Sachte und behutsam versuchte sie, seine Hand von sich zu nehmen. Seine Reaktion bestand darin, nach ihrer

Brust zu greifen. Sie riß die Augen weit auf. Ihr Atem ging schneller. Und er schlief weiter und merkte zum Glück überhaupt nicht, was er da tat.

Noch einmal versuchte sie, sich zu befreien, seine Finger der Reihe nach von ihrer Brust zu lösen. Als seine Hand ihre Umklammerung gelockert hatte, bewegte sie sich aus eigenem Antrieb weiter, aber nicht dorthin, wo sie hätte liegen sollen. Seine Hand glitt langsam über ihren Bauch, über den Hügel zwischen ihren Beinen und wieder nach oben, um auf der anderen Brust liegenzubleiben. In dem Moment bewegte sich sein Knie gerade so weit, daß es auf ihren Lenden zu liegen kam. Die Finger kosten ihre Brust.

»Sehr schön.« Sein warmer Atem wurde gegen ihre Wange gehaucht, während er im Schlaf vor sich hin murmelte.

Das Stöhnen rang sich aus ihrem tiefsten Innern, versetzte sie selbst in Erstaunen und bewirkte, daß sie glühend errötete. Das war doch verrückt. Er schlief! Wie konnte er diese Empfindungen in ihr erregen, wenn er schlief?

Es war der Wein. Es mußte der Wein sein, denn sie hatte sich einen Moment lang fast gewünscht, sie wäre der Mann und er die Frau, damit sie ihn jetzt auf den Rücken drehen, sich auf ihn legen und ihr zunehmendes Verlangen lindern könnte.

Sie mußte es riskieren, ihn zu wecken. Sie mußte ihn dazu bringen, sich wieder auf seine Seite des Bettes zu legen. »Nicholas?« flüsterte sie. »Nicholas, du mußt...«

»Du bist so beharrlich, Liebling.« Seine Hand schlich sich auf ihren Hals hinauf und zog ihr Gesicht an seines. »Komm her, wenn du darauf besteht.«

Warme Lippen berührten ihren Mund, erst zart, dann leidenschaftlich. Die Hand auf ihrem Hals fing an, sie zärtlich zu streicheln, bis ihr ganzer Körper prickelte.

»O Liebling«, murmelte er heiser, als seine Lippen über ihre Wange glitten, um an ihrem Ohrläppchen zu knabbern. »Du solltest öfter so beharrlich sein.«

Seine Freude an diesen erotischen Handlungen überwältigte Reggie. Was machte es schon aus, daß er nicht hellwach war und nicht wußte, was er tat? Sie legte eine Hand in seinen Nacken und übte gerade soviel Druck aus, daß er sich ihr nicht entziehen konnte.

Nicholas wünschte, er hätte in Triumphgeheul ausbrechen können. Sie hatte seinen Kuß geduldet, und das hatte ihr Schicksal besiegelt. Seine Lippen bewegten sich heiß über ihren Hals. Schnell und gekonnt schnürte er ihr Nachthemd auf, und mit einer einzigen Bewegung zog er es über ihren Kopf und warf es zur Seite.

Reggies Hand, die von seinem Hals gerissen wurde, als er sie entkleidete, fiel auf seine Schulter. Seine Muskeln spannten sich dort, wo sie ihn berührte, an. Sie zitterte selbst vor übermächtigem Verlangen. Jetzt gab es keine Umkehr mehr. Heute nacht gehörte er ihr, ob er es wußte oder nicht.

Ihre Finger glitten über seinen Rücken. Die Haut war glatt und warm. Sie knetete sie sachte und dann fester, dann wieder ganz zart, und es war ihr ein Genuß, ihn einfach wieder berühren zu können. Es war so entsetzlich lange her. Und er brachte sie dazu, sich wieder daran zu erinnern, wie es beim ersten Mal gewesen war. Seine Lippen brannten eine sengende Spur in ihre Haut, von ihrer Kehle bis zu ihren Schenkeln. Ihr Geruch und ihr Geschmack betäubten Nicholas. Ihre Haut war so fest und so seidig wie in der Nacht, in der er ihr die Jungfräulichkeit genommen hatte. Ihr Körper hatte sich durch das Baby nicht verändert, wenn man von ihren volleren Brüsten absah, und die wagte er fast nicht zu berühren, obwohl er sich danach verzehrte. Aber sie gehörten jetzt ihrem Baby, und er wollte nicht, daß sie ausgerechnet jetzt an ihren

Säugling dachte. Er wollte nicht, daß sie auch nur an irgend etwas dachte.

Reggie warf den Kopf hin und her, und ihr Puls überschlug sich. Wenn Nicholas nicht von dieser köstlichen Marter durch seine forschenden Finger abließ, würde sie ihn bald darum anflehen.

Er mußte ihre Gedanken gelesen haben, denn sein langer, schlanker Körper glitt auf sie, und sein Gewicht war ihr ja so willkommen. Ihre Beine hoben sich und schlangen sich um seine Hüften, als sein warmes Fleisch in sie eindrang, sie ausfüllte, in ihre Tiefen vorstieß.

Sein Mund verschloß ihre Lippen und erstickte ihre lustvollen Aufschreie mit fiebrigen Küssen. Sie kam ihm bei jedem Stoß entgegen, ihre Arme verschränkten sich hinter seinem Kopf, ihre Finger gruben sich in sein Haar.

Der Höhepunkt führte sie gemeinsam in schwindelerregende Höhen hinauf, und eine Woge der Verzückung nach der nächsten strömte über sie hinweg. Lust, die auf Lust traf, Genüsse, die ausgekostet waren. Leidenschaft, die sich verbraucht hatte. Die Welt zog sich nach dieser Flut zurück, und sie schliefen fest aneinandergeschmiegt.

32.

Nicholas erwachte von einem Klopfen an der Tür und nahm zwei Dinge gleichzeitig wahr. Er lag eng umschlungen mit Regina da, ihre Gliedmaßen in einer festen Umklammerung, und der Mensch, der angeklopft hatte, würde nicht lange warten, bis er aufgefordert wurde, einzutreten.

Seine Frau an seiner Seite vorzufinden war eine herrliche Überraschung, die wunderbare Erinnerungen in ihm wachrief. Er wandte sich zur Tür um und murmelte eine

Verwünschung. Reginas Zofe stand da, in der einen Hand eine Kerze. Auf ihrem Gesicht stand ein Ausdruck tiefsten Erstaunens, der sich sehr komisch ausnahm.

»Ist es nicht üblich zu warten, bis man hereingerufen wird?« brummte Nicholas.

Aber Meg ließ sich nicht einschüchtern. »Das ist absolut nicht üblich, eure Lordschaft, nicht, wenn ich Lady Reggies Zimmer betrete.«

»Wie Sie sehen, ist Lady Reggie nicht allein, und wenn Sie sich jetzt umdrehen würden, könnte ich mir etwas überziehen.«

Meg schnappte nach Luft, als er seine Beine ohne jede weitere Vorwarnung aus dem Bett schwang. Sie wirbelte eilig herum, und Wachs spritzte auf den Fußboden. Was hatte er in Reggies Bett zu suchen? Als er auf und davon gegangen war, hatte er dem armen Mädchen das Herz gebrochen. Und jetzt war er wieder da, und das, ihrer Vermutung nach, ohne ein Wort der Entschuldigung.

»Sie können sich jetzt wieder umdrehen und mir sagen, was Sie hier wollen.«

Meg sträubten sich die Haare. Sie warf zögernd einen Blick über ihre Schulter, doch in dem Moment trat er hinter sie und verstellte ihr den Blick auf das Bett.

Argwöhnisch fragte sie: »Weiß sie, daß Sie hier sind?«

Nicholas lachte. »Gute Frau, wessen klagen Sie mich eigentlich an?«

Meg zog die Schultern hoch und versuchte, sich eine Antwort einfallen zu lassen.

»Gibt es irgendwelche Probleme, die Sie mitten in der Nacht hierherführen?« fragte Nicholas, ehe sie etwas sagen konnte.

»Ich habe Lord Thomas zum Stillen gebracht«, erklärte sie, und er fragte sich, wie er so schnell hatte vergessen können, daß der Säugling auch mitten in der Nacht seine Anforderungen stellte.

Meg fuhr fort, als hätte sie seine Gedanken gelesen. »Es ist mühsam, das ist wahr, aber es wird nicht mehr allzu lange so weitergehen mit diesem nächtlichen Stillen. Ein paar Nächte hat er jetzt schon durchgeschlafen. Es liegt an der Reise und an dem fremden Zimmer, das macht ihn unruhig.«

»Schon gut, Sie können ihn mir geben.«

Meg wich erstaunt zurück. »Entschuldigen Sie vielmals, eure Lordschaft, aber wäre es nicht besser, wenn Sie das Zimmer für eine Weile verließen?«

»Nein, das tue ich ganz bestimmt nicht«, entgegnete Nicholas entschieden. »Aber Sie können gehen. Nein, gute Frau, ich bilde mir nicht ein, daß ich seine Bedürfnisse befriedigen kann, und daher brauchen Sie mich gar nicht so anzusehen. Ich werde ihn seiner Mutter geben und dafür sorgen, daß er wieder zu Ihnen kommt, wenn er getrunken hat.«

Er streckte die Arme nach Thomas aus, und Meg war gezwungen, seinen Wünschen Folge zu leisten, doch sie warnte ihn: »Passen Sie auf. Sie müssen den Hals stützen ... Ja, so ist es richtig, genauso. Er ist nämlich keine Puppe und kein Spielzeug.« Er warf ihr einen so finsteren Blick zu, daß sie augenblicklich verschwand.

Nicholas seufzte. Es half nichts. Er mußte sie wecken. Verflucht noch mal, er wollte sie nicht wecken. Sie hatte lange genug geschlafen, und die Wirkung des Weines mußte jetzt verflogen sein. Seine Anwesenheit würde sie schockieren. Oh, warum konnte das Kind nur trinken, wenn sie wach war? Ihre hübschen Brüste waren ohnehin entblößt, und sie lag auf der Seite. Ob das Kind es wohl ohne ihre Hilfe konnte?

Er hob den kleinen Jungen behutsam hoch und legte ihn dicht neben Regina. Nichts passierte. Nicholas lehnte sich zurück und runzelte die Stirn. Warum zum Teufel wurde nichts daraus? Besaßen Babys denn gar keinen Instinkt?

Er drehte das kleine Gesicht zu ihr um, bis die Wange des Babys ihre Brustwarze streifte. Doch der kleine Kopf wandte sich wieder ab, und Thomas fing an, enttäuscht zu wimmern.

In seiner Verzweiflung legte Nicholas sich hinter Thomas, drehte ihn auf die Seite und führte den kleinen Mund zu der Brustwarze. Nicholas hielt den Jungen dort fest, bis er die Brustwarze schließlich fand und Thomas anfing zu saugen.

Nicholas lächelte. Er war mit sich und dem Baby zufrieden, legte seine Hände auf den kleinen Hinterkopf und preßte ihn gegen den Nahrungsquell. Jetzt konnte Nicholas entspannt daliegen und Mutter und Kind ansehen. Jeder neue Vater sollte in diese glückliche Lage kommen, sagte er sich.

Fast hätte er vor Freude über seine eigene Geschicklichkeit laut gelacht. Er war so verflucht stolz. Das war sein Sohn – er hätte jeden umgebracht, der etwas anderes behauptete – und *er* hatte geholfen, den Kleinen zu füttern. Oder zumindest hatte er das Baby dorthin gebracht, wo es seine Nahrung fand. Das war doch fast dasselbe. Er verstand nun ein wenig von dem, was Regina jedesmal empfinden mußte, wenn sie den Jungen stillte. Es war ein fantastisches Gefühl.

Als er die beiden ansah, erfüllten ihn wieder diese Wärme und diese Zärtlichkeit, die er in der Nacht zuvor empfunden hatte, und dazu kam ein gewaltiger Besitzerstolz. Seine Frau, sein Kind. Sie gehörten ihm. Irgend etwas mußte geschehen, damit sie es erkannten und akzeptierten.

Nicholas behandelte das Baby mit viel größerem Selbstvertrauen, als er es durch den Korridor in das Zimmer brachte, das sich Meg mit dem Kindermädchen teilte. Es war ihm sogar gelungen, beide, Mutter und Kind, umzudrehen, damit Reginas andere Brust, die prall voller Milch war, auch leer getrunken werden konnte. Und all das, ohne sie zu wecken.

Meg öffnete ihm die Tür und wirkte äußerst unwillig. Hier, dachte er, war ein geeigneter Anfang, wenn er sich Achtung erwerben wollte.

»Sagen Sie mir eins, Meg: Ist Ihre Abneigung gegen mich etwas Persönliches, oder spiegelt sie nur die Gefühle der Dame mir gegenüber wider?«

Meg, weit älter als Nicholas, war kühn genug, um zu sagen, was sie dachte. »Beides. Sie hätten nicht zurückkommen sollen. Sie ist gut ohne Sie zurechtgekommen, und wenn Sie erst wieder fort sind, wird es ihr auch wieder gutgehen.«

»Wenn ich fort bin?« Er war ernstlich schockiert. »Sie warten darauf, daß ich wieder fortgehe, wenn ich doch gerade erst gekommen bin?«

»Und? Gehen Sie etwa nicht wieder weg?« gab Meg zurück. Sie war dabei, sich übel zu verstricken. »Sie wollten sie nicht zur Frau haben. Das weiß sie inzwischen gut genug.«

»Und wenn ich nicht wieder fortgehe, Meg? Was ist dann?« fragte er leise.

Meg gab keinen Zentimeter Boden, den sie gewonnen hatte, auf. So leicht kam er ihr nicht davon. »Sie wird Ihnen das Leben schwermachen, das und nichts anderes. Und das haben Sie auch verdient, wenn Sie entschuldigen, eure Lordschaft. Tess und ich haben kein dummes Ding großgezogen, das kann ich Ihnen sagen. Eine Malory beleidigt man nicht zweimal.«

Nicholas nickte. Er hatte genug gehört. Wenn jemand Reginas wahre Gefühle kannte, dann Meg, und das Mädchen war offen genug, ihm die Wahrheit zu sagen. Hatte sie recht? Bestand wirklich keine Hoffnung für ihn und Regina?

33.

Es war Viertel nach acht, und Meg machte sich im Zimmer zu schaffen, schüttelte das violette Kleid und das kurze, ärmellose Jäckchen aus, das Reggie anziehen würde. Reggie saß auf der Bettkante und spielte mit Thomas. Sie hatte ihn schon gestillt und wartete darauf, daß Tess ihn wieder holen würde.

»Es wundert mich, daß Thomas letzte Nacht durchgeschlafen hat, dich nicht auch, Meg? Ich dachte, gerade in einer fremden Umgebung würde er Zirkus machen.«

»Willst du damit etwa sagen, du kannst dich nicht erinnern, daß er nachts hier war?«

Reggie blickte bestürzt auf.

»Seine Lordschaft hat ihn mir zurückgebracht, satt und zufrieden«, berichtete Meg. »Ich bin sicher, daß er gern für sich in Anspruch nehmen würde, das Baby gestillt zu haben, aber wenn Männer heutzutage nicht völlig anders gebaut sind...«

»Nicholas hat ihn zu dir zurückgebracht?«

»Ja, das hat er getan, und ich weiß jetzt, daß du dich *nicht* erinnern kannst. Ich habe dir doch gesagt, daß zuviel Wein...«

»Ach, sei doch still«, schnitt Reggie ihr das Wort ab. »Natürlich kann ich mich erinnern. Es hat nur einen Moment gedauert, bis ich... Ach, das ist ja auch egal. Bring ihn bitte wieder zu Tess, ja? Ich merke, daß ich Kopfschmerzen kriege.«

»Kein Wunder bei soviel...«

»Meg!«

Als sich die Tür geschlossen hatte, legte Reggie sich auf das Bett zurück. Was war bloß mit ihr? Sie wußte, daß Nicholas die Nacht mit ihr verbracht hatte, erinnerte sich daran, daß er ins Zimmer gekommen und augenblicklich eingeschlafen war. Was sich hinterher abgespielt hatte, das konnte sie wirklich nicht vergessen. Warum also erinnerte sie sich nicht daran, Thomas mitten in der Nacht gestillt zu haben?

Sie begann zu überlegen, ob sie sich überhaupt in irgendeiner Hinsicht sicher sein konnte. Vielleicht war sie gleich nach Nicholas eingeschlafen und hatte alles übrige nur geträumt. Dann fiel ihr wieder ein, daß sie ihr Nachthemd getragen hatte, als sie wach geworden war. Oh. Es war wohl doch alles nur ein Traum?

Die Enttäuschung schlug ihr wie eine Woge entgegen.

Als sie später am Morgen in der Kutsche saßen, war Nicholas' Stimmung düster. Er ließ sich kaum dazu herab, auch nur gewisse Anstandsformen an den Tag zu legen. Was für ein Stimmungsumschwung seit dem Abendessen am Vortag! Was war ihm bloß zugestoßen?

Die drei Frauen seufzten wie aus einer Kehle erleichtert auf, als sie endlich Silverley erreichten. Sie wurden erwartet. Die Türen des großen Hauses flogen auf, und ein Trupp Personal stand bereit, um ihr Gepäck abzuladen. Es sah so aus, als hätten sich sämtliche Dienstboten des ganzen Hauses versammelt, um ihren Herrn zu begrüßen, und sogar die Gräfin stand regungslos in der Tür.

Erst später erkannte Reggie, daß ein Teil dieses Tumults für Thomas veranstaltet wurde, den neuen Lord. Einer nach dem anderen versuchten sie, einen Blick auf ihn zu werfen, als sie von der Kutsche zu den hohen Flügeltüren eilte.

Miriam sah Thomas verbittert an, ehe sie ihren kühlen Blick auf Reggie und Nicholas richtete. »Tja«, sagte sie beiläufig, »du hast den Bastard also mit nach Hause gebracht.«

Eleanor atmete hörbar ein. Sie warf ihrer Schwester einen wütenden Blick zu und stürmte an ihr vorbei ins Haus. Die arme Tess lief puterrot an und war froh, daß die reizbare Meg nicht in der Nähe war und diese Worte nicht gehört hatte.

Nicholas, der hinter Reggie stand, erstarrte, aber sein Gesicht blieb ausdruckslos. Er war sicher, daß sich diese Beleidigung auf ihn selbst und nicht auf das Baby bezog. Miriam würde sich niemals ändern. Sie war so voller Bitterkeit, daß ihr Gift manchmal übersprühte.

Reggie blieb stehen, ihr Gesicht rötete sich vor Zorn, und ihre Augen richteten sich fest auf die Gräfin. Die Frau schien sich darüber zu freuen, daß es ihr gelungen war, alle, die in Hörweite waren, aus der Fassung zu bringen. Mit gesenkter Stimme sagte Reggie: »Mein Sohn ist kein Bastard, Lady Miriam. Wenn Sie ihn je wieder als solchen bezeichnen sollten, könnte ich handgreiflich werden.«

Sie betrat das Haus, ehe Miriam darauf antworten konnte, und Tess folgte ihr. Nicholas blieb allein zurück und lachte über Miriams wutentbranntes Gesicht.

»Du hättest dich deutlicher ausdrücken müssen, Mutter.« Er nannte sie nur deshalb so, weil er wußte, wie sehr es sie ärgerte. »Schließlich laufen heutzutage so viele von uns illegitimen Kindern rum.«

Miriam ließ sich nicht dazu herab, darauf einzugehen. »Hast du diesmal vor hierzubleiben?« fragte sie in eisigem Ton.

Nicholas lächelte sie spöttisch an. »Ja, ich habe vor zu bleiben. Irgendwelche Einwände?«

Sie wußten beide, daß sie keine Einwände erheben würde. Silverley gehörte ihm, und nur seiner Erlaubnis hatte sie es zu verdanken, daß sie hier leben konnte.

Nachdem Regina nach oben gegangen war, zog sich Nicholas in die Bibliothek zurück, den Raum, der ihm in Silverley immer der liebste gewesen war, sein Allerheiligstes. Erfreut stellte er fest, daß sich hier nichts verändert hatte. Sein Schreibtisch stand noch in der Ecke, daneben eine gut bestückte Bar. Heute würde er sich die Bücher ansehen, weil er wissen wollte, ob Miriams Zahlen ihm einleuchteten. Außerdem würde er sich betrinken.

Nicholas betrank sich nicht wirklich. Er konnte sich aus den Zahlen in den Rechnungsbüchern nicht den geringsten Sinn zusammenreimen, aber das war nicht weiter erstaunlich. Miriam tat das mit Absicht, soviel stand für ihn fest, damit er gezwungen war, sich stundenlang mit ihr zusammenzusetzen, während sie sich dazu herabließ, ihm zu erklären, was sie mit dem Anwesen unternommen hatte. Bei solchen Besprechungen pflegte sie ständig darauf anzuspielen, Silverley würde ohne sie zu einer Ruine verfallen.

Wie sie beide wußten, mied er Silverley seit dem Tod seines Vaters nur ihretwegen und verließ sich darauf, daß sein Verwalter ihn über die Zustände informierte. Er hielt es ganz einfach nicht lange unter einem Dach mit ihr aus. Miriams Drohungen ließen ihn immer wieder in Wut geraten.

Sie war die Witwe seines Vaters und in den Augen der Welt war sie seine Mutter, daher konnte er sie nicht gut hinauswerfen. Es war immer leichter gewesen, einfach wieder zu gehen. Aber jetzt hatte er seine Frau und sein Kind nach Silverley gebracht, und diesmal würde Miriam ihn nicht vertreiben.

Er ging nach oben, um sich für das Abendessen umzuziehen. Seine Laune hatte sich drastisch verschlechtert. Er hatte es nicht lassen können, über seine Probleme mit Regina nachzugrübeln, und es nagten auch Schuldgefühle an ihm, weil er sie betrunken gemacht hatte. Er hatte ihr das Nachthemd wieder angezogen, damit es sie nicht zu sehr in Verlegenheit brachte, wenn ihre Zofe kam, um sie zu wecken. Aber selbst, wenn sie sich nicht an ihre gemeinsame Nacht erinnerte, wußte er selbst doch, daß er sie mit List und Tücke veranlaßt hatte, seine glühende Leidenschaft zu dulden.

Als Nicholas eintrat, verließen drei Mädchen das Wohnzimmer, das zwischen den beiden herrschaftlichen Suiten lag. »Wohin bringt ihr all das?« murrte er. Eins der Mädchen trug einen Korb mit Schuhen, und die anderen beiden waren mit Unmengen von Kleidern behängt.

Die Dienstmädchen erbleichten angesichts seiner Miene und sagten kein Wort. Reggie folgte ihnen, und nachdem sie alle drei weggeschickt hatte, fragte sie ihren Mann: »Warum fauchst du die Mädchen an?«

»Gefallen dir deine Zimmer nicht?« fragte er, immer noch verwundert, weil ihre Kleider fortgebracht wurden.

»Ganz im Gegenteil, sie gefallen mir sogar sehr gut. Die Dienstmädchen entfernen Lady Miriams Habe, wie schon einmal. Ich nehme an, sie ist wieder dort eingezogen, nachdem ich gegangen bin, weil sie geglaubt hat, ich käme nicht wieder.«

Das konnte ihn nicht beruhigen. Er fühlte sich zu elend, als daß ihn irgend etwas hätte beruhigen können. »Du wärst auch nicht zurückgekommen, wenn ich nicht darauf bestanden hätte, oder?«

Reggie zuckte die Achseln. »Das habe ich mir nie genauer überlegt. Ich bin lediglich nach London zurückgekehrt, weil ich bei Thomas' Geburt meine Familie in der Nähe haben wollte.«

»Natürlich, deine geliebte Familie«, höhnte er. »Deine Familie ist weit fort von hier, und dafür danke ich Gott. Du wirst nicht wieder zu ihnen laufen.«

Reggie stand wie erstarrt da, ihre Augen funkelten vor Wut. »Ich bin nie zu meiner Familie zurückgelaufen, aber wenn ich das wollte, dann täte ich es auch.«

»Nein, das wirst du nicht tun!« schrie Nicholas. »Und ich sage dir jetzt gleich, daß deine Onkel in diesem Haus nicht willkommen sind!«

»Das ist doch nicht dein Ernst?« fragte sie atemlos.

»Du wirst es ja erleben!«

»Oh! Das ist ja wohl...« Sie war zu aufgebracht, um den Gedanken zu beenden. »Oh!«

Sie wirbelte herum, stürmte in ihr Schlafzimmer und knallte die Tür hinter sich zu. Nicholas starrte die geschlossene Tür an, und seine Wut ging mit ihm durch. Mit zwei Schritten stand er vor der Tür und riß sie auf.

»Wage es nicht, jemals wieder fortzulaufen, wenn ich mit dir rede!« brüllte er.

Reggie wirbelte verblüfft, aber keineswegs eingeschüchtert durch den Zorn, der in ihm tobte, zu ihm herum. Sie hatte ihre eigene Wut zu lange angestaut.

»Du hast nicht geredet!« Ihre Stimme konnte es jetzt an Lautstärke mit seiner aufnehmen. »Du hast geschrien, und noch dazu Unsinn. Glaube bloß nicht, daß du mir derartige Einschränkungen auferlegen kannst, weil ich das nämlich nicht dulde! Ich bin doch nicht dein Dienstmädchen!«

»Und was bitte bist du?«

»Deine Frau!«

»Genau! Meine Frau. Und wenn ich dir Vorschriften machen will, dann tue ich das auch, verdammt noch mal!«

»Raus!« schrie sie. »Raus!«

Er stand immer noch im Türrahmen, und sie drückte die Tür gegen ihn, bis sie sich schloß und er draußen stand. Nicholas war außer sich, aber er versuchte nicht, die Tür noch einmal zu öffnen. Die Bedeutung, die es in sich trug, daß sie ihn aus ihrem Zimmer verbannt hatte, war zuviel für ihn und stand symbolisch für die Abweisung, mit der er gerechnet hatte. Er sah die geschlossene Tür an – eine Schranke, fest und undurchdringlich, eine unüberwindbare Hürde.

34.

»Nur mal angenommen, ich würde erwähnen, daß ich für das Wochenende Gäste erwarte.«

Diese Äußerung zog alle Blicke auf Miriam. Sie saßen in dem großen Eßzimmer beim Abendessen, Nicholas am einen Kopfende des Tisches, Reggie am anderen. Rufweite könnte eine Beschreibung für die Entfernung zwischen dem Herrn und der Dame des Hauses sein. Das war Reggie nur recht. Sie hatte seit drei Tagen kein Wort mit ihrem Mann gesprochen.

Miriam und Eleanor saßen einander an den Längsseiten des Tisches gegenüber. Es war wesentlich leichter für die beiden, sich zu unterhalten, aber die Schwestern hatten einander nichts zu sagen.

Sir Walter Tyrwhitt saß neben Miriam. Der freundliche Nachbar war vorbeigekommen, und sie hatte ihn eingeladen, zum Essen zu bleiben. Wie üblich war Miriams Verhalten in der Nähe des charmanten Gentlemans kaum wiederzuerkennen. Sie wirkte fast herzlich.

Tyrwhitt war wirklich ein äußerst liebenswürdiger Mann in mittleren Jahren, ein paar Jahre jünger als Miriam, und sehr attraktiv, mit vornehmen silbernen Strähnen in seinem dunkelbraunen Haar, besonders an den Schläfen, und grünen Augen. Er war mit Herz und Seele Landwirt und wurde nie müde, über den Boden, die Saat und das Wetter zu reden. Zu Nicholas' Amüsement nahm Sir Walters Gesicht tiefernste Züge an, wenn er über diese Dinge sprach. Alle anderen Themen tat er mit lässiger Oberflächlichkeit ab.

Der Vicomte behandelte den Gast freundlich, eine große Erleichterung für alle, nachdem er drei Tage lang bärbeißig gewesen war. Er beglückte Sir Walter mit längeren Gesprächen über die Frühjahrssaat. Oder machte er sich etwa über ihn lustig? Vielleicht interessierte es ihn wirklich. Reggie war erstaunt darüber, wie engagiert er auf dieses Thema einging. War er etwa im Grunde seines Herzens auch ein Bauer? Wie wenig sie doch über den Mann wußte, mit dem sie verheiratet war...

Aber seine Liebenswürdigkeit erstreckte sich nicht auf seine Frau. Alle anderen hatten etwas davon. Sogar Miriam bekam höfliche Antworten. Aber Reggie ignorierte er. Das tat weh. Sie war nicht mehr wütend, weil sie gestritten hatten, denn sie konnte nur selten über längere Zeit wütend sein. Aber sie fühlte sich verletzt, weil sie diesen Traum nicht vergessen konnte. Es war ihr alles so wirklich erschienen – was sie in seinen Armen empfunden, wie leidenschaftlich er sie geliebt hatte... Und sie war so dumm gewesen, ihn von ganzem Herzen aufzunehmen. Warum verzieh sie ihm so schnell?

Miriams Äußerung über Gäste, die zu erwarten waren, irritierte Nicholas. »Das ganze Wochenende? Ich nehme an, es handelt sich nicht um eine deiner üblichen Dinnereinladungen?«

»Nein, eigentlich nicht«, erwiderte Miriam. »Ich hoffe, du hast nichts dagegen. Leider sind die Einladungen schon kurz vor deiner Rückkehr verschickt worden. Ich hatte nicht mit deiner Ankunft gerechnet.«

»Und du hast auch nicht damit gerechnet, daß ich bleibe, soviel ist für mich klar«, bemerkte Nicholas trokken.

Eleanor schritt ein, ehe es zu einem Streit kam. »Ich finde, das ist eine gute Idee. Etwas zu kurz vor der Ballsaison in London, aber die beginnt ja doch erst eine Woche später. Wie viele Gäste erwartest du, Miriam?«

»Nur etwa zwanzig. Aber es werden nicht alle hierbleiben.«

»Das ist gar nicht typisch für dich«, äußerte Nicholas. »Dürfte ich mich nach dem Anlaß erkundigen?«

Miriam wandte sich zu ihm, damit Walter ihre Augen

nicht sehen konnte. »Muß es denn einen Anlaß dafür geben?« Ihr Blick schien ihn zu erdolchen.

»Nein. Wenn du plötzlich gern große Menschenansammlungen magst, schlage ich dir vor, dieses Jahr London zu besuchen und das Getümmel dort nach Herzenslust auszukosten. Ich würde dir sogar mein Haus in der Stadt zur Verfügung stellen, nachdem meine Frau es inzwischen so durchdacht umgestaltet hat.«

»Ich würde im Traum nicht daran denken, Silverley unbeaufsichtigt zu lassen«, sagte Miriam steif.

»Ich kann dir versichern, daß ich mich dazu durchringen werde, hierzubleiben und mich um das Anwesen zu kümmern. Dazu bin ich durchaus in der Lage, wenn du dir auch gern das Gegenteil einbildest.«

Miriam biß trotz des ausgeworfenen Köders nicht an. Er sah jetzt, daß sie nicht streiten wollte, solange Sir Walter anwesend war. Was für eine köstliche Situation. Ein solches Vergnügen! Aber Tante Ellie musterte ihn stirnrunzelnd, und der arme Tyrwhitt wirkte verlegen. Regina, die bezaubernde Regina, sah auf ihren Teller hinunter und wich seinem Blick aus. Er seufzte.

»Verzeih mir, Mutter. Ich wollte damit nicht andeuten, daß ich dich loswerden will oder daß es dir an Vertrauen in deinen einzigen Sohn mangelt.« Er grinste, als er sah, wie sie zusammenzuckte. Vielleicht konnte er doch noch ein wenig seinen Spaß haben. »Veranstalte unter allen Umständen dieses Fest. Ich bin sicher, Tante Ellie und meine Frau helfen dir gern bei den Vorbereitungen.«

»Ich habe bereits alles geregelt«, erwiderte Miriam hastig.

»Dann wäre das Thema abgeschlossen.«

Nicholas aß weiter, und Reggie schüttelte den Kopf. Sie hatte ihre kleinen Kämpfe mit der Gräfin immer für unter ihrer Würde gehalten, aber sich doch immer wieder provozieren lassen. Miriam hatte heute abend nichts getan, um Nicholas zu ärgern. Warum war es ihm immer wieder ein Anliegen, derart unausstehlich zu sein?

Sobald die Damen die Männer beim Cognac allein ließen, zog sich Reggie in ihre Gemächer zurück. Aber Thomas schlief schon, und Meg besuchte im Dienstbotenflügel Harris. Es war noch zu früh, um schlafen zu gehen. Trotzdem widerstrebte es ihr, wieder nach unten zu gehen. Vor anderen von ihrem eigenen Mann ignoriert zu werden war einfach zu peinlich.

Nicholas bemerkte Reginas Abwesenheit, sobald er den Salon betrat. Er ging auf Eleanor zu. »Wo ist sie?« fragte er barsch.

»Reggie hat erwähnt, sie würde sich zurückziehen.«

»So früh? Ist sie krank?«

»Mein lieber Nicky, wo blieb dieses Interesse an deiner Frau, als sie vorhin am Tisch saß?«

»Schimpf nicht, Tante Ellie. Ich glaube, ich habe schon genug ausgestanden.«

»Trotzdem machst du auf deine sture Art weiter. Und dabei bist du doch nur unglücklich – gib es zu.«

»Unsinn«, entgegnete er gereizt. »Du kennst nicht die ganze Geschichte, Tante Ellie.«

Sie seufzte, als sie sah, wie er sein Kinn vorreckte. »Das mag sein. Aber wie du dieses arme Mädchen mißachtet hast, das ist einfach abscheulich von dir. Ich glaube nicht, daß du auch nur ein Wort zu ihr gesagt hast, seit wir hier angekommen sind.«

»Es waren mehr als zwei, das versichere ich dir.«

»Oh, du kannst so ekelhaft sein, Nicholas!« Eleanor sprach mit gesenkter Stimme. »Du willst einfach nicht eingestehen, daß du dich geirrt hast, daß du eine wunderbare Frau hast und daß kein Grund besteht, sie nicht zu lieben und zu verwöhnen.«

»Das gebe ich zu. Es ist so, daß meine Frau die Wahl ihres Mannes, die sie selbst getroffen hat, bereut. Ich habe ihr gesagt, sie würde es noch bereuen. Eine bittere Sache«, fügte er hinzu, »wenn einem in dem einzigen Punkt, in dem man sich irren wollte, bewiesen wird, wie recht man doch hatte.«

Sie sah ihm nach, als er sie stehen ließ, und ihre Augen waren traurig. Wie sehr sie doch wünschte, sie könnte ihm helfen... Aber das war etwas, was er mit sich allein abmachen mußte.

Wesentlich später betrat Nicholas das Wohnzimmer, das die beiden herrschaftlichen Schlafzimmer voneinander trennte, und war verblüfft, als er dort Regina vorfand, die sich auf dem Sofa zusammengerollt hatte und las. Sie trug einen Morgenmantel aus meerblauem Satin, der in der Taille von einem Gürtel zusammengehalten wurde und sich verführerisch an ihre zarte Gestalt schmiegte. Ihr mitternachtschwarzes Haar fiel in sinnlich zerzausten Wellen auf ihre schmalen Schultern. Sie ließ das Buch sinken und sah in an.

Ihr Blick war direkt, hatte wie üblich die Macht, ihn aufzurütteln. Zum Teufel, wieder eine Nacht, in der er sich schlaflos herumwälzen würde.

»Ich dachte, du seist ins Bett gegangen.« Tiefe Verzweiflung gab seiner Stimme einen scharfen Klang.

Reggie ließ das Buch langsam auf ihren Schoß sinken. »Ich war nicht müde.«

»Hättest du nicht in deinem Zimmer lesen können?«

Es gelang ihr, völlig ruhig zu wirken. »Mir war nicht klar, daß dieses Zimmer ausschließlich für deinen Gebrauch bestimmt ist.«

»Das ist es nicht, aber wenn du vorhast, halbnackt rumzuliegen, dann tu das in deinem Bett«, fauchte er. Sekundenlang starrte er sie finster an, dann verschwand er in seinem Zimmer.

Reggie setzte sich auf. Soviel dazu, daß sie versucht hatte, zu seiner Verfügung zu stehen... Wie hatte sie bloß glauben können, sie wäre in der Lage, ihn zu betören? Das einzige, was sie erregt hatte, war sein Zorn. Das mußte sie sich für die Zukunft merken.

35.

»Dein Haus ist einfach zum Verlieben, Nicky«, sprudelte Pamela Ritchie heraus, als sie ihn in der Bibliothek fand. »Es ist so – so elegant! Es war ganz reizend von deiner Mutter, daß sie mich herumgeführt hat.«

Nicholas lächelte verkniffen und sagte nichts. Aus dem Munde eines jeden anderen hätte ihn dieses Lob seines Hauses mit Stolz erfüllt. Aber er hatte im Lauf seiner stürmischen Beziehung mit dieser knackigen Brünetten vor etlichen Jahren, die genau zwei Wochen gedauert hatte, etwas über sie gelernt, und zwar, daß sie das, was sie sagte, selten auch so meinte. Ja, Silverley beeindruckte sie, aber es verdroß sie mit Sicherheit, daß sie nicht die Hausherrin war.

Nach dem Ende dieser Affäre hatte er dem Klatsch unter den Dienstboten entnommen, daß sie in einem Anfall von Wut ihr Schlafzimmer kurz und klein geschlagen hatte. Seit damals waren sie sich gelegentlich begegnet. Sie hielt immer ein warmes Lächeln für ihn bereit, aber wenn man sie unvorbereitet erwischte, kochte Pamela vor Wut.

Frauen wie Pamela und Selena gerieten immer früher oder später mit seiner eigenen aufbrausenden Art aneinander. In seinen wilden Zeiten hatte er jede Form von weiblichem Temperament gekannt, aber nur in einem Fall war er wirklich in Gefahr gewesen – bei der entzückenden Caroline Symonds. Doch zum Glück war sie mit dem alten Herzog von Windfield verheiratet worden. Er hatte Lady

Caroline seit drei Jahren nicht mehr gesehen und den Trennungsschmerz längst vergessen.

»Wir haben uns schon gefragt, wohin du wohl verschwunden bist, Nicky«, sagte Pamela gerade. Sie thronte unaufgefordert auf einer Stuhlkante dicht neben seinem Schreibtisch. »Im Salon wird gerade der Tee serviert. Es sind noch mehr Leute gekommen. Ich kenne sie nicht – ein paar Gutsherren oder ... Oh! Und deine bezaubernde Frau hat sich endlich blicken lassen. Ein ganz reizendes, süßes Mädchen. Ich habe sie natürlich schon früher getroffen, das ist ja klar, in der vorletzten Ballsaison. Sie war unglaublich begehrt. Die jungen Kerle haben sich um sie geschart und alles für ein Lächeln von ihr getan. Ich war sogar ein bißchen neidisch, bis offensichtlich wurde, daß etwas ... Nun ja – daß etwas nicht mit ihr stimmt, das arme Ding.«

Er hatte von Anfang an gewußt, daß dieses alberne Geplapper auf irgend etwas hinauslaufen würde, aber trotzdem zuckte er jetzt zusammen. »Soll ich jetzt vielleicht raten, was du meinst?«

Sie lachte zwitschernd. »Ich hatte gehofft, daß *du* es *mir* sagst. Alle sind schon schrecklich gespannt darauf, es zu erfahren.«

»Es zu erfahren?« wiederholte Nicholas barsch.

»Ja, klar – zu erfahren, was deiner Meinung nach bei ihr nicht stimmt.«

»Ich bin nicht der Ansicht, daß bei meiner Frau etwas nicht stimmt, Pamela«, antwortete er kühl.

»Du wirst also nicht aus der Schule plaudern? Galant von dir, Nicky, aber nicht allzu aufschlußreich«, sagte sie seufzend. »Du kannst dir ja vorstellen, was für einen Aufruhr du ausgelöst hast. Es kommt schließlich nicht alle Tage vor, daß einer der begehrtesten Junggesellen heiratet und seine Frau dann praktisch schon vor dem Altar verläßt. Es wird gemunkelt, einer von Lady Reggies Onkeln hätte dich ihr in Ketten vorgeworfen.«

Er machte es Pamela nicht leicht zu erkennen, daß sie ins Schwarze getroffen hatte. Nur die Spannung in seinen Händen zeigte seinen Zorn. Sie wollte erreichen, daß er in helle Wut ausbrach. Pamela hegte für diesen Mann einen größeren Groll als für ihre bisherigen und zukünftigen Liebhaber zusammen. Sie hatte ernste Pläne mit Nicholas Eden gehabt, und er hatte diese Pläne vereitelt. Dieser verdammte Schwerenöter, dieser miese Schürzenjäger! Es freute sie, daß er jetzt ausgerechnet bei einer Frau hängengeblieben war, die ihm nicht paßte.

»Dieses Gerücht ist absolut absurd, Pamela«, entgegnete Nicholas mit gepreßter Stimme. »Ich bin nur deshalb in James Malorys Gesellschaft nach England zurückgekehrt, weil er so freundlich war, mir eine Kajüte auf seinem Schiff zur Verfügung zu stellen, als ich in der Karibik festsaß. Und«, fuhr er eilig fort, ehe sie etwas sagen konnte, »ich enttäusche dich zwar nur ungern, aber es waren Geschäfte, die mich gezwungen haben, mich von meiner Braut zu trennen. Ein Notstand auf einem meiner dortigen Anwesen, der augenblicklich behoben werden mußte.«

»Ein anderer Mann hätte seine Frau wahrscheinlich mitgenommen, für ausgedehnte Flitterwochen und so weiter«, warf sie ein. »Merkwürdig, daß du nicht auf die Idee gekommen bist.«

»Ich hatte keine Zeit...« begann er, aber sie lächelte und stand auf.

»Es wird sicher interessant, euch beide zusammen zu sehen. Seltsam, daß du so kurz nach deiner Hochzeit schon Empfänge gibst...«

»Diese kleine Feier war nicht meine Idee.«

»Ja, deine Mutter hat die Einladungen verschickt, aber du warst bereits hier, und daher nehme ich an, daß du ein Fest veranstalten wolltest. Es heißt ja schließlich, das beste Mittel gegen Langeweile sei eine Party. Ich hoffe nur, du hast mich nicht auf die Gästeliste gesetzt, um ein *privates* Fest mit mir zu feiern. Verheiratete Männer reizen mich nicht, wenn du verstehst, was ich meine.«

Sie huschte aus dem Zimmer, ehe er etwas darauf erwidern konnte. Nicholas blieb sitzen und starrte die Tür an. Er war eiskalt abgewimmelt worden, ohne auch nur einen Vorstoß versucht zu haben. Eine solche Dreistigkeit!

Ein starker Beschützerdrang bemächtigte sich seiner. Mit Reggie sollte etwas nicht stimmen! Das war doch wohl der Gipfel. Er verließ die Bibliothek mit den besten Absichten, seine Frau zu finden und sich ihr hingebungsvoll zu widmen, solange auch nur noch ein einziger Gast im Hause war. Aber als er aus der Bibliothek kam und einen Blick in die Eingangshalle warf, sah er Selena Eddington, die gerade aus ihrer Kutsche ausstieg. Wütend machte er sich auf die Suche nach Miriam. »Es amüsiert mich, daß du mich in all diesen Jahren so gut überwacht hast. Diese Hingabe, mit der du dich um mich kümmerst. Natürlich hat dich das in die Lage versetzt, genau zu wissen, welche Menschen ich ganz bestimmt nicht sehen will.«

»Keineswegs«, erwiderte sie mit einem gezwungenen Lächeln. »Es gibt wahrhaft viele mitfühlende Seelen, die der Meinung sind, eine Mutter sollte darüber unterrichtet werden, was ihr Sohn im verruchten London treibt – und mit wem. Du kannst dir gar nicht vorstellen, wie viele gutgemeinte Schilderungen ich über mich ergehen lassen mußte. All das mußte ich mir anhören und dabei auch noch den Eindruck erwecken, dankbar zu sein, wobei es mir doch völlig egal gewesen wäre, wenn mein sogenannter Sohn in der Themse ertrunken wäre.« Sie sah ihn mit einem Blick an, aus dem der reinste Haß sprach. »Doch gewisse Informationen sind manchmal nützlich.«

Heller Zorn blitzte in seinen Augen auf. Er wandte sich ab und lief auf die Treppe zu. Miriams Lachen folgte ihm nach oben.

»Du kannst dich nicht das ganze Wochenende verstekken, Lord Montieth!« rief sie ihm hämisch nach.

Nicholas drehte sich nicht um. Was in Teufels Namen hoffte dieses intrigante, abscheuliche alte Weib damit zu erreichen, daß sie seine früheren Mätressen in sein Haus einlud? Und, gütiger Himmel, wie viele Überraschungen standen ihm noch bevor?

36.

Der Salon war ziemlich voll, denn aus Miriams zwanzig Leuten waren dreißig geworden. Das Musikzimmer stand offen, und die Laute einer Harfe, die ungeschickt gezupft wurde, drangen heraus. Der lange Tisch im Eßzimmer war in ein Büffet verwandelt worden. Die Gäste liefen zwischen den Räumen hin und her.

Selena Eddington hatte sich in dem Jahr, seit Reggie sie das letzte Mal gesehen hatte, kaum verändert. Sie trug eine Kreation aus rosa Spitze mit Rüschen, die Reggie das Gefühl gab, in ihrem dunkelblauen Kleid wie eine Matrone zu wirken. Die Männer hingen auch gebannt an Selenas Lippen. Von Zeit zu Zeit drehte sie sich mit einem zufriedenen, spöttischen Lächeln zu Reggie um.

»Sei nicht so traurig, meine Liebe. Eines Tages mußte es ja passieren.«

Reggie drehte sich zu Lady Whately um, einer Bekannten aus früheren Jahren. Sie saß neben Reggie auf dem Sofa. »Was mußte passieren?«

»Daß du mit den Frauen aus der Vergangenheit deines Mannes zusammentriffst, von denen es ja wahrhaft viele gibt.«

»Wenn Sie Lady Selena meinen...«

»Nicht nur sie, meine Liebe. Da hätten wir noch die Gräfin und dieses Ritchie-Flittchen und Mrs. Henslowe, wobei ich allerdings gehört habe, das mit Anne Henslowe sei nur ein Versuch gewesen.«

Reggie musterte all die Frauen, die diese alte Klatschtante nannte, und sie riß die Augen weit auf, als ihr Blick auf Caroline Symonds fiel, die Gräfin von Windfield, eine umwerfend schöne Blondine, nur wenige Jahre älter als sie. Die Gräfin saß züchtig neben einem Mann von Ende siebzig. Das mußte der Herzog von Windfield sein. Wie elend sich die junge Frau an der Seite dieses alten Mannes fühlen mußte, dachte Reggie.

Pamela Ritchie, Anne Henslowe, Caroline Symonds und Selena Eddington. Vier frühere Mätressen von Nicholas in einem Raum mit seiner Frau! Das war zuviel verlangt. Sollte sie sich etwa mit ihnen unterhalten? Die anmutige, huldvolle Gastgeberin spielen?

Nicholas erschien in eben diesem Augenblick, und sie wünschte, sie hätte ihn wütend anschreien können, aber das kam gar nicht in Frage. In ihrem Beisein legte Lady Selena ihre Hand auf Nicholas' Arm und hielt ihn fest.

»Das stört Sie doch nicht, meine Liebe, oder?«

Reggie drehte sich um und stellte fest, daß Lady Whatley gegangen war und Anne Henslowe ihren Platz eingenommen hatte. Sollte sie sich jetzt etwa von einer seiner früheren Geliebten trösten lassen? »Warum sollte es mich stören?« antwortete sie steif.

Mrs. Henslowe lächelte. »Soll es doch gar nicht. Schließlich hat sie ihn nicht halten können, und Sie haben ihn. Sie war entrüstet darüber.«

»Und was ist mit Ihnen?«

»Ach, du meine Güte! Jemand hat Ihnen etwas zugetragen. Das hatte ich schon gefürchtet.«

Reggie konnte einfach nicht ärgerlich sein. Die Frau zeigte echtes Mitgefühl. Sie war nicht übel. Und ihre Affäre mit Nicholas hatte sich zu Zeiten abgespielt, zu denen Reggie ihn noch gar nicht gekannt hatte.

»Zerbrechen Sie sich darüber nicht den Kopf.« Reggie lächelte.

»Ich nicht. Ich hoffe nur, daß Sie es auch nicht tun. Sie können sicher sein, meine Liebe – Nicholas wird nie zurückkommen und sich einen Nachschlag holen.«

Reggie kicherte, obwohl sie schockiert war. »Das haben Sie schön gesagt.«

»Und wahr ist es auch, zum Kummer der Frauen, die es in seiner Vergangenheit gab. Viele versuchten, ihn wieder für sich zu gewinnen, aber keine hatte Glück.«

»Haben Sie es versucht?« fragte Reggie unverblümt.

»Nein, um Himmels willen. Er war nichts für mich, und das wußte ich. Die eine Nacht mit ihm machte mich glücklich. Es war kurz, nachdem ich meinen Mann verloren hatte, und ich stand dicht davor, meinen Verstand auch noch zu verlieren. Nicholas half mir zu erkennen, daß mein Leben doch noch nicht vorbei war. Dafür werde ich ihm immer dankbar sein.«

Reggie nickte, und Anne Henslowe tätschelte ihren Arm. »Machen Sie sich nichts daraus, meine Liebe. Er gehört jetzt Ihnen, für alle Zeiten.«

Aber er gehörte nicht ihr, und nach dieser einen Nacht, die jetzt schon fast ein Jahr zurücklag, hatte er auch nicht mehr ihr gehört.

Sie bedankte sich bei Mrs. Henslowe und sah sich nach Nicholas um. Er war nicht da, im Eßzimmer und im Musikzimmer auch nicht. Somit blieb nur noch das Gewächshaus. Auf leisen Sohlen eilte sie in den warmen, dunklen Raum mit den Glaswänden. Licht fiel durch die Fenster des Eßzimmers. Es war gerade hell genug, um bis zu dem Brunnen zu schauen, um das rosa Spitzenkleid und die kurzen schwarzen Locken von Selena Eddington auszumachen, die ihre Arme um Nicholas' Hals geschlungen hatte.

»Gefällt Ihnen die Führung durch das Haus, Lady Selena?« rief Reggie, als sie auf das Paar zuging.

Ihre Stimme scheuchte die beiden auseinander. Selena besaß den Anstand, verlegen zu wirken. Aber Nicholas war kein bißchen zerknirscht. Er lief sogar vor Zorn rot an. Als sie das sah, verwandelte sich Reggies Wut in einen heftigen Schmerz, der ihr die Kehle zuschnürte. So was Dummes! Er hatte Selena gar nicht loslassen wollen.

Sie drehte sich um und verließ den Raum, so schnell sie konnte. Nicholas rief ihr etwas nach, aber sie beschleunigte ihre Schritte nur um so mehr. Dieser zügellose Schürzenjäger! Wie hatte sie nur so dumm sein können, so absolut dämlich, sich Hoffnungen zu machen?

Als sie das Vorzimmer erreichte, blieb Reggie abrupt stehen. Nein, sie würde nicht davonlaufen und sich verkriechen, als bräche ihr das Herz. Die Malorys waren aus festerem Holz geschnitzt. Sie begingen nicht den Fehler, sich zweimal in denselben Menschen zu verlieben. Der Grund, aus dem sie diesen Kloß in ihrer zugeschnürten Kehle hatte, war nicht Liebe. Nein, sie erstickte an ihrem Zorn, das war alles.

Sie trat wieder in den Salon, und das Lächeln, das sie im Lauf des Tages meistens aufgesetzt hatte, umspielte wieder ihre Lippen. Seelenruhig nahm sie Platz und vertiefte sich in eine Unterhaltung mit Faith und Lady Whately.

Sowie Reggie sich gesetzt hatte, betrat Nicholas den Salon. Ein Blick in ihr gelassenes Gesicht reichte aus, um sein Herz sinken zu lassen. Was hatte er denn erwartet? Tränen? Um eifersüchtig zu sein, mußte man sich aus jemandem etwas machen. Der Teufel sollte Selena dafür holen, weil sie ihm die Arme um den Hals geschlungen und ihn erwischt hatte, als er nicht auf der Hut gewesen war. Hatte sie gewußt, daß Reggie ihn mit ihr ertappen würde? Er hatte Selena gar nicht durch das Haus führen wollen, aber sie hatte ihn provoziert und angedeutet, er fürchtete sich wohl, sich mit ihr sehen zu lassen, und ihm zugeflüstert, er wäre nicht mehr sein eigener Herr. Und er war so dumm gewesen, sie durch das Haus zu führen, von einem Zimmer in das andere zu zerren...

Sie hatte sehen wollen, was sich hinter den geschlossenen Türen des Gewächshauses verbarg, und als sie den Raum betreten hatten, war ihr eine ganz bestimmte Blume an einer Ranke ins Auge gefallen. Genau diese Blume mußte sie haben. Sie ließ es sich nicht ausreden. Nach zwei Versuchen, sie selbst zu pflücken, bat sie ihn schmeichlerisch, ihr die Blume herunterzuholen. Er streckte seine Hand danach aus, und kaum hatte er die verdammte Blüte gepflückt und sie ihr gereicht, umklammerten ihre Arme auch schon seinen Nacken. Zwei Sekunden waren verstrichen, und dann hatte Regina den Mund aufgemacht. Einfach unglaublich, das größte Pech, das man sich nur vorstellen konnte...

Er sah Regina wieder an, und sie erwiderte seinen Blick. In diesem einen Moment, ehe sie sich wieder abwandte, schossen blaue Flammen aus ihren Augen.

Nicholas' Hoffnungen wuchsen wieder. Sie machte sich nichts aus ihm? Warum war sie dann so wütend? Sein Entschluß stand fest, und er näherte sich den drei Frauen, die auf dem Sofa saßen. »Darf ich mich Ihnen anschließen, meine Damen? Die Pflichten des Gastgebers haben mir bis jetzt kaum Zeit für meine bezaubernde Gattin gelassen.«

»Hier ist kein Platz, Nicholas«, sagte Reggie tonlos.

Das stimmte, denn Lady Whatelys üppiges Hinterteil nahm das halbe Sofa ein. Aber er ließ sich weder davon noch von Reggies kühler Miene abschrecken.

Er griff nach ihrem Handgelenk, zog sie auf die Füße, setzte sich und zerrte sie auf seinen Schoß.

»Nicholas!« japste sie.

»Sei nicht so verlegen, Liebling.« Er grinste und hielt sie energisch fest.

»Einfach skandalös, Lord Montieth!« Lady Whately war noch viel verlegener als Regina. »Wenn Sie sich so sehr nach Ihrer Frau sehnen, können Sie meinen Platz haben.«

Sie stand auf und ging, und dann erhob sich auch Faith und heuchelte plötzlich Interesse an einem Gemälde am anderen Ende des Zimmers. Reggie ließ sich vom Schoß ihres Mannes gleiten und setzte sich neben ihn. Sie wäre am liebsten weit zurückgewichen, aber sein Arm, um ihre Schultern gelegt, hielt sie auf dem Sofa fest.

»Das war...«

»Psst«, flüsterte er. »Und lächle, mein Liebling. Wir werden beobachtet.« Sie blickte mit einem gequälten Lächeln zu ihm auf, doch ihre Augen verfluchten ihn. Er lachte. »Ist das alles, was du fertigbringst?« Dann flüsterte er: »Es war nichts, verstehst du.«

Sie brauchte nicht zu fragen, wovon er sprach. »Natürlich nicht«, gab sie ironisch zurück.

»Nein, wirklich nicht. Sie hat versucht, mich zu verführen, und es ist ihr mißlungen. Das war alles.«

»O ja, ich glaube dir«, sagte sie mit eisiger Stimme. »Ich glaube dir, weil man mir heute schon zweimal erzählt hat, daß deine früheren Mätressen dich nicht mehr interessieren, wenn sie erst einmal abgelegt sind. Eine deiner Verflossenen hat mir versichert, du würdest nie zurückkommen, um dir einen Nachschlag zu holen. Also muß ich es wohl glauben, obwohl meine eigenen Augen mir etwas anderes sagen.«

»Du bist eifersüchtig.«

»Unsinn!«

Er grinste verschmitzt. »Deine Informantin hat nicht hundertprozentig recht, mein Liebling. Wärst du die Mahlzeit, dann würde ich mir immer wieder einen Nachschlag holen und so viel runterschlingen, bis ich tot umfalle.«

»Oh!« rief sie empört aus. »Ich bin nicht dazu aufgelegt,

mich von dir aufziehen zu lassen! Ich wünsche dir eine gute Nacht!«

Sie sprang auf, ehe er sie festhalten konnte, und verließ den Raum. Er ließ sie gehen und lächelte vor sich hin. Allmählich glaubte er, daß Miriams Fest genau das war, was ihm gefehlt hatte, um seine Frau wieder für sich zu gewinnen. Die alte Hexe wäre doch glatt tot umgefallen, wenn sie gewußt hätte, daß sie ihm half! Sein Grinsen wurde breiter, und er fühlte sich ausgesprochen draufgängerisch.

37.

Warme Sonne ergoß sich in den Frühstücksraum und in das Damenzimmer. Auf dem langen Büffet waren Platten voller Eier, Heringe, Schinken und Würste für die vielen Gäste angerichtet. Eine Auswahl an Toast und Brötchen und süßem Gebäck stand bereit, und es gab sechs verschiedene Sorten Marmelade. Heiße Schokolade wurde angeboten, Tee und Kaffee mit Sahnehauben gereicht. Lakaien füllten die Platten wieder auf, sowie sie sich leerten.

Es war früh, und viele schliefen noch oder hatten sich in dem gutbestückten Stall bedient, um einen Morgenritt zu unternehmen.

Thomas war in der Morgendämmerung wach geworden, und nach dem Stillen hatte Reggie nicht mehr einschlafen können. Die Whatelys saßen beim Frühstück, ebenso Pamela Ritchie und der Herzog von Windfield. Reggie ließ die Unterhaltung um sich herum plätschern. Sie bemühte sich nicht, wieder ein fröhliches Gesicht aufzusetzen. In der letzten Nacht war sie von finsteren Gedanken verfolgt ins Bett gegangen, und auch jetzt spukten diese Überlegungen noch in ihrem Kopf herum, in deren Mittelpunkt Nicholas stand.

Sie hatte zwar von Anfang an gewußt, was für eine Sorte Mann er war, aber – der Teufel sollte ihn holen – konnte er denn nicht bis zur Rückkehr nach London warten und erst dort einer anderen Frau den Hof machen? Warum war er überhaupt in Silverley? Sie hatte ganz bestimmt nicht damit gerechnet, daß er sich hier aufhalten würde. Und sein ständig mürrisches Gesicht raubte ihr zusätzlich die Nerven.

Sie müßte fortgehen, das wußte sie. Eine Scheidung kam nicht in Frage, aber sie brauchte nicht unter einem Dach mit ihm zu leben. Sie konnte nach Haverston zurückgehen. Onkel Jason wäre sicher hocherfreut.

Aber sie hatte nicht das Recht, Thomas von seinem Vater fernzuhalten. Und wie sie von Tess wußte, tauchte Nicholas mindestens zweimal täglich im Kinderzimmer auf und verscheuchte das Mädchen, um mit seinem Sohn allein zu sein. Er akzeptierte Thomas als sein Fleisch und Blut, aber es war zu bezweifeln, ob er jemals eine richtige Ehe mit Regina führen würde.

Sie seufzte tief. Hatte sie nicht einmal gesagt, es wäre ihr gleich, wie ihre Ehe sich entwickelte, solange sie bloß nicht mehr auf die Jagd nach einem Mann gehen müßte? Wie dumm und naiv sie doch gewesen war!

»Du hast Besuch, meine Liebe«, verkündete Eleanor, als sie ins Zimmer kam. Lord Dicken Barrett folgte ihr auf den Fersen. »George...? Ach, du meine Güte, ich kann mich nicht mehr erinnern.«

»George Fowler«, kam ihr Lord Barrett zu Hilfe.

»Ach ja, Fowler«, stimmte Eleanor zu. »Sayers hat ihn im Empfangszimmer untergebracht, weil das ganze Haus zu voll ist.«

Sayers stand in der Tür, und Reggie runzelte die Stirn, um ihr Erstaunen zu vertuschen. Sie stand auf. »Das ist nicht der richtige Ort für George. Führen Sie ihn in die Bibliothek. Zu der Tageszeit sollte dort niemand sein. Und sorgen Sie dafür, daß ihm Tee serviert wird.«

Sie nickte, um Sayers zu entlassen, dann wandte sie sich an Eleanor. »Du hättest länger schlafen sollen, Ellie, wenn du noch müde bist.«

»Mir geht es gut, meine Liebe. Es ist eine lange Nacht geworden, aber es hat Spaß gemacht.« Sie sah Lord Barrett kurz in die Augen. »Ich bin hellwach, sowie ich meinen Tee getrunken habe. Kennst du deinen Besucher?«

»Ja«, erwiderte Reggie. »Aber ich weiß gar nicht, was er hier will.«

»Dann kümmerst du dich jetzt wohl am besten um ihn. Dicken und ich werden nur schnell einen Happen essen, ehe wir ausreiten.«

Eleanor und Ausreiten? Das mußte man sich mal vorstellen! »Ich wußte gar nicht, daß du gern reitest, Ellie.«

»Und wie gern! Aber es macht viel mehr Spaß, wenn jemand mitkommt.« Sie beugte sich vor und fügte hinzu: »Das mußt du mal mit Nicholas ausprobieren.«

Reggie gab eine nichtssagende Antwort und verließ das Zimmer.

George Fowler stand auf, als sie die Bibliothek betrat, und kam auf sie zu, um sich zu verbeugen und ihre Hand zu küssen. Sie hatte ganz vergessen, was für ein ansprechender junger Mann er war mit seinem dunkelblonden Lockenkopf, dem gepflegten Schnurrbart, den dunkelgrünen Augen und der guten Figur. Er war ein wenig zu klein – nein, nicht wirklich. Sie durfte nicht jeden mit ihrem Ehemann vergleichen.

»Ich fürchte, ich komme ungelegen«, entschuldigte er sich. »Der Kerl, der mir meinen Hengst abnahm, brummte, in eurem Stall sei nicht einmal mehr Platz für ein einziges Pferd.«

»Es ist alles ein wenig eng, aber mir bereitest du überhaupt keine Ungelegenheiten.«

»Du hast Gäste, um die du dich kümmern mußt...«

»Keineswegs«, versicherte sie ihm. »Das hier ist eine Einladung meiner Schwiegermutter, die schon vor unserer Ankunft geplant wurde. Hauptsächlich ihre Freunde – und die meines Mannes. Und um diese Tageszeit sind die meisten noch gar nicht aufgestanden. Nimm doch Platz, George.« Sie setzten sich einander gegenüber. »Du kannst gern bleiben, wenn du magst. Wahrscheinlich kennst du hier so ziemlich alle, und ich bin sicher, daß wir dich auch für die Nacht unterbringen können, wenn es dir nichts ausmacht, dir mit jemandem ein Zimmer zu teilen.«

Er strahlte fröhlich. »Ich würde die Einladung mit Vergnügen annehmen, wenn ich nicht bereits von meiner Mutter herzitiert worden wäre. Sie macht Urlaub in Brighton, und ich dachte, ich schaue mal vorbei, um herauszufinden, wie du zurechtkommst.«

Reggie lächelte ihn an. Er hatte einen großen Umweg gemacht, um sie zu besuchen. »Es ist lange her, seit wir uns gesehen haben, nicht wahr?« Sie kam freudig auf dieses Thema zu sprechen, denn sie erinnerte sich noch gut daran, wie charmant er sein konnte.

»Eine verflixt lange Zeit«, betonte er.

Hallie brachte Tee, und Reggie schenkte ein. »Wie geht es deiner Mutter, George?«

»So gut, wie man es bei ihrem Zustand erwarten kann.« Er sagte das mit einer Grimasse, als rechnete er mit einer Tracht Prügel, wenn er nach Brighton kam. »Der ganzen Familie geht es gut. Da wir gerade von Familie sprechen – ich habe deinen Onkel Anthony letzte Woche im Club getroffen. Er schien aus irgendwelchen Gründen ungenießbar zu sein. Fast hätte er sich mit einem anderen Kerl geschlagen, nur weil der ihn angerempelt hat.«

Reggie wußte, was das hieß. Vor ziemlich genau einer

Woche mußte Onkel Anthony erfahren haben, daß Nicholas wieder da war.

»Onkel Tony ist launisch, wenn er auch Gott sei Dank nicht allzuoft zum Jähzorn neigt.«

»Und was ist mit dir?« Sein Gesicht war plötzlich ernst.

»Ob ich launisch bin, George? Das sind wir doch alle.«

»Stört es dich denn nicht, hier draußen auf dem Lande begraben zu sein? Ich würde innerhalb von einer Woche eingehen.«

»Ich liebe Silverley, und ich habe das Landleben immer vorgezogen.«

Er wirkte enttäuscht. »Ich dachte, daß du vielleicht – hier nicht glücklich bist. Man hört gewisse Dinge.« Er hustete. War er verlegen?

»Dann sollte man vor diesen Dingen die Ohren verschließen«, schalt sie ihn. »Ich bin glücklich, George.« Aber sie konnte ihm nicht in die Augen sehen.

»Bist du sicher?«

»Sie hat es Ihnen doch gesagt, Fowler«, äußerte Nicholas, der in der Tür stand, kühl. »Und da der Grund Ihres Kommens offensichtlich der war, das zu erfahren, wüßte ich es jetzt zu schätzen, wenn Sie gingen.«

Reggie sprang auf. »Nicholas!«

»Schon gut, Reggie«, sagte George freundlich und stand auf.

»Das heißt *Lady Montieth*, alter Junge«, sagte Nicholas mit funkelnden Augen. »Das werden Sie sich doch merken, oder?«

Reggie starrte ihn ungläubig an. »Du brauchst nicht zu gehen, George, wirklich nicht.«

»Doch, er geht. Ich bestehe darauf.« Nicholas drehte sich um und schrie in den Korridor: »Sayers! Der Gentleman möchte gehen!«

Reggie lief knallrot an. »Es tut mir leid, George. Eine solche Grobheit läßt sich mit nichts entschuldigen.«

»Mach dir nichts draus.« George beugte sich über ihre Hand und ignorierte für einen Augenblick den unausstehlichen Mann, der in der Tür stand. »Es hat mich gefreut, dich wiederzusehen, auch wenn es so kurz war.«

Reggie wartete nur zwei Sekunden, nachdem George das Zimmer verlassen hatte, ehe sie einen wütenden Schrei ausstieß. Ihre Kobaltaugen sprühten Funken. »Wie kannst du es wagen? Habe *ich deine Huren* etwa rausgeworfen? Sag, habe ich das getan?« Sie unterbrach sich nur kurz, um Luft zu holen. »Du bist unerträglich! Absolut unmöglich! Ist das wieder eine deiner gräßlichen Vorschriften? Erst weigerst du dich, meiner Familie zu gestatten, daß sie mich hier besucht, und jetzt sind meine Freunde hier auch nicht mehr willkommen!«

»Ich würde einen früheren Geliebten nicht als alten Freund bezeichnen«, gab er zurück.

»Er ist keine alte Liebe. Und du kannst gut reden, nachdem heute nacht vier *deiner* alten Lieben unter diesem Dach geschlafen haben. Wahrscheinlich warst du sogar bei einer von ihnen – oder war es mehr als eine?«

»Wenn du letzte Nacht in meinem Bett gelegen hättest, dann wüßtest du jetzt, wo ich war.«

Zornig schnappte sie nach Luft. Mit ihm in einem Bett schlafen, nachdem sie ihn mit einer anderen Frau ertappt hatte? Er wollte sie absichtlich reizen. Es war ihm auch gelungen, sie in Wut zu bringen. Sie zog die Schultern hoch. »Dein unflätiges Benehmen hat meinen Entschluß reifen lassen. Ich weigere mich, auch nur noch einen Tag mit einem derart ungehobelten Klotz zu verbringen – ich gehe nach Hause.«

Darauf war Nicholas nicht gefaßt gewesen. »Du bist hier zu Hause, Regina.«

»So hätte es sein können, aber du hast es mir unerträglich gemacht.«

»Du wirst nicht fortgehen«, sagte er tonlos.

»Du kannst mich nicht davon abhalten.«

»Doch, genau das kann ich tun. Du wirst es ja erleben.«

Ein Schweigen setzte ein. Sie starrten einander erbost an, dann stolzierte Regina aus der Bibliothek.

Nicholas' Schultern sackten nach unten. Warum zum Teufel hatte er den Kopf verlieren müssen? Er hatte vorgehabt, sie dazu zu bringen, daß sie wieder so war wie früher, und dann heute nacht in sein Bett locken wollen, ganz gleich, wie sehr er um sie werben mußte. Morgen hätte alles wieder gut sein können. Was zum Teufel war mit ihm los? Sie hatte recht, sein Benehmen war unerträglich, und er verstand sich selbst überhaupt nicht mehr.

38.

Die Tür wurde lautstark aufgerissen. Reggie wirbelte auf dem Stuhl vor ihrer Frisierkommode herum. Die Bürste steckte noch in ihrem Haar.

»Was? Du hast noch keine Koffer gepackt?« rief er. Langsam ließ sie die Bürste sinken. »Du bist betrunken, Nicholas.«

»Nicht ganz, Liebling. Nur so sehr, daß mir klar wird, daß ich grundlos mit dem Kopf gegen eine Steinmauer gerannt bin.«

»Du redest wirres Zeug.«

Er schloß die Tür und lehnte sich daran, richtete seine bernsteinfarbenen Augen auf ihr Gesicht. »Überleg dir das mal. Das Haus gehört mir. Das Zimmer gehört mir. Die Frau gehört mir. Ich brauche keine weitere Erlaubnis, um sie in mein Bett zu holen.«

»Ich...«

»Keine Diskussion, Liebling«, fiel er ihr ins Wort.

Sie warnte ihn frostig: »Ich glaube, du solltest lieber gehen, ehe ...«

»Wirst du schreien, Liebling? Damit die Dienstboten und die Gäste angelaufen kommen? Sie wagen es nicht, hier einzudringen, ist dir das auch klar? Morgen würdest du die schlimmsten Peinlichkeiten erleiden.« Er lächelte sie an, dieser Rohling.

»Du wirst deinen Kopf nicht durchsetzen, Nicholas Eden.«

»Doch, das werde ich«, verbesserte er sie liebenswürdig. »Und sei bloß nicht hysterisch.«

»Wenn ich hysterisch werde«, preßte sie zwischen zusammengebissenen Zähnen hervor, »dann wird dir das nicht entgehen.«

»Gut, daß du so verständig bist, Liebling. Und warum ziehst du nicht endlich dieses hübsche Ding aus, das du anhast?«

»Warum scherst du dich nicht ...«

Er wirkte schockiert. »Wenn du dich nicht anständig benehmen kannst ...«

»Nicholas!« schrie Regina verzweifelt. »Ich bin nicht zu dummen Späßen aufgelegt.«

»Wenn du es so eilig hast, Liebling, dann bin ich dir gern zu Diensten.«

Er kam auf sie zu, und sie rannte um das breite Bett herum, um es zwischen sich und ihn zu bringen. Er lief um das Bett herum.

»Keinen Schritt weiter.« Ihre Stimme wurde bei jedem Wort schriller. Aber er kam näher.

Reggie hüpfte auf das Bett und rollte sich auf die andere Seite. Als sie aufblickte, grinste er. Diese Jagd machte ihm Spaß.

»Ich will, daß du augenblicklich verschwindest!« Ihre Stimme überschlug sich vor Wut.

Er stieg auf das Bett, bückte sich, um nicht von dem Betthimmel aufgehalten zu werden, und sie stürmte zur Tür. Als sie hörte, wie Nicholas vom Bett sprang, änderte sie die Richtung. Hinter der Chaiselongue war sie sicherer.

Nicholas ging zur Tür, schloß sie ab und legte den Schlüssel auf den Türrahmen, der weit über Reggies Reichweite war. Reggie starrte erst auf den Schlüssel, an den sie unmöglich herankam, dann auf Nicholas. Sie nahm ein Buch vom Tisch und warf es nach ihm. Er wich behende zur Seite, lachte über ihre Bemühungen und zog sein Jackett aus.

»Wenn du darauf bestehst, Nicholas, dann schwöre ich dir, daß ich dir die Augen auskratze!«

»Das kannst du ja versuchen, Liebling.« Er lächelte. Dann trat er vor die Chaiselongue, zog sie dahinter hervor und preßte sie an sich.

»Nicho...«

Seine Lippen brachten sie zum Schweigen. Im nächsten Moment ließ er sie auf das Bett fallen und preßte sie mit seinem gesamten Körper gegen die Matratze. Sein Mund verschlang den ihren und ließ ihr keine Möglichkeit zu atmen. Ihre Finger, die an seinen Haaren zerrten, bewegten seinen Kopf nicht von der Stelle, und auch ihr Aufbäumen konnte ihn nicht abwerfen. Sie biß ihm in die Lippen, und er wich zurück und sah grinsend auf sie herunter.

»Das willst du doch gar nicht, Liebling. Wie kann ich dich ordentlich küssen, wenn du mir ein Stück von meinem Mund abbeißt?« Sie zerrte heftig an seinen Haaren, und er stöhnte: »Ich hätte dich doch wieder betrunken machen sollen. Wenn du genug Wein getrunken hast, bist du viel umgänglicher.«

Als er sie wieder küßte, riß Reggie die Augen weit auf. Sie betrunken machen? Es war also doch kein Traum gewesen! Er hatte in dieser Nacht im Gasthaus wirklich mit ihr geschlafen – und es sogar geplant! Er hatte sie so sehr begehrt, daß er sie mit einer List reingelegt hatte – sie so sehr begehrt, daß er ihr zuviel Wein eingeflößt hatte – sie begehrt...

Gütiger Himmel, alle diese Empfindungen beschlichen sie wieder. Wie lange konnte sie sich widersetzen?

Er sah sie wieder an. »O Liebling«, sagte er mit rauher Stimme, »liebe mich. Liebe mich, wie du mich schon geliebt hast«, flüsterte er leidenschaftlich, und ihre Widerstandskraft erlahmte. Plötzlich erwiderte sie seinen Kuß mit aller Leidenschaft, die in ihr steckte. Sie war nicht aus Stein. Sie war aus Fleisch und Blut, und ihr Blut stand in Flammen.

Ihre Hände zogen seinen Kopf zu sich. Sein lustvolles Stöhnen war Musik in ihren Ohren. Nicholas wollte sie, begehrte sie – begehrte sie wirklich. Das war ihr letzter Gedanke, ehe sie keine Zeit mehr fand, an irgend etwas zu denken.

39.

»Guten Morgen, Liebling.« Nicholas' Zähne griffen nach Reginas Unterlippe und knabberten einen Moment lang zärtlich daran. »Hat dir eigentlich schon mal jemand gesagt, was für einen herrlich zerzausten Anblick du bei Sonnenaufgang bietest?«

Sie grinste schelmisch. »Meg ist die einzige, die mich bei Sonnenaufgang sieht, und sie sagt keine Sachen, die einem Mädchen zu Kopf steigen.«

Nicholas lachte und zog sie dichter an sich. »Deine kämpferische Meg kann mich übrigens nicht leiden, und ich kann mir einfach nicht vorstellen, woran das wohl liegt. Ich bin doch so ein liebenswerter Kerl.«

»Du bist ein unausstehlicher Kerl, und das weißt du ganz genau.«

»Aber ich bin ein *liebenswerter* unausstehlicher Kerl.« Reggie lachte. Wie fantastisch es doch war, so geweckt zu werden, dachte sie und kuschelte sich an den kräftigen Körper ihres Mannes. Und sie war auch gar nicht müde, obwohl sie bis in die tiefe Nacht hinein feurig geliebt worden war. Gar nicht müde, sie fühlte sich sogar ganz wunderbar. Sie würde darauf bestehen müssen, daß er sich ihr öfter aufdrängte.

Das einzige, was ihre Idylle stören konnte, war Thomas' Jammern, und schon im nächsten Moment hörte sie es.

»Ich habe mich schon gefragt, wann es wohl soweit ist,« stöhnte er.

Reggie lächelte ihn an. »Ich sollte wohl nach ihm sehen.«

»Aber du bist ganz schnell wieder da, ja?«

»Ganz bestimmt.«

Als Reggie zwanzig Minuten später in ihr Schlafzimmer zurückkam, war es leer. Sie sah im Wohnzimmer nach und ging dann in Nicholas' Schlafzimmer. Beide Zimmer waren ebenfalls leer. Sie kehrte in ihr eigenes Zimmer zurück und wartete. Er tauchte nicht auf.

Wo steckte er bloß? Und warum war er fort? War es möglich, daß er sie nur ausgenutzt hatte und nun herzlos fallenlassen wollte? Aber das waren vorschnelle Schlüsse. Es mußte einen Grund für sein Verschwinden geben.

Reggie drängelte Meg, als sie ihr beim Ankleiden half, und dann flog sie regelrecht aus ihrem Zimmer und die Treppe hinunter. Aus dem Frühstückszimmer drangen Stimmen, die sie in diese Richtung zogen. In der Tür blieb sie abrupt stehen, und plötzlich schien ihr Blut zu gefrieren. Nicholas, der nur eine Hose und eine kurze grüne Samtjacke trug, stand am Büffet mit dem Rücken zu ihr, ebenso wie Selena Eddington, deren Schulter seinen

Oberarm berührte. Sein Kopf war zu ihr geneigt, und Selena lachte – über was immer das auch sein mochte.

Reggie sah rot. »Störe ich etwa – wieder einmal?«

Sie wirbelten herum. Niemand außer ihnen war im Raum, nicht einmal ein Lakai, und doch wirkte Nicholas kein bißchen verlegen.

»Du hättest nicht runterkommen müssen, Liebling.« Er lächelte. »Ich wollte gerade einen Teller mit Gebäck zu dir raufbringen.«

»Ja, gewiß«, erwiderte sie zynisch und sah Selena fest in die Augen. »Madame, packen Sie freundlicherweise Ihre Koffer, und verlassen Sie mein Haus vor der Mittagszeit.«

Selenas selbstgefälliger Gesichtsausdruck wich einer empörten Miene. »Das können Sie nicht machen. Lady Miriam hat mich eingeladen.«

»Lady Miriam ist nicht die Hausherrin. Das bin ich. Und wir Edens sind geradezu dafür berüchtigt, Leute aus unserem Haus zu werfen.« Als sie das losgeworden war, drehte Reggie sich um und ging.

Nicholas holte sie in der Eingangshalle ein und hielt ihren Arm fest. »Was zum Teufel soll das alles heißen?«

»Laß mich los!« zischte sie und riß sich los, aber er packte sie sofort wieder.

»Komm hier rein.« Er zerrte sie in die Bibliothek und schloß die Tür hinter ihnen. »Bist du verrückt geworden?«

»Das muß ich wohl sein, wenn ich geglaubt habe, du hättest dich verändert!«

»Was soll das heißen?«

»Mein Bett war noch warm, als du dich schon nach einer neuen Eroberung umgesehen hast! Mach du doch deine Kapriolen mit allen Frauen, mit denen du es willst, aber spiele nicht noch einmal mit mir.«

»Wie kannst du nach der letzten Nacht noch glauben, ich wollte eine andere Frau?« erwiderte er ungläubig. »Das, was du gesehen hast, war gar nichts. Selena war nur zufällig da, als ich ans Büffet ging, um dir ein Frühstück zu holen. Ich wollte dich nämlich füttern, damit du keinen Vorwand hast, dein Zimmer heute morgen zu verlassen.«

»Du hast das ganze Haus voller Dienstboten, die dir ein Frühstück bringen können.«

»Die sind doch ganz erledigt von unseren vielen Gästen. Und ich hatte gerade Zeit, mich selbst darum zu kümmern, weil du bei Thomas warst.«

»Ich glaube dir kein Wort.«

Er seufzte matt. »Das ist doch absurd, Regina. Du hattest keinen Grund, in die Luft zu gehen, und schon gar nicht, Selena rauszuschmeißen. Das habe ich ihr auch gesagt.«

»Das darf doch nicht wahr sein!«

»Überleg dir doch mal, wie albern du dich benimmst...«

Das Feuer, das in ihren Augen glühte, ließ ihn innehalten. »Tue ich das? Ja, vermutlich schon. Und außerdem bin ich ein Dummkopf, der größte Dummkopf aller Zeiten. Aber du – du bist ein Bastard, durch und durch. Du erträgst es also nicht, daß deine Freundin fortgeht? Dann laß sie doch unter allen Umständen hierbleiben. Laß sie gleich ganz hier einziehen, denn ich werde nicht mehr dasein und brauche mir das nicht anzusehen. Und wenn du versuchst, mich davon abzuhalten, daß ich das Haus verlasse, dann – erschieße ich dich!«

Sein Gesicht verfinsterte sich und drückte kalte Wut aus, aber sie war voll und ganz davon in Anspruch genommen, den Zorn herauszuschreien, der sie seit Monaten erfüllte. Und daher merkte sie nicht, wie bedrohlich seine Wut war. Als er sich ohne ein Wort umdrehte, lief sie an ihm vorbei und vertrat ihm den Weg. »Wage es nicht, das Zimmer zu verlassen, während ich noch mit dir streite!«

»Was gibt es denn noch zu sagen?« fragte er erbittert.

»Du hast es endlich offen ausgesprochen. Ich bin wehrlos und kann nichts dazu sagen.«

Es verschlug ihr die Sprache. Keine Lügen und keine Ausflüchte.

»Du – du gibst also zu, daß du sie immer noch begehrst?«

»Wen?« fauchte er. »Ich spreche davon, daß ich ein Bastard bin. Ich habe versucht, dir das zu ersparen, wenn du so freundlich wärst, dich zu erinnern. Ich habe alles getan, um zu verhindern, daß du einen Bastard heiratest.«

»Du hättest dich ändern können«, gab sie hitzig zurück.

»Wie kann man etwas an den Umständen seiner Geburt ändern?«

»Seiner Geburt?« Sie runzelte die Stirn. »Was ist los mit dir, Nicholas? Ich spreche von deinem Benehmen. Du bist ein Bastard.«

Es entstand einc spannungsgeladene Pause, und dann fragte er: »Miriam hat es dir nie gesagt? Sie hat dir mein unseliges Geheimnis nie erzählt?«

»Wovon zum Teufel sprichst du? Ja, Miriam hat mir von deiner Geburt erzählt. Es hat ihr große Freude bereitet, mir das unter die Nase zu reiben. Aber was hat das mit dem zu tun, wovon wir sprechen? Wenn du mich fragst, solltest du froh sein, daß sie nicht deine Mutter ist.«

Er stand da wie vom Donner gerührt. »Soll das heißen – daß es dich nicht stört?«

»Was sollte mich daran stören? So ein Unsinn! Ich habe zwei Vettern, die Bastarde sind. Heißt das etwa, daß ich sie weniger liebe? Natürlich nicht. Die Umstände deiner Geburt sind doch nicht deine Schuld.« Sie holte tief Atem und fuhr dann fort. »Gegen dich spricht eine ganze Menge, und auf diese eine Kleinigkeit kommt es am allerwenigsten an. Ich habe es satt, keine wirkliche Ehefrau zu sein. Das, was ich gesagt habe, war mein Ernst. Ich werde nicht hierbleiben und zusehen, wie du frühere Affären wieder auffrischst. Wenn ich dich auch nur noch einmal mit dieser Frau zusammen sehe, dann schwöre ich dir, daß ich das, was Connie mir beigebracht hat, sinnvoll anwenden und euch beide in Stücke schneiden werde!«

Er wollte oder konnte nicht aufhören zu lachen. Das war zuviel.

Reggie schrie laut auf. In dem Moment betrat Eleanor die Bibliothek.

»Ist hier ein Krieg ausgebrochen, meine Lieben, oder ist das nichts weiter als eine kleine Familienstreitigkeit?«

»Familiensache?« schrie Reggie. »Der weiß noch nicht mal, daß er eine Familie hat. Er zieht es vor, ein Junggeselle zu sein. Er hält sich sogar nach wie vor für einen Junggesellen.«

Nicholas war ernüchtert. »Das ist nicht wahr.«

»Erklär du es ihm, Ellie«, bat Reggie. »Sag ihm, daß er nur zwei Möglichkeiten hat. Entweder ist er mein Mann, oder er ist es nicht.«

Reggie rannte aus dem Raum und schlug die Tür hinter sich zu. Sie stürmte gerade die Treppe hinauf, als seine Worte plötzlich in ihren Ohren hallten. Fast wäre sie gestolpert. *»Ich habe mein Bestes getan, um zu verhindern, daß du einen Bastard heiratest.«*

Sie blieb stocksteif stehen und starrte ins Leere. Konnte das etwa der Grund für sein abscheuliches Benehmen sein? Warum hatte sie daran nicht gedacht, als Miriam so beiläufig diese Information hatte fallen lassen? Glaubte Nicholas wirklich, es wäre ihr unerträglich, mit einem Bastard verheiratet zu sein?

Oh, dieser Narr, dieser Idiot! Reggie setzte sich auf die Treppe und lachte nun ihrerseits, bis ihr die Tränen kamen.

40.

An diesem Abend wurde ein kaltes Abendessen auf der Terrasse hinter dem Haus serviert, um die Krocketspiele nicht zu stören. Reggie holte Thomas nach unten und genoß mit ihm die späte Nachmittagssonne. Eine große Decke war unter ihm ausgebreitet, und er hatte sein Vergnügen daran, seinen Kopf nach allen Seiten zu drehen, wenn irgendwelche Laute sein Interesse erregten. Jeder der Gäste kam, um sich den Montieth-Nachkommen anzusehen.

Nur wenige von Miriams Gästen würden noch eine weitere Nacht in Silverley bleiben. Die meisten waren schon am Nachmittag aufgebrochen, darunter auch Selena Eddington. Ob Nicholas noch einmal mit ihr gesprochen, oder ob sie selbst es für ratsam gehalten hatte zu verschwinden, wußte Reggie nicht.

Pamela Ritchie kam zu ihr, um Thomas zu begutachten. Eine unglückliche Frau, diese Pamela. Wenn sie sich nicht vorsah, würden diese Falten der Unzufriedenheit sich ausprägen und ihr für alle Zeiten bleiben.

Reggie hatte sich überhaupt nicht daran gestört, als Anne Henslowe und Nicholas bei einem Krocketmatch zusammen gespielt hatten. Sie standen nebeneinander und warteten, bis sie wieder dran waren, sie lachten zusammen, aber Reggie machte es nichts aus. Ihre Haltung mußte, das spürte sie, etwas damit zu tun haben, daß Nicholas sie den ganzen Nachmittag über so häufig angelächelt und ihr zugezwinkert hatte. Es war so, als lachten sie über einen Witz, den nur sie beide kannten, aber sie hatten seit dem Mittagessen kein Wort mehr miteinander gesprochen. Trotzdem brauchte er sie nur anzusehen, und schon lachte er fröhlich.

Er war glücklich. Reggie glaubte zu wissen, warum, und ihre Vermutungen machten sie genauso froh.

Die Sonne ging schon unter, und es entwickelte sich eine fantastische Farbenpracht. Thomas war für heute lange genug im Freien gewesen, und er krabbelte so hektisch auf seiner Decke herum, daß sein Hunger deutlich zu erkennen war.

»Zu dieser Tageszeit ist es hier draußen so friedlich«, sagte Eleanor leise. »Ich werde dich und diesen kleinen Kerl vermissen.«

»Du hast doch nicht etwa vor, schon abzureisen, oder?« fragte Reggie überrascht.

»Du brauchst mich hier nicht mehr, meine Liebe.« Sie wußten beide, daß sie nur geblieben war, um Reggie zu helfen, ihre Ehe in den Griff zu kriegen. »Dickens sagt, daß Rebecca absolut unausstehlich und zänkisch ist, seit ich fort bin. Und Dickens vermißt mich auch. Und – um die Wahrheit zu sagen – diese ganzen Monate seit meiner Abreise aus Cornwall haben mir die Augen geöffnet.«

»Sag nur, Eleanor, du und Dickens, ihr seid doch nicht...?« fragte Reggie aufgeregt.

Eleanor lächelte. »Er hat mich in den letzten vier Jahren oft gebeten, ihn zu heiraten. Ich glaube, ich bin endlich soweit, es mir ernstlich zu überlegen.«

»Das ist ja fantastisch! Dürfen Nicholas und ich das Hochzeitsfest für euch veranstalten, oder wird Rebecca darauf bestehen, das zu übernehmen?«

»Ich fürchte, Rebecca wird unerbittlich darauf beharren«, meinte Eleanor lachend. »Sie hat Dicken schon vor einer Ewigkeit auf mich angesetzt.« Thomas quäkte und forderte ungeteilte Aufmerksamkeit. »Möchtest du vielleicht, daß ich ihn hinaufbringe, meine Liebe?«

»Nur, wenn du ihn auch stillen kannst.« Reggie lächelte schelmisch.

»Beeil dich und komm schnell wieder. Nicky hat dich den ganzen Tag nicht aus den Augen gelassen, und ich bin sicher, daß er sich auf die Suche nach dir macht, wenn du zu lange fort bist.«

»Nicht, solange ich weiß, wo sie ist«, sagte Nicholas, der von hinten auf sie zukam. Er hob Thomas auf seine Arme. »Der kleine Gauner ist wohl hungrig, stimmt's? Mein Gott, und außerdem tropft er!« Er hielt den Jungen eilig weiter von sich weg, und die Frauen lachten. Reggie wickelte eine kleinere Decke um Thomas' Hinterteil. »Das kommt bei Babys vor, und sogar ziemlich oft. Komm, gib ihn mir.«

»Nein, ich trage ihn rauf.« Nicholas beugte sich zu Reggie vor und flüsterte ihr ins Ohr: »Wenn du mit ihm fertig bist, haben wir vielleicht einen Moment Zeit füreinander?«

»Meine Güte, was für ein hübsches Bild ihr doch abgebt«, mischte sich Miriams kalte Stimme ein. »Ein Vater, der in seinen Bastard vernarrt ist. Ihr Edens gebt wunderbare Väter ab, Nicholas. Ein Jammer, daß ihr als Ehemänner so schrecklich versagt...«

Nicholas wirbelte herum. »Ich werde ausnahmsweise keinen Anstoß an deinen Bemerkungen nehmen. Es ist nur natürlich, daß du erbost bist, weil deine kunstvoll gestalteten Intrigen nicht das bewirkt haben, was du wolltest. Es ist dir mißlungen.«

»Ich weiß nicht, wovon du sprichst«, erwiderte sie geringschätzig.

»So, du weißt es nicht? Dann bedanke ich mich jetzt bei dir, ehe ich es vergesse. Ohne deine brillant zusammengestellte Gästeliste hätten meine Frau und ich noch nicht zueinandergefunden. Aber nun vertragen wir uns endlich. Und diese Versöhnung haben wir dir zu verdanken, *Mutter*.«

Miriam bekam vor Wut rote Flecken im Gesicht und verlor jede Beherrschung. »Es ekelt mich zu Tode, mir anzuhören, daß du mich so nennst. Und noch etwas, Nicholas.

Du weißt noch gar nicht, wie brillant meine Gästeliste wirklich zusammengestellt ist. Ich habe noch eine wunderbare Überraschung für dich parat. Deine richtige Mutter befindet sich nämlich auch im Haus! Ist das nicht großartig? Warum machst du dich nicht zum Narren und verbringst den Rest des Abends damit, jede der anwesenden Damen zu fragen, ob sie die Hure ist, die dich geboren hat? Das wäre doch wirklich ein Heidenspaß.«

Nicholas konnte sich nicht von der Stelle rühren. Er war so benommen, daß er nicht einmal eine Hand ausstrecken konnte, um Miriam, die sich entfernte, festzuhalten. Reggies Herz verkrampfte sich, als sie ihm Thomas aus den Armen nahm. Er schien es gar nicht zu bemerken.

»O Nicholas, laß dich von ihr nicht so aus der Fassung bringen«, bat sie. »Sie hat das doch nur aus reiner Bosheit gesagt.«

»So, wirklich?« Gequält schaute er sie an. »Und wenn sie die Wahrheit gesagt hat?«

In ihrer Verzweiflung wandte sich Reggie hilfesuchend an Eleanor. Die ältere Frau war aschfahl.

»Sag es ihm«, flüsterte sie, und Ellie schnappte nach Luft.

»Regina!«

»Siehst du es denn nicht ein? Es ist an der Zeit.« Reggie drückte Thomas an sich und wartete.

Nicholas sah von Reggie zu Eleanor, und auf seinem Gesicht mischten sich Elend und Verwirrung miteinander.

»O Nicky, hasse mich nicht«, begann Eleanor mit flehentlicher Stimme. »Miriam hat es aus reiner Bosheit gesagt, aber es war trotzdem die Wahrheit.«

»Nein!« Das Wort rang sich aus seiner Kehle. »Nicht du. Du hättest es mir gesagt, wenn...«

»Ich konnte es nicht.« Eleanor brach in Tränen aus. »Ich habe Miriam geschworen, nie Ansprüche auf dich zu erheben, als *sie* mir ihr Wort darauf gegeben hat, dich als ihren eigenen Sohn aufzuziehen.«

»Glaubst du etwa, das hätte sie getan?« fragte er tonlos. »Sie war mir nie eine Mutter, Ellie, auch nicht, als ich noch ein Kind war. Du warst damals hier. *Du weißt es.*«

»Ja, und ich habe deine Tränen getrocknet und deinen Kummer gelindert, und jedesmal ist ein Stück von mir dabei gestorben. Dein Vater wollte nicht, daß du als Bastard giltst, Nicky, und ich wollte es auch nicht. Miriam hat ihr Wort gehalten, die Wahrheit geheimzuhalten, und daher mußte auch ich mein Versprechen halten.«

»Sie hat es meiner Frau erzählt – und mich durch die Hölle geschickt.«

»Miriam hat Regina richtig eingeschätzt. Sie wußte, daß deine Frau diese Information nicht weitergeben würde.«

»Sie erklärte immer wieder, sie würde alles verraten.«

»Nichts als leere Drohungen, Nicky.«

»Aber ich mußte damit leben. Das hing ständig wie ein Damoklesschwert über mir. Trotzdem hätte ich mich gern als Bastard abstempeln lassen, wenn ich dafür eine Mutter gehabt hätte. Wußtest du das denn nicht, als ich dir in all den Jahren so oft mein Herz ausgeschüttet habe? *Warum hast du es mir nicht gesagt*?«

Der Makel, der seiner Geburt anhaftete, war nicht so wichtig wie das, worum es jetzt ging. Beide erkannten es. Eleanor schluchzte. »Verzeih mir«, und mit diesen Worten rannte sie ins Haus.

Reggie legte ihre Hand auf Nicholas' Arm. »Sie hatte Angst davor, es dir zu sagen – Angst, du würdest sie dafür hassen. Lauf ihr nach, Nicholas. Hör dir in Ruhe an, was sie zu sagen hat, und laß dir von ihr erzählen, was sie mir anvertraut hat. Für sie sind alle diese Jahre auch nicht leicht gewesen.«

»Du wußtest es?« fragte er ungläubig.

»Seit ich Thomas geboren habe«, antwortete sie sanft.

»Sie war während der Wehen bei mir, und sie wollte, daß ich den wahren Grund erfahre, warum du nicht bei mir warst. Verstehst du, Nicholas, ich konnte einfach nicht glauben, daß jemand so dumm sein kann, sich von einer Heirat abhalten zu lassen, weil er unehelich geboren ist.« Sie blickte lächelnd zu ihm auf. »Es tut mir leid, aber mir war nie klar, wieviel das für dich bedeutet hat.«

»Es macht mir jetzt nicht mehr viel aus«, räumte er ein.

»Dann urteile nicht zu hart über sie, Nicholas, und hör ihr zu, ohne deine Selbstbeherrschung zu verlieren. Bitte.« Er stand da und sah das Haus an, und sie fuhr fort: »Nicht jede Frau hat den Mut, ein uneheliches Kind großzuziehen. Sieh dir doch nur an, wie du damit umgegangen bist. Du hast dich entschlossen, nie zu heiraten, weil du nicht wolltest, daß eine Frau diese Last mit dir gemeinsam trägt. Glaubst du vielleicht, für die Mutter sei so etwas einfacher? Und denk daran, wie jung Eleanor damals war.«

»Du hättest es auch getan, stimmt's?«

Sie zuckte die Achseln. »Ja, aber wir Malorys sind es längst gewöhnt, uneheliche Kinder in die Welt zu setzen.«

Er seufzte.

»Geh schon, Nicholas. Sprich mit ihr. Du wirst feststellen, daß sie immer noch dieselbe Frau ist, die immer deine beste Freundin war. Sie ist dir während all der Zeit eine Mutter gewesen. Jetzt ist es an der Zeit, daß du dir ihren Kummer anhörst.«

Zärtlich streichelte er ihr Gesicht. Thomas wand sich in ihren Armen, und Nicholas sagte: »Geh meinen Sohn füttern.«

Reggie lächelte, als er sie stehenließ und auf das Haus zuging. Ihr Blick fiel auf Miriam, die am anderen Ende des Rasens stand, und sie schüttelte den Kopf, als die Frau sich abrupt abwandte. Ob sie sich jemals ändern würde?

Sachte rieb Reggie ihre Wange an Thomas' Kopf und

ging auf das Haus zu. »Mach dir keine Sorgen, mein Engel, du wirst soviel Liebe bekommen, daß dir ihre Liebe nie fehlen wird. Warte nur, bis du erst alt genug bist, um deine Großonkel näher kennenzulernen. Immerhin war einer von ihnen eine Zeitlang ein Pirat, und...«

41.

Eleanors Schlafzimmertür war geschlossen, aber Nicholas konnte von drinnen herzzerreißendes Schluchzen hören. Lautlos öffnete er die Tür. Sie hatte sich auf das Bett geworfen, den Kopf zwischen ihren Armen begraben, und ihre Schultern zitterten mitleiderregend. Seine Brust schnürte sich schmerzhaft zusammen. Er schloß die Tür und setzte sich neben sie, zog sie in seine Arme. »Es tut mir so leid, Ellie. Ich wollte dich nicht zum Weinen bringen, für nichts auf der Welt, das weißt du doch.«

Sie schlug goldbraune Augen auf, in denen Tränen schimmerten. Ihre Augen waren seinen so ähnlich. Herr im Himmel, wie dumm er doch gewesen war, das nicht schon eher zu erkennen...

»Du haßt mich nicht, Nicky?«

»Dich hassen? Dich, die du mir immer ein Trost warst, der einzige Mensch, bei dem ich mich darauf verlassen konnte, daß er mich liebt?« Er schüttelte den Kopf. »Du kannst dir gar nicht vorstellen, wie oft ich mir, als ich klein war, eingeredet habe, du seist in Wirklichkeit meine Mutter. Warum ist mir nie klargworden, daß es die Wahrheit ist?«

»Du solltest es doch gar nicht wissen.«

»Ich hätte es trotzdem merken müssen, vor allem, als du uns nach Vaters Tod nicht mehr besucht hast. Du und Miriam, ihr habt kaum ein Wort miteinander geredet. Du bist nur Vaters wegen gekommen, stimmt's?«

»Ich glaube, du verstehst das falsch, Nicky. Dein Vater und ich sind nur einmal zusammengewesen, ein einziges Mal. Nein, ich bin nach Silverley gekommen, um in deiner Nähe zu sein. Er hat dafür gesorgt, daß der Frieden zwischen Miriam und mir bestehen bleibt, und mir somit ermöglicht, dich bei dir zu Hause zu sehen. Nach seinem Tod ließ ich mich nicht mehr in Silverley blicken, weil du erwachsen warst. Du bist zwei Jahre lang zur See gegangen und dann nach London gezogen. Wenn du dich erinnerst, warst du kaum noch in Silverley.«

»Ich konnte Miriams Nähe nicht ertragen«, gestand er bitter. »Du hast sie die ganze Woche über gesehen. Es ist nie anders gewesen, Ellie.«

»Du mußt Miriam verstehen, Nicky. Sie hat mir nie verziehen, daß ich Charles geliebt habe, und du hast sie ständig daran erinnert, daß sie bei Charles versagt hat.«

»Warum zum Teufel hast du ihn nicht geheiratet?«

Sie lächelte zaghaft, das Lächeln, mit dem eine Mutter ihr hartnäckiges Kind bedenkt. »Charles war einundzwanzig, als er Miriam das erste Mal besucht hat. Sie war achtzehn und ich, mein Liebes, erst vierzehn. Mich hat er gar nicht erst bemerkt. Er war rasend in sie verliebt – und ich in ihn. Vierzehn ist ein Alter, in dem man sich beeindrucken läßt, verstehst du, und Charles hat so gut ausgesehen und war so freundlich. Aber sie haben noch im selben Jahr geheiratet.«

»Und das war Pech für alle Beteiligten«, meinte er leise. »Für alle.«

Aber sie schüttelte den Kopf. »In diesen ersten Jahren ihrer Ehe hat sie ihn geliebt, Nicky. Sie waren sehr glücklich miteinander. Und du mußt eins verstehen. Er hat nie aufgehört, sie zu lieben, ganz gleich, wie schwierig sie mit der Zeit auch geworden ist. In dem Punkt hat sich Miriam getäuscht. Die Edens geben ganz vorzügliche Ehemänner ab, denn sie lieben nur einmal. Aber Charles wollte unbedingt einen Sohn haben, und Miriam hatte nur Fehlgeburten, drei in ebenso vielen Jahren. Das hat die Beziehung furchtbar belastet. Sie fürchtete eine neue Schwangerschaft, und daher fing sie an, seine Aufmerksamkeiten zurückzuweisen. Ihre Angst brachte sie gegen Charles auf. Ihre Liebe hielt dieser Belastung nicht stand. Aber er hat sie geliebt.«

»Du hast damals hier gelebt?«

»Ja, du bist hier gezeugt worden.« Sie senkte die Lider und fühlte sich selbst jetzt noch schuldig, weil sie ihre Schwester betrogen hatte. »Ich war siebzehn Jahre alt, und ich habe Charles geliebt. Sie hatten an jenem Tag einen entsetzlichen Streit, weil sie ihn nicht in ihr Bett lassen wollte. Als der Abend kam, war er betrunken, und es ist einfach – passiert. Nicky, ich bin noch nicht einmal sicher, ob er wußte, was er tat, aber *ich* wußte es. Hinterher haben wir es beide bereut und uns gelobt, daß Miriam niemals etwas davon erfahren sollte. Ich bin wieder nach Hause gegangen, zu meinen Eltern, und Charles hat sich ganz seiner Frau gewidmet.« Sie seufzte. »Miriam wäre mit der Zeit über ihre Ängste vor einer Schwangerschaft hinweggekommen. Sie hätten wieder glücklich werden können.«

»Aber dann wurde ich geboren?«

»Ja. Als ich merkte, daß ich ein Kind erwartete, wurde ich hysterisch. Ein einziger Fehltritt, und ich war schwanger. Ich habe sogar mit dem Gedanken gespielt, mich umzubringen. Meinen Eltern konnte ich es nicht sagen. Ich war krank vor Sorge. Schließlich suchte ich in meiner Verzweiflung Silverley auf und bat Charles, mein Problem zu lösen. Der Gute, er war ganz begeistert! Ich konnte es im ersten Moment gar nicht glauben, aber es war so. Ich hatte nur an mich selbst gedacht, daran, daß ich mein Leben ruiniert hatte, aber Charles dachte zuallererst an dich. Das ließ mich erkennen, wie egoistisch es von mir war, dich loswerden zu wollen. Verzeih mir, Nicky, aber ich hielt das für den einzigen Ausweg. Ich war jung und in heller Panik, und Mädchen aus guten Familien bekommen keine unehelichen Kinder.«

Er drückte sie an sich. »Natürlich Ellie, das verstehe ich doch.«

»Charles wollte dich haben«, fuhr sie fort. »Er war bereit, seine Ehe kaputtzumachen, um dich zu bekommen. Er hätte sich vielleicht anders verhalten, wenn nicht Miriams drei Fehlgeburten gewesen wären. Er war nicht sicher, ob sie ihm je ein Kind gebären würde. Und da stand ich jetzt, im dritten Monat schwanger.«

»Folglich hat Miriam es erfahren.« Soviel wußte er bereits.

»Natürlich war sie schockiert. Sie konnte nicht glauben, daß ihre eigene Schwester so etwas getan hatte. Wie sehr sie mich doch von jenem Tag an gehaßt hat! Und sie hat auch Charles gehaßt und es ihm nie verziehen. Schließlich haßte sie dann dich, das einzige unschuldige Wesen in diesem ganzen Durcheinander. Sie ist nie mehr die geworden, die sie vorher war, Nicky. Am meisten hat sie erbittert, daß ich Charles den Sohn schenken konnte, den er sich so sehr wünschte. Sie hatte das Gefühl, versagt zu haben, aber sie gab ihm und mir die Schuld daran, weil wir uns eingemischt hatten, ehe sie eine Gelegenheit bekam, es noch einmal zu versuchen. Ihre Erbitterung ist im Lauf der Jahre zu einem Ungetüm herangewachsen. Miriam war nicht immer so, wie sie jetzt ist. Ich bin wirklich schuld daran, denn ich hätte Charles in jener Nacht, in der du gezeugt wurdest, zurückhalten müssen, aber ich habe es nicht getan.«

»Um Gottes willen, Ellie, du sagtest doch, daß sie ihn schon damals nicht mehr geliebt hat.«

»Ich weiß, aber vielleicht hätte sie ihn wieder lieben

können.« Nach einem langen, nachdenklichen Schweigen sprach sie weiter. »Wir waren Schwestern, vergiß das nicht. Das war nicht bedeutungslos. In diesen langen Stunden, als ich in den Wehen lag, hat sie sogar ihre Abneigung gegen mich vergessen, weil es eine schwierige Geburt war und sie glaubte, ich könnte sterben. Damals brachte ich sie dazu, mir zu schwören, sie würde nie öffentlich bestreiten, deine Mutter zu sein. Ich hatte gehofft, sie würde dich lieben, aber schon damals hatte ich Angst, es könnte nicht so sein. Daher nahm ich ihr diesen Schwur. Und ich mußte geloben, dir nie zu verraten, daß ich deine Mutter bin. Ich wollte es dir ja so oft sagen, aber ich hatte einen Eid abgelegt, und daher konnte ich es nicht tun. Und nachdem dein Vater tot war, hat Rebecca mich immer wieder ermahnt, meinen Mund zu halten.«

»Sie weiß das alles?«

Eleanor nickte. »Ich glaube, ich hätte es dir immer noch nicht gesagt, wenn Regina nicht darauf bestanden hätte.«

»Meine Frau ist ein Juwel, nicht wahr, Mutter?«

Es war das erste Mal, daß er sie so nannte, und Eleanors Gesicht strahlte vor Freude. »Du hast wahrhaftig lange gebraucht, um das zu erkennen.«

»Oh, ich wußte immer, daß sie wunderbar ist. Ich war in sie vernarrt. Wie könnte ich dir vorwerfen, was du getan hast, wenn ich doch selbst aus Angst vor dem Makel meiner Geburt fast meine wunderbare Regina verloren hätte? Dieser Makel hat mir angehaftet und mein ganzes Leben ebenso sehr bestimmt wie deines.«

»Du wirst an ihr alles wiedergutmachen?« fragte sie eindringlich.

»Ich schwöre es dir. Und du, meine Süße, wirst wieder ganz nach Silverley ziehen.«

»O nein, Nicky! Ich meine, ja, also – Lord Barrett und ich...«

»Zum Teufel, du willst doch nicht etwa sagen, daß ich

dich an einen anderen Mann verliere, wenn ich dich doch gerade erst gefunden habe?« rief er aus, aber er freute sich unglaublich für sie. »Wer, wenn ich fragen darf, ist Lord Barrett?«

»Du kennst ihn. Er lebt in der Nähe von Rebecca, und du hast ihn dort oft getroffen. Und es ist schließlich nicht so, als würden Dicken und ich nicht oft hierher zu Besuch kommen. Schließlich lebt mein erstes Enkelkind in Silverley.«

Sie sahen einander lange wortlos an. Er freute sich für sie. Sie freute sich für ihn. Sie hatten einen langen, beschwerlichen Weg hinter sich.

42.

Reggie lief durch das Wohnzimmer, öffnete die Tür zu Nicholas' Schlafzimmer und schlüpfte leise hinein. Rechts lag der Ankleideraum, dessen Tür in den Korridor führte, und daneben das große quadratische Bad, mit den vielen Spiegeln, dessen Wände und Fußboden aus blauem Marmor waren. Große Regale boten Platz für alle Arten von Dosen und Fläschchen, für Handtücher und Rasierzeug und alles, was der Lord noch brauchte. Die Badewanne selbst war riesig, und aus verschnörkelten Hähnen kam heißes und kaltes Wasser.

Nicholas lag entspannt und mit geschlossenen Augen in der Wanne. Harris legte Handtücher, einen Morgenmantel und bequeme Hausschuhe bereit. Es war erst neun Uhr, und Miriams Gäste hielten sich noch im Haus auf.

»Guten Abend, Harris«, begrüßte Reggie ihn heiter. Der Kammerdiener war verblüfft, aber er brachte es fertig, zu nicken und ihren Gruß zu erwidern. Nicholas feixte träge.

»Meg hat nach Ihnen gefragt, Harris«, fuhr Reggie in aller Unschuld fort, als störte sie ständig Männer bei der Toilette und als wäre sie keine Liebesbotin.

Harris blickte auf. »Wirklich, Madame?«

»Ja, sicher. Wissen Sie, es ist eine so schöne, sommerliche Mondnacht. Eine Nacht, die für einen Spaziergang auf dem Anwesen wie geschaffen ist, meint Meg. Warum machen Sie sich nicht auf die Suche nach ihr, Harris? Ich bin sicher, daß seine Lordschaft nichts dagegen hat. Oder, Nicholas?«

»Ganz und gar nicht. Laufen Sie schon los, Harris. Ich brauche Sie heute abend nicht mehr.«

»Vielen Dank, Sir.« Harris verbeugte sich förmlich, ehe er,ganz entgegen seiner Art, aus dem Raum stürzte.

Nicholas kicherte in sich hinein. »Ich kann es nicht glauben. Harris und die sauertöpfische Meg?«

»Meg ist nicht sauertöpfisch«, gab sie zuruck. »Und sie haben sich schon vor einer ganzen Weile miteinander angefreundet.«

»Blüht dort etwa auch die Liebe auf? Weißt du schon von Ellie und Lord Brett? Ja, sicher. Du weißt alles vor mir.«

»Es freut mich ja so sehr für Ellie.«

»Du glaubst nicht, daß sie zu alt ist, um eine Mutterschaft ins Auge zu fassen?«

»Das ist doch nicht dein Ernst, Nicholas«, kicherte Reggie. »Nein, wohl kaum.« Er grinste und beobachtete ihre Hand, die durch das Wasser glitt. Als sie sich ihm näherte, griff er danach und führte sie an seine Lippen, um sie zu küssen. »Ich muß mich bei dir dafür bedanken, daß meine Kinderträume wahr geworden sind. Sie hätte es mir nie gesagt, wenn du nicht gewesen wärst. Kannst du dir vorstellen, wie schrecklich es ist, sich ständig nach seiner Mutter zu fragen? Wer sie wohl war, wie sie wohl war... Du hast beide Elternteile verloren, als du erst zwei Jahre alt warst.«

Sie lächelte zärtlich. »Ich hatte vier wunderbare Onkel, die mir alles über meine Eltern erzählt haben, was ich nur wissen wollte – darunter auch die schlechten Eigenschaften, die sie mir in allen Einzelheiten beschrieben haben. Aber du hattest deine Mutter schon immer und es bloß nie gewußt.«

»Zu den Dingen, die Ellie mir erzählt hat, gehört auch, daß wir Edens nur einmal lieben. Das sollte dich doch freuen.«

»So, meinst du?«

»Freut es dich etwa nicht?«

»Ach, ich weiß nicht«, antwortete Reggie ausweichend. »Ich werde es dir sagen, nachdem wir uns unterhalten haben. Hast du was dagegen, wenn ich dir den Rücken schrubbe?«

Sie zog den Schwamm aus dem Wasser, ohne eine Antwort abzuwarten, und dann stellte sie sich hinter ihn. Sie lächelte, aber er konnte ihr Gesicht nicht sehen.

»Ich nehme an, du möchtest eine Entschuldigung hören?« fragte er voller Unbehagen.

»Das wäre ganz nett.«

»Ich entschuldige mich bei dir, Regina.«

»Wofür?«

»Was soll das heißen, wofür?« Er drehte sich zu ihr um.

»Könntest du dich vielleicht etwas deutlicher ausdrücken, Nicholas?«

»Es tut mir leid, daß ich während unserer Verlobungszeit ein solches Ekel war.«

»Ja, du warst wirklich nicht gerade nett. Aber das kann ich dir verzeihen. Mach weiter.« Sie fing an, mit dem Schwamm über seinen Rücken zu fahren, und dann strich sie damit langsam über seinen Hals.

»Ich soll weitermachen?« Er wirkte bestürzt, und Reggie warf ihm den Schwamm an den Kopf.

»Du hast mich verlassen. Oder hast du das etwa vergessen?«

Er packte den Schwamm. »Verflixt noch mal, du weißt ganz genau, warum ich das getan habe.«

Reggie stellte sich neben die Wanne, stemmte die Hände in ihre Hüften, und ihre Augen funkelten. »Ich muß dich doch bitten, genauer zu unterscheiden. Ich weiß nicht, warum. Das ist das einzige, wo ich bis jetzt noch nicht dahintergekommen bin.«

Mit ruhiger Stimme und ohne jeden Kampfgeist sagte er: »Ich hätte nicht in deiner Nähe bleiben können, ohne...«

Sie forderte ihn heraus, weiterzureden. »Ohne was?«

»Ohne mit dir zu schlafen.«

Es herrschte tiefes Schweigen. Dann sagte sie: »Warum konntest du nicht einfach mit mir schlafen?«

»Zum Teufel!« fluchte er. »Ich war sicher, daß du mich verachten würdest, sobald du von meiner Herkunft erfahren hättest. Und deinen Spott hätte ich nicht ertragen. Ich war ein verdammter Dummkopf, ich gebe es ja zu. Aber ich wußte, daß Miriam ihren Mund nicht halten würde. Damit hatte ich ja auch recht. Ich habe mich nur bezüglich deiner Reaktion geirrt.«

»Gut. Diese Erklärung reicht. Du darfst jetzt weitersprechen.«

Er zermarterte sich das Gehirn. »Ich habe dir die Wahrheit über Selena gesagt. Sie hat sich das, was du im Gewächshaus beobachtet hast, wirklich ganz allein ausgedacht.«

»Ich glaube dir.«

Das war offensichtlich nicht das gewesen, was sie hatte hören wollen. »Ach so! Dein Freund George. Ich – ich nehme an, daß ich nicht allzu vernünftig mit ihm umgegangen bin. Aber es war ja schließlich nicht das erste Mal, daß ich mich geärgert habe, weil er mit dir zusammen war.«

»Warst du eifersüchtig, Nicholas?« Ihr Humor gewann wieder die Oberhand.

»Ich – ja, verflixt noch mal, ich war eifersüchtig!«

»Entsprechend verbucht. Du darfst fortfahren.« Ihr Blick war gespannt auf sein Gesicht gerichtet. »Aber was habe ich denn sonst noch getan?« fragte er matt. Die Kobaltaugen sprühten Funken. »Du vergißt, daß du zwangsweise zu mir zurückgebracht worden bist.«

»Nein!« Seine Wut ging mit ihm durch. »Jetzt täuschst du dich aber! Ich wollte zurückkommen. Mein Schiff war bereit zum Auslaufen. Ich hatte mich entschlossen, dir alles zu erzählen, dir zu erklären, warum ich mich so schrecklich verhalten habe. Dein verdammter Onkel und seine Rohlinge sind am Tag vor meiner Abreise aufgetaucht.«

»Ach, du meine Güte! Ich nehme an, du hast dich zu sehr über die Einmischung von Onkel James geärgert, um offen mit mir zu reden?«

Nicholas sah sie finster an. »Ich kann diesen speziellen Onkel einfach nicht leiden, und zwar überhaupt nicht.«

»Er wird dir noch ans Herz wachsen.«

»Mir wäre es lieber, wenn wir uns ans Herz wachsen.«

»Das könnte sich machen lassen.«

»Dann hast du also nichts dagegen, daß es mir bestimmt ist, nur einmal zu lieben?« fragte er in vollem Ernst. Aber sie war noch nicht soweit, sich ihm zu erklären, noch nicht ganz.

»Wenn du dich etwas deutlicher ausdrücken könntest...«

»Habe ich dir denn immer noch nicht gesagt, was du hören willst?«

»Nein, das hast du nicht«, teilte sie ihm mit.

»Dann komm her.«

»Nicholas!« keuchte sie. »Für ein Bad habe ich nicht das Richtige an.«

Er packte sie und zog sie zu sich in die Badewanne. »Ich liebe dich, ich liebe dich, ich liebe dich, ich liebe dich. Reicht das, oder willst du noch mehr?«

»Das reicht – für heute.« Reggie schlang ihre Arme um seinen Hals. Ihre Lippen fanden sich.

Nach einem langen Kuß fragte er: »Und?«

»Und was?« neckte sie ihn. Er gab ihr einen Klaps auf ihr Hinterteil. »Ach so. Nun, ich denke, ich liebe dich auch.«

»Du *denkst* es ?«

»Das muß ich wohl, oder nicht, wenn ich mich mit dir einlasse? Nein, nein!« quietschte sie, als er anfing, sie zu kitzeln. »Schon gut. Ich liebe dich, du unmöglicher Mann. Ich habe mir dich geangelt, oder etwa nicht? Und nie die Hoffnung aufgegeben, daß du meine Liebe eines Tages erwidern wirst... Freut es dich nicht, daß ich so stur bin?«

»Und wie.« Er küßte sie zartlich. »Du hattest recht, Liebling, du hast wirklich nicht das richtige für ein Bad an. Sollen wir Abhilfe schaffen?«

»Ich dachte schon, du kämst gar nicht mehr auf die Idee, danach zu fragen.«

43.

Nachdem sie sich von dem letzten Gast verabschiedet hatten, blieben Nicholas und Regina in der Tür stehen und küßten sich.

»Endlich ist es wieder friedlich«, sagte er.

»Nein, noch nicht ganz«, erwiderte Reggie zögernd und grub einen Finger in das Revers seines Jacketts. »Ich – ich habe gestern abend meine Familie benachrichtigt und sie gebeten, mich draußen zu besuchen. Sei nicht böse, Nicholas. George hat mir gesagt, daß er Tony letzte Woche gesehen hat und daß der völlig außer sich war. Ich weiß, daß es an uns lag.«

»Hättest du ihnen nicht einfach einen Brief schreiben können?« fragte er matt. »Und ihnen mitteilen, daß es dir gutgeht?«

»Briefe sind nicht dasselbe. Sie sollen selbst sehen, wie glücklich ich bin, denn sie machen sich Sorgen um mich, Nicholas. Ich will, daß sie wissen, daß jetzt endlich alles stimmt.«

»Wie lange bleiben sie?«

»Nur einen Tag.«

»Dann muß ich diesen einen Tag wohl überstehen.« Er seufzte wieder.

»Du bist nicht böse?«

»Ich wage es nicht, dir böse zu sein, Liebling.« Er sagte das so ernst, daß sie ihn verwundert ansah. »Du wirst dann auch gleich so böse.«

»Du Teufel!« gab sie zurück.

Nicholas grinste sie an. Dann tätschelte er ihre Rückseite und stieß sie sachte zur Treppe hin. »Und jetzt geh. Du hast mich wieder daran erinnert, daß ich selbst noch ein paar Familienangelegenheiten zu erledigen habe.«

Er schnitt Miriam den Weg ab, als sie zu ihrem Morgenritt aufbrechen wollte, der sich durch die Abreise der Gäste verzögert hatte. »Ich habe in der Bibliothek ein paar Worte mit dir zu reden, wenn es dir recht ist.«

Miriam wollte ihm erst sagen, sie wäre beschäftigt, doch dann überlegte sie es sich anders. Sein Auftreten schien keinen Widerspruch zuzulassen. Sie stiegen gemeinsam die Treppe hinunter, ohne ein Wort miteinander zu reden. »Ich hoffe, es dauert nicht lange«, sagte sie mürrisch, als er die Tür der Bibliothek hinter ihnen schloß.

»Wohl kaum. Setz dich, Miriam.«

Sie runzelte die Stirn. »Du hast mich nie anders als ›Mutter‹ genannt.«

Nicholas bemerkte das kalte Funkeln in ihren Augen. Es war immer dort zu sehen, wenn sie miteinander allein waren. Diese Frau haßte ihn wahrhaft. Nichts würde etwas daran ändern.

»Stell dir vor«, sagte er, »über Nacht haben zwei Schwestern die Plätze miteinander getauscht.« Sie wurde bleich, und daher fuhr er fort: »Ich vermute, du hattest heute morgen noch keine Gelegenheit, mit Ellie zu reden, oder?«

»Sie hat es dir gesagt?«

»Nun, du hast schließlich vorgeschlagen, ich sollte jede der anwesenden Damen fragen, ob sie meine Mutter ist.« Diese spöttische Bemerkung konnte er sich nicht verkneifen.

»Das hast du doch nicht etwa getan!«

»Nein, Miriam, ich habe es nicht getan. Nachdem du die Wunde aufgerissen hattest, wurde sie von meiner Frau geheilt. Sie zwang Ellie, mir alles zu beichten. Jetzt kenne ich endlich die ganze Geschichte, und ich wollte dir sagen, daß es mir leid tut, was du durchgemacht hast, Miriam, nachdem ich jetzt die Zusammenhänge verstehe.«

»Wage es bloß nicht, Mitleid mit mir zu haben!« schrie sie ihn verblüfft an.

»Wie du wünschst«, erwiderte er steif, und der Entschluß, den er im Lauf der Nacht gefaßt hatte, bereitete ihm jetzt kein Unbehagen mehr. »Ich habe dich in die Bibliothek gebeten, um dir mitzuteilen, daß es unter den gegebenen Umständen nicht länger wünschenswert ist, daß du in Silverley lebst. Such dir irgendwo ein Haus, möglichst weit weg von hier. Ich werde es dir kaufen. Mein Vater hat dir ein bescheidenes Einkommen hinterlassen. Ich werde etwas drauflegen. Mehr schulde ich dir nicht.«

»Bestechung, Nicholas?« höhnte sie.

»Nein, Miriam.« Er hatte das alles gründlich satt. »Wenn du die Welt darüber unterrichten willst, daß du es nicht warst, die deinem Mann einen Erben geschenkt hat, dann tu das doch bitte. Meine Frau weiß es und macht sich nichts daraus, und das ist das einzige, was für mich zählt.«

»Du meinst es wohl ernst, oder?«

»Ja.«

»Du Bastard!« fauchte sie wütend. »Du glaubst, jetzt hast du es geschafft, stimmt's? Aber warte nur ein paar Jahre, und deine geschätzte Frau wird dich hassen – wie ich deinen Vater gehaßt habe.«

»Sie ist nicht wie du, Miriam.« Er lächelte.

»Ich habe dieses Silverley immer gehaßt. Ich bin nur geblieben, um dich von hier fernzuhalten.«

»Das weiß ich, Miriam«, sagte er ruhig.

»Ich bleibe keinen Moment länger. Und du kannst sicher sein, daß das, was ich mir aussuche, kein kleines Häuschen, sondern ein prächtiges Schloß sein wird.«

Sie stolzierte aus dem Zimmer, und er atmete erleichtert auf. Es war ihm ein Vermögen wert, endlich sein Zuhause wieder für sich zu haben, ohne Miriams Bitterkeit.

Wenige Stunden später fuhr eine Kutsche die Auffahrt hinunter, und Nicholas' Tante Miriam saß darin. Die drei Menschen, die auf der Schwelle standen, seufzten wie aus einer Kehle, als sie ihr nachsahen. Eleanor begab sich daraufhin wieder ins Haus, aber Nicholas blieb noch eine Weile stehen, die Arme um seine Frau geschlungen. Er drückte sie an sich, ihre Wange lag auf seiner Brust.

Sie blieben zu lange dort stehen, denn kurz darauf tauchten am hinteren Ende der langen Zufahrt zwei Kutschen auf. Nicholas zuckte zusammen und wurde dann wieder lockerer. Na und, zum Teufel... Wenn Regina sie liebte, dann waren sie vielleicht doch nicht gar so übel.

»Die nächste Invasion«, murmelte er trocken.

»Wage es nicht, davonzulaufen, Nicholas Eden«, schalt Reggie.

Sie hielt ihn aufgeregt fest. Jason und Derek und die Hälfte von Edwards Nachkommenschaft ergossen sich aus der vorderen Kutsche. Jason war der erste, der Nicholas herzlich in seine Arme zog.

»Es freut mich zu sehen, daß du deine Sinne wieder beisammen hast, mein Junge. James hat gesagt, du hättest es kaum erwarten können, deinen Sohn zu sehen. Ich hoffe, deine Geschäfte werden dich in Zukunft nicht allzu oft in die Ferne führen.«

»Nein, ganz bestimmt nicht«, antwortete Nicholas mit Mühe, denn bei dem, was James gesagt hatte, sträubten sich seine Haare. Ein solcher Lügner!

Derek kam als nächster, und er wurde besonders herzlich umarmt. »War aber auch an der Zeit, daß du uns endlich mal einlädst, Alter.«

»Schön, dich zu sehen, Derek.«

Dann erschienen die Kusinen und Edward und seine Frau und die ganze Meute eilte unter fröhlichem Geplauder auf das Haus zu. Doch dann fiel Nicholas' Blick auf James und Anthony, die neben einer Kutsche standen und ihn finster ansahen. Er wandte sich ab, um ins Haus zu gehen, und dabei murmelte er etwas von wegen ungebetene Gäste vor sich hin. Reggie hörte ihn und sah ihren jüngeren Onkel stirnrunzelnd an. »Wagt es nicht, und zwar keiner von euch beiden!« warnte sie, denn sie wußte, daß sie sich nicht deutlicher ausdrücken brauchte. Sie verstanden es. »Ich liebe ihn und er liebt mich. Und wenn ihr beiden euch nicht mit ihm anfreunden könnt, dann werde ich... Dann werde ich nie mehr ein Wort mit euch reden!« Sie folgte ihrem Mann ins Haus und ließ Anthony und James draußen stehen.

James sah seinen Bruder an und grinste. »Ich glaube, sie meint es ernst.«

»Ich weiß, daß sie es ernst meint«, erwiderte Anthony. Er schlug James auf den Rücken. »Na, dann komm schon.

Mal sehen, was sich machen läßt, damit wir das mit ihm wieder hinkriegen.«

Wenige Minuten später schnappten sie ihn im Salon und zerrten ihn von den anderen fort, nahmen ihn in die Mitte. Nicholas seufzte matt. Würden sich diese Malorys denn immer als ganze Meute auf ihn stürzen? »Ja?«

»Regan will einen Waffenstillstand, Junge«, begann James. »Und wir sind dazu bereit, wenn du es auch bist.«

»Verflixt noch mal! Sie heißt Reggie und nicht Regan«, fauchte Anthony seinen Bruder an. »Wann wirst du je lernen...«

»Was ist gegen Regina einzuwenden?« warf Nicholas ein.

Die beiden Männer blinzelten und fingen an zu lachen. »Gar nichts, Kumpel«, räumte Anthony ein. »*Du* kannst sie nennen, wie du willst. Dieser sture Kerl hier ist es, der darauf beharrt, ständig neue Namen zu erfinden.«

»Und was ist ›Kätzchen‹, wenn nicht eine von deinen Erfindungen?« gab James zurück.

»Eine Liebkosung, und sonst gar nichts.«

»Und Regan ist keine Liebkosung?«

Nicholas ließ die Brüder stehen, damit sie ihren Streit in Ruhe austragen konnten. Er suchte seine Frau und zog sie neben sich auf ein Sofa.

»Weißt du, Liebling, als ich dein Mann wurde, hätte ich nicht geglaubt, daß ich auch die Gebrüder Malory heirate.«

»Du bist mir doch nicht böse, weil ich sie eingeladen habe, oder? Ich wollte nur, daß sie an unserem Glück teilhaben.«

»Ich weiß. Und ich weiß auch, daß du gesagt hast, sie würden nur heute bleiben. An deine Familie muß man sich wirklich erst gewöhnen, vor allem an diese beiden.« Er machte eine Kopfbewegung zu der Ecke hin, in der Anthony und James ein hitziges Streitgespräch führten.

Sie lächelte schelmisch. »Sie meinen nicht die Hälfte von dem, was sie sagen, ernst. Und oft werden sie ohnehin nicht herkommen. Onkel James segelt schließlich nächste Woche wieder los. Er wird wahrscheinlich von jetzt an nicht öfter als einmal im Jahr hier sein.«

»Und Anthony?«

»Onkel Tony wird von Zeit zu Zeit vorbeikommen, um nachzusehen, wie es mir geht, aber du wirst ihn ins Herz schließen, das verspreche ich dir. Wie könnte es auch anders sein, wenn ihr beide soviel gemeinsam habt? Der Grund, aus dem ich mein Herz so schnell an dich verloren habe, ist doch der, daß du mich an Tony erinnert hast.«

»Verdammt und zugenäht«, knurrte er.

»Ach, schmoll doch nicht«, neckte sie ihn, schlang ihre Hände um seine und verflocht seine Finger mit ihren. »Das ist nämlich nicht der einzige Grund, aus dem ich dich liebe. Soll ich dir andere Gründe nennen?«

»Können wir uns nicht für ein Weilchen verziehen?« fragte er eifrig.

»Ich denke, das läßt sich einrichten.«

»Dann komm mit mir nach oben.«

»Nicholas! Es ist heller Nachmittag!« stieß sie schockiert hervor.

»Ich kann nicht länger warten, Liebling«, flüsterte er ihr zu.

James' Blick fiel auf das Paar, das Hand in Hand aus dem Zimmer stürzte. Reggie preßte sich die andere Hand auf den Mund, um ihr Gelächter zu ersticken. »Seht euch das mal an!« unterbrach er Anthony, der gerade sprach. »Habe ich euch nicht gesagt, daß er der Richtige für sie ist?«

»Nein, das hast du nicht gesagt«, gab Anthony hitzig zurück. »Aber *ich* habe es natürlich von Anfang an gewußt.«

HEYNE BÜCHER

Margaret Mitchell

Ein faszinierender historischer Roman, an den man sich ein Leben lang erinnert. »Amerikas größter Bestseller aller Zeiten« DER SPIEGEL

01/8701

Wilhelm Heyne Verlag
München